JOJO
MOYES

AFTER YOU

你转身之后

［英］乔乔·莫伊斯 著
何雨珈 译

四川文艺出版社

果麦文化 出品

目录

01
坠楼

吧台那边的大个子男人满头大汗。他手中拿着一杯双倍苏格兰威士忌，一直低着头。不过，每隔几分钟他都会抬头往身后那扇门看看。在顶灯的照射下，他脸上细密的汗珠闪着光，愈发显眼。他长出了一口气，呼吸中带着些许颤抖，他慌忙掩饰成一声叹息，又转过来埋头喝酒。

“嘿，不好意思！”

正专心擦酒杯的我抬起头。

“再来一杯好吗？”

我本来想说“不好”。真的不好，喝酒是解决不了问题的，搞不好再来一杯他就醉倒了。但他块头这么大，离打烊也还有十五分钟；况且，根据员工守则，我也没有理由拒绝他。于是我走过去拿起他的杯子，举到眼前。他朝酒瓶点点头：“双倍！”然后拿一只胖胖的手擦了擦满脸的汗。

“一共七英镑二十便士。”

这是周二的晚上，十点四十五分。这个东城机场的“三叶草”酒吧，说是爱尔兰主题的，其实一点爱尔兰特色也没有。深夜的酒吧越来越平静。关门时间是最后一班飞机起飞后十分钟，现在，店里的人寥寥无几，除了我，还有一个紧张兮兮、拿着笔记本电脑的年轻男人，二号桌两个不时大笑的女人，以及另一个等飞机的男人——他等的要么是飞往斯德哥尔摩的SC107，要么就是飞往慕尼黑的DB224；后面这班已经延迟四十分钟了。

我中午就来上班了，因为卡莉肚子痛回了家。我不介意这个，我一直都不介意在酒吧待到很晚。店里飘着爱尔兰风格的音乐，我轻声跟着哼唱，走过去收走两个女人的杯子。她俩正目不转睛地拿手机看视频，那笑声一听就是喝醉了，特别肆意。

“我孙女，出生刚五天。”收杯子时，那个金发女人对我说。

“很可爱。”我笑了笑。在我眼里，所有的婴儿都跟葡萄干面包似的，没什么不同。

“她住在瑞典。我从来没去过，但必须得去看看，这是我孙女啊，对不对？”

“我们在为这孩子的健康干杯。”她们又大声笑了起来，“跟我们一起喝一杯吗？来吧，就五分钟，放松一下。时间不多了，光靠我俩喝不完这瓶酒的。”

“哎呀，到时间了。走吧，朵拉。”屏幕上闪烁着登机信息。她们慌忙收拾好东西，起身离开。大概只有我注意到，她们强打精神朝安检口走去的时候，脚步微微踉跄。我把两人的杯子放在吧台上，四下看看还有没有什么东西需要收起来清洗的。

“你从来没试过吧？”偏瘦小的那个女人跑回来取她的围巾。

“不好意思，您说什么？”

“轮班结束以后，走到那边，跳上一架飞机，说走就走。换了我就会这么做。”她又笑起来，“每天都来这么一回。”

我也笑了，不过，是那种职业性的微笑，你可以解读为任何意思。接着我转过身，向吧台走去。

酒吧周围那些特许专营店陆续打烊了。卷帘门“咔嗒咔嗒”地落下，遮住了那些奢侈的精致手包，人们往往会在登机前的最后一刻手忙脚乱地来这里买礼物。三号门、五号门和十一号门的灯光逐渐熄灭，今天的最后一班飞机即将载着乘客飞向夜空。维奥莱特，来自刚果的清洁工，推着推车向我走来。她走得很慢，走路的样子摇摇摆摆的，一双胶鞋摩擦着亮闪闪的木地板，发出“吱呀吱呀”的声音。

“晚上好，亲爱的。”

“晚上好，维奥莱特。”

“亲爱的，怎么在这儿待到这么晚啊？你应该回家，跟亲朋好友在一起。”

每晚她都跟我说这个。“就一会儿了。”每晚我也用同样的话回答她。她总是满意地点点头，继续往前走。

“紧张笔记本电脑哥”和“大汗淋漓苏格兰威士忌哥”也走了。我把酒杯洗干净堆起来，开始清点收银柜里的钱。我需要检查两遍，确保小票和现金对得上。当我把所有东西归了总账，检查库存，并写下进货清单后，我发现“苏格兰威士忌哥”的外套还搭在他坐过的吧椅上。我走过去，抬头看了一眼屏幕：飞往慕尼黑的飞机正在登机。如果我狂奔一阵，或许还能将他的外套带给他。但我想了想，慢慢朝男卫生间走去。

“嗨，有人在吗？”

传来一个闷闷的声音，带着某种不正常的歇斯底里。我推开门。

“苏格兰威士忌哥”正站在水槽边，弯着腰，用双手接水洗脸。他面色惨白。“我的飞机准备起飞了？”

“屏幕上刚刚显示登机通知，您可能还有几分钟。”说完这话，我本想离开，却不知为何停了下来。这个男人一直盯着我，眼珠子就像两枚缝得很紧的小扣子，闪烁着焦虑的光芒。“我做不到，”他扯下一张纸巾，拍在脸上，“我不能上飞机。”

我没吭声，等他继续说。

“我应该飞过去见我的新老板，但我做不到。我很怕坐飞机，一直没敢告诉他。”他摇摇头，“不是一般地怕，是怕得要命。”

我关上卫生间的门：“您的新工作是什么？”

他眨眨眼睛：“嗯……卖汽车零件。我是‘亨特汽车’新任的高级区域经理，括弧，负责备件的，反括弧。”

“听起来是个很重要的职位，”我说，“有……这么长的头衔。”

“我工作很久了，”他咽了咽口水，“不想被一团火球给烧死。你想，要是遇上飞机失事，一团火球在空中炸裂……我真的不想被烧死。”

我很想跟他说，其实大多数情况下，飞机并非在空中炸裂，而是会迅速下坠。但我想这话不会有什么帮助。他又开始低头拼命洗脸，我递过去一张纸巾。

“谢谢，”他颤抖着呼了口气，挺直身子，努力振作精神，“我猜你以前从没见过哪个爷们儿像我这么白痴的，是吗？”

“每天见个四回吧。”

他瞪大了一双小眼睛。

“每天有四回我都得到男厕所捞人——一般都是因为他们害怕坐飞机。”

他朝我眨眨眼。

“不过，我跟每个人都会说，从这座机场起飞的航班，还没有一架坠毁的。”

他伸直了脖子：“真的？”

“一架都没有。”

“跑道上就没有发生过小事故什么的？”

我耸耸肩：“这里的生活其实很无聊。人们飞来飞去，去想去的地方，几天后又返回。”我靠在门边，推开门。到了晚上，卫生间的味道可不好闻。“还有，我个人觉得，人的一生肯定会遇上比这更糟糕的事情。”

“嗯，你这话我同意。”他想了想，侧着眼睛看了我一眼，“每天四次，是吗？”

“有时还不止。好了，如果您不介意的话，我真得回去了。经常被人看到从男厕所出来，不太好。”

他笑了。这一刻我看得出，在别的场合他应该是个热情洋溢、有说有笑的男人，一个在汽车零件方面非常在行的男人。“我好像听到您的登机广播了。”

“你觉得我会没事？”

“会没事的。这条航线很安全。只不过是一生中的几个小时而已。瞧，SK491几分钟前着陆了。您往登机口走的时候，就能看到那些空少空姐从机舱内走出来，一路聊天谈笑，准备回家。他们觉得坐飞机就像坐公交车一样。有些人一天要飞两三趟，甚至四趟。他们不傻，要是不安全的话，谁还会坐飞机呢。对不对？”

“就像坐公交车一样。”他重复着我的话。

“说不定比坐公交车还安全得多呢。”

“嗯，这是肯定的，”他扬起眉毛，“公交车上能碰到不少白痴。”

我点点头。

他捋直领带：“而且我这份工作很不错。”

“如果因为这么点小事而错失良机，实在太遗憾了。多坐几次飞机就不会怕了。”

“嗯，应该会习惯的。谢谢你……”

“露易莎。”我说。

“谢谢你，露易莎。你真是个好心的姑娘。”他带着试探性的神情看着我，“你……什么时候……愿不愿意跟我去……喝两杯？”

“您的登机广播播了好几遍了，先生。”我打开门示意他出去。

他点点头。为了缓解尴尬的气氛，还把口袋都拍了拍：“嗯，是啊。好的……那我走了。”

“祝您未来获得更多职位头衔。”

他走了大概两分钟，我才发现，他把三号隔间吐了个一塌糊涂。

凌晨一点十五分，我回到悄无声息的公寓里，换好睡裤和兜帽卫衣，打开冰箱，拿出一瓶白葡萄酒倒了一杯。这东西酸得我不由得抿了抿嘴唇。我看了看标签，想起是昨晚开过的，应该是忘了塞好瓶口。不过我懒得去多想这种小事，只是拿着酒杯一屁股坐到椅子上。

壁炉架上摆着两张贺卡。一张是父母亲寄来的，祝我生日快乐。卡片上母亲手写的“万事如意”四个字，像刀疤一样刺目。另一张是妹妹特丽娜寄来的，说她和托马斯要来这里过周末，不过那已经是六个月前的事了。我电话里还有两条语音留言，一条来自牙医，另一条不是。

嗨，露易莎，我是杰瑞德。我们在“烂鸭”酒吧见过的，还记得吗？嗯，我们聊得挺好（一阵尴尬而压抑的笑声）。就是……你知道……我觉得挺开心的。或许我们可以再见一面？你有我电话的……

瓶中的酒喝光了，我需要再买一瓶，但我不想出门了。二十四小时便利店的萨米尔老是拿我不停买灰皮诺酒这事儿开玩笑，我不想听。我不想跟任何人说话。我忽然感到疲惫不堪，脑子里一团乱麻，有个声音告诉我，就算是躺在床上，我也睡不着。我简单回忆了一下杰瑞德，他的指甲形状很奇怪。形状奇怪的指甲也会让我心烦吗？我看着客厅空落落的墙面，忽然意识到，我真正需要的是空气，新鲜空气。打开客厅的窗户，我笨拙地顺着防火楼梯爬了出去，摇摇晃晃地来到楼顶。

九个月前，中介第一次带我来到这里。前租户将此处布置成一座小型的露台花园，摆了几盆植物，还放了一张长椅。“当然，这里不是你的，”中介说，“但只有从你的公寓才可以直接上来。很不错，你可以在这上面开派对呢！”当时，我盯着他，心想自己看起来真像那种会开派对的人吗？

植物早就枯死了。我对照顾这些花花草草显然不太在行。此刻，我站在楼顶，望着脚下伦敦城的夜色，那忽明忽暗的点点灯火。在我身边，有上百万个人活着，呼吸着、吃喝着、争吵着。那上百万条生命与我，彼此间毫不相干。这让我有种诡异的安宁感。

街灯闪动，城市的喧嚣被高楼过滤后，消散在夜空中。有人发动引擎，有人摔门。南边几公里处，一架警用直升机缓缓起飞，远远传来巨响。飞机打着强光，往黑暗里扫射，寻找藏匿在公园里的某个要犯。远处响起一声声尖啸的警笛声。

“只要稍微布置一下，就会有家的感觉了。”中介对我说。当时，我差点笑出声来。在这座城市里，我一直是个远离一切的旁观者。这些日子里，哪个地方有家的感觉呢？

我犹豫着，又向外迈了一步，爬上护墙。微醺的我双臂向两侧举起，如同走钢丝般，一只脚在前，一只脚在后，开始沿水泥墙行走。夜风吹来，手臂上汗毛直竖。刚刚搬来这里时，最难熬的时候，我会发狠赌自己敢不敢沿着墙从一头走到另一头。每当走过去，我便仰望夜空发出一阵歇斯底里的狂笑。

看见了吗？我在这儿——我还活着——在虚空边缘。我在照你说的做！

这几乎成了一个秘密的习惯。我、伦敦遥远的天际线、抚慰人心的黑暗，以及将自己隐藏起来的安心。我静静感受着夜风轻抚脸庞，耳边飘来楼下的欢笑声、酒瓶破碎的脆响，还有城市里车水马龙的嘈杂。我兀自看那绵延不绝的红色尾灯远远连成一条血脉。

唯有凌晨三点到五点，才算得上一天中相对静谧的时光。那时，酒鬼倒在床上，餐厅主厨脱下白色工作服，酒吧打了烊。只是，这几小时的静谧偶尔会被一些声响打破：深夜运输的油罐车呼啸而过，街边的犹太烘焙店早早开了门，送报纸的人将成捆报纸丢在地上发出柔软的闷响。我是如此了解这座城市哪怕最轻微的声响，因为我已经很久没好好睡上一觉了。

楼下的白马酒吧是潮人们经常光顾的地方，打烊以后，好像在搞什么活动。有对情侣在街上大声争吵。城市的另一端有家医院，喝得狂吐不止的醉汉与意外受伤的人不断被送进去，那些躺在病床上的人，在迷迷糊糊中又挨过了一天。而我站在高处，这里只有空气、黑暗、由伦敦飞往北京的联邦快递货运航班，以及客机上无数像“苏格兰威士忌哥”一样的乘客。

“十八个月。整整十八个月了。什么时候才是个头？”我对着一片黑暗发问。又来了——我可以感觉到一股莫名的怒气在胸中翻滚着，那不可遏止的情绪再次将我捕获。盯着脚下无边无际的黑暗，我往前走了两步。“这感觉一点都不像活着。我什么感觉都没有。”

接着，我又往前走了两步。再两步。今晚能走多远就走多远。

“你并没有给我新生活，是不是？你只是把我以前的生活打破了，打得粉碎。那些碎片，我又能拿来做什么？这感觉……”我张开双臂，让夜晚微凉的空气侵入皮肤，发觉自己又在流泪了，“去你的，威尔，”我小声说，“你离开了我。去你的！”

满腔的悲伤再度袭来，仿佛汹涌猛烈的潮水，要将我淹没。我觉得自己快要窒息了。黑暗中突然传来一个声音：“你不应该站在那儿的。”

我半转过身子，看见防火楼梯处一张苍白的小脸一晃而过，深色的双眼睁得大大的。我大吃一惊，双脚在栏杆上一滑，猛然失去了重心。我的心开始下坠，紧接着身体也跟着下坠。仿佛噩梦一般，我变成一枚轻飘飘毫无重量的落叶，坠入夜晚的深渊。我的双腿在头顶挣扎扑腾。我听到一声尖叫，就像身体在咔嚓破碎……

然后一切陷入无边的黑暗。

02
入院

“你叫什么名字，姑娘？”

感觉有个支架套在了我脖子上。

眼前忽然出现一只手在来回晃动，快速而温柔。

我还活着。这个发现让我大吃一惊。

“对了。睁开眼睛。看着我，现在。看着我。能告诉我你的名字吗？”

我想开口说话，却只发出含混不清的声音。估计我咬到了舌头。嘴里有血，温热，带点铁的味道。我动弹不得。

“我们要用专门的脊椎板把你抬起来，好吗？可能有点不舒服。但我会给你打点吗啡，来减轻痛苦。”这个男人的声音平静如水，几乎没有起伏，仿佛躺在水泥地上盯着夜空的这摊烂泥是世界上最正常不过的东西。我想大笑，告诉他我在这儿是件多么荒唐的事。但现在好像一切都难以如我所愿。

男人的脸消失了，一个女人出现在我眼前。她穿着荧光夹克，深色的鬓发往后梳成一条马尾。她举着一把小手电，冷不丁地照了照我的眼睛。她凝视着我，神情和那个男人一样平静淡漠，好像我只是一个标本。

“需要把她装袋吗？”

我想说话，但双腿的剧痛阻止了我。

“天哪。”我说。但不知道有没有大声说出口。

“全身多处骨折。瞳孔正常，有反应。血压90/60。她运气挺好，撞上了雨篷，又摔到长椅上，这概率多小啊，哈？不过那个瘀青的情况不太好。”一股冷空气蹿到我的上腹部，温暖的手指正轻轻触摸这里。“内出血？”

“需要叫二队来吗？”

“您能退后一点吗，先生？退后。”

传来了另一个男人的声音：“我出来抽根烟，她居然就掉到我阳台上了，差点砸着我。”

“嗯，没有砸到不就行了。今天您很幸运。”

“我这辈子还从没遇到过这种事。一个大活人从天上就掉下来了，谁能想到啊。你看我的椅子，从精品店花了八百英镑买的啊……我能索赔吗？”

片刻的沉默。

“您想干什么都行。既然都说了就告诉您吧，清洗阳台血迹的钱您都可以找她要，怎么样？”

那个男人看了看自己的同事。这时，时间仿佛加快了流逝的脚步，我被裹挟其中，动弹不得。我从楼顶掉下来了？我的面颊冰冷，一种遥远的恍惚感渐渐将我笼罩，我好像开始发抖了。

“她要休克了，山姆。”

一辆车的后门打开了，我身子下方的板子动了动，然后是一阵接一阵的痛，痛，痛——眼前一片黑暗。

警笛声响起，蓝光不停旋转。伦敦是个警笛声不断的城市。我们在前行。窗外的霓虹灯光有节奏地照进救护车内部，一下一下地带来光亮。车厢里满得有点出乎意料。穿着绿色制服的男人正拿手机打字，偶尔转过身子调整挂在我头顶上方的点滴。没有刚才那么痛了。是因为打了吗啡吗？但疼痛减轻，意识苏醒，恐惧也随之而来。我感觉体内好像有个巨大的气囊在慢慢膨胀，要把所有的东西都挤出去。哦，不。哦，不。

“卜毫呀苏[1]（不好意思）？”

那个男人撑着手臂坐在车厢后方，我说了两声他才听到。他转身靠过来看着我。他身上有股柠檬的味道，胡子有点没刮干净。“你还好吧？”

“偶……”

男人俯下身子。“对不起，警笛太响了，听不太清楚。我们马上就到医院了。”他伸手盖住我的手。他的大手干燥、温暖，抚慰人心。我心里忽然升起一阵恐慌，怕他离开。“再坚持一会儿。我们大概什么时候到，唐娜？”

我说不出话来。整张嘴像被舌头填满了，大脑一片混乱。他们把我抬起来的时候，我的胳膊动了吗？我的右手抬了一下，是不是？

“偶踏花（我瘫痪）了吗？”努力了半天，说出来的话却像蚊子哼哼。

“什么？”他把耳朵贴到我嘴边。

“踏花？偶踏花了吗？”

“瘫痪？”男人犹豫了一下，与我四目相对，接着转过身，看着我的腿，“你的脚趾能动吗？”

1. 露易莎想说“不好意思”，但说不清。下同。

我试图回想怎么动脚趾，比平时更努力更费劲。男人伸手轻轻摸着我的脚趾，好像要提醒我它的位置。“再来一遍。对了对了。”

剧烈的疼痛猛然蹿上两条腿。我倒抽一口气，很可能还抽泣了一声。“你没事。觉得痛是好事。虽然说不准，但我觉得脊柱没事。你骨盆受了伤，可能还有其他几处。”

他看着我。这是一双满怀善意的眼睛。他好像知道此刻的我有多么需要这些令人信服、让人心安的说法。我感觉他握紧了我的手。前所未有地，我竟如此需要来自另一个人的触摸。

“真的。我很确定你没有瘫痪。”

“哦，吓条吓地（谢天谢地），”我的声音仿佛从很远的地方传来，泪水模糊了双眼，“请八牙所卡偶打手（请不要松开我的手）。”

他的脸凑得更近了：“我不会松开你的手。”

我还想说些什么，但他的脸渐渐模糊了。我又昏了过去。

后来他们告诉我，我从五楼摔了下来，连掉两层楼后，砸穿了一个大尺寸的雨篷，幸好雨篷的帆布带来缓冲，我最后落在阳台一张铺了防水垫的柳条编织躺椅上。躺椅的主人是我素未谋面的邻居，安东尼·加尔第纳尔先生，版权律师。我的骨盆摔成了两半，两根肋骨和锁骨拦腰断掉，左手断了两根手指，还有一根跖骨刺穿了脚上的皮肤，把一个急救实习生吓晕了。我那些 X 光片简直让医生们看得如痴如醉。

我一直听到急救人员说着：“从那么高的地方掉下来，后果简直不堪设想。”他们说完，顿一顿，给我一个微笑，仿佛我也该报以灿烂的笑容，或来上一段快乐的踢踏舞。很显然，我极为走运。可我不觉得自己有多走运。我没有任何感觉，昏睡又醒来。

有时，睁开眼看到明晃晃的灯光，一幕幕戏剧仿佛在眼前上演；

有时病房又悄无声息。一名护士的脸一闪而过，耳边传来有一搭没一搭的聊天声。

——D4那个老太太的烂摊子你看到没？轮班结束了遇到这个，也太不凑巧了。

——你是不是在伊丽莎白公主骨科中心那边干过？跟他们说，我们的急诊比他们好。哈哈哈哈哈。

——露易莎，好好休息，有我们呢。你休息就好。

吗啡令我十分困倦。他们增大了我的剂量，冰冷的液体一滴滴输入我的体内。我又昏昏睡去。

我睁开眼睛，发现母亲站在床尾。

“她醒了，巴纳德。她醒了。要不要叫护士？”

她染了发。我没头没脑地想着，接着反应过来，哦，这是妈妈。

“哦，谢天谢地啊，谢天谢地。”母亲伸手摸了摸脖子上的十字架。我感觉她这样做很像一个人，却想不起是谁。她向前俯着身子，轻轻抚摸我的脸颊。不知为什么，我立刻泪眼模糊。“哦，我的小姑娘。”母亲俯身看着我，像要帮我挡住一切伤害。我闻到了她熟悉的香水味，我自己也用这一款。“哦，露，”她用纸巾帮我擦去眼泪，“他们打电话来的时候，我这辈子都没这么怕过。你痛吗？需要什么？睡得舒不舒服？有什么需要我拿的吗？”

母亲急切的问询，让我来不及回答。

“一听到消息我们就赶来了。特丽娜在照顾外公，他也问候你。嗯，他是发了声的，你知道，我们都明白他的意思。哦，亲爱的，你怎么变成这副样子的？你当时到底是怎么想的？”

她好像并不需要知道答案是什么。我只是躺在那儿就好。

母亲擦了擦眼睛，又擦了擦我的："你是我女儿啊。要是你……你有个三长两短，我怎么受得了。我们还没……你知道的。"

"偶……"我的舌头完全捋不直。好不容易说出口，听起来却像喝醉了似的，"偶重没吓过（我从没想过）……"

"我知道。但你让我那么难受，露。我不能……"

"现在别说这些了，亲爱的，好吗？"父亲把手搭在她肩上。

母亲看了看父亲，接着又握住我的手。

"接到电话的时候，哦，我还以为——我不知道……"她又开始了哭泣，手帕紧紧压在嘴唇上，"谢天谢地，她没事，巴纳德。"

"她当然没事了。咱们这个女儿是橡胶做的，哈？"

父亲出现在我眼前。我们上一次通话还是两个月前。但自从我离开家乡，我们已经十八个月没见面了。他高大、亲切，但是非常非常疲惫。

"对八起（对不起）。"我轻声说。现在除了"对不起"也没什么可说了。

"别傻了。你没事我们就很高兴了。嗯，你看上去就像跟泰森打了几场似的。住院以来你还没照过镜子吧？"

我摇摇头。

"好吧……我也不让你照。还记不记得泰利·尼克斯那次在小超市里翻过了车把儿？嗯，把他的小胡子撤掉，就差不多是你现在的样子了。"他凑近了，看着我的脸，"说到小胡子……"

"巴纳德。"

"明天给你带几把镊子过来。不管怎么说，下次你想学飞时，咱们就去机场，好吗？扇着胳膊跳下来，你还没那个能耐。"

我努力挤出笑容。

父母一同俯下身子看着我，脸上带着紧张焦虑的表情。这就是我的爸爸妈妈。

“她瘦了，巴纳德。你觉得她瘦了吗？”

父亲凑近了看我。我发现他双眼微湿，笑容不如平时那般自然。“啊……她那么美，亲爱的。相信我。你看上去简直美极了。”他捏捏我的手，然后放到嘴边亲了一下。我活了这么多年，父亲还是第一次做这样的事。

接着我意识到，他们之前一定以为我要死了。我的胸口突然涌出一声毫无预兆的啜泣，闭上眼，灼热的泪珠还是滚落了下来。父亲粗糙的大手握着我的。

“我们来了，亲爱的。没事了，一切都会好起来的。”

接下来的两周，父母每天都会乘坐早班火车，奔波八十公里来看我。后来变成几天一次。父亲专门请了假，因为母亲不愿一个人过来。毕竟，伦敦太大了，鱼龙混杂。她说过好几次，感觉有谁在背后盯着她，仿佛某个身穿兜帽衫的持刀歹徒即将偷偷溜进病房。特丽娜没法过来，她得照顾外祖父。不过，听母亲的口气，妹妹大概不太满意这样的安排。

母亲在家做了吃的带过来。因为有一天我们仔细研究了医院的午饭，却怎么都认不出那到底是些什么。“巴纳德，它们还用塑料盘子装着，搞得跟监狱里似的。”母亲面带忧伤地拿叉子戳了戳盘里的食物，又凑近闻了闻。

从那以后，母亲便给我带饭了。她为我带来大份的三明治，白面包里夹着厚厚的火腿切片或芝士片，还用保温壶带来自家熬制的汤。“至少你能看出吃了什么。”母亲像喂养婴儿一样耐心地喂我。

我的舌头渐渐消肿了。从楼顶掉下来的时候，我几乎把舌头咬烂了。“这很常见。”他们告诉我。

我动了两次手术，才重新把屁股拼好。左脚和左胳膊全打上了石膏，没法弯曲。一个叫凯斯的护工问我，可不可以在石膏上签名，据说那上面如果一片空白会招来厄运，结果他在上面写了句脏话。于是菲律宾护士艾芙琳趁医生来会诊之前，再次涂上石膏遮住了他签的东西。

在推我去照 X 光与取药的路上，凯斯给我讲起医院的八卦趣闻。他不停地讲着那些慢慢死去或死状惨不忍睹的病人，似乎一辈子也讲不完。我不想听，但他说得眉飞色舞。有时我想，在别人面前他又会怎么谈论我呢？我这个姑娘，从高高的五楼摔下来，却奇迹般地存活了。以医院的标准来看，我比 C 区那些肠子和其他内脏混在一起的人显然要幸运太多了。还有那个“被园艺剪剪掉大拇指的傻瓜”，我也要比她高级很多。

不可思议的是，我很快就习惯了医院里按部就班的生活：每天早上醒来，接受为数不多的几个人的护理与帮助；接着是医生会诊，我试着努力说出正确的话；最后便是等待父母的到来。他们一直在病房里忙些琐碎的小事，医生一来就摆出病人家属那副典型的恭顺面孔。父亲因为我坐不起来不停道歉，直到被母亲狠狠踢了一下脚踝。

查房结束后，母亲通常会去楼下广场的商店里转上一圈，回来的时候总是压低了声音感慨快餐店实在开得太多了。“巴纳德，心血管病房那个只有一条腿的男人，就坐在那儿，一个劲儿地往嘴里塞芝士汉堡和薯条。不亲眼看你简直不敢相信。”

父亲坐在床尾的椅子上，翻看当天的报纸。第一周，他一直在报纸上搜索对发生在我身上的意外事件的报道。我试着向他解释，在这座城市里，就算发生双重谋杀案也只会寥寥几笔带过。不过，在我的家乡斯托特福德，考虑到上周当地报纸的头版头条是《超市推车在停车场停错车位》，上上周的头条是《鸭池状况让学生们伤心》，所以，一时半会儿怕是说服不了他的。

最后一次骨盆手术后的那个周五，母亲带来了一件大码睡衣，以及一个超大的牛皮纸袋，里面装着很多份鸡蛋三明治。我不用看就知道那是什么：她一打开纸袋，那地狱般的味道就遍布整个病房。父亲伸手在鼻子前扇了扇。“护士会说我的，乔西。”他不停地开关房门，让味道散去。

“鸡蛋会让她强壮起来。她太瘦了。还有，什么时候轮到你说话了？你身上那么臭。狗都死了两年了，你还说是因为它？”

“这是浪漫的保鲜之道，亲爱的。”

母亲压低了声音：“特丽娜说她前男友放屁的时候会用毯子盖住她的头。你想想得有多臭！”

父亲转身看着我：“我要是放屁，你妈妈都不愿意跟我待在一个区！”

两人哈哈大笑起来。然而，即便如此，我也能够察觉到，一种莫名的紧张感在空气中无声蔓延。当你的世界一夜之间缩减为四面墙壁包裹的空间时，你会异常敏锐地感知空气中哪怕最细微的变化。你意识到那个正在看 X 光片的会诊医生稍微转了一下身，你听到护士们捂起嘴巴悄声谈起邻近病房那个刚刚死去的病人。

“怎么了？”我说，“出了什么事？”

他们尴尬地面面相觑。

“那个……”母亲坐在我的床尾，“医生说……会诊的人说……

不知道你是怎么掉下来的。”

我咬了一口鸡蛋三明治。现在我的左手可以拿东西了。“哦，那个啊。是我不小心，在房顶上走的时候不小心。”我嚼着嘴里的东西，如此漫长的一分钟。

“你当时有没有可能在梦游啊，亲爱的？”

“爸爸——我长这么大从来没有梦游过。”

“你梦游过的。那时候你十三岁，梦游到楼下，把特丽娜的生日蛋糕吃了一半。”

“嗯……我可能根本没睡着吧。”

“还有你血液里的酒精含量。他们说……你喝酒了……喝得相当多。”

“那晚工作很辛苦。我只喝了一两杯，然后去楼顶呼吸点新鲜空气。接着不知谁喊了一声，这使我分了心。”

“你听到了别的声音？”

“我当时站在楼顶，登高望远嘛。我时不时地会这么做。接着我身后有个女孩说了句什么，把我惊到了，突然脚下一滑。”

“一个女孩？”

“我真的只是因为听到了她的声音。”

父亲朝我斜着身子：“你确定是个真实存在的女孩？不是想象出来的……”

“爸爸，摔烂的是我的屁股，又不是我的脑子。”

“他们是说过，一个女孩叫的救护车。”

母亲摸摸父亲的胳膊。

“所以你是说，真的只是个意外？”他说。

我放下手里的三明治。两个人带着愧疚的神色，避开彼此的目光。

“什么？你们……你们觉得是我自己跳下去的？”

“我们什么也没说，”父亲挠挠头，“只不过……嗯……自从那件事，你情况就不太好……我们又这么久没见过你了……我们就是有点吃惊，那么晚了你还在楼顶上走来走去的。你以前是恐高的。”

“我以前还跟一个计算自己睡觉时燃烧了多少卡路里，并视此为正常行为的男人订婚了呢！天哪。所以你们俩才对我这么好？你们以为我是要自杀？”

“就是他一直问我们各种各样的……”

“谁在问什么？”

“那个心理医生。他们只想确认你没事，亲爱的。我们知道……呃……自从……”

“心理医生？”

“他们帮你预约了，就是跟他说说话什么的。我们跟医生们长谈过一次，你已经可以出院了，只是身体恢复期间要跟我们一起回家，不能一个人待在你那间小公寓里，那——”

“你们去过我那儿了？”

“呃，我们得去拿你的东西啊。”

一阵长久的沉默。我能够想象他们站在我的小屋门口。母亲紧紧抓着手中的包，扫视着许久未换的床单、壁炉架上排成一排的空酒瓶，以及冰箱里那根孤零零的、吃了一半的果仁牛奶巧克力棒。我能够想象他们摇着头，彼此对视。母亲肯定会问：我们是不是走错地方了，巴纳德？

“现在你需要和家人待在一起。等恢复好了，再说一个人生活的事儿。”

我想说，我一个人待在公寓里没问题，不管他们怎么想。我愿意什么也不想，每天按时打工，回家，时间一到又去打工。我想说，我没法再回到斯托特福德，做回以前那个女孩了，那个人人议论的女孩。我不愿承受来自母亲的压力，她对我有那么多的反对与不满，却总是小心翼翼地掩饰起来；我不愿看父亲故作欢快地认定“一切都会好起来，一切都没问题”，好像这些话说多了就真的没问题似的；我也不愿每日经过威尔家，重新面对那些挥之不去的记忆。

但我什么也没说。我忽然感觉筋疲力尽，一切过往如锥心刺骨般，让我无力再做任何反抗。

两星期以后，父亲开着他的工作货车把我载回了家。驾驶室只能坐两个人，因此母亲留在家里做些准备。望着窗外飞逝的高速路，我感觉内脏都在紧张地抽搐。

家乡往日热闹繁忙的街道如今看上去是那么陌生。我冷眼旁观，发现这里如此窄小、老旧而矫情。我意识到，威尔出事之后回到家中，肯定跟我有着同样的感受。但紧接着，我努力将这个想法抛诸脑后。车子开到我家所在的街道上，我不由自主地陷进座位里。我不想跟邻居们打招呼，解释我去过哪里，做过什么。我不希望他们对我的事情评头论足。

“你没事吧？”父亲转过身，好像知道我在想些什么。

“没事。”

“好孩子。”他伸出一只手，轻轻碰了碰我肩膀。

停车的时候，母亲已经站在了门口。我猜，半小时前她就已经站在窗边张望了。父亲把我的一个行李袋放在门阶上，然后回来扶我下车，又把另一个行李袋搭在肩上。

我伸出拐杖，小心翼翼地触碰着铺路石。我感觉身后有些人家拉开了他们的窗帘，看我慢慢走向门口。“快看，那是谁啊？”我能听到他们在交头接耳，“这次她又干什么了？”

父亲牵着我往前走，一边小心地盯着脚下，好像我的双脚会自己跑出去，跑到不该去的地方。“行吗？”他不断地问，“别走太快。”

我看到外祖父出现在门厅里，就在母亲身后转来转去。他穿着方格衬衫和那套做工优良的蓝色工作服。一切都没变：还是那面墙纸，还是那张地毯，虽然母亲早上肯定吸过尘，但上面的划痕依然可见。我看到衣钩上还挂着我那件旧的蓝色滑雪衫。十八个月没回来而已，我却感觉已离家整整十年。

“别催她，”母亲双手合十，“你走得太快了，巴纳德。”

“她又没跑。要是再走慢点，我们就是太空漫步了。”

“小心台阶。上楼梯的时候你是不是该站在她后面，巴纳德？万一她往后一仰摔倒了，你也好接住她。”

“我看得见台阶，”我咬紧牙关，“我也就在这儿住了二十六年而已。”

“小心，那边她可能上不去，巴纳德。当心别又把骨盆给摔了。”

哦，天哪。

我心想。

你是不是也经历了这一切，威尔？每天都这样吗？

特丽娜站在门廊上，从母亲身边挤了过来：“哦，妈妈，你消停会儿吧。快来，跳上来。你再不进来，咱们家都快成马戏团了。”

特丽娜用肩膀撑起我的胳膊，转身瞪了一眼周围的邻居。她眉毛高高挑起，仿佛在说："有什么好看的？"我几乎都能听到窗帘拉上的声音了。

"都爱看热闹。不管他们了，快点。我答应了托马斯，带他去少年宫之前看看你的伤疤。你瘦了多少啊？看你那胸部，跟袜子里装着俩小橘子似的。"

大笑着走路可不容易。托马斯跑出来拥抱我，我不得不停下来，一只手撑着墙，保持平衡，一边抱着他。"他们真的把你给剖开，然后又组装好了？"他问道。他的个子已经长到我胸前，四颗门牙全掉了。"外公说他们可能把你组装错了。不过只有上帝才知道到底有什么不同，我们看不出来的。"

"巴纳德！"

"我就是开个玩笑。"

"露易莎。"外祖父的声音含糊不清，透着些许犹豫。他颤巍巍地张开双臂拥抱我，我也抱了抱他。接着他松开我，苍老的双手紧握我的胳膊，紧得令人吃惊，然后对我皱皱眉。他在假装生气呢。

"我懂，爸爸。我懂。但她现在回家啦。"母亲说。

"你还是住你原来的房间，"父亲说，"不过我们重新装饰了一下，贴了托马斯的变形金刚墙纸，汽车人和巨狰狞之类的。有点怪，你不介意吧？"

"我屁股里面有虫子，"托马斯说，"妈妈说在外面不能乱说，也不能把手放到……"

"我的老天爷啊。"母亲说。

"欢迎回家，露。"父亲一边说着，一边利索地把行李袋放在我脚边。

03

家乡

往回看去，威尔死后的九个月里我一直是恍恍惚惚的。我说走就走地去了巴黎，待在那儿不回家。自由令我头昏目眩，威尔在我心中搅起的对开拓新生活的向往也让我头脑发热。我在一家外国人常去的酒吧找了份工作，他们不介意我蹩脚的法语。一段时间之后，我的法语竟然越说越好了。我在 16 街一家中东餐馆楼上租了间小阁楼，彻夜难眠时，就躺在床上听那些夜猫子酒鬼的号叫声与清晨送报纸的声响。

最初的几个月，我的心像褪了一层皮，那原本遮挡一切的薄布缓缓降下，露出世界过于清晰的样貌。我敏感地回应着周遭，有时大哭，有时大笑。我品尝陌生的食物，穿行于陌生的街道，使用非母语与别人交谈。威尔的幽灵如影随形，眼前的一切仿佛都是借助他的眼睛看到的，耳畔时常响起他的声音。

你觉得那个怎么样，克拉克？

我说过，你会喜欢这个的。

吃下去，试试嘛，来啊！

没有了威尔，没有了每天都会做的事情，我感到茫然无措。我用了好几周,才慢慢接受每天不与他的身体接触的事实。没有了威尔，我的这双手简直毫无用处。从前，我每天都会帮他扣好柔软的衬衫，为他轻轻擦洗那双温暖的手，抚摸他顺滑的头发。我想念威尔的声音，想念他突然的大笑（要让他笑很不容易），想念手指在他唇上的触感，想念他要入睡时眼睑下垂的样子。

那时，母亲被我的所作所为吓坏了。她告诉我，虽然她依然爱我，却没法把这个露易莎和她一手养大的女儿联系在一起。所以，在失去深爱的男人的同时，某种程度上，我也失去了家人。人生的所有关联几乎被齐刷刷斩断，我无声息地漂流于世间，孤孤单单漂向某个未知的明天。

因此，我为自己“演绎”了一种新生活。我与其他旅行者随意交着朋友，却总是保持一定距离，他们之中不乏“间隔年”外出旅行的青年学子，追寻文学作品中的英雄足迹、下决心再也不回中西部的美国文青，年轻的“高富帅”银行家，以及走马观花一日游的观光客……酒吧里总有些新面孔，人们来去匆匆，妄图逃离另一种生活。我微笑，我闲聊，我工作。我告诉自己，这就是威尔的心愿，至少，这会让他感到欣慰。

严冬终于远去，迎来生机盎然的春天。几乎就在一夜之间，某天早上醒来，我发现自己对这座城市再无留恋。至少，巴黎再也不足以留住我。那些外国人的故事听上去千篇一律，令我疲倦；巴黎人似乎不太友好，一天之中，我多次感到自己与此地格格不入。这座城市依旧引人瞩目，然而，它就像一件被我匆匆买下的高级定制服装，虽然外表光鲜华丽，却终究不适合我。我递交了辞呈，开始环游欧洲。

然后，便是人生中最手足无措的两个月。我几乎总是孤身独行；我讨厌每天晚上不知道去哪里过夜的感觉；我时刻都在担心赶不上火车，还有换钱的事情。我无法信任偶遇的陌生人，因此很难交到朋友。而且，我的生活又有什么可说的呢？就算有人问起，我也只能草草地介绍两句。那些重要事件和有趣经历，不可能与任何人分享。

身边既然缺少可以交谈的同伴，沿途的所见所闻便统统失去了意义，不论抵达许愿泉还是阿姆斯特丹运河，只不过是在重要景点的清单上打了个钩而已。最后一周，我一直待在希腊的海滩上。这里让我想起不久前与威尔去过的海滩。我整日坐在一堆沙子上，总有些晒成古铜色的男人找我搭讪，他们似乎都叫“德米特里”。我冷冷地拒绝了所有人，然后努力说服自己，我是在享受愉快的人生。最终，我放弃了挣扎，返回巴黎。我终于明白，除了巴黎，自己无处可去。

我在酒吧一个女同事的沙发上睡了两个星期，在心里盘算着下一步的打算。我记起之前曾与威尔谈过事业发展的话题，便写信给几个大学，询问能否去上时装课。然而，由于我拿不出可供展示的作品，所以无一例外地，他们均礼貌回绝了我。威尔离开后，我本来已经申请到一门大学课程，却由于未办理延期，校方转给了别人。学校行政部门表示明年我还可以重新申请，但听他的语气，显然觉得我不会。

到求职网站上搜索一番后，我沮丧地发现，哪怕自己经历了这么多，却依然不够格做那些感兴趣的工作。正当我徘徊在人生的十字路口、不知何去何从时，威尔的律师麦克·劳雷尔先生打来电话，说是时候处理威尔留下的财产了。一个如此完美的逃避借口，而我恰恰需要它。

麦克·劳雷尔先生帮我谈下了伦敦金融城边上一套贵得令人咋

舌的两房公寓。之所以选择这里，是因为威尔曾经谈起附近街角的一个酒吧，让我感觉住在这儿离他更近了。我用剩下的一点钱做了简单的装修。六个星期后，我回到英国，在“三叶草”酒吧找了份工作，和一个叫菲尔的男人发生了一夜情（当然我不会再见他了）。然后，我便一直等，等着看还会不会有活着的感觉。

九个月过去了，我还在等。

回家后的第一个星期，我没怎么出门。我全身酸痛，动一动就累。相比之下，躺在床上，累了就眯一会儿，要容易得多。吃着止痛药，我告诉自己，身体康复是最重要的。令我意外的是，在这个家里，我的心渐渐放松了下来。离开十八个月，我第一次连续睡了四个小时，在这间伸手就能触到墙壁的小卧室里。

母亲喂我吃饭，外祖父一直陪着我（特丽娜带着托马斯回学校去了），白天我经常看电视，贷款公司和电梯公司的广告多得惊人，似乎永不休止。我在国外才待了一年，电视上竟冒出这么多陌生的二线明星。

窝在家里，就像窝在一个小小的茧中。当然，人生的大问题依然悬而未决。

家里的平静相当微妙，对于可能打破这种平静的话题，我们全都闭口不提。白天，我大量阅读花边新闻，晚饭时说起“那个谁谁谁闹得挺大的，哈？”父母亲往往过于热情地接过话头，评论这个明星有多不检点，说她发型还不错，或是混得挺好之类的。

我们讨论《鉴宝》节目（我一直在想，你妈妈那个维多利亚风的花盆能值多少钱……又旧又难看），还讨论《乡村梦想家》（那个浴室啊，给狗洗澡都不配）。每天，除了吃饭、穿衣服、刷牙之外，我什么都不想，除了偶尔完成母亲布置的小任务（亲爱的，我出去的时候，你可以把要洗的衣服挑出来，白色和有色的分开洗）。

然而，外面的世界如鬼祟的潮水，终将强硬而镇定地侵入屋中的天地。

我听到母亲出去晾衣服时，邻居们在问东问西："你们露回家了，是吧？"母亲总是千篇一律地简单回答："是啊，回家了。"我发现自己在下意识地避开家中所有看得见城堡的房间。但我心里明白，城堡就在那里，有人在里面生活，而他们与威尔有关。我有点好奇他们过得怎么样。在巴黎的时候，有人转交我一封特雷纳太太的来信。在信上，她郑重感谢我为她儿子所做的一切。"我明白，你已经尽了全力。"但是，也只有这么一封信而已。威尔的整个家庭忽然之间从我的生活中消失了，仿佛一段不堪回首的岁月幽灵般的残迹。

如今，我回家了，每到傍晚时分，我家这条街道总有几小时笼罩在城堡的阴影之下，像是对我无声的谴责。

在家待了整整两个星期后，我意识到父母不再参加之前常去的俱乐部活动了。"今天不是周二吗？"第三周，我们围坐在饭桌前，我问道，"你们应该出门吧？"

他们两人互望了一眼。"啊，不，我们在家就挺好。"父亲边说边嚼着一块猪排。

"我自己在家没事的。说实话，"我对他们说，"我现在已经好多了。看电视挺有意思的。"我有着不易被察觉的心思，希望独自待在家中。不过，回家以后，我几乎从未独自待着超过半小时。"真的，出门去开开心吧。别管我。"

"我们……我们不怎么去俱乐部了。"母亲边说边切开一块土豆。

"那些人……太喜欢嚼舌头了，议论以前的事。"父亲耸耸肩，"说到底，还是眼不见心不烦比较好。"然后，饭桌上一片沉默，持续了整整六分钟。

除此之外，还有一些更为直观的东西提醒着我原本已被抛诸脑后的人生，这些“东西”穿着用特殊吸汗材料做的紧身运动裤。

帕特里克晨跑时已经从我家门前经过好几次了，直到第四天早上我才反应过来，这肯定不是巧合。其实第一天我就听到了他的声音，但当时我只是无力地靠着窗户，透过窗帘往外看。他在门外拉筋，跟一个梳着马尾辫的金发女孩聊天。女孩穿一套蓝色莱卡运动服，衣服紧得我都能看出她早饭吃了什么。两人的行头如此专业，看上去，如果再来上一辆有舵雪橇，两人没准就能参加奥运会滑雪比赛了。

我慌忙从窗户那里退后，免得帕特里克一抬头看见我。一分钟后，他俩已经离开了。两人径直沿着这条路慢跑下去，背后的蝴蝶骨不断耸动着，双腿交替弹跳，像一对蓝绿色的拉车的马儿，皮毛光滑。

第二天，我正在穿衣服，又听到了他们的声音。帕特里克正大声谈论着保持耐力的“肝糖超补法”；女孩则朝我们家投来怀疑的一瞥，仿佛在想，为什么两次都在同一个地方停下。

第三天，他们到的时候，我正与外祖父待在前厅。“我们应该练习一下冲刺，”帕特里克声音很大，“这么着吧，你跑到第三根路灯那儿，再跑回来，我给你计时。两分钟的路程。开始！”

外祖父颇有深意地转了转眼珠子。

“自从我回来，他一直这么干？”

外祖父的眼珠子快转到后脑勺了。

透过纱帘，我看着站在门外的帕特里克。他盯着秒表，比较好看的那边脸对着我的窗户。他穿一件黑色的羊毛拉链上衣和配套的莱卡运动短裤，站在一两米开外的地方。我盯着他，不敢相信这曾是自己坚定不移爱过很久的人。

“继续跑!”他大喊一声，从秒表上抬起头来。女孩像只听话的猎犬，摸了一下他身边的灯杆，又冲了出去。“42.38 秒，”等她气喘吁吁地回来，他满意地报出成绩，“只要多加练习，可以再提高 0.5 秒。”

“是因为你。”母亲端着两个马克杯走了过来。

“嗯，我知道。”

“她妈妈在超市碰到我，问你是不是回来了。别这么看着我，在那个女人面前我没法撒谎，你又不是不知道。”她朝窗边点点头，“这个女孩去隆了胸，整个斯托特福德都在谈论呢。你看那上面都能摆两杯茶了。”她在我身边站了一会儿，“你知道他们订婚了吗?”

我在等待心痛来袭，但只有一丝轻微的感觉，就像一阵风吹过。“他俩……穿得挺好看的。”

母亲继续站了一会儿，看着帕特里克。“他不是坏人，露，只不过是……你变了。”她递给我一个马克杯，转身走了。

一天早上他又在门口的路边停下，开始做俯卧撑。终于，我打开大门走了出去，靠在门廊上，双手交叉抱在胸前，看着他，直到他也抬起头。“要是我就不会在那儿停这么久。隔壁的狗很喜欢这一片儿呢。”

“露!”他大喊，仿佛见到了最不可能出现在我家门口的人。我们在一起的七年间，他每周都要来好几次。“嗯……你回来了……真没想到。我还以为你出去征服全世界了呢!”

在他身边一起做俯卧撑的未婚妻也抬头看了看我，又低头做起来。是我的想象吗?但她的臀部似乎夹得更紧了。上下，上下，她使劲儿地做着。上下，上下。我发现自己有点担心她那对新做的胸了。

帕特里克跳了起来。“这是卡洛琳，我的未婚妻。”他紧盯我的脸，好像期待看到某种反应，“我们一起训练，准备参加下一个铁人三项。

我们已经一起完成两个了。”

“真是……浪漫啊。”我说。

“嗯，我和卡洛琳都觉得一起做点事情挺好的。”他说。

“哦，明白了，”我回答，“还有情侣莱卡运动装。”

“嗯，是啊，这是我们队的颜色。”

然后，是一阵短暂的沉默。

我朝空气中微微挥了一拳：“加油啊，你们队！”

卡洛琳跳起来，开始拉伸她的大腿肌肉，如一只鹳鸟般，双腿在身后并拢。她朝我点点头，基本的礼貌还是要保持的。

“你瘦了。”他说。

“嗯，是的。光打生理盐水你也会瘦。”

“我听说你……出事了。”他略带同情地偏偏头。

“坏事传千里啊。”

“不管怎样，很高兴你没事。”他哼了一声，低头看着地面，“过去一年你一定很难过。你的事情……”

对，就是现在这样。我努力控制自己的呼吸。卡洛琳强忍着不去看我，一心一意拉着筋。接着，我说道：“不管怎样……恭喜你要结婚了。”

他骄傲地看看自己的准太太，万分沉醉地欣赏着她那健美的双腿。“嗯，就像他们说的，对的人就是对的人。”他使劲挤出一个抱歉的笑容。就是这个笑让我忍不下去了。

“嗯，我相信肯定如此。我猜你为婚礼存了不少钱吧？办婚礼可不便宜，对吧？”

两人都看着我。

“把我的故事卖给报纸算怎么回事？他们给了你多少钱，帕特？

几千英镑？特丽娜一直没查出到底是多少钱。不过，威尔的死，够你们买好几套莱卡运动装了，是不是？”

卡洛琳的目光一下子转向帕特里克。我知道了，他还没来得及跟她分享这个故事呢。

他盯着我，脸一下子涨红了 :“那事跟我没关系。”

“当然没关系了。不管怎么说，很高兴见到你，帕特里克。祝婚礼顺利，卡洛琳！你一定是这片儿……最结实的新娘。”我转过身，慢慢走进屋里，然后关上门，倚在门上休息，心还在怦怦直跳，直到确定他们终于跑开。

“浑蛋。”我一瘸一拐地走回客厅，听到外祖父这么说着。接着，他不屑一顾地朝窗口看了一眼。“浑蛋。”他咯咯笑了起来。

我盯着外祖父。然后，完全毫无预兆地，我终于忍不住大笑起来，不记得上次这么笑是在什么时候。

“所以你接下来打算做点什么，等你好点以后？”

我躺在床上。特丽娜从大学打来电话，她正等托马斯从足球班出来。我盯着天花板，托马斯在上面贴满了闪着荧光的银河系。想要撕掉的话，估计半个天花板都要完蛋。

“我还没想好。”

“你需要找点事做，不可能永远无所事事地闲坐在家里。”

“我不会的。再说，坐多了屁股会痛，理疗师说躺下比较好。”

“父母想知道你打算做些什么。在斯托特福德是找不到工作的。”

“这我知道。”

“但你一直漂泊不定，好像对什么都提不起兴趣来。”

“特丽娜，我刚从楼顶上掉下来，还处于恢复期。”

“在此之前你到处游荡、旅行，然后跑去一家酒吧工作，不知道自己到底想要做什么。总要想清楚的。如果你不打算回去上学，就必须想清楚，自己到底想要干什么。我也就这么一说。无论如何，如果你要待在斯托特福德，就得把伦敦那套公寓租出去。父母不可能永远养着你。”

“过去八年都是爸妈在当你的银行，你还好意思说我。”

“我上的是全日制学校，这不一样。你住院的时候我整理了一下你的银行对账单。付清医药费后我算了算，你大概还剩五百英镑，包括法定的病假工资。对了，那些越洋电话是怎么回事？你花了好多钱在上面。”

“跟你没关系。”

“我给你列出了那附近负责租房业务的中介名单。然后，咱们一起商量申请学校课程的事。你想读的课程有人退课了。”

“娜娜，你弄得我很累。”

“整天无所事事没有意义。如果你有事做了，感觉会好得多。”

虽然很烦人，但妹妹的唠叨让我觉得安心。除了她，没人敢这样。父母似乎一直觉得我的内心出了什么大乱子，必须温柔相待。母亲帮我洗好衣服，晾干以后叠得整整齐齐放在床头，一天三顿为我做饭。我们的目光偶尔相遇，母亲只是微微一笑，是那种硬挤出的奇怪笑容，包含了我们不愿意与对方交谈的所有信息。父亲带我去做理疗，坐在我身旁的沙发上看电视，丝毫不敢跟我开什么玩笑。只有特丽娜，还像从前那样对我。

“你知道我要说什么，对吧？”

我翻了个身，疼得咧了一下嘴。

“我知道，也不知道。”

“嗯，你知道威尔会说什么。你们有过约定的，不能言而无信。”

“好了别说了，娜娜。这次对话结束了。”

“好。托马斯换好衣服出来了。周五见！”她语气那么轻巧，就好像我们刚才在谈论音乐，或是她的度假目的地，又或是香皂牌子。

挂断电话，我呆呆地盯着天花板。

你们有过约定的。

是啊。看看我现在落得什么下场。

虽然特丽娜对我抱怨不堪，但回家这几个星期我还是有些进步的。我丢掉了拐杖，否则总感觉自己像个八九十岁的老太太。而且自从回到家，不管去哪里，我几乎都会把拐杖忘在那儿。医生建议外祖父做些日常锻炼，但有一天母亲跟着他去公园，发现他只是去街角的商店称了点猪肉脯，在慢慢走回家的路上吃掉了。因此早上，我常常在母亲的要求下，带外祖父去公园散步。

我们走得很慢，两个人都有点跛脚，而且都没有真正的目的地。

母亲一直劝我们去城堡前走走，“换换地方”，但我没理她。每天早上出门时，外祖父都会坚定地朝公园的方向点点头，不是因为路程会短些，也不是因为离赛马投注站更近，我想是因为他知道我不愿去城堡那里。我还没做好准备。我不确定自己到底会不会准备好。

我们绕着鸭池慢慢转了两圈，然后坐在一张长椅上。春日的阳光水润明媚。我们看蹒跚学步的孩子与父母一起喂池塘里的肥鸭子；看十几岁的小青年，抽着烟，互相大叫打闹着；看恋爱初期心情复杂、若有所思的情侣。接着，我们慢慢走到赌马的地方。外祖父总是赌一匹叫作“摇摆狗”的马赢，然后输掉三英镑。他恼羞成怒地揉皱赌马单，扔进纸篓里。我说我要去超市给他买个果酱甜甜圈吃。

“哦，多脂。”我俩站在面包货架前，他说。

我朝他皱皱眉。

“哦，多脂。”他边说边指着甜甜圈，大笑起来。

“哦，明白了。咱们就这么跟妈妈说，是低脂甜甜圈。”

母亲说过，外祖父在吃一种新药，比较喜欢笑。我觉得这样也没什么不好。

我们去排队付款的时候，外祖父还在为自己的笑话笑个不停。我一直低着头，在口袋里翻找零钱。我在想，周末可不可以去花园帮父亲的忙，所以过了一会儿才听清楚背后的窃窃私语。

“是因为内疚。他们说她跳楼了。”

“嗯，换你你也会的，对吧？我反正没法心安理得地过活。”

“她还好意思在这儿露脸，我真没想到。”

我一动不动地站着。

“你知道吗，可怜的乔西·克拉克还没走出来呢。每周她都会去告解。可她有什么好内疚的，又不是她的错。”

外祖父指着那些甜甜圈，朝收银员说：“哦，多脂。”

她礼貌地笑笑：“八十六便士，谢谢。”

“特雷纳一家再也回不去了。”

“是啊，那件事把他们给毁了呀。”

“八十六便士，谢谢。”

过了好大一会儿，我才反应过来，意识到收银员在看着我，等我付钱。我从口袋里掏出一把硬币，手指颤抖地翻找着。

“乔西[1]不该让她外公一个人带她出来啊，是不是？”

“你不会觉得她会……”

“这哪儿说得清。毕竟她干过这事儿啊……”我的脸很烫。慌乱

1. 约瑟芬简称乔西。

中硬币哗啦啦全部撒落到柜台上。外祖父还在朝那个一脸困惑的收银员重复着："哦，多脂。哦，多脂。"等她听懂这个笑话。

我扯扯他的袖子："走吧，外公，我们该走了。"

"哦，多脂。"他倔强地又说了一遍。

"嗯嗯。"收银员露出善意的微笑。

"求你了，外公。"我浑身发烫，神志不清，几乎要晕过去了。

她们可能还在聊着，但我耳朵里嗡嗡直响，无法听到任何声音。

"再见。"他说。

"再见。"收银员礼貌地回应。

"好姑娘。"外祖父说，我们走出门，走入阳光中。

接着他看着我："你怎么哭了？"

所以，这就是陷入一场足以改变人生的灾难性事件的下场。你本以为，这是一件只要去面对就能够解决的重大事件：闪现的回忆，无眠的夜晚，往事一幕幕浮现像要将你碾碎；你一遍遍问自己到底做错了什么，说错了什么，是否可以做些什么改变这一切……

母亲说过，和威尔在一起，最终会影响我的整个余生。我以为她指的仅仅是我的心理状态。我以为她是指我需要去努力克服愧疚、悲痛、失眠、总是突如其来的愤怒，以及内心不断与离去之人对话的种种不良情绪。但现在，我明白了，后果远远不止于此。在数字时代，那意味着我被永久定格了。就算我自己忘光了整件事情，旁人也绝不会允许我与威尔的死撇清干系。只要有照片和屏幕，我的名字就必定和他连在一起。人们将对我指手画脚，仅仅基于对报纸的匆匆一瞥，更多时候甚至对此一无所知。而我毫无办法。

我剪了个波波头，更换穿衣风格，将曾经标新立异的每样东西都打包起来，塞进衣柜最深处。我学着特丽娜的样子，总是穿牛仔裤配普通的 T 恤。现在，读到报纸上那些卷款出逃的银行柜员、杀了孩子的女人、消失的兄弟姊妹，我不再像从前一样怕得发抖。我开始换一种眼光，思索在这些白纸黑字之后，是否藏着什么难言之隐。

我对这些故事里的人们有种奇怪的亲近感。我也是个有污点的人了，附近人尽皆知。更糟的是，我自己也开始有这种感觉了。

我把已经剪得很短的深色头发全部塞进一顶小帽子里，戴上墨镜，走进图书馆，尽量避免跛脚走路，咬紧牙关硬撑着。

我经过“儿童天地”那群唱着歌的小孩子，经过一群对族谱特别着迷的人，他们努力想证明自己有那么一点王室血统，然后在本地报纸的架子间找了个角落坐下，很快就找到了需要的报纸：2009 年 8 月。我深吸一口气，从报纸中间打开，快速浏览面前的新闻标题。

本地男人在瑞士诊所自杀

特雷纳一家称“悲痛时期”需要隐私

斯托特福德城堡管理人史蒂文·特雷纳三十五岁的儿子在“尊严诊所”结束了自己的生命。该诊所因为提供协助自杀服务而备受争议。自从 2007 年交通事故以来，特雷纳先生左半身一直瘫痪。陪同他去诊所的，是他的家人和看护者露易莎·克拉克。后者二十七岁，也是斯托特福德人。

警方正在调查与该死亡事件有关的事项。有消息称他们并未排除起诉的可能性。

露易莎·克拉克的双亲，巴纳德和约瑟芬·克拉克，表示不予置评。

儿子自杀以后，卡米拉·特雷纳决定辞去地方执法官一职。当地有消息称，由于家庭事件，她继续担任该职位显然“不太合适”。

下一幕映入我眼帘的，就是威尔的脸庞，那刊登在报纸上的照片，有种粗糙的颗粒感。他略带嘲讽地微笑着，目光直视前方。有那么一瞬间，我感觉自己再次无法自拔地被他缠绕了。

与特雷纳先生的生命一起结束的，还有伦敦城成功的事业。那里的人们都说他是无情的资本家，但做生意的眼光很准。昨天，他的同事们排队来表示哀悼，他们对这个人的评价是……

我合上报纸。直到确定自己能够重新控制面部表情，我才抬起头。图书馆里一团忙碌却令人心安，大家都在忙活自己的事。孩子们唱着歌，调不成调，乱成一锅粥。母亲们围着他们，开心地拍着手。身后的图书管理员与同事低声讨论泰式咖喱怎么做最好吃。旁边的男人伸出手指按住一份老旧的选民手册，低声嘟囔着：“费舍尔，菲兹伯恩，菲兹威廉姆……”

而我什么也没做。十八个月过去了，我什么也没做，只不过在两个不同的国家站了站酒吧柜台，剩下的时间就是一味地顾影自怜。我回到从小长大的家里已经四个星期了，感觉整个斯托特福德都在伸手把我拉进去，向我保证在这里我会没事，一切都会好起来。几乎可以肯定的是，这里很平静，没有什么伟大的冒险；在人们习惯我之前，我总会经历一些不愉快。但这些都不算什么，你可以和家人在一起，享受他们给你的爱和安全感，对吧?

我低头看着面前这堆报纸。最新一期的头版头条写着：

邮局前残疾人停车处排起长队

我又想起父亲坐在我的病床边，从报纸上搜寻对于我出事的报道，以为这是一件多么了不起的大事。

我辜负了你，威尔。我用尽一切可能辜负了你。

我一路慢吞吞走回家。刚走到我家所在的街道，大吵大闹的声音便远远传来。走进家门，耳朵已经被托马斯的大哭灌满了。客厅一角，特丽娜晃动着手指正在责骂他。母亲提着洗碗桶，手拿百洁布，身子朝外祖父倾斜着。外祖父轻轻拍着她，让她走开。

“怎么了？”母亲闪到一旁，我终于看清了外祖父的脸。他正朝我挤眉弄眼，一双眉毛被涂得漆黑，嘴边还有一撇歪歪扭扭的黑色小胡子。

“这种墨迹很难洗掉。”母亲说，“从现在开始，不准托马斯跑到外公睡觉的房间去了。”

“你不要看到什么就往上边画，好不好？”特丽娜大吼大叫，“只能画在纸上，明白吗？不能往墙上画，不能往脸上画，不能往雷诺兹太太的宠物狗身上画，也不能往我裤子上画。”

“我在帮你画‘一周七天’！”

“我不需要‘一周七天’的裤子！”特丽娜喊起来，“就算我需要，‘星期三’也得拼对了啊！”

“别骂他了，娜娜。”母亲说，又斜过身子看有没有稍微擦掉一点，“还不算太糟。”

在这栋小小的房子里，父亲下楼的脚步声听起来有种特别的分量，像一声声闷雷。他快步走到前厅，沮丧地垂着双肩，头发乱蓬蓬偏向一边。“今天我休息，在家里也不能好好打个盹吗？这个家都快变成精神病院了。”

我们都停下来盯着他。

“怎么了，我又说错什么了？”

“巴纳德……”

“哎呀，别想那么多了。我们露才不会觉得我是说她呢……”

“啊，我的老天爷啊。”母亲用手捂着脸。

特丽娜开始伸出手把托马斯推出客厅。“哦，天哪，”她发出“嘘嘘”的声音，“托马斯，你最好马上出去。要是让你外公逮着，肯定就……”

“怎么了，”父亲皱皱眉头，“发生什么事了？”

外祖父大笑一声，用颤抖的手指指着父亲。

一样的“传世巨作”！托马斯用蓝色马克笔画了父亲一脸。父亲的双眼看上去如同被深蓝色海水浸染过的醋栗果子。

“怎么了？！”托马斯一边被拖往门外，一边哭着抗议，“我们一起看《阿凡达》来着！外公说他可以做阿凡达！”

父亲瞪大了双眼，然后大步走向壁炉架上的镜子。

一阵可怕的沉默。“哦，我的上帝。”

“巴纳德，不可妄称上主之名。”

“他把我画成个蓝人了，乔西！我觉得我可以多喊几次‘上主之名’。这是洗不掉的那种吗？托马斯！是不是洗！不！掉！？”

“我们能擦掉的，爸爸。”特丽娜赶快关上了通往花园的门。隔着门还能听到托马斯不停大哭的声音。

“我明天得去监督城堡立新栅栏，还约了承包商。这个样子，我怎么见人啊？”父亲朝手上吐了两口唾沫，对着脸一顿狂搓。遗憾的是，没什么效果，不过他的手上又沾了一些。“擦不掉，乔西。擦不掉！”

母亲的注意力从外祖父转移到父亲身上，用百洁布在他脸上擦洗着。“别动，巴纳德，我尽全力。”

特丽娜伸手去拿自己的笔记本电脑包。“我上网查查，肯定有办法的。牙膏啊，洗甲水啊，漂白剂啊，什么的……”

“不能往我脸上涂漂白剂！”父亲大吼道。新添了“海盗胡”的外祖父坐在角落里，咯咯笑着。

我一言不发，从他们中间走了过去。

母亲右手把着父亲的脸，左手使劲擦着。她转过身，好像刚刚才看到我。“露，刚才没空问，你没事吧，亲爱的？散步开心吗？”家里的每个人突然同时停了下来，朝我微笑着，仿佛在说：“这里一切都很好，露，你不用担心。”我真讨厌他们的微笑啊。

“没事。”

这就是他们想要的答案。母亲转头看着父亲。

“那真是太好了。是不是很好啊，巴纳德？”

“是啊，真是个好消息。”

“亲爱的，如果你把要洗的白衣服挑出来，待会儿我可以把它们和爸爸的白衣服一起洗干净。”

“事实上，”我说，“不用了。我一直在想，我该回去了。”

没有人说话。母亲不停朝父亲使着眼色。外祖父又咯咯笑了一声，赶紧用手捂住嘴巴。

“不错，”父亲说，尽可能维持着一个脸被涂成蓝色的中年男人的尊严，“但是露易莎，如果你要回那栋公寓，我有一个条件……”

04

新朋友

“我叫娜塔莎，三年前丈夫死于癌症。”

周一晚上，空气潮湿，五旬节会教堂的大厅里，“开启新生活”小组的成员们坐在橙色的办公椅上，围成一圈。组长马克是个留着小胡子的高个子男人，从内而外透着一种疲惫的忧伤。在他旁边还有一把空椅子。

“我叫弗雷德。妻子吉莉 9 月去世了，享年七十四岁。”

“我叫苏尼尔。两年前，双胞胎兄弟死于白血病。”

“威廉姆。六个月前父亲去世。说实话有点可笑，他活着的时候我们一直相处得不好。我不停地问自己为什么要到这里来。”

这里弥漫着一种特殊的味道，悲痛的味道。它源自通风不畅的教堂大厅与廉价的茶包，源自难吃的饭菜和为了御寒才抽的陈腐香烟，源自头发和腋窝处的香水，抑或源自困境中徒劳的挣扎。就是这种味道，让我意识到，不管之前对父亲承诺了什么，我都不属于这里。

我觉得自己就像一个骗子。还有，这些人看上去那么……悲伤。

我坐在座位上，不安地动了一下，却被马克注意到了。他给我一个鼓励的微笑，好像在说 ：“我们懂的，我们以前也是这样。”

我敢打赌，你不是这样。

我默默地顶了一句。

“不好意思，不好意思，我迟到了。”门打开了，一股温暖的空气扑面而来。一个头发蓬乱的十几岁少年坐在了那把空椅子上。他微微缩起手脚，似乎担心对周围的空间而言，它们太长了。

“杰克，上周你就没来。没事吧？”

“抱歉，爸爸工作出了岔子，没法送我过来。”

“别担心，你来了就好。喝的在老地方，自己去拿。”

男孩抬起长长刘海下的双眼，环视四周，当看到我亮闪闪的绿色短裙时，他的目光有点犹豫了。我把包放在膝盖上，遮住裙子，他又看向了别处。

“大家好，我叫达芙妮。我丈夫自杀了。不是因为我唠叨！”女人勉强笑了一声，却让人听着更加难受。她拍拍梳得一丝不苟的头发，别扭地盯着自己的膝盖，“我们曾经很幸福，很幸福。”

男孩把双手压在大腿下方：“我叫杰克。妈妈去世了，两年前。过去一年我一直过来，因为爸爸过不去，而我也需要倾诉。”

“你父亲这周过得怎么样，杰克？”马克说。

“还行。嗯，上周五晚上他带了个女人回家，之后他没有坐在沙发上哭。所以，还是不错的。”

“杰克的父亲在用自己的方式排遣悲痛。”马克对着我说道。

“找女人，”杰克说，“主要是找女人。”

“真希望我还年轻。”弗雷德的语气听上去满怀渴望。穿衬衫打领带的他，应该是那种不穿正装就感觉自己赤身裸体的男人，“那样的话，面对吉莉的死会好过很多。”

“在姨妈的葬礼上，我表姐勾搭上一个男人。”角落里一个女人开口了，好像叫莉莉安，我记不清了。她个子矮小，身形圆润，头发是巧克力色的，有着厚厚的刘海。

“就是在葬礼上？”

“她说，吃完三明治他们就去酒店了，”莉莉安安耸耸肩，“很显然心情比较激动。”

我来错地方了。现在我可以完全肯定。我开始偷偷收拾自己的东西，不知道是该打声招呼再走，还是拔腿就跑来得比较痛快。

接着，马克满怀期待地看着我。我眼神空洞地回应了他。他挑起眉毛。

“哦，我吗？其实，我正准备离开。我觉得我已经……我的意思是……我觉得我不应该……”

“哦，第一天来的时候，人人都想走，亲爱的。”

“我第二次和第三次来的时候，还是想走。”

“是因为饼干吧。我一直跟马克说，应该用好点的饼干。”

“如果你愿意的话，讲个故事梗概也好。别担心，大家都是朋友。”

人们都等着我开口，我没法撤腿就跑。于是我缩回座位上。“呃，好吧。这个……我叫露易莎。我……我爱的男人在三十五岁的时候死了。”

几个人同情地点点头。

“太年轻了。什么时候的事，露易莎？”

“二十个月前，零一个星期，零两天。”

“我的他，去世了三年零两个星期零两天了。”对面的娜塔莎朝我微笑。

人们开始同情地窃窃私语。我旁边的达芙妮伸出戴着戒指的胖手，拍了拍我的腿。

“我们在这里专门讨论过很多次，英年早逝是很难对付的事。”马克说，“你们在一起多久了？”

“呃。我们……嗯……六个月多一点。”

有几个人发出不易察觉的惊讶声。

“时间挺短的。”一个声音说。

“露易莎一定很痛苦。”马克平静地说。

“他是怎么过去的，露易莎？”

“过去哪里？”

“怎么死的。”弗雷德热心地说。

“哦，他……嗯……他自杀了。”

“你一定很震惊。”

“其实并没有。我知道他在计划自杀。”

人们陷入一种奇怪的沉默，这不足为奇。满屋的人，自以为对亲朋好友的逝去已经无所不知了，结果我来了这么一番言辞，他们还能说得出话吗？

我深吸了一口气：“我们认识之前，他就确定了。我本想说服他改变主意，但是失败了。因此我决定支持他，因为我爱他。这个决定当时看来似乎很有道理，但现在想想并不明智，所以我来到了这里。”

“死亡是永远想不通的。”达芙妮说。

“露易莎，你能到这儿来讲出你的故事，是很勇敢的。不如你多给我们讲讲吧，你和——他叫什么名字来着？——你们怎么认识的？在座的人你都可以信任。我们发过誓，出了这个门，什么都不会往外说。”

我突然与杰克的目光相遇了。他瞥了一眼达芙妮，又看了我一眼，然后令人不易察觉地摇摇头。

“我是工作的时候认识他的，”我说，“他叫……比尔。”

不管曾跟父亲承诺过什么，我都没打算参加这个“开启新生活”小组。但回去上班非常糟糕，一天工作结束以后，我不愿回家一个人面对静悄悄的公寓。

“你回来了！”卡莉把咖啡放在吧台上，接过那个生意人的零钱，然后拥抱我，同时把硬币放进收银机里正确的位置。整套动作流畅潇洒，一气呵成，“到底怎么回事？蒂姆只跟我们说你出事了，我不知道你还回不回来。”

“说来话长了。”我看着她，“啊，你怎么穿得这么……”

现在是周一早上九点，机场里人来人往，在我面前组成一个蓝灰色的模糊画面，有人在给笔记本充电，有人盯着苹果手机，有人在看快报，有人低声朝耳麦里说着市场份额的事情。卡莉和吧台那边一个人的目光相遇了。“嗯，是啊，你离开之后的这段时间发生了一些事情。”

我转身看着那个站在吧台后面的生意人。吧台不是闲人免进的吗？我朝他眨眨眼睛，然后放下包。“呃，如果你愿意等一下，我来给你下单……”

“你一定是路易斯[1]吧。”他和我握手，有力，却冷冷的，“我是酒吧新上任的经理。理查德·帕西瓦尔。”他头发光滑整洁，穿一身西装，内搭灰蓝色衬衫。我很好奇他以前管理过什么样的酒吧。

“很高兴认识你。”

“你两个月没来上班吧。”

---

1. 露易莎（Louisa）和露易斯（Louise）是一个名字的两种不同叫法。

“呃，是啊，我……”

他沿着吧台踱步，扫视着每瓶酒。“我想让你知道，我不喜欢有人没完没了地请病假。”

我的脖子往领子里缩了几厘米。

“我想给你提个醒，路易斯。我不是那种睁一只眼闭一只眼的经理。我知道在很多公司，请假相当于给员工的小费。但我工作的公司不允许这样做。”

“相信我，我可没觉得过去九个星期是小费。”

他检查了一个龙头下方，沉思着用大拇指揉了揉。

我深吸一口气，开口道：“我从楼顶掉下去了。需不需要给你看看手术留下的伤口？这样你应该可以确定，我以后不会再干这样的事情了。”

他盯着我：“不用这么讽刺。我没有说你又要出事了。但你的病假太长了，你在公司干的时间比较短，病假不成比例。我想说的是这个，也记录下来了。”

他的袖扣上有赛车的标志。

“明白了，帕西瓦尔先生，”我说，“未来我会努力避免那种要命的事故的。”

“还有，你要穿制服。给我五分钟，我去仓库拿一件。你穿多大码？ 12？ 14？”

我瞪着他：“10号。”

他挑起一边眉毛。我也挑了起来。看他转身向办公室走去，卡莉从咖啡机那边斜过身子，朝他所在的方向甜甜地笑了一下。“简直是个大——混——蛋。”她从嘴角挤出几个字。

她说得没错。从我回来的那一刻，用父亲的话来说，理查德·帕西瓦尔就像“一件烂西装贴在身上”一般阴魂不散。我量过的酒他都要重新量一遍；他检查酒吧的每一个角落，连最微小的花生碎屑也逃不过他的眼睛；他时常在卫生间进进出出，检查清洁状况；我们每天要等他清点完账目，确保一分一厘都对得上，否则别想下班。

我再也没空跟客人们聊天、查找登机时间、送去落在酒吧的护照了，也没工夫透过巨大的玻璃窗凝望起飞的飞机，甚至没空为酒吧里播放的凯尔特风笛音乐而烦心。要是有哪位客人等了十秒钟以上，理查德会变魔术一样从办公室走出来，夸张地叹着气，反反复复大声道歉，说让他们久等了。此时，在忙着招待其他客人的卡莉和我，则会默默交换充满轻蔑和怨恨的眼神。

他每天会用半天时间接待各地来的代表，剩下的时间就是给总部打电话，抱怨客流量不多，人均消费少。他还鼓励我们向每位客人多推销饮品。谁要是忘记了这么做，就要被拉到一边进行单独谈话。这些已经够糟糕的了。

但还有制服。

卡莉走进女卫生间，我刚刚换好衣服。我俩一起站在镜子前。“我们真是两个二傻子。”她说。

不知是公司高层哪位营销天才，不满意之前的深色半身裙配白色衬衫，而认为地道的爱尔兰风格制服会让“三叶草”连锁酒吧的氛围更浓厚。这位决定我们着装的人，对“地道的爱尔兰风格”的理解恐怕有点偏差。此人显然认为，此时此刻在整个都柏林，无论是职业女性还是收银员，工作时都会如跳芭蕾舞般足尖点地旋转着，穿着刺绣粗呢衣服、及膝长袜，以及镶着蕾丝的舞鞋，浑身上下应该闪着鲜绿色的光芒。除此之外，还需要戴一顶配套的长鬈假发。

“我的天，要是男朋友看到我穿成这个样子，一定会甩了我的。”

卡莉点了一支烟，然后爬上水槽关掉天花板的烟雾报警器。

“那男士们怎么穿？”我拉了拉短裙的边缘，紧张地看了一眼卡莉的打火机，不确定自己是不是个易燃易爆品。

“你往外看看，只有理查德。他必须穿那件印有绿色标志的衬衫。可怜的家伙。”

“这样就可以了吗？可以不穿小精灵的鞋子，也不来顶爱尔兰小矮妖的帽子？”

“这有什么稀奇的。只有我们女孩得穿得跟制服诱惑似的。”

“戴着这假鬈发，我就像多莉·帕顿[1]似的。”

“那你戴一顶红色的呗。我们已经挺幸运的了，有三种颜色可以选呢。”

我们听到理查德在外面喊叫了。现在，只要听到他的声音，我的胃就会不由自主地缩紧。

“我待不下去了。我要麻溜地离开这里，去做另一份工作。”卡莉说，“他尽管去拍公司的马屁好了。”她跳了一下，然后离开了女卫生间。我也形容不好，那看上去像是“讽刺的一跳”。

接下来的一整天，我被制服引起的静电击得一愣一愣的。

晚上九点半，“开启新生活”小组活动结束了。我走在大街上，走进潮湿的夏夜。工作和晚间活动的双重煎熬让我筋疲力尽。教堂里太过闷热，我当时脱掉了外套，露出里面那套浓浓山寨味儿的爱尔兰舞蹈制服，有点紧，有点小，那一刻我感觉自己就像脱光了衣服般面对着一屋子的陌生人。

我还不能如他们那般谈论我的威尔。那些组员絮絮叨叨的，好

---

1. 多莉·帕顿（Dolly Parton），美国乡村音乐的常青树，有一头金色鬈发。

像亲人依然存在于他们的生活中，或许就待在隔壁。

——哦，是啊，我的吉莉经常那么做。

——我没法删除弟弟的语音留言。有时我感觉就要忘记他的声音了，就赶快听一听。

——有时好像他就在隔壁，我都能听到他的声音。

我甚至连威尔的名字都说不出口。听组员们讲述家庭关系、三十年婚姻、共同的家、生活、孩子这些事情，我觉得自己就是个骗子。我只是给某人当了六个月的看护而已。而我爱上了他，眼睁睁看他结束了自己的生命。

这些陌生人怎么能够理解这段时间我和威尔对彼此而言意味着什么呢？怎么才能解释我们的相识相知、那些随口说出的玩笑，以及赤裸裸的真相呢？我怎么才能解释这短短六个月竟改变了我对万事万物的认识呢？威尔令我的世界天翻地覆，现在没有了他，这个世界也完全失去了意义。

人已离去，一天天重新审视自己的忧伤，有什么意义呢？一遍遍地去回忆、去倾诉，又有什么用呢？就像一次次戳着自己的伤口不让它愈合。我很清楚自己做过什么，又扮演了什么角色。

下周我不会再过来了，现在我可以确定。父亲那儿我会找个借口搪塞过去。

我慢慢走过停车场，在包里翻找着钥匙，告诉自己，参加这个小组至少不用整晚独坐在电视机前，颓废地度过十二个小时，然后强打精神去上班。

“他真名不叫比尔吧，是不是？”杰克跳到我身边的台阶上。

“不叫。”

“达芙妮这女人能顶一个广播公司了。她的心是好的，但你还没反应过来呢，她的社交圈子就全知道你的事情了。”

“谢谢你提醒。”

他朝我咧嘴一笑，对着我银闪闪的裙子点点头：“裙子挺好看的。穿着这个来参加这种治愈系的活动，很不错。”

他蹲下来重新系鞋带。

我也停下脚步，犹豫了一下，说：“你母亲的事，我很遗憾。”

他的脸色沉了下来：“不要那么说。这小组就像个监狱，你不可以问别人因为什么进来的。”

“真的吗？哦，对不起，我不是那个……”

“开玩笑的。下周见。”

一个男人靠着摩托车，伸出一只手远远打着招呼。杰克穿过停车场，他也走上前，然后给了杰克一个熊抱，亲了亲他的面颊。我站在原地看着他们，因为很少看到男人在公共场合如此拥抱这么大的儿子。

“怎么样？”

“还行，跟平时差不多。”杰克指了指我，“哦，这位是……露易莎，新来的。”

男人眯起眼睛看着我。他高个子，宽肩膀，鼻梁有点瘀青，好像曾经断过。他看上去有点像退役的拳击手。

我礼貌性地点头打招呼：“很高兴认识你，杰克。拜拜。”我挥了挥手，朝汽车走去。但经过那个男人身边时，他还在死死盯着我，在他的目光下我感觉自己的脸涨红了。

“你是那个女孩。”他说。

哦，不要。

我心想，脚步突然放慢了。

在这儿也有人知道吗？不要啊。

我盯着地面几秒钟，深吸了一口气，然后转过身面对父子俩："好吧。我刚刚在小组里已经说得很清楚了，决定是我朋友自己做的。我只是支持他的决定而已。说实话，我不想在这里和陌生人谈论这个话题。"

杰克的父亲还是眯着眼睛看着我。他伸出手挠着头。

"我知道，没人能明白。但事情就是那样。我不需要为自己的选择辩护。我真的很累，今天过得很糟糕。现在我要回家了。"

他把头歪到一边，接着说："我完全听不懂你在说什么。"

我皱皱眉头。

"瘸，我发现你走路有点瘸。你住在那个很大的新小区附近，是不是？你就是那个从楼顶掉下来的女孩。3 月还是 4 月的事。"

猛然间，我认出了他："哦，你是……"

"我是那个急救员，就是我们救的你，我一直在想你后来怎么样了。"

我忽然感到某种完全的解脱。我的目光开始肆无忌惮地打量他的脸、头发、双臂，突然异常准确地想起他安慰人心的风度、警笛声和淡淡的柠檬味。我长舒了一口气："我很好。嗯，不算很好吧。骨盆还没好利索，来了个新老板，简直是个浑蛋。还有，在一个特别潮湿的教堂大厅，我参加了一个悲痛疗愈俱乐部活动，那些人都非常非常……”

“伤心。”杰克帮我补充。

“骨盆会好起来的，显然没有妨碍你的舞蹈事业。”

我大笑起来，不由得发出如汽车喇叭般的尖叫声。

“哦，不是的。这个……这身衣服跟那个浑蛋老板有关。我一般不这么穿的。不管怎么样，谢谢你。哎呀……”我开始挠头了，“真是奇怪，你救了我的命。”

“见到你真好。我们常常无法得知后续的事情。”

“你做得很棒。当时……嗯，你人真的很好。我也就记得那么多了。”

“De nada。”

我看着他。

“De nada，西班牙语，‘不值一提’。”

“哦，那好。那我都收回。不谢你了。”

他微笑着，举起船桨一样的大手。

接着，我也不知道哪儿来的冲动：“嘿。”

他转过头看着我：“我叫山姆。”

“山姆，我不是跳楼自杀。”

“嗯。”

“真的，听我说。你别看我是从悲痛疗愈小组出来的，但是，真的——反正我没跳楼。”

他朝我看了一眼，是那种阅历丰富、似乎已经览尽世间沧桑的眼神：“那就好。”

我们相互凝视了一会儿。接着他又举起手：“很高兴见到你，露易莎。”

他戴上头盔，父子俩都上了摩托车，杰克坐在他身后。他们开出停车场，我发现自己一直注视着他们，结果注意到杰克戴上自己的头盔时夸张地转了转眼珠子。我想起他在活动时说的。

主要是找女人。

“你这个白痴。”我骂了自己一声，瘸着腿走到车旁。在夜晚的热气之下，车身微微发烫。

05
秘密

我住在伦敦城的边缘，这一点显而易见。比如，街对面有一个写字楼街区大小的深坑，周围是开发商竖起来的围挡，上写“法新门——伦敦城的起点”。我恰巧住在金融公司那些光滑锃亮、高大挺拔的玻璃建筑，与陈旧肮脏的砖房、小门小户的咖喱店和二十四小时营业的便利店对峙的地方。在这里，脱衣舞酒吧和小型出租汽车公司还在顽强地挣扎着，艰难营业。

我的小区拥有铅灰色、仓库风格的外形，从这些“钉子户”中拔地而起，对面便是稳如泰山、来势汹汹的钢筋混凝土大楼。不知道这个街区还能存续多久，也许开个颓废风格的果汁店或者自动贩售店还可以拯救它。我几乎不认识什么人，除了便利店店主萨米尔，以及面包店那个女人，每次进店她都朝我微笑致意，但她好像听不懂英语。

这种近乎隐身的生活让我很是满意。毕竟，我到这儿来，就是为了逃离自己的过去，逃离那个好像人人都对我了如指掌的地方。

伦敦慢慢改变了我。我开始熟悉这都市一隅的住地，熟悉它的节奏与危险。我发现，要是你在公交车站把钱给了那个潦倒的醉汉，他就会跑到你的公寓门前不屈不挠地坐上两个月；如果非得在晚上走过小区，那最好把钥匙拿在手中；如果需要深夜出去买酒喝，最好不要和格纳尔烤肉店那群小伙子有任何的眼神交流。

头顶上嗡嗡直响的警用直升机已经不再让我心烦意乱了。

我死不了。另外，我比谁都清楚，最糟糕的事情是什么。

“嘿。”

“嘿，露。你又睡不着了？”

“我这边才十点钟呢。”

“哦，什么事？”

内森，威尔过去的理疗师，过去九个月都在纽约，服务于一名中年男人。那男人是华尔街赫赫有名的CEO，有一栋四层楼的联排别墅，肌肉出了点问题。失眠夜，给内森打电话已经成了一种有意无意的习惯。在漆黑的夜里，知道有人懂我的感受是件很好的事情，尽管有时听他聊起近况时，感觉自己就像在承受一连串小小的打击。有什么办法呢，每个人都要向前看。除了我，周围的人都已有所成就。

“大苹果[1]的生活怎么样啊？”

“还行吧？”他的澳大利亚口音让每一句回答听起来都像在提问。

我躺在沙发上，脚蹬着扶手。

“呃，这话说了等于没说。”

“好吧。嗯，我加薪了，还不错。订了几星期以后回家的机票，去看看老人。他们高兴得很，因为我姐姐要生小孩了。哦，对了，我在第六大道一家酒吧遇到一个特别不错的女孩，我们聊得挺好，所以我约了她。我告诉她自己是干什么的，她说对不起，她只跟穿西装上班的男人约会。”电话那头，内森笑了起来。

---

1. 纽约的别称。

我也不由自主地笑了："穿白大褂也不行？"

"应该不行。不过她也说了，要是我是个正经的医生，她可能会改变主意。"他又大笑起来。内森似乎是镇定平和的化身，"那样的女孩，要是没选对餐厅，忽略什么细节，她们就会特别挑剔。早点知道比较好，对吧？你怎么样啊？"

我耸耸肩："正在适应吧，反正……"

"你还穿着他的T恤睡觉？"

"没有，没有他的味道了。说实话我有点讨厌那衣服了，我洗了洗，然后用纸包好了。但我还有他的工作服，情绪糟糕的时候穿。"

"有个备用的物品总要好一些。"

"哦，对了，我还去了悲痛疗愈小组。"

"怎么样？"

"糟透了。我感觉自己像个骗子。"

内森没说话，等着我继续倾诉。

我调整了一下枕头的位置。"这些都是我的想象吗，内森？有时候我觉得自己夸大了威尔和我之间发生的事情。在那么短的时间里，我怎么可能那么爱一个人呢？还有我对两个人感情的理解，我们真的像我记得的那么相爱吗？事情过去越久，那六个月就越像一个……诡异的梦。"

内森顿了顿才回答我："不是你的想象，露。"

我揉揉眼睛："只有我还在想念他吗？"

又是一阵短暂的沉默。

"不是。他是个好男人，最好的。"

这就是内森让我喜欢的原因之一，打电话时，他不介意我陷入长时间的沉默。最终，我坐起来，擤擤鼻子。"不管怎么说，我不会再回去了。那里肯定不是我能待的地方。”

“试试吧，露。只是回去了一次而已，什么也看不出来。”

“你怎么跟我爸爸似的。”

“嗯，你爸爸一直都挺明白的。”

门铃突然响了，我吓了一跳。十二楼的尼尔斯太太按过一次我的门铃，因为邮递员不小心把我俩的信件给送错了，除此之外再没有人上过门。这么晚了，尼尔斯太太应该睡了吧，而且我也没有收到她的《伊丽莎白洋娃娃》杂志。

门铃响了第二声。第三声。尖厉的声音不屈不挠。

“我挂了。有人找。”

“打起精神来，露。你会没事的。”

我把电话放下，警觉地坐起身。我在附近没有朋友。搬来这里之后，大多数时间我都在工作，还没有真正交到朋友。如果父母决定来个突然袭击把我带回斯托特福德，他们应该会在下班高峰前后抵达，因为两个人都不喜欢夜间开车。

我没有去开门，只是等着。不管是谁，应该很快就会意识到找错了门，然后走开。但门铃又响了，刺耳的声音接连不断，好像有人把身体靠在了门铃上。

我站起来，走到门边：“谁啊？”

“我得和你谈谈。”

一个女孩的声音。我透过猫眼看了看。她正低头看着自己的脚面，我只能看到一头栗色的长发和过于宽大的短夹克。她微微有些晃悠，揉着鼻子。是喝醉了？

“你找错门了吧。”

“你是露易莎·克拉克吗？”

我顿了顿："你怎么知道我名字的？"

"我得和你谈谈。开门好吗？"

"都晚上十点半了。"

"是啊，所以我不想站在过道里。"

在这儿住了好一阵了，我很清楚不能给陌生人开门。在这一片，经常会遇到些诡异的瘾君子按你的门铃，看能否要到一点钱。但这个女孩子口齿清晰，而且年纪不大。肯定也不是那些记者，前来打听关于那位帅气有为的青年才俊决定自杀的故事。而且，她年纪这么小，也不应该这么晚跑出来。我转了转头，想看看楼道里还有没有其他人。好像没有。"能不能先跟我说说是什么事？"

"在这儿可没法说。"

我挂上保险链，打开门，和她对视。"我不能就这么把你给放进来。"

她肯定还未满十六岁，双颊还是小女孩一样水润的婴儿肥，一头有光泽的长发，黑色紧身牛仔裤裹着细长的双腿。她画了淡淡的眼线，面容姣好。"你是谁？"我问。

"莉莉，莉莉·霍顿－米勒，"她微微抬起下巴，"我来是想跟你谈谈我爸爸的事儿。"

"你应该是找错人了。我不认识姓霍顿－米勒的人。你肯定把我跟别的露易莎·克拉克搞混了。"

我本想关上门，但她伸脚过来将门卡住了。我低头看了一眼，又慢慢把门打开了一些。

"他不姓这个。"听她的口气，好像觉得我很傻似的。说话时，她双眼目光锐利，又带着一种探询，"他叫威尔·特雷纳。"

莉莉·霍顿－米勒此刻站在我的客厅里，带着一种冷漠的兴趣上下打量着我，就像科学家看一种土里新发现的软体动物。“哇，你怎么穿成这样啊？”

“我——我在一个爱尔兰酒吧打工。”

“钢管舞？”她显然对我没什么兴趣了，慢慢地把目光移向房间里其他东西，“你真的住在这儿？家具呢？”

“我刚搬进来。”

“一张沙发，一台电视，两箱书？”她朝我坐着的椅子点点头。我的呼吸仍然很不均匀，还在消化她刚才跟我说的话。

我站起来：“我去弄点喝的，你要吗？”

“就可乐吧，除非你有酒。”

“你多大了？”

“干吗告诉你啊？”

“我没弄明白……”我走到厨房吧台后面，“威尔没有孩子。要是有的话我肯定知道。”我朝她皱皱眉头，突然起了疑心，“你是在开玩笑吗？”

“玩笑？”

“威尔和我……我们经常聊天。这种事他会告诉我的。”

“哦，是啊。看来他没说。我呢，得找个人聊聊他，不要那种一听到他名字就抓狂的。我家每个人都这样。”

她拿起母亲寄来的明信片，又放下。“我可不觉得这是个玩笑。哦，是啊，我的亲生父亲，是个坐轮椅的，太可怜了吧。这有什么好笑的。”

我递给她一杯水。“那……你家里都有谁？哦，你的妈妈是谁呢？”

“你这儿有烟吗？”她开始在房间里走来走去，摸摸这儿，摸摸那儿，把我的东西拿起来又放下。我摇摇头。她说：“我妈妈名叫塔尼亚，塔尼亚·米勒。她嫁给了我继父，弗朗西斯丑八怪霍顿。”

“好名字。”

她放下水杯，从夹克口袋里拿出一包烟，点燃一根。我本想说她不能在我家抽烟，但眼前的一幕让我惊得说不出话来，于是我只是走过去开了窗。

我情不自禁地盯着她，看出了一点威尔的样子。在她蓝色的眼睛里，有着淡淡的焦糖色。说话之前轻抬下巴，盯着人看的时候眼睛一眨不眨，这些很像威尔。还是说这都是我的心理作用？她站在窗口望着下方的街道。

“莉莉，我要先告诉你……”

“我知道，他死了。”她使劲吸了口烟，朝屋里吐了个烟圈，“所以我才知道的。电视上播了些安乐死的文件，他们说起他的名字，妈妈不知怎的就抓狂跑到厕所去了。丑八怪跟着她进去，我当然就在门外偷听。她特别震惊，因为她都不知道他坐了轮椅。我什么都听到了。嗯，我也知道丑八怪不是我的生父。但妈妈从没说过我的生父是个不想认我的浑蛋。”

“威尔不是浑蛋。”

她耸耸肩：“听妈妈说的，他就是。但是，不管我问她什么，她都会发疯，说我该知道的都知道了，说丑八怪弗朗西斯对我好，威尔·特雷纳比起他来就不算什么父亲。”

我喝了一口水，忽然前所未有地想喝酒。“那你做了什么？”

她又抽了口烟：“我上谷歌查了一下他，然后找到了你。”

我得一个人待会儿，消化一下这孩子说的话。我完全无法承受，不知道该拿这个叛逆的女孩怎么办。她在我的客厅里走来走去，周围的空气仿佛爆裂开来。

"所以他真的一点都没提到过我？"

我盯着她的鞋子：高跟芭蕾鞋，磨损得很厉害，似乎她已在伦敦街头游荡多日。我感觉自己像被什么东西紧紧包裹缠绕着，喘不过气来。"你多大了，莉莉？"

"十六。我至少看起来有点像他吧？我在谷歌图片上找到一张照片，不过我猜你肯定有更好的。"她环视着客厅，"你的照片都在箱子里吗？"

她看了一眼角落里的纸箱。我不知道她会不会真的跑去打开然后翻翻找找。嗯，如果她要找，威尔的衣服应该就在里面。我突然感到一阵恐慌。"呃，莉莉，这些……我都需要消化。如果真是你说的那样，我们——我们真的有很多要谈的。但现在快十一点了，我觉得这个时间不太合适。你住哪儿？"

"圣约翰伍德。"

"好。那个……你爸妈肯定到处找你了。给你电话，我们……"

"我没法儿回家，"她对着窗户，朝外面熟练地弹着烟灰，"严格说来，我不应该出现在这儿。我应该在学校，周一到周五都寄宿。要是知道我不在学校，他们肯定会发疯的。"她拿出手机，想了想，朝屏幕扮了个鬼脸，又塞回口袋里。

"嗯，我……不知道能做点什么……"

"我可以住这儿吗？就今晚。你多给我讲讲他的事情？"

"住这儿？不，不行，抱歉，你不能住这儿。我都不认识你。"

"但你认识我爸爸啊。你刚才不是说，你觉得他其实不知道我的存在？"

"你得回家。这样，我们给你父母打电话吧？他们可以过来接你。嗯，就这么做，我……"

她盯着我："我还以为你会帮我。"

"我会帮你的，莉莉。但不是这么帮……"

"你不相信我，是不是？"

"我——我完全不知道……"

"你不想帮忙，你不想做任何事。你跟我说了我爸爸的什么事儿吗？没有。你帮上什么忙了吗？没有。谢谢你啊。"

"等等！你这么说不公平，我们才刚刚……"

但女孩把烟屁股往窗外一弹，转身走过我，向门口走去。

"干什么？你去哪儿？"

"哦，你管得着吗？"她说。我来不及多说什么，门"砰"的一声便关上了。她走掉了。

我一动不动地坐在沙发上，努力消化着刚才不到一小时内发生的一切。莉莉的声音一直在我耳朵里回响着。我没听错吧？我一遍又一遍地回想她的话，想从一团纷乱中理出个头绪来。

我的爸爸叫威尔·特雷纳。

显然，莉莉的母亲跟她说，威尔不想管她。但威尔要是知道这事，肯定会跟我说的。我们两人之间没有秘密。我们难道不是无话不谈的吗？不过有那么一瞬间我动摇了：威尔对我，是不是没有我想的那么坦诚？他难道真做得出来，能将这么大的女儿完全抛在脑后？

各种想法争先恐后地涌出来，弄得我脑子里一团糟。我拿起笔记本电脑，在沙发上盘腿坐着，然后打开搜索引擎，输入"莉莉·霍顿－米勒"几个字，没有任何结果。我又尝试了不同的拼写，输入后，跳出一张某学校发布的冰球队员名单，学校名为"厄普顿·迪尔顿"，位于什罗普郡。

我点开放大几张图片，一眼便看到了她。在一排微笑的冰球队员中，只有她的脸上没有笑容。文章说，莉莉·霍顿－米勒是防守队员，虽然球技不精，但非常勇敢。那是两年前的信息了。这是一所寄宿学校，她也说过她上的是寄宿学校，但这并不能说明她跟威尔有什么关系，况且，她母亲跟她说的也不一定是实话。

我把关键词换成“霍顿－米勒”，找到一篇短日记，写的是弗朗西斯和塔尼亚·霍顿－米勒去萨沃伊酒店参加银行晚宴的事，还有一份去年在圣约翰伍德一栋房子下方造酒窖的规划申请。

我靠在沙发上想了一会儿，开始搜索“塔尼亚·米勒”和“威廉姆·特雷纳”。

什么结果都没有。

于是我把“威廉姆”换成“威尔”，很快就找到了杜伦大学校友会的脸书页面，有几个女人聊着威尔去世的事情，她们的名字好像都以“拉”结尾：埃斯特拉、费内拉、阿拉贝拉。

——新闻曝出来的时候我都不敢相信。威尔，安息。

——谁的人生是十全十美的呢？你知道吗，罗利·阿普敦还死在特克斯和凯克斯群岛了呢，快艇出事故了。

——他是地理系的吗？红头发？

——不是，哲政经[1]。

——我好像在新生舞会上跟罗利接过吻来着，他舌头挺大的。

1. 哲学、政治、经济，统称PPE。

——我不是说笑，费内拉。你说这个是什么意思？这男人死了啊，太可怜了。

——那个威尔·特雷纳，大三的时候一直跟塔尼亚·米勒在一起吧？

——就因为他死了，我说说跟他接吻的事情又怎么了？

——我不是说你就要重写历史什么的，但他的老婆可能会找到这儿来。

——她肯定知道他舌头很大吧。他们都结婚了。

——罗利·阿普敦结婚了？

——塔尼亚好像跟什么银行家结婚了。有个链接。大学的时候我还以为她会跟威尔结婚呢，他俩多配啊。

我点进那个链接，看到一张照片。一个女人瘦得像根脆弱的芦苇，金发上戴着刻意弄得蓬乱的假发髻，微笑着站在婚姻登记处的台阶上，旁边是个年纪稍大的黑发男人。不远处，一个身穿白色薄纱裙的小女孩闷闷不乐地站着。她很像我刚见过的莉莉·霍顿-米勒，但这照片是七年前的了，说实话，随便哪个棕色长发的伴娘不高兴了都是这个样。

我又读了一遍，然后合上笔记本电脑。我该怎么办？如果她真的是威尔的女儿，那我是不是该给学校打个电话？不过，一个陌生人试图联系十几岁的女孩子，学校肯定有相关的处理规定吧。

万一这是一场精心策划的骗局呢？威尔留下了一笔可观的遗产，有人设计一场骗局，从亲人朋友那里捞点钱，也不是没有可能。父亲的朋友乔基因心脏病去世了，追悼会上有十七个人跑去跟他老婆说，老乔生前和他们打赌欠了钱没还。

我决定置身事外。要是走错一步，很有可能再承受一次痛苦的煎熬，这会让我崩溃的。

然而，我躺在床上，脑海中全是莉莉的声音，回荡在安静的房间里。

威尔·特雷纳是我爸爸。

07
露天酒吧

“不好意思，闹钟没响。”我冲过理查德身边，把大衣挂在衣钩上，顺便往大腿下方拉了拉亮闪闪的裙子。

“迟到了四十五分钟。这说不过去吧？”

早上八点半。我发现，吧台这边只有我俩。

卡莉走了。她甚至懒得当面跟理查德说，只是发了条短信，说她周末会来一趟还那套制服，店里欠了她两个星期的休假工资还没他妈给，提前一个月提出辞职的规矩她也不管了。结果理查德勃然大怒，说卡莉要是好好读过员工手册，就知道这样做是完全不能被接受的，在第三条白纸黑字写着呢，她翻一下就能看得到；还有她说的那些脏话，也完全没必要。

现在他在按程序招新人。也就是说，在招到人之前，店里只剩我一个员工，哦，还有理查德。

“不好意思，家里……遇到点事儿。”

七点半我被惊醒了，有那么几分钟迷迷糊糊的，不知道自己在哪个国家，叫什么名字。我躺在床上，无法动弹，满脑子想着昨晚的事。

“好员工不会让家里的事情影响工作。”理查德吟诵诗歌般拖长语调，拿着写字夹板推开我走过去。我望着他的背影，很好奇他到底有没有家庭生活。他好像从没在家待过。

“嗯，说得对啊。不过好老板也不会让员工穿连猥琐男都觉得俗气的制服。”我嘟囔着，在收银机上输入密码，空着的那只手往下拉了拉短裙。

他迅速转过身，又朝吧台这边走过来。“你说什么？”

“没什么。”

“你说了。”

“我说我下次会记住，多谢你提醒。”

我朝他甜甜一笑。

他盯着我看了好一会儿，看得两个人都不自在起来，接着他说：“清洁工又请病假了。开始吧台这边的工作之前，你要把男卫生间打扫干净。”

他稳如泰山地盯着我，好像在说：“看你敢抗议？”我提醒自己，这份工作丢不起，于是生生地把话咽了下去。

“好。”

“哦，三号特别脏。”

“很好。”我说。

他脚踩锃亮的皮鞋转过身，朝办公室走去。一路上我用意念朝他后脑勺发射了好多枚巫毒箭。

“本周‘开启新生活’我们来谈谈负罪感，活下来的人的负罪感，觉得自己未尽全力的负罪感……它总是我们向前看的障碍。”

马克坐等我们互递饼干桶，然后身子前倾，双手合十。有人小声抱怨没有好奶油，他没理会。

“我以前经常对吉莉不耐烦，”弗雷德打破沉默，“就在她得阿尔茨海默病以后。脏盘子没洗就放回橱柜了，我几天以后才发现……真不好意思说，我朝她吼过好几次。”他擦擦眼睛，“她以前是个多讲究的女人啊。那真是太糟糕了。”

“吉莉得了那么长时间的阿尔茨海默病。你照顾她那么久，弗雷德，要是真一点负担都没有，你就成超人了。”

“我看到脏盘子会发疯的，”达芙妮说，“我可能会骂更难听的话。”

“但不是她的错啊，是不是？”弗雷德坐直身子，“我时常想起那些盘子。真希望时光倒流，我一定一言不发地洗干净，然后温柔地抱抱她。”

“我发现自己会在地铁上不由自主地想男人，”娜塔莎说，“乘电梯时，可能碰巧跟哪个男人眼神交汇了一下，还没到站台呢，我脑子里就幻想跟他这样那样地恋爱了。我想着他会狂奔回来，仿佛彼此间有一种魔力。我们站在那儿凝视对方，周围是挨挨挤挤赶去上班的人，然后我们会一起去喝上一杯。接着还没等反应过来，我们就……”

“听起来像是理查德·柯蒂斯[1]的电影。”威廉姆说。

“我喜欢他的电影，”苏尼尔说，“特别是那个女演员和一个男人的故事。”

“《牧羊人丛林》。”达芙妮说。

“我觉得应该是《诺丁山》吧，达芙妮。”马克说。

“我比较喜欢达芙妮说的。怎么了？”威廉姆哼了一声，“她想逗

1. 理查德·柯蒂斯（Richard Curtis），新西兰人。成功的编剧、导演、演员，作品风格轻松搞笑，在喜剧界有很大影响力。代表作有《憨豆先生2》《真爱至上》等。

我们笑笑，不行啊？”

“我幻想我们结婚了，”娜塔莎说，“然后一起站在圣坛前。我问自己，我在干吗啊？奥拉夫才去世三年，我就开始想别的男人了。”

马克靠在椅背上：“独自一人过了三年，偶尔幻想和另一个人谈谈恋爱，你不觉得那很正常吗？”

“但我对奥拉夫是真爱啊，我不应该想别人。”

“现在又不是维多利亚时代，”威廉姆说，“不用守寡守到老。”

“如果去世的是我，而奥拉夫爱上了别人，那我也会很不高兴的。”

“你不会知道的，”威廉姆说，“你已经死了。”

“你呢，露易莎？”马克注意到我一直没开口，“你有负罪感吗？”

“能不能——能不能让别人先说啊？”

“我是天主教徒，”达芙妮说，“什么都能让我产生负罪感。那些修女天天说来说去，对我影响很深。”

“你觉得这个话题有什么难处吗，露易莎？”

我喝了口咖啡，感觉大家的目光都集中在我身上。加油。我告诉自己，然后使劲咽了口唾沫。“我阻止不了他，”我说，“有时我想，要是我能聪明一些……用不一样的方式处理问题……或者更……我也不知道，更怎么样都可以。”

“你对比尔的死感到愧疚，因为你觉得自己本可以阻止他的？”

我手中把玩着一根线，看它缓缓落在地上，脑中那根弦仿佛也跟着松了下来。“我现在过的日子，和之前承诺给他要过的日子差远了。还有，我的公寓是他买的，而我妹妹可能一辈子都买不起这样一套公寓，这个也让我有负罪感。我其实不喜欢住在那栋公寓里，因为感觉那不是我的。我不愿把公寓布置得好看又舒服，因为感觉怪怪的。我住在里面，唯一能想起来的事实就是威……比尔死了，而我居然从中得了好处。”

一片鸦雀无声。

“房子的事儿，你不该有什么负罪感。”达芙妮打破了沉默。

“我也希望有人给我留下一套公寓。”苏尼尔接着说。

“但那种结局只存在于童话故事里，难道不是吗？有个男人死了，每个人都从中明白了一些道理，然后继续前行，创造精彩的新生活。”现在我说话已经不过脑子了，“但我完全没做这些事情。我基本上什么都没做成。”

“每次跟不是我妈妈的人约会以后，爸爸几乎都会哭。”杰克没头没脑地冒了一句，双手紧紧绞在一起。他透过长长的刘海盯着我。“他迷住那些女人，诱她们跟他上床，事后又伤心得很。好像只要此后他觉得愧疚，这么做就没问题。”

“你觉得他是依赖这种负罪感。”

“我觉得你要么就痛痛快快地约，约完了高兴就好……”

“要是能跟别人约，我可不会有负罪感。”弗雷德说。

“女人也是人啊，你带着负罪感约她们算怎么回事。要么就别约，珍惜和妈妈的回忆，直到真正准备好了。”

说到“珍惜”的时候，他的声音哽咽了，下巴绷得紧紧的。我们已经习惯了有人突然哽咽难言。组里有条不成文的规定，这种时候大家都不要说话，也不要看那个人，等他流完眼泪或者把眼泪憋回去再说。

马克的声音特别温柔：“你和父亲谈了自己的感受吗，杰克？”

“我们不提妈妈的事。只要不提，他就没事，你知道的。反正我们很小心地不提起她。”

“你一个人扛着这么重的心理负担，太不容易了。”

“嗯，那个……所以我才来这儿了，对吧？”

又是一阵短暂的沉默。

“吃块饼干吧，杰克亲爱的。”达芙妮说。我们把饼干桶传过去，传到杰克手里，看他终于拿起一块，小组里似乎升起一种谁也说不清的安定感。

我一直在想着莉莉。苏尼尔说他会在超市里烘焙用品货架那儿偷偷地哭，我没怎么听清楚；弗雷德说吉莉生日的时候他独自一人去买了一把气球，我也只是象征性地发出几声同情的叹息。时间已经过去了整整一天，莉莉的事却还像个刚刚做完的梦，生动鲜活，又离奇异常。

威尔怎么可能有个女儿呢？

“你好像不开心。”

我走过教堂停车场，杰克的父亲又歪着身子靠在摩托车上。我在他面前停下脚步。“这是个悲痛疗愈小组，我不可能跳着舞转着圈出来吧。”

“有道理。”

“不是你想的那样。不是我自己的原因，”我说，“跟一个……十几岁的孩子有关。”

他往后仰了仰头，看见我身后的杰克。“哦，是吗？哎，我跟你感同身受。不过你看起来很年轻，不怎么像十几岁孩子的妈妈。别介意哈。”

“哦，不是不是。不是我的孩子！这事儿……说来话长。”

“我倒是很乐意给你提点建议，但我完全没搞明白。”他上前一步，给了杰克一个大大的拥抱。那孩子闷闷不乐的，但还是接受了。“你还好吧，哥儿们？”

“还行。”

“还行，”山姆重复一遍，用眼角的余光瞥了我一眼，“嗯，就是这样。十几岁的小孩，问什么都是这句话，战争、饥荒、彩票、享誉全球，都是‘还行’。”

“你不用来接我的，我要去珠尔家。”

“你要搭她的车？”

“她就住在那儿，就是那个小区，”杰克指了指，“我自己可以去的。”

山姆脸上的表情很平静：“你下次提前给我发个短信好吗？免得我大老远跑到这儿来等你。”

杰克耸耸肩，走开了，把帆布背包搭在肩膀上。我们默默注视着他离开。

“再见，好吗，杰克？”

杰克只是举了举手臂，头也不回地走了。

“好吧，”我说，“我现在感觉好些了。”

山姆不易察觉地轻轻摇了摇头，仍然注视着儿子的背影，似乎无法忍受他就这样离去。“有时候他比别人更难适应些。”接着他转身看着我，“你想一起去喝杯咖啡吗，露易莎？这样我就不会觉得自己是世界上最失败的人了。你是叫露易莎吧？”

我想起杰克刚才在小组里说的那些话。“星期五，爸爸带了一个叫梅格思的金发女郎回家，她是个神经病，特别迷恋他。爸爸洗澡的时候，她一直问我，他私底下有没有说起过她。”

主要是找女人。

但他是个好人啊。他救过我的命，在救护车里，把我给暂时“组装”好了。要是不跟他喝一杯，今晚我就得一个人在家满脑子想莉莉·霍顿－米勒的事了。“只要不聊十几岁的孩子，聊什么都可以。”

“我们聊聊你这身行头好吗？”

我低头看了看身上那条闪着绿光的裙子和爱尔兰舞鞋：“绝对不行。”

“问问又不犯法。”他边说边跨上摩托车。

我们在附近一家酒吧的露天位子坐下，这儿离我的公寓不远。他点了杯清咖啡，我点了杯果汁。

现在不是在停车场，我不用注意避开过往的车辆，也没被绑在医用推车上动弹不得，所以可以偷偷打量他了。高高的鼻梁，眼角的鱼尾纹透出丰富的阅历，让人觉得他应该已经阅人无数，而且总带着点游戏人间的神情去看这个世界。他个子很高，胸膛宽阔，整个人感觉要比威尔粗犷，然而他的动作里却分明带着一种温柔与谨慎，仿佛经过了刻苦的练习才得以习惯成自然，就算块头大也不会不小心碰到什么东西。

显然，他不怎么爱说话，比较喜欢倾听。或许因为许久没有单独跟男人待在一起，我有点紧张，变得喋喋不休。我聊着酒吧的工作，理查德·帕西瓦尔和我那套可怕的制服让他哈哈大笑；我谈起回家小住那两个月感觉多么奇怪：爱说糟糕的冷笑话的父亲，喜欢吃甜甜圈的外祖父，还有乱用马克笔的外甥。

只是，说了这么多，我依然与前些日子一样，清醒地记着那些没说出口的事情：关于威尔，关于那晚发生在我身上的离奇之事，还有我糟糕的状态。和威尔在一起的时候，说话根本不用费劲去思考，那就像呼吸一样自然，不费吹灰之力。而现在，我是如此擅长隐藏起那个真实的自己。

他就那么坐着，不时点点头，看着来来往往的车辆，喝着手中的咖啡，好像跟一个穿着绿色迷你裙、喋喋不休的陌生人一起打发时间是件特别正常的事。

“对了，你的骨盆怎么样了？”等我终于停下来，他问。

“还可以。不过要是不跛的话，我会更高兴。”

“会恢复的，只要坚持理疗。”有那么一会儿，我感觉再次听到了救护车里那个声音，平静、镇定，安慰人心，“其他伤呢？”

我低头看了看自己，好像透过衣服能够看到自己的身体。“嗯，除了全身像被谁用鲜红色的笔画了好多处之外，也都还可以。”

山姆点点头:“你真的很幸运。从那上面掉下来可不是闹着玩的。”

又来了。胃里翻江倒海，脚下是一片轻飘飘的空气。从那么高的地方掉下来，你完全无法预料会发生什么。“我不是要……”

“你说过了。”

“但我不知道有没有人相信我。”

我们对望着尴尬地笑了笑。有那么一会儿我在想，他是不是也不相信我说的。

“那……你救过很多从楼顶掉下来的人吗？”

他摇摇头，看着街对面："我只是去收拾他们的碎片。嗯，很高兴你那些碎片都被拼了回去。”

我们沉默着坐了一会儿。我一直在努力想该说些什么，但我真的已经很久没跟男人单独相处了，至少清醒的时候没有。我技能生疏，极为紧张。我的嘴机械地一张一合，就像一条金鱼。

“那你要不要和我聊聊那个十几岁的孩子？”山姆说。

跟另一个人聊聊这件事真是轻松多了。我告诉他深夜的敲门声，我们奇怪的会面，在脸书上找到的东西，还有在我没来得及想清楚该做什么之前她的离去。

“哇哦，”等我说完，他感叹一句，“这个……”他轻轻摇摇头，“你觉得她说的是实话吗？”

“她看上去确实跟他有点像，但说实话我真的不知道。我觉得她在某些地方像他，是不是心理暗示在起作用呢？有可能。我一会儿觉得，他还是留下了什么的，真棒；一会儿又觉得，我是不是被骗了。这中间还混杂着更为复杂的想法，比如，如果真的是他女儿，而他却从来没见过她，这不是太不公平了吗？他父母要是知道了，能受得了吗？还有，假如他生前见了她，是不是就会改变主意呢？万一她就是能说服他活下去的理由呢……”我的声音渐渐变小。

山姆靠在椅背上，皱着眉头：“你就是因为这个男人，去参加那个小组的？”

“是的。”

我能感觉到他探询的目光，也许是在重新估量威尔在我心中的地位。

“我不知道该怎么办，”我说，“我不知道是该去找她，还是完全不管这事儿。”

他看着面前的街道，想了一会儿，然后开了口：“嗯，换作是他，他会怎么做？”

听到这个问题，我竟一下子说不出话来。我望着眼前这个大块头，他也望着我。他大概两天前刮了胡子，下巴上带着些新长出的胡楂；他那双似乎无所不能的大手散发着温暖的善意。一瞬间，我头脑里的想法全部蒸发了。

“你还好吧？”

我喝了一大口果汁，努力掩藏表情。真是个奇怪而错乱的夜晚。

威尔再次变得无所不在，三句话不离他。猛然间，我好像看到了他的脸，眉毛嘲讽地挑起来，仿佛在说："你现在到底想干什么，克拉克？"

"没事，只不过……我今天太累了。那个……你会不介意吧，我想……"

山姆把椅子往后推了推，然后站起来："不介意，不介意，你走你的。不好意思，我没想到……"

"跟你聊天真的挺好的，只不过……"

"没事没事，今天很累了，还有悲痛疗愈的事。我懂的。不，不，你别管了。"我伸手要拿钱包，他赶紧阻拦。

"真的，你的橙汁钱我还是付得起的。"

虽然瘸着，但我还是尽量跑到我的车子那儿去了。感觉一路上他都在背后注视着我。

停好车，我长长舒了一口气，好像自从到酒吧开始就一直紧绷着没法放松似的。我看了一眼街角的便利店，又望了望自己的公寓，不打算清醒地度过今晚。我想喝酒，喝它个几大杯，直到强迫自己不再回忆过去。或者，什么都不要想。

下车的时候我的屁股一直在痛。自从理查德来了，这种痛就一直持续着。医院的理疗师嘱咐我不要走太多路，但一想到理查德的反应，我就怕得要死。

"啊啊，我明白了。你在酒吧工作，然后就想整天坐那儿不动，是不是？"

那张白得发亮的脸，随时准备着对别人颐指气使；那个一丝不苟又毫无特色的发型；那股令人厌烦的优越感，但他只比我大两岁而已。我闭上眼睛，努力驱散胃里那股纠结不堪的焦虑感。

“就这个，麻烦你。”我把一瓶冰镇的“长相思”白葡萄酒放在柜台上。

“要去参加派对吧？”

“什么？”

“这亮闪闪的裙子。你是扮成——别说，让我猜，”萨米尔抬了抬下巴，“白雪公主？”

“是啊。”我说。

“这酒你要小心啊。你们不是都担心热量太高吗？应该喝伏特加的，热量低，可以挤点柠檬汁进去。我跟街对面的吉妮也这么说。她是跳脱衣舞的，你知道吧？要注意身材啊。”

“健康饮食的建议。真棒。”

“主要是糖分，一定要注意糖分。低脂但糖分很高，那也没什么意义，对吧？热量都在那里面呢。糖分是最糟糕的，摄入了就排不出来。”

他把酒打了单子，给我找了钱。

“你在吃什么呢，萨米尔？”

“烟熏培根方便面。真好吃，天哪。”

我走了神——我的骨盆酸痛，工作让我绝望，而此时唇齿之间莫名升起一股对烟熏培根方便面怪异的渴望。然后我看到了她。

在我那栋楼门口，她坐在地上，双臂环抱着膝盖。我从萨米尔那里接过零钱，半走半跑地穿过马路。“莉莉？”

她慢慢抬起头来。

她的声音有点含糊不清，眼睛里布满血丝，好像刚刚哭过。“没人愿意收留我。我把所有的门铃都按遍了，没人愿意收留我。”

我匆忙拿钥匙开了门，用手中的袋子顶开门，在她身边坐下。“怎么了？”

“我想睡觉，”她揉着眼睛说，“我太累了，太累了。我想打辆车回家，但一分钱都没有。”

我闻到一股酒精的酸味。“你喝醉了？”

“我不知道。”她朝我眨眨眼睛，歪歪脑袋。她应该不只喝了酒。“我觉得你真像一个小妖精啊。”她拍拍口袋，“哦，看哪，看我的宝贝！”她拿起一个抽了一半的烟卷，我闻得出，肯定不只是烟。“我们来抽一口，莉莉。”她说，“哦，不对，你是露易莎。我才是莉莉。”她咯咯笑了起来，笨手笨脚地从口袋里掏出打火机，对着烟卷打火，却点错了地方。

“够了，你该回家了。”不顾她轻声抗议，我把烟卷从她手上拿开，扔在地上狠狠踩了几脚。

“我给你叫辆出租……”

“但是我不……”

“莉莉！”

我抬头看去，一个小伙子站在街对面，双手插在牛仔裤兜里，镇定地看着我们。莉莉抬头看了他一眼，又把目光移开了。

“他是谁？”我问。莉莉埋头盯着自己的脚。

“莉莉，过来。”听他的语气，就像莉莉是他的私人财产。他站在那里，双腿微微分开，似乎就算隔了一条街，她也一定会听他的话。我心中突然掠过一丝不安。

“他是你男朋友吗？你想跟他说话吗？”我轻轻地问。

她说了些什么，我没听清楚。我斜身靠近她，让她再说一遍。

“让他走，”她闭上双眼，扭过头朝向门，“求你了。”

他穿过马路朝我们走来。我站起身，尽量让自己的声音听上去充满威严：“你可以走了，谢谢。莉莉会跟我进去的。好吗？”

我把手放在报警器上，假装屋里有个壮实又坏脾气的男朋友，对着空气说道：“你要不要下来帮我一把呀，戴弗？谢啦。”

小伙子脸上露出一副“这事没完”的表情。然后他转过身，从兜里掏出电话，一边走一边低声跟那头快速说着什么。一辆出租车从他身旁飘了过去，愤怒地按着喇叭，他也没在意，只是迅速回头瞥了我们一眼。

我松了一口气，发觉自己的呼吸声比想象中还要颤抖。我伸手扶住她的胳膊，嘴里嘟囔地抱怨着，极不优雅地把莉莉·霍顿－米勒拉进了门厅。

晚上莉莉睡在了我家，除此之外我不知道还有什么别的办法。她去卫生间吐了两次，我想帮她拿着头发，都被她一把推开了。她坚决不把家里的电话号码告诉我，也许是想不起来了。她的手机也上了锁。

我替她收拾干净，为她穿上我的慢跑短裤和T恤，把她拉进客厅。“你把这里收拾好了！”她有点惊讶地说，好像我是专门为她做的。我让她喝了杯水，帮她以舒服的姿势躺在沙发上，不过我很确信，她的胃里早就吐空了。

我将她的头抬起来放到枕头上。她睁开双眼，好像平生第一次正确无误地把我认了出来。“对不起。”她很轻很轻地说，睫毛上挂着几滴泪珠。我不确定自己是不是听清了。

我拿条毯子给她盖上，看她入睡。苍白的小脸、蓝色的眼影，眉毛的弧度看上去跟威尔一模一样，还有那些淡淡的雀斑，威尔脸上也有。

我猛地想起防人之心不可无，便锁好房门，将钥匙拿进卧室，塞到枕头下面，免得被她偷走，或者说免得她又一走了之。我也不确定自己是怎么想的。我就这样躺在床上，脑中一团乱：警笛声，机场的飞机起降声，教堂里那些忧伤的脸庞，街对面小伙子狠狠瞪我的双眼……还有这个我完全不了解、与我睡在同一个屋檐下的陌生人。与此同时，心中有个声音一直在质问我：你到底在干吗？

但我还有别的选择吗？不知过了多久，鸟儿开始在树上歌唱，楼下面包店送来了第一批货，我的思绪才慢了下来，直至停止。我终于睡着了。

07
旧日身影

迷迷糊糊中，我闻到一股浓郁的咖啡香气。我花了几秒钟疑惑别人家的咖啡味怎么会飘到家里。等回过神来，我一个鲤鱼打挺坐起，跳下床，胡乱往头上套了件兜帽衫。

她坐在沙发上，双腿交叉搭着，抽着烟，把我一个上好的马克杯当作烟灰缸。电视里正播着那种小孩爱看的节目，表演者穿着颜色令人作呕的亮闪闪的服饰。壁炉台上放着两个纸杯。

“哦，早上好。右边那杯是你的。”她回头看了我一眼，“我不知道你喝什么，所以点了杯美式。”

我眨眨眼，呛人的烟味让我不自觉皱了皱鼻子。我走过去推开窗户，看了看表。

“都这个点儿了？”

“是啊。咖啡可能有点凉了。我也不知道该不该叫醒你。”

“今天我休息。”我伸手去拿咖啡，热乎乎的。我满怀感激地喝了一口，接着突然反应过来，盯着杯子，“等等，你怎么买到咖啡的？我把前门锁上了啊。”

“我翻窗出去走的防火楼梯。”她说，“我身上没钱，跟面包店伙计说了你家，他说可以之后再给钱。哦，对了，你还欠他两个三文鱼奶油芝士贝果的钱。”

“是吗？”我想生气来着，但突然觉得很饿。

她跟随着我的目光。

“哦，我都吃了，”她朝房间中央吐了口烟圈，“冰箱里什么都没有。你真该好好收拾一下屋子。”

今天早上的莉莉，跟昨晚我从街上“捡来”的那个完全不同，让人很难相信是同一个人。我返回卧室换衣服，听到她起身去厨房弄喝的。

“嘿，那谁……露易莎。能借我点钱吗？”她朝我房间里喊着。

“如果你拿了钱一走了之，那肯定不行。”

她没敲门就走进我的房间，我赶紧把睡衣拉到胸部。“今晚我还能住这儿吗？”

“我得跟你妈妈通话，莉莉。”

“你说什么？”

“我得知道到底是怎么回事。”

她站在门边：“所以你不相信我。”

我示意她转身，好让我把内衣穿上。“我相信你，但这毕竟是个交易。你想从我这儿得到东西，就要让我对你了解得多一些。”

我刚套上 T 恤，她又转过身来。“随你的便。反正我得再回去拿点衣服。”

“什么意思？你之前还在哪儿待过？”

她好像没听见我说话，一边走开一边闻闻腋窝。“能借你这儿洗个澡吗？我身上都快臭死了。”

一小时后，我们开车前往圣约翰伍德。我有些累了，因为前一晚发生的事，还有莉莉在我旁边散发的奇怪“能量”。她看起来烦躁不安，不停地抽着烟；有时又一言不发地坐着，把车里的气氛弄得格外压抑，我都能感受到她内心的沉重。

“他是谁，昨晚那个男的？”我双眼直视前方，声音平静。

“就是某人。”

“你跟我说他是你男朋友。”

“那就是吧。”她突然声色俱厉起来，脸耷拉着，面色阴沉。我们离她家越来越近了。她开始双臂交叉抱在胸前，膝盖顶着下巴，眼睛一动不动地盯着前方，带着桀骜不驯的挑衅神情，似乎在准备一场无声的战斗。

此时，莉莉突然指着一条宽阔的林荫道，让我在第三个路口左转。我们驶入一条似乎无人进出的街，一看就是外交官、银行家这类身份显赫的人住的地方。我停好车，透过车窗看着那些粉刷雪白的大楼、仔细修整过的紫杉木檐脚，还有完美无瑕的窗台长花盆。

“你住在这儿？”

她下了车，狠狠摔上副驾驶那边的门，我的小车不由得震了一下。“我不住这儿，他们才住这儿。”

她进了大门，我有些尴尬地跟在后面，感觉自己就像擅自闯入者。门厅宽敞而明亮，天花板高高的，地面铺着木地板。墙上挂着一面巨大的镀金边框镜子，一连串白色的请帖挨挨挤挤地插在边框里。古色古香的小桌上摆着精致的花瓶，空气中弥漫着花朵的芬芳。

楼上传来一阵有些狂躁的喊叫声，可能是小孩子。

“我同母异父的弟弟们。”莉莉一边轻蔑地说着，一边穿过厨房走进去，并没跟我打招呼，显然觉得我必须跟着她。敞亮的厨房呈现灰色调的现代主义风格，一张巨大的操作台使用了蘑菇色抛光混凝土材质，从“得力牌”烤面包机到本应出现在高档咖啡馆里的、构造复杂的大型咖啡机，厨房里的一切好像都在尖叫着宣称“我很贵！我很贵！”莉莉打开冰箱，扫视一圈，最后拿出一盒新鲜的菠萝切片，用手抓着吃。

“莉莉？”

一个女人的声音从楼上传来，急切而不安。

“莉莉，是你吗？”楼上传来脚步声。

莉莉翻了个白眼。

门厅里出现了一个金发女人。她盯着我，又看看莉莉，后者正懒懒地把一片菠萝放进嘴里。女人走了过来，从她手上抢过保鲜盒。“你到底去了哪里？学校都乱套了。爸爸开车找遍了那附近。我们还以为你被谁给杀了！你去哪儿了？”

“他不是我爸爸。”

“别跟我耍小聪明，小姐。你不能就这么走进来假装什么事都没发生过！你知不知道自己惹了多大麻烦？我跟你弟弟熬到半夜。我根本睡不着，一直在担心你。我们没法去霍顿奶奶那儿了，因为找不到你。”

莉莉冷冷地盯着她：“不知道你费的什么劲。你平时不是不在乎我在哪儿吗？”

女人气疯了。她很瘦，是那种追逐时尚健康饮食或者强迫自己不断健身的瘦，精心修剪的头发一定花费不菲，染色那么自然，看不出一点修饰的痕迹。她身上穿的应该是名牌牛仔裤。但那张精心晒成小麦色的脸还是出卖了她：那么疲惫而憔悴。

她快速朝我走来：“她这几天都跟你在一起吗？”

“嗯，是啊，但是……”

她上下打量着我，显然不是很高兴：“你知道自己惹了多大麻烦吗？你知道她多大吗？这么个小女孩，你到底图什么？你有多大了——三十？”

“其实，我……”

“是这么回事吧？”她问女儿，“你跟这个女人在谈恋爱？”

“哦，妈妈，不是你想的那样。”莉莉又拿起那盒菠萝，食指在盒子里翻来翻去，“她什么事儿都没干。”她把最后一片菠萝放进嘴里，只是嚼着，不说话。大概想在再次开口前制造某种戏剧性的效果，“以前就是她照顾爸爸的。我的亲生父亲。”

奶油色的沙发上摆着数不清的靠垫，塔尼亚·霍顿－米勒靠在上面，搅着咖啡。我在她对面的沙发上落座，凝视着周围那些超大号的法国古典香氛蜡烛和巧妙摆放的《室内设计》杂志。我有点害怕，要是像她那样靠在沙发上，手中的咖啡大概会洒得我满身都是。

“你是怎么见到我女儿的？”她的语气中透着浓厚的疲惫感。她无名指的戒指上镶嵌着两颗大大的钻石，我从没见过这么大的。

“其实不是我见的她，是她自己跑来我家的，当时我根本不知道她是谁。”

她思考了一会儿：“你以前照顾过威尔·特雷纳？”

“是的，一直到他去世。”

一阵沉默无语。我俩都抬头看着天花板——仿佛上边有什么东西刚刚在我们头顶破裂了。

“我的儿子，”她叹了一口气，“他们有点多动症。”

“他们是……”

“不是威尔的。你应该是要问这个吧。”

我们继续沉默地坐着。楼上又传来一阵狂怒的尖叫声，紧接着是一声闷响，此后便陷入一片不祥的宁静中。

“霍顿－米勒太太，”我说，“是真的吗？莉莉是威尔的女儿？”

她微微抬起下巴：“是的。”

我的身体突然开始颤抖，连忙把咖啡杯放在桌上。

“我不明白。我不明白怎么……”

“很简单。大学最后一年威尔一直和我在一起。是啊，我特别爱他。人人都爱他。不是说我就是单相思——你懂的吧。”她微微一笑，然后闭口不语，好像在等我说点什么。

可我什么话都说不出口。威尔怎么没有告诉我他还有个女儿？我们一起经历了那么多事！

“我们当时是朋友圈里的金童玉女，一起参加舞会，一起运动，共同去外面过周末。你应该明白的，大学嘛。威尔和我，我们俩——总是出双入对。”过去的那些岁月在她心中历历在目，恍若昨日，“毕业舞会那天，我的朋友丽莎搞得一团糟，我得去帮她。等我回来后，威尔不见了踪影。我在原地等了很久。车陆陆续续地离场，大家都回家了。”

塔尼亚继续不紧不慢地讲下去：“直到有个连我都不怎么认识的女孩过来跟我说，威尔跟一个名叫史蒂芬妮·劳登的女孩走了。我从没听过这名字。但那女孩告诉我，史蒂芬妮喜欢威尔很久了。我当然不相信，却还是开车到史蒂芬妮家，坐在屋外等着。清晨五点钟威尔出来了，两人站在她家门前台阶上接吻，根本不在乎会被谁看见。我下车走到威尔面前，他竟然面无愧色地说，不用这么激动，大学毕业后我们俩是不可能在一起的。

“然后我终于盼到了大学毕业，说实话算是一种解脱吧，谁想被人说成是被威尔·特雷纳甩了的女孩呢？但我一直走不出来，因为恋情结束得实在太突然。毕业后他在伦敦工作，我给他写信，问能不能至少出来见个面喝点东西。我想弄明白到底是什么地方出了问题，因为我一直觉得我们在一起很幸福。但他只是让秘书给我递了张，呃，卡片。秘书说她很抱歉，但威尔的日程很满，最近都没有时间，他祝我万事如意。‘万事如意’。”她苦笑了一下。

我的内心一阵颤抖。我很想忽略她的故事，但她口中的威尔却真实得可怕。威尔也曾坦诚回忆过去，承认自己年轻时对待女人有多么浑蛋。（他的原话是：“我简直就是个大浑蛋。”）

塔尼亚好像打开了话匣子：“大概两个月后，我才发现自己已经怀孕一段时间了。我决定把孩子生下来，但是……”她又抬了抬下巴，好像在为自己辩护，“没有必要告诉他。看看他都说了什么、做了什么！”

我的咖啡已经凉了。“没有必要告诉他？”

“他一定会说不想和我有任何关系，觉得我是故意要套牢他。”

我发现自己一直张着嘴巴，赶忙闭上。“但是您——您不觉得他有权知道吗，霍顿－米勒太太？您不觉得他应该会想见自己的孩子吗？不管你们之前发生过什么。”

她放下咖啡杯。

“莉莉今年十六岁。”我说，“威尔去世的时候，她应该十四五岁，真是太久……”

“但她那时已经有弗朗西斯了，他才是她的父亲。他对她很好。我们是一家人，一直都是。”

“我不明白……”

“威尔不配知道莉莉的存在。”

这句话如同驱之不散的乌云，悬浮在我们两人之间的空气中。

“他是个大浑蛋，好吗？威尔·特雷纳就是个自私的大浑蛋。”她把一缕头发捋到耳朵后面，“当然，我不知道他后来发生的事情。我特别震惊。我也说不好，如果告诉他，情况会不会有所不同。”

我沉默了许久，才重新找到开口说话的勇气：“对他来说，会有很大的不同。”

她用尖锐的目光看着我。

“威尔是自杀的，”我的声音哽咽了，“他自杀，因为感到生无可恋。如果知道自己有个女儿……”

她站了起来：“不，你不能把责任归咎于我，这位小姐，不管你是谁。我可不对那个男人的自杀负责。你还认为我的生活不够乱是吧？你无权跑到这儿来指手画脚。要是你经历的事情有我一半……不可能。威尔·特雷纳是个坏男人。”

“威尔·特雷纳是我眼中最好的男人。”

她肆无忌惮地打量着我：“是啊，看得出来，可能是真的。”

我应该从没突然间这么讨厌一个人。

我起身准备离开，一个声音打破了沉默。

“所以爸爸是真的不知道有我。”

莉莉站在门边，一动不动。塔尼亚·霍顿-米勒脸色煞白。“我不想让你受到伤害，莉莉。我很了解威尔，我不愿说服他继续保持这份他并不想保持的关系，这对我们母女而言意味着羞耻。”她理了理头发，“还有，你不能再偷听了，这是一种坏习惯。话听一半，会把意思理解错的。”

我听不下去了。走到门口，我听到楼上的男孩又在大吼大叫了。楼梯上滚下来一个塑料玩具卡车，摔成了碎片。栏杆边出现一张焦虑的脸（是菲律宾人吗？）正盯着我。我走下门前的台阶。

“你去哪儿？”

“抱歉，莉莉。我们……我们改天再说吧。”

“但是你还没跟我讲爸爸的事啊。”

“他不是你的父亲。”塔尼亚·霍顿－米勒说，“从你很小的时候起，弗朗西斯就为你付出了很多，比威尔做得好多了。”

“弗朗西斯不是我爸爸！”莉莉吼了起来。

楼上又传来一声巨响，一个女人吼着一种我听不懂的语言，玩具机关枪“突突突”地响着。塔尼亚双手抱头：“我没办法，我实在没办法了。”

莉莉追到门口：“我能跟你一起住吗？”

“什么？”

“去你家。我没法待在这儿。”

“莉莉，我觉得……”

“就今天一晚，求你了。”

“哦，你随便吧。让她跟你待个一两天。她可是个好伙伴呢，”塔尼亚挥挥手，“懂礼貌，爱帮助人，关心人。真是理想闺蜜！”她脸上的表情变得严厉起来，“看看最后结果怎么样。你知道她喝酒，在屋里吸烟吧？还有，她被学校停学了。这些她都告诉你了吗？”

莉莉脸上一副不耐烦的表情，似乎这话她已听过几百遍。

“她连考试都懒得去考。我们什么办法都想过了。给她找心理咨询，上最好的学校，找课外辅导。弗朗西斯把她视如己出，但她完全不知道感恩，把一切都搞砸了。现在我丈夫的银行面临困境，我的儿子们有问题，她也不让我们喘口气。她从来没让我们省过心。”

“你知道什么？我长这么大有一半时间都跟保姆待在一起。弟弟出生后，你就把我送去寄宿学校了。”

“你们都在家我应付不了！我尽了全力了！”

“你做了自己想做的事情，重新组建了你的完美家庭，没有把我算在内的家庭。”莉莉转身看着我，“求你了，帮帮我？我保证不会碍你的事。”

我本该拒绝莉莉的。我也知道自己应该拒绝。但那个女人令我如此气愤。在那一刻，我觉得自己必须代表威尔，做一些他没有做成的事。“好的。”我说。一个乐高积木拼成的东西呼啸着从我耳边擦过，在我脚下摔成五颜六色的碎片。“把你的东西拿上，我在外面等你。”

接下来大半天里发生的事，在我的记忆里变得模糊不清了。我们将次卧的箱子全部搬到了我的卧室，次卧看上去终于不再像个仓库了。莉莉会住在这里。我们拉开了我不怎么会弄的百叶窗，把台灯和多余的床头柜搬了进来。我买了一张折叠床，和莉莉一起抬上楼。此外还买了她的挂衣杆，以及全新的被套、枕套。

能够做一些事情好像让她很高兴。对于马上要跟一个不怎么认识的人住在一起这件事，莉莉似乎并不怎么担心。傍晚，看着在房中整理东西的她，我的心上忽然浮起某种奇怪的伤感。一个女孩得有多不开心，才会决然离开那个条件优渥的家庭，愿意来到这么一间小屋里，睡折叠床、使用摇摇晃晃的挂衣杆呢？

我做了意面。为别人做饭多少有些奇怪。饭后，我们看了会儿电视。八点半她的电话响起，她找我要了纸和笔。“来，”她草草写了点什么，“这是我妈妈的手机号。她想要你的电话号码和地址，以备急用。”

我不禁想着，塔尼亚觉得莉莉会在这儿住多久啊？

晚上十点钟，我已经筋疲力尽，告诉莉莉我准备休息了。莉莉还在看电视，盘腿坐在沙发上，用小小的笔记本电脑给某人发着信息。

“不要睡太晚，好吗？”这话从我嘴里说出来显得那么生硬，我感觉自己像是假扮大人的小孩。

她的眼睛还盯着电视屏幕一动不动。

“莉莉？”

她抬起头看着我，像刚刚意识到我在房间里似的：“哦，对了，我忘记跟你说，我当时在场。”

“什么在场？”

“在楼顶上。你掉下去的时候，是我打电话叫的救护车。”

那一瞬，我认出了她：那对大大的眼睛，那黑暗中苍白的脸。“但你怎么会出现在楼顶的？”

“家人几近疯狂以后，我找到了你家的地址。在跟你搭上话之前，我想先了解一下你的为人。我发现可以从防火楼梯上到楼顶，而你的灯开着。我只是在等你，真的。但等你来到楼顶，在矮墙边胡乱走动时，我突然想，要是我说点什么，真的会吓到你。”

“但你还是说了。”

“是啊，但我不是故意的。我当时以为把你害死了。”她不自然地笑了一下，露出紧张的表情。

我们沉默了好一会儿。

“人人都以为是我自己跳的楼。”

她转过脸看着我：“真的吗？”

“是啊。”

她想了想：“因为爸爸的事儿？”

“是的。”

“你想他吗？”

“每天都想。”

她陷入沉默，然后开口道："你下次休息是什么时候？"

"星期天。怎么了？"我努力收回思绪。

"我们可以去你老家一趟吗？"

"你想去斯托特福德？"

"我想去看看他生活过的地方。"

08

探访

我没有提前跟父亲打好招呼,因为不知道该怎么说。我告诉莉莉,母亲肯定会坚持留我们吃午饭的,因此莉莉建议我们应该带上一束花。我觉得在加油站顺便买点康乃馨就可以了,莉莉却很不高兴,认为不够郑重,即使是送给一位她素未谋面的陌生人。

于是我们驱车前往斯托特福德另一头的超市,莉莉在那里选了一束由小苍兰、芍药和毛茛组成的手捧花。当然,是我付的钱。

我在家门口停下车,在车里坐了好一会儿。看莉莉往窗外好奇地望着,我意识到,跟她家的房屋比起来,父母家是那么破旧窄小。

"先在车里等一会儿,"她刚要下车,我说,"你进去之前,我需要跟家人解释一下。"

"可是……"

"相信我,他们肯定需要些时间消化。"

我穿过前院那条小路,敲了敲门。客厅里传来电视节目的声音,我眼前浮现出外祖父看赛马比赛的样子,他的嘴唇随马儿的奔跑慢慢蠕动着。这是家的场景,家的声音。我回想起自己离家已久,不确定他们是否还欢迎我。我回想起自己如何抗拒着思念这一切:走过这条小路的亲切感,母亲拥抱我时衣物柔顺剂散发的香气,还有远远听到的父亲的笑声。

开门的是父亲。他看到是我，立刻惊讶地挑高了眉毛。“露！没想到是你！我们知道你回来吗？”他朝前迈了一步，把我揽进怀里。

家人欢迎我。我发现自己喜欢这种感觉。“你还好吧，爸爸？”

父亲站在门阶上，让我进屋。门厅飘来烤鸡的香味。“快进来，我们还是不要在门口吃野餐了吧？”

“我要先跟你说点事儿。”

“你工作没了。”

“不，我没有……”

“你又去文身了。”

“你知道文身的事？”

“我是你爸爸啊。你和特丽娜三岁起做的乱七八糟的事儿有哪些我不知道？”他朝我侧了侧身，“你妈妈肯定不准你文。”

“不，爸爸，我没有新文身。”我深吸了一口气，“我……我有的是威尔的女儿。”

父亲一动不动地站着。母亲不知何时出现在他身后，还系着围裙。“露！”她边喊边观察父亲的表情，“怎么了？出什么事了？”

“她说她有了威尔的女儿。”

“她有了威尔的什么？”母亲尖叫起来。

父亲脸色刷白，扶紧了身后的暖气片。

“怎么了？”我有些焦虑地问，“你们怎么了？”

“你——你不是在说你有了他的……呃……他的小东西？”

我拉长了脸：“她在车里，已经十六岁了。”

“哦，谢天谢地。哦，乔西，谢天谢地。如今这世道，你也太……我都不知道该怎么说……”他振作起来，“你刚才说威尔的女儿？你从来没说过他……”

“我也不知道。没人知道。”

父母亲的目光同时看向我的车子。车内的莉莉正努力装作若无其事的样子，就像不知道我们在说她一样。

“嗯，你最好把她带进来吧。”母亲用手摸着脖子，“那只鸡挺大的，再加几个土豆，够我们大家吃一顿了。”她难以置信地摇着头，“威尔的女儿。嗯，天哪，露，你肯定大吃一惊。”她朝莉莉挥挥手，莉莉也试探性地朝她挥了挥手。“快进来，亲爱的！”

父亲也挥手表示问候，同时嘟囔着：“特雷纳先生知道吗？”

“他还不知道。”

父亲揉揉胸口：“还有其他事吗？”

“比如？”

“还有什么事没有告诉我吗？除了从楼顶掉下来，把一个失散多年的孩子带回家什么的。你不会打算加入马戏团，或从哈萨克斯坦收养孩子吧？”

“我发誓，你说的这两件事我一件也没做。暂时没有。”

“嗯，感谢老天爷。几点了？我觉得我可以喝点酒。”

“你在哪儿上学，莉莉？”

“什罗普郡一个小寄宿学校。说出来没人知道。学校里大都是些赶时髦的智障，还有摩尔多瓦皇室的远亲。”

我们挨挨挤挤地围坐在前厅的餐桌前，七个人膝盖顶着膝盖。大概有六个人都在祈祷，千万不要有谁想上厕所，不然大家都得集体站起来，把桌子朝沙发那边挪。

“寄宿学校啊？有没有糖果铺子，午夜会不会举办宴会什么的？在那里肯定特别开心吧。”

“并没有。去年他们把糖果铺子关了，因为有一半的女生饮食失调，吃士力架吃到吐。”

“莉莉家住圣约翰伍德，”我说，“她先跟我住几天，她想——了解一下这边的家。”

“特雷纳家族在这里住了好几代人了。”母亲说。

“真的？您认识他们吗？”

母亲一下子说不出话来：“呃，没那么……”

“他们家的房子什么样儿啊？”

母亲的脸完全沉了下去：“这种事情你最好问露，只有她才……在那儿待过。”

莉莉等着我开口。

“我和特雷纳先生是同事，他主要负责管那栋房子。”父亲说。

“爷爷！”外祖父大喊了一声，然后哈哈大笑起来。莉莉瞥了他一眼，又看了看我。我尴尬地笑了笑，心里却不是滋味。如今，哪怕只是提到特雷纳先生的名字，我都有种古怪的错乱感。

“对，对，爸爸，”母亲说，“他应该是莉莉的爷爷。辈分和您一样。还有谁想吃土豆吗？”

“爷爷。”莉莉轻声重复着，显然很高兴。

“我们给他们打个电话，然后……告诉他们。”我说，“如果你愿意，待会儿我们开车路过他们家，你可以看看。”

谈话过程中，妹妹特丽娜一言不发地坐着。莉莉坐在托马斯旁边，可能是想让他表现得规矩些，虽然他还是很有可能跟莉莉说肠道寄生虫什么的，败大家的胃口。特丽娜不住地打量莉莉。父母对我的话照单全收，特丽娜却疑心重重。父亲带莉莉参观花园时，她把我拉到楼上，问了很多问题。这些问题在我脑袋里疯狂乱飞，如同困在封闭房间里的鸽子。“你怎么知道她说的就是实话呢？她到底想干什么？还有，为什么她自己的亲妈想让她来跟你一起住？”

“那她要待多久？”父亲正跟莉莉讲着养护绿橡树的事，餐桌上的特丽娜突然小声问我。

“这个问题我们还没讨论过。”

她朝我扮了个鬼脸，好像在说，你这个白痴。不过我并不惊讶。

“她跟我住了两个晚上了，娜娜。她年纪还小。”

“对啊，我就是想说这个。你会照顾孩子吗？”

“她也不算小孩了吧。”

“比小孩更糟糕。十几岁的青少年，基本上就是荷尔蒙满满的小孩——年龄够大，想做很多事，却一点常识都没有。她什么麻烦都能惹。真不敢相信你竟干了这样的事儿。”

我把肉汁盘子递给她。“你好啊，露。就业形势这么严峻，你还能保住工作，真是太棒了。祝贺你终于熬过了那场可怕的意外。见到你真是太高兴了。”

她把盐罐递给我，低声说：“你应付不了这个的，还有……”

“还有什么？”

“你的抑郁症。”

“我没得抑郁症，”我不满地发出嘘声，“我没有抑郁，特丽娜。我的天哪，我真的不是自己跳下去的。”

“你已经不在状态很久了。从威尔的事开始。”

“我怎么做才能让你相信呢？我拥有一份工作，我定时做理疗让骨盆恢复健康，我还跑到一个什么疗愈团体去反思自己的问题。我觉得自己已经做得很不错了，好吗？”现在一桌子的人都能听到我说话了，“嗯，听清楚了，莉莉当时就在那儿，她看见我掉下去了，是她叫的救护车。”

家里的每个人都看着我。

“听着，这是真的。莉莉看见我掉下去了。我没跳楼。莉莉，我刚刚跟妹妹说，我掉下去的时候你在场，是不是？看见没有，我跟你们说过，我当时听到了一个女孩的声音。我没疯。莉莉目睹了全过程。我滑倒了，对吗，莉莉？”

莉莉的目光从餐盘中移开，嘴里还嚼着东西。坐下来以后她一刻不停地吃啊吃啊。“是的，露易莎根本不是自杀。”

父母亲互看了一眼。母亲叹了口气，小心翼翼地在胸前画了个十字，露出欣慰的微笑。妹妹双眉高挑，我将其看作没说出口的道歉。我有点得意。

“嗯，她在朝天上吼，”莉莉举起叉子，“特别特别生气。”

片刻的沉默。

“哦，”父亲说，“嗯，那……”

“那……挺好的。”母亲说。

“这鸡肉真是太好吃了，”莉莉说，“我能再吃点吗？”

我们竟然一直待到下午。每当我起身准备离开时，母亲便递来更多好吃的；每当其他人跟莉莉聊天，场面便会少些奇怪与紧张。父亲和我来到后花园，放在这里的两把旧帆布椅子，又安然度过了一个冬天（但坐在上面时最好一动不动，以防万一）。

“你知道你妹妹一直在看《女太监》[1]吗？还有一本特别老的《女人的卧室》之类的。你妹妹说你母亲是被压制的女人的典型，还说假如她不同意这个观点，就恰恰反映了她被压制得有多厉害。她

1. *The Female Eunuch*，女权主义的代表作，作者杰梅茵·格里尔（Germaine Greer）。

还跟你母亲说，应该让爸爸做饭和打扫房间，应该意识到爸爸在某种程度上也是个野蛮人。要是我敢反驳一句，她就一直冲我嚷嚷，让我问问自己有没有这个权利。我有没有权利！我跟她说，我的权利不知道被她妈妈放哪儿去了。”

“我觉得妈妈的状态还不错。”我说。我抿了一口茶，听到厨房里传来母亲洗碗涮锅的声音，心里有种微微的负罪感。

父亲侧头看着我：“她都三个星期没刮过腿毛了。三个星期啊，露！要是能实话实说，她的腿碰到我的时候我都难受得发抖。昨晚和前晚我都睡在沙发上。我也不知道，露。为什么所有人都开始不满现状了？你妈妈过去很幸福，我也很幸福，我们都知道自己该扮演什么角色。我的腿上全是毛，她戴上橡胶手套洗洗涮涮。就这么简单。”

莉莉在花园里教托马斯用一片厚厚的草叶吹出鸟鸣声。托马斯用拇指和食指夹着草，但缺了四个大牙的他怎么可能吹出美妙的声音呢？只听得一阵咂舌声，一些唾沫飞溅了出来。

在友好的氛围中，我和父亲沉默了一会儿，一起听抗议般的尖厉鸟鸣，听外祖父吹起了口哨，邻居家的狗也汪汪叫着想进来。回家真好。

“特雷纳先生怎么样了？”我问。

“啊，他很好。你知不知道他又要做父亲了？”

我极为谨慎地在椅子里轻轻转过身：“真的？”

“不是跟特雷纳太太，是和那个红头发的女孩，那件事……你懂的。此后，特雷纳太太就搬了出去。”

“黛拉。”我一下子想起来了。

“就是她，他俩好像认识挺久了。我觉得，孩子的事，他俩可能都有点吃惊。”父亲又开了一瓶啤酒，“不过，再来个儿子或女儿，他还挺高兴的。有事可做了。”

我发自内心地想对特雷纳先生的所作所为评论一番。但我同时能够理解，那件事情发生以后，是需要遇到点好事的。人人都热切渴望着走出阴霾，无论以何种方式。

“他们还能在一起都是因为我”——这话威尔不止一次对我说过。

“你觉得他会怎么看待莉莉的事？”我问。

“我也不知道，亲爱的，”父亲想了一下，“我觉得他会很高兴的，就像找回了自己儿子的一小部分，是不是？”

“那特雷纳太太会怎么想？”

“我不知道，亲爱的。我连她现在住在哪儿都不知道。”

“莉莉……挺难对付的。”

父亲哈哈大笑：“这还用说！那些年，你和特丽娜把你妈妈和我弄得神经错乱，什么深夜不归啊，交男朋友啊，心碎得哭天抢地啊。现在该轮到你尝尝那种滋味了。”他喝了一口啤酒，又笑了起来，“挺好的，亲爱的，你那个公寓太空了。你不再是一个人，我很高兴。”

托马斯的草叶子刺耳地响了一声。他满脸喜悦，兴高采烈地把叶子用力朝天上抛去。我们竖起大拇指连连夸赞。

“爸爸。”

他转身看着我。

“你知道我没事的，对吧？”

“知道，亲爱的，”他温柔地拍拍我的肩膀，“但我就是以担心为生的。我会担心自己老得坐进椅子里爬不起来，”他低头看了看椅子，“提醒你一下，那天可能比想象中来得更早一些。”

五点刚过，我跟莉莉离开了。我从后视镜里看到，全家人只有特丽娜一人没有挥手。她只是站在那儿，双手抱胸，注视着我们离去，一边轻轻摇着头。

回到家，莉莉便爬上了楼顶。自从出事以后，我一次都没上去过。我告诉自己，春天天气糟糕，不该冒这个险，防火楼梯会因为下雨变得湿滑难行；那些盆栽疏于照料，我看到也会产生负罪感。但说实话，我不过是害怕罢了。只要想想登上楼顶这件事，我就心跳加速，猛地想起世界从我脚下消失的感觉，就像谁突然撤走了脚下的一块毯子。

我朝楼顶大喊："二十分钟内必须下来。"现在，时间已经过去了二十五分钟。我开始变得焦虑起来。我向窗外喊着莉莉的名字，但唯一的回答是楼下的车流声。三十五分钟过去了，我已经开始遏制不住地低声骂娘，与此同时，我小心地爬出窗户，踏上安全梯。

这是个暖和的夜晚，楼顶的沥青地面散发着热气，脚下的城市传来各种声响。这是个慵懒的周日，排排车队悠悠而行，家家户户门窗紧闭，音乐的巨响随处可闻，年轻人聚集在街角，不知哪里的楼顶隐约飘来烤肉的香味。

莉莉站在一个倒放的花盆上，眺望着伦敦城。我背靠水箱站着，每次看到莉莉朝边上倾斜身体，我都努力控制着突如其来的疼痛感。

来到楼顶就是个错误。脚下的地面怎么有点晃悠，我感觉自己像站在一艘船的甲板上。我摇摆不定地走到生锈的铁质椅子那儿，一屁股坐了下去。我的身体是如此了解站在楼顶上的感觉，在实实在在地活着与一歪身子便结束了一切之间，真正是失之毫厘，差以千里。想到这个，我身上汗毛倒竖，脖子后面冒出了细密的汗珠。

"你能下楼吗，莉莉？"

“你种的花花草草都不行了。”她翻弄着一盆灌木的叶子，它因为干透而枯死了。

“是啊。嗯，我好几个月没上来了。”

“你不应该让植物枯死的，太残忍了。”

我奇怪地看着她，以为她在说笑，但莉莉看上去不像开玩笑。她弯腰折断了一根细枝，检查着干枯的中部。“你是怎么认识我爸爸的？”

我伸手去扶水箱一角，试图让双腿停止颤抖。“我不过是申请了看护他的工作，然后被录取了。”

“虽然你从没接受过医护训练。”

“对。”

她思考了一番，把干枯的树枝弹到空中，然后起身走到平台的另一端，双手叉腰，双腿叉开，站在那里像个骨瘦嶙峋的亚马孙女战士。

“他长得很帅，是不是？”

我脚下的地面一直在摇晃。我得下楼了。

“站在这上面我什么话也没法说，莉莉。”

“你真的害怕？”

“咱们下去比较好，真的。”

她歪歪头，看着我，似乎在想是不是要听我的话。她往墙边走了一步，试探性地把一只脚放上去，好像要爬上边台，只看到这些就够我大汗淋漓的了。接着她转身看着我，咧嘴一笑，用牙叼着烟，朝防火楼梯走去。

“你不会再掉下去了，笨蛋。没人会那么倒霉的。”

“哦哦，是啊，不过此时此刻我可不想测试这个概率。”几分钟后，等我的双腿能够听从大脑使唤，我们走下了两截金属楼梯。但我抖得太厉害，根本没法爬进屋，于是在楼梯上坐了下来。

莉莉翻了个白眼，等着我。等她明白我半步也挪动不了以后，便在我身旁坐下。我们只走下了两三米，透过窗户已经能够看到家的门厅，而且楼梯两边装有护栏，我的呼吸慢慢变得平稳了许多。

“你知道你需要什么？”她举起卷烟说。

“你真想让我嗑药？在四楼？你知道我刚从楼顶掉下去了吧？”

“这能帮你放松。”

令人难以置信的是，我竟被一个十六岁的女孩子弄得服服帖帖的。莉莉就像是班里那种酷酷的女生，让你情不自禁想去讨好她。没等她多说什么，我便从她手中拿过卷烟，试着吸了一口。那股烟直冲喉咙，我憋着没让自己咳出来。“说实话，你才十六岁，”我喃喃道，“这不是你该做的事。你这孩子去哪儿搞到了这种东西？”

莉莉朝栏杆外面望去：“你迷恋他吗？”

“迷恋谁？你父亲？一开始没有。”

“因为他坐轮椅。”

我原本想说，因为他模仿《我的左脚》里的丹尼尔·戴-刘易斯，把我吓坏了。但如此一来又需要更多的解释。“不是。我最不关注的就是他的轮椅。我不迷恋他，是因为……他很愤怒，有点吓人。有这两点，一开始很难迷上他的。”

“我长得像他吗？我上网查了他的资料，但我自己说不清楚。”

“有一点像，你们俩身上的颜色很相近，比如眼睛。”

“妈妈说，他特别帅，所以是个人渣。告诉你吧，现在，我一惹她生气，她就说我跟他一样。‘哦，天哪，你跟威尔·特雷纳简直一模一样。’她一直叫他全名，从不说‘你爸爸’。她铁了心要假装现在这个才是我的父亲，哪怕他明显不是。她以为只要她坚持，我们就真能成为一家人似的。”

我又吸了一口，脑子晕晕乎乎起来。“喂，我估计，要是不用担心会从这儿掉下去，我也许会抽得更爽呢。”

她从我手里抢过烟卷。“天啊，露易莎，你得学会享受。”她深深吸了一口，又歪着脑袋看着我，“他跟你说了他的感觉吗？那种感觉？”她又吸了一口，然后把烟卷递给我。

“嗯。”

“你们吵架吗？”

“经常吵，但也经常一起大笑。”

“他迷恋你吗？”

“迷恋我？……我不知道该不该用‘迷恋’这个词。”

我微微张着嘴，却找不到合适的措辞。我该怎样向这个女孩解释，我和威尔对彼此来说意味着什么呢？我觉得全世界不会再有任何人像他这么理解我，前无古人，后无来者。她怎么能够理解，失去他，就像往我身上打了一个穿心而过的空洞，永难填满，让我坠入痛苦的深渊呢？

她盯着我。“他有！爸爸迷恋过你的！”她开始咯咯笑起来。这么说显得真滑稽，“迷恋”这个词太过苍白无力了，想想威尔和我对彼此的意义吧。然而，不知怎的，我也咯咯笑了起来。

“真是太刺激了。”她倒抽一口气，“哦，天哪，要是在另一个平行宇宙里，没准你就成我后妈了。”

我们做出恐怖的神情看着彼此。不知怎的，这句话在我们之间一点一点地膨胀起来，最后变成一个快乐的泡泡停驻在我心中。我开始大笑不止，这笑声如此歇斯底里，笑到肚子生疼。

“你俩有过什么亲密接触吗？”

笑声戛然而止。

“好吧，现在谈话变奇怪了。”

莉莉做了个鬼脸：“你们俩的关系听上去确实很奇怪啊。”

“根本不奇怪，就是……就是……”

我突然难以承受：楼顶，悬而未决的问题，嗑药，关于威尔的回忆。他的魂魄似乎被召唤到我们之间的空气中：他的微笑，他的皮肤，他的脸贴着我的脸。我不知道自己想不想要这种感觉。我轻轻把头埋在双膝之间。

呼吸。

我告诉自己。

“露易莎？”

“怎么了？”

“他是不是一直都想去那个地方？尊严诊所？”

我点点头。不断自言自语重复着这个词，努力压抑越来越强烈的恐慌。

吸气，呼气，呼吸。

“你有没有试图改变过他的想法？”

“威尔很……固执。”

“你跟他因此吵过吗？”

我咽了一下口水：“一直吵到最后一天。”

最后一天。我为何这么说？我闭上双眼。

“他走的时候，你跟他在一起吗？”

我们四目相对。年轻人真可怕，我心想。他们不懂得收敛，他们什么都不怕。我能够会意她嘴边正在酝酿的下一个问题，和她目光里微微的探询。但也许她没有我想象中那么勇敢。

最终她不再盯着我了：“那你什么时候跟他们提起我？”

我的心沉了下去：“这周，我这周就打电话。”

她点点头，扭过脸去，不让我看清脸上的表情。她又吸了一口卷烟，接着突然将烟用力扔向楼梯的缝隙，站起身，头也不回地爬进屋去。我一直等到双腿恢复力气，才跟着爬了进去。

09
城堡

我是周二午餐时间打的电话。那天，法国和德国的空管人员联合发起罢工，酒吧几乎没什么生意。我等理查德消失在超市，才走到机场大厅，在离安检口最近的女卫生间门口，从手机里翻找着那个一直无法删除的号码。

铃声响了三四声，有那么一瞬间我特别想挂掉。但一个男人的声音在电话那头响起，元音发得简洁明快，是熟悉的语调。

“你好？”

“特雷纳先生？我是……我是露。”

“露？”

“露易莎·克拉克。”

一阵沉默无语。我甚至能够听到自己的名字如同一声沉重的回音砸在他的心上。我的胸中涌起一股怪异的愧疚感。最后一次见到特雷纳先生是在威尔的墓前，他老态尽显，显然被悲痛压得喘不过气来，不时努力地伸展双肩。

“露易莎，嗯……天哪，这……你还好吗？”

我侧了侧身子，好让维奥莱特推车过去。她善解人意地朝我一笑，用空出来的那只手整了整紫色的头巾。我看见她指甲盖上画了个小小的米字旗。

“我很好，谢谢您。您呢？”

“哦，反正就那样。嗯，我也很好。自从我们上次见面，发生了很多事情，不过都是……你知道……”

他的语气中突然少了些和蔼，真不像他，吓得我差点结巴起来。我做了个深呼吸。“特雷纳先生，我打电话来，是真的有要紧事跟您说。”

“迈克尔·劳勒应该把财产之类的都处理好了吧。”他的语气略有变化。

“与钱无关。”我闭上眼睛，“特雷纳先生，不久前有人来找我。我觉得您需要见见她。”

一个女人推着箱子不小心撞到我的腿，她轻声道着歉。

“好吧，这事真的不简单，那我就直说了。威尔有个女儿，她跑来敲我的门。她很想见您。”

这次是长久的沉默。

“特雷纳先生？”

“不好意思，你能再说一遍吗？”

“威尔不知道自己还有个女儿。女孩的母亲是他大学时期的女友，她自作主张决定不告诉威尔女儿的存在。这女孩找到了我，很想见见您。她十六岁了，名叫莉莉。”

“莉莉？”

“是的。我跟她母亲谈过了，应该是事实。这女人叫米勒，塔尼亚·米勒。”

“我……我不记得这个人了。但威尔的确交过很多女朋友。”

又是一阵长久的沉默。等他再次开口，声音都在颤抖：“威尔……

有个女儿？”

“是的。您有个孙女。”

“你……你真的觉得她是威尔的女儿？”

“我见过她母亲，也听她母亲讲述了来龙去脉。我相信她是。”

“哦。哦，天哪。”

电话那头响起了另一个声音：“史蒂文？史蒂文？你没事吧？”

“特雷纳先生？”

“很抱歉。就是——我有点……”

我用手托着头：“的确很令人震惊，我明白。很抱歉，但我也想不出其他更好的方式来告诉您。我不想直接出现在您家门前，万一……”

“不，不，你不用抱歉。这是个好消息，非常好的消息。我有一个孙女了。”

“出什么事了？你怎么那么坐着？”背景中的声音听起来忧心忡忡。

我听到一只手伸过来遮住了听筒。“我没事，亲爱的。真的。我……一会儿打完电话跟你说。”

一阵含混的交谈过后，他转回我这边，声音突然变得不确定起来：“露易莎？”

“嗯？”

“你完全确定吗？我是说，这，这简直太……”

“非常非常确定，特雷纳先生。我很乐意多向您解释一番，但她是个活生生的十六岁大姑娘。因为对这个家庭一无所知，所以她很想了解一下。”

“哦，老天爷啊。我，天哪……露易莎？”

“我听着呢。”

等他再次开口的时候，我发现自己竟然热泪盈眶了。

“我怎么见她？怎么见……莉莉？”

接下来的周六，我们一同驱车前往城堡。莉莉害怕一个人去，但没有多说。她只是说，由我去跟特雷纳先生解释这一切会更好，因为老相识之间比较好沟通。

一路上我们都很安静。想到即将再次踏进特雷纳家，我的神经紧张得几乎要绷断了，却无法跟身旁的乘客倾诉什么。莉莉也没怎么说话。

“他相信你说的话吗？”

“是的，我跟他说了。我觉得他应该相信了。不过可能会验个血什么的，让众人也相信。”

“是他主动要求要见我的，还是你提议的？”

我记不清了。跟他说话的时候，脑子里嗡嗡嗡一团乱。

“万一我达不到他的期望呢？”

“我觉得他现在应该来不及期望什么。他才刚刚得知自己有了个孙女。”

我跟莉莉约的是周六上午，结果周五晚上她就过来了。她说跟妈妈大吵了一架，丑八怪弗朗西斯跟她说她得学会长大。讲到这里，莉莉不以为然地哼了一声：“这男人还好意思说我，他有一大间屋子用来收藏火车模型，却从没觉得这有什么不正常。”

我告诉莉莉，欢迎她住在这里，但是有几个条件：第一，我需要跟她妈妈确认，她总该知道自己女儿的行踪；第二，她不能喝酒；第三，她不能在我公寓里抽烟。于是，在我洗澡的时候，莉莉便跑到街对面萨米尔的店里，跟他聊了聊天，再抽上两支烟。不过，这好像也无可厚非。

然而，塔尼亚·霍顿－米勒朝我哭诉了足足有二十分钟，再三请求我一定要在四十八小时以内把莉莉送回家。等那头传来小孩的尖叫声，她才挂断电话。此时，我听到莉莉在我小小的厨房里丁零当啷地弄着什么，客厅里仅有的几件家具被我听不懂的音乐震得不住摇晃。

好吧，威尔。

我默默地对他说，

如果你要以这样的方式推动我走进新生活，还真令我大开眼界。

第二天，我走进客房叫莉莉起床，发现她已经醒了。她双手抱膝，坐在敞开的窗前抽着烟。床上胡乱扔着一堆衣服，似乎她刚试过十几件，却发现每件都不想穿。

莉莉盯着我，好像在说："你敢说我？！"我的眼前猛然浮现威尔的脸，他坐着轮椅从窗边转过身，目光中充满了愤怒和痛苦。这一刻，我几乎无法呼吸。

"我们半小时后出发。"我说。

十一点之前，我们来到了小城边。夏天，斯托特福德狭窄的小街上又多了些成群结队的游客，他们如一群群衔着泥土块、长着俗艳羽毛的燕子，胳膊下方夹着旅行指南，手拿冰激凌，漫无目的地穿梭在咖啡馆与售卖当季产品的商店里。他们每年穿着大同小异的带风帽的厚夹克，戴着大同小异的太阳帽，数十年如一日。他们无非买上一些印着城堡图案的杯垫和日历，回到家便迅速将它们扔进抽屉，或许再也不会多看一眼。

今年，城堡已经有整整五百年历史了，小城里贴满了诸如举办莫里斯舞会、烤猪肉派对或宴会之类的活动海报。我跟随一列长长的“国民托管组织[1]”车队，慢慢驶过城堡，来到他家门前。不必面对那栋威尔与我曾共度很多时光的配楼，让我心生感激。我们坐在车里，听着引擎慢慢熄灭。我注意到，莉莉几乎把所有的指甲都啃秃了。

“你没事吧？”

她耸耸肩。

“那我们进去吧？”

她盯着自己的双脚：“万一他不喜欢我呢？”

“为什么会不喜欢？”

“别人都不喜欢我。”

“肯定不是这样。”

“学校里没人喜欢我。爸妈也巴不得甩掉我。”她疯狂地啃着还不算光秃的大拇指指甲，“什么样的妈妈才会允许女儿住在发霉的旧公寓里啊，还跟她并不了解的人？”

我做了个深呼吸：“特雷纳先生是个很好的人。而且，如果我觉得这事儿不好，就不会把你带到这儿来了。”

“要是他不喜欢我，我们就走，好吗？要快点走，可以吗？”

“当然可以。”

“我看上一眼就能知道。从他看我的眼神，就能知道。”

“走的话，我们会跑快些。”

她挤出一个笑容。

1. National Trust，英国保护名胜古迹的私人组织。

“好的，”我说，努力不让自己表现得和她一样紧张，“我们进去吧。”

我站在门阶上，看着莉莉，免得无法分辨自己身在何方。门慢慢打开了，他就站在那儿，身上穿的还是两年前那件浅蓝色衬衫，只是剪短了头发，大概因为悲伤催人老，他试图用新发型做徒劳的抵抗。他张了张嘴，似乎想对我说些什么，却又忘记了。接着他看了看莉莉，眼睛稍稍睁大了些。“莉莉？”

她点了点头。

他仔细凝视着她，然后嘴唇紧闭，眼中慢慢溢满了泪水。接着，他向前迈了一步，把她揽进怀中。“哦，亲爱的。哦，天哪。哦，见到你真是太好了。哦，我的天哪。”

他的一头灰发轻轻搭在莉莉肩头。我怀疑她会不会挣脱开来：莉莉不是那种喜欢身体接触的人。但我见她伸出双手，也环住他的腰，抓住他的衣角。她指节发白，闭上双眼，就这样让对方抱着自己。他们仿佛拥抱了一生一世，这个老人和他的孙女，就这样一动不动站在门前。

终于，他稍微松开了手，脸上老泪纵横。“让我看看你，让我看看。”

她瞥了我一眼，表情又尴尬又高兴。

“是啊，是啊，我看得出来。看看你啊！”他转脸看着我，“她长得很像他，是不是？”

我点点头。

她也在盯着他，仿佛在找寻父亲的痕迹。她低下头，发现两人的手仍然握在一起。

此时此刻，我意识到自己也哭了：特雷纳先生那饱经风霜的脸上露出了不加掩饰的解脱，原以为会永远失去的快乐竟找回了一部分，祖孙俩终于认出彼此时意外而纯粹的幸福……这些都让我唏嘘不已。当她对他甜蜜地微微一笑，我的紧张，我对莉莉·霍顿－米勒的任何疑窦，都随这微微一笑而烟消云散了。

两年时间不到，这个“格兰塔之家”竟与我记忆中的大相径庭。那些庞大的古董柜、打磨光滑的红木桌上摆放的饰品盒，以及厚重的窗帘全都不见了踪影。脚步蹒跚的黛拉·莱顿正是造成这种变化的原因。没错，屋里还留有几件泛着旧时光彩的古董家具，但其余家具都呈现白色或某种亮色；墙边垂下了崭新的桑德森牌黄色窗帘，闪耀着阳光般的色泽；老旧的木地板上铺着多块优雅的浅色地毯；无边画框中被放入了现代感十足的印刷品。

黛拉慢慢朝我们走来，勉强挤出的笑容里藏着微微的戒备。看她走来，我发觉自己在不由自主地后退。这个大肚子女人身上有种说不出的、令人震惊的东西——她拖着沉重的身躯，腹部隆起的曲线宣告着某种不容置疑的威严。

“嗨，你一定是露易莎吧。很高兴见到你。”

她那一头亮泽的红发用发夹夹了起来，淡蓝色亚麻衬衫的衣袖轻轻卷起，露出有点发肿的手腕。我的眼睛完全无法忽视她无名指上那枚巨大的钻戒，无法想象过去几个月特雷纳夫人过着怎样的日子。我心中隐隐作痛。

“恭喜。”我看着她的肚子，想再说点什么。但我从来都不太知道，该怎样去形容一个怀孕多时的女人：肚子大？不大？棒呆了？含苞待放？人们就是用这些委婉的措辞掩饰着内心真实的想法。他们想说的其实是：“我的妈呀！”

“谢谢。有点突然，但是个惊喜。”黛拉的目光从我身上移开，转向特雷纳先生和莉莉。他还握着她的一只手，轻轻拍着，为她讲述这栋房子的前世今生。“有人想喝茶吗？”黛拉问道，接着又补充了一句，“史蒂文？要喝茶吗？”

“太好了，亲爱的，谢谢你。莉莉，你喝茶吗？”

“我可以喝果汁吗？来点水也行。”莉莉笑了笑。

“我帮您。”我对黛拉说。特雷纳先生开始指着墙上先人们的画像，手扶莉莉的胳膊肘，说她的鼻子长得像这一位，她的发色像那一位。

黛拉看了他俩一会儿，脸上似乎闪过一丝近乎沮丧的神情。意识到我在看她，她迅速地展露一个微笑，仿佛喜怒形于色是件很尴尬的事。“那太好了，谢谢你。”

我们一起走进厨房，拿了牛奶、糖和茶壶，礼貌地聊着饼干之类的话题。黛拉弯腰不太方便，我帮她取出橱柜里的茶杯，放在厨房操作台上。我注意到这是一款现代几何图形风格的新杯子，不是“旧人”喜欢的那套细致描画着野草野花、标有植物拉丁名称的旧瓷器。在这里住了三十八年的特雷纳太太，她留下的一切痕迹似乎就这样被迅速而无情地抹去了。

“房子看上去……挺棒的。不一样了。”我说。

“是啊。嗯，离婚的时候史蒂文很多家具都没保住，所以只好改改样子。”她伸手去拿茶叶罐，“他失去了家里世代相传的物品。她当然是能拿走什么就拿走什么了。”

她扫了我一眼，好像在估摸我是否跟她站在同一立场。

“自从威尔……我都没跟特雷纳太太……卡米拉说过话了。”我说，奇怪地感到自己是个叛徒。

“那个，史蒂文说，这个女孩突然就来敲你的门了。”她的笑容勉强而僵硬。

“是，挺突然的。但我和莉莉的母亲见过面了。她……嗯，显然她跟威尔有过一段亲密关系。”

黛拉伸手扶腰，转身面向炉子上的水壶。母亲说她在旁边的小镇主管一个小小的律师事务所。当时，母亲鼻子里哼哼着说：“一个女人如果到了三十岁还没结婚，挺招人议论的。”话音刚落，迅速瞥了我一眼，改口道，“四十岁，我说的是四十岁。”

“你觉得她想干什么？”

“不好意思？”

“你觉得她想干什么，那个女孩？”

我听到大厅里莉莉在兴趣十足地询问各种充满孩子气的问题，不由生出一种怪异的保护欲。“我感觉她没想干什么。她只是刚刚发现自己有个对其一无所知的父亲，想了解一下他的家庭，也是她的家庭。”

黛拉往茶壶里倒热水温壶，然后倒掉，取了适量的茶叶（我注意到茶叶是很松散的那种，特雷纳太太也喜欢这样的）。她慢慢把烧开的水倒出来，很小心地不溅着自己。“我爱史蒂文已经很久了。他——他过去这一年过得很苦。要是……”她说这话的时候没有看着我，“要是莉莉这时候再给他的生活添乱，那他就更难应付了。”

“我认为莉莉不想给你们的生活添乱，”我小心翼翼地说，“但我觉得她有权认识自己的爷爷。”

“当然了。”她圆滑地说，脸上又自动出现了那个僵硬的笑容。我意识到，此时此刻，这个“内部测试”我算是已经“挂科”了。但我不在乎。黛拉最后小声清点了托盘里的东西，拿了起来。我主动要求拿茶壶和蛋糕，她没有拒绝。

“你怎么样啊，露易莎？”

特雷纳先生靠在安乐椅上，脸部松垮的皮肤被灿烂的微笑照亮了。喝茶的时候他几乎一刻不停地跟莉莉说着话，问莉莉母亲的情况，问她家住哪里、在哪儿上学（莉莉没跟他讲在学校遇到的麻烦），问她喜欢水果蛋糕还是巧克力（“喜欢巧克力啊？我也是！”），喜不喜欢吃姜（不喜欢），喜不喜欢板球（莉莉回答不喜欢，他说：“嗯，这事儿我们慢慢解决！”）。他似乎已经消除了内心的疑虑，看着她，觉得她酷似自己的儿子。这种时候，就算她说自己的母亲是巴西的脱衣舞娘，他大概也不会介意吧。

莉莉说话时，我注意到特雷纳先生在偷偷打量莉莉的侧脸，好像打量的是威尔。某一刻，我发现他脸上泛起了转瞬即逝的悲伤。我怀疑他也在想我所想：旧痛未了，又添新痛，可惜威尔与莉莉已经天人永隔了。然后，他努力振作精神，强迫自己稍微坐直些，脸上又恢复了镇定和蔼的微笑。

他陪她走了半小时，回来的时候惊叹，莉莉竟然自己找到了迷宫的出口。“这是你第一次走呢！肯定与基因有关。”莉莉笑得合不拢嘴，像中了什么大奖。

“露易莎，你过得怎么样？”

“还不错，谢谢您。”

“你还在做……看护吗？”

“没有了。我……我之前去旅行了，现在在机场工作。”

“哦，太好了！是不是英国航空？”

我感到脸颊发烫。

“做管理，是不是？”

“我在一家酒吧工作，酒吧在机场。”

他迟疑了一下，不过只是短短的一瞬间，然后坚定地点点头。

“大家都需要酒吧，特别是在机场。我上飞机前，总会去喝杯双份威士忌。你说是不是，亲爱的？”

“是的，是的。”黛拉回答。

“还有，每天看大家飞来飞去应该很有趣吧。”

“我也在计划做其他的事了。”

“是啊是啊，当然了。很好，很好……”

短暂的沉默。

“预产期是什么时候？”我问道，希望将大家的注意力从我身上转移开。

“预产期在下个月，”黛拉说，她把双手放在凸起的肚子上，“是个女孩。”

“真好。你们给她取好名字了吗？”

夫妻俩交换了一下眼神，是那种准父母已经取好名字却不想过早透露的眼神。

“哦……我们还不知道呢。”

“感觉有点怪。我在这个年纪，又当上了父亲。简直无法想象。你知道，换尿布什么的。”他看了一眼黛拉，然后笃定地说，“不过一切都很棒。我是个很幸运的男人，我们俩都很幸运，是不是，黛拉？”

她朝他微笑着。

“我也这么觉得。”我说，“乔治娜怎么样？”

可能只有我一人注意到了特雷纳先生脸上微妙的表情变化。“哦，她还好，还在澳大利亚。你知道的。”

“嗯嗯。”

“她好像找了个男朋友，肯定有谁跟我说过她找了个男朋友，所以……挺好的。”

黛拉伸手摸摸他的手。

“乔治娜是谁？”莉莉边吃饼干边问。

“威尔的妹妹，”特雷纳先生转身看着她说，“你姑姑！对！说实话，她像你这么大的时候，跟你长得还有点像呢。”

“我能看看照片吗？”

“我给你找，”特雷纳先生揉了揉一侧的脸，“我想想啊，他们的毕业照都放在哪儿来着？”

“你的书房。”黛拉说，“你别动了，亲爱的，我去拿。我活动活动比较好。”她从沙发里吃力地站起来，蹒跚地走出房间。莉莉非要和她一起去。“我想看看其他照片，我想看看我最像谁。”

特雷纳先生目送她们走开，笑容还挂在脸上。我们坐在沙发上，默默喝着茶。他转身看着我。“你有没有跟她联系过？……卡米拉？”

“我不知道她现在住在哪里，本来想问问您她的具体情况的。我知道莉莉也想见她。”

“她过得不太好，反正娜娜是这么说的。我们没有好好说过话，有点复杂，因为……”他朝房门那边点点头，不易察觉地轻叹了一声。

“您想跟她说吗？莉莉的事儿？”

“哦，不。哦……不。我不知道她是不是想……”

他把地址和电话写在一张纸上递给我。“有点远，”他说，抱歉地笑了笑，“我想她是想重新开始。代我向她问声好，好吗？嗯……有个孙女……挺奇怪的，就现在这种情况而言。”他压低声音，“好笑的是，现在唯一能够真正理解我的心情的人，反倒是卡米拉。”

换作别人，我可能已经拥抱他了。但我们是英国人，而且从某种程度上来说，他曾经是我老板，所以我们只是彼此尴尬地笑了笑。

也许两人都希望自己身在别处。

特雷纳先生坐直了身子："不过，我是个很幸运的男人。一把年纪了，还能重新开始。真不知道我配不配得上这样的运气。"

"我觉得，幸福不是配不配得上的问题。"

"你呢？我知道你很爱威尔……"

"他，算是曾经沧海难为水吧。"我明显感觉喉头哽咽。等到这种感觉渐渐退去，特雷纳先生还在看着我。

"我儿子很看重活着这件事，露易莎。这个不用我跟你说吧。"

"不过这就是问题的关键，是不是？"

他等我继续说下去。

"他就是比我们看得更清楚些。"

"你会好起来的，露易莎。我们都会好起来的，以我们各自的方式。"他碰了碰我的手肘，表情变得温柔起来。

黛拉回到房间，开始收拾茶具，她夸张地堆着杯子，应该是在表达什么情绪。

"我们该走了。"莉莉拿着框好的照片一走进来，我便站了起来。

"她跟我确实长得有点像，对吧？你觉得我们俩的眼睛是不是有点像？你觉得她会愿意跟我谈谈吗？她有电邮吗？"

"我觉得她肯定愿意。"特雷纳先生说，"但是，莉莉，如果你不介意的话，我要先和她谈谈。我们所有人都需要消化消化这个大新闻。最好给她几天时间想明白。"

"好。那我什么时候可以搬过来住？"

我听到右方传来丁零当啷的声音，黛拉差点失手把一个杯子掉到地上。她微微弯下腰，在托盘上调整了一下。

"住？"特雷纳先生向前弯了弯腰，以为自己听错了。

“嗯。您是我爷爷。我想，暑假这段日子也许我可以搬过来住？跟您熟悉熟悉。我们有很多话要说的，是不是？”她双眼发亮，充满期待。

特雷纳先生看着黛拉，后者脸上的表情让他把想说的话生生咽了回去。

“以后方便的话，欢迎你来住，”黛拉端着托盘说，“但眼下我们有其他事情要办。”

“这是黛拉的第一个孩子。我想她可能需要……”

“我需要单独和史蒂文，还有孩子待一段时间。”

“我可以帮忙。我很会带小孩的，”莉莉说，“我两个弟弟小的时候，我常常照顾他们。他们很调皮，也很可怕。他们会尖叫，一直尖叫。”

特雷纳先生看着黛拉。“你肯定很棒的，莉莉亲爱的，”他说，“只是，现在时机真的不太合适。”

“但是你们房间那么多，我住一间客房就好，你都感觉不到我的存在。我一定会好好帮忙换尿布什么的。有我照顾孩子的话，你们就方便出门了。我还可以……”莉莉的声音渐渐小了下去。她看看特雷纳先生又看看黛拉，等着他们的回应。

“莉莉……”我很尴尬地徘徊在门边。

“你们这儿不欢迎我。”

特雷纳先生向前走了几步，好像要伸手搭住莉莉的肩膀。“莉莉亲爱的，不是你想的那样……”

她闪身躲开了：“你很开心自己有个孙女，却又不希望我打扰你的生活。你，你只想——偶尔有个客人。”

“是时机不对，莉莉，”黛拉平静地说，“这是——嗯，我等史蒂文，也就是你爷爷，等了很久。与孩子共度的时光对我们来说非常珍贵。”

“反正我不珍贵。”

“不是这样的。”特雷纳先生走近她。

但莉莉把他推开了：“哦，天哪，你们都是一样的。你们和你们那些完美的小家庭，都是小圈子，都关上了门。没人给我腾地儿。”

“哎呀，别这样，不要这么小题大做……”黛拉开口了。

“滚。”莉莉吐了口唾沫，黛拉吓得往后一缩。特雷纳先生万分震惊，瞪大了双眼。莉莉冲了出去，我急匆匆跟在后面，将他们留在鸦雀无声的客厅里。

10
在别处

我给内森发了电邮，他回复了：

露，你是药吃多了吧？什么情况？！

我又给他发了一封邮件，多交代了一些细节。他的回复似乎镇定了许多。

好吧，他就是那样。还给我们留了点惊喜，哈？

莉莉已经两天没有联系我了。我有点担心，又有种小小的解脱，庆幸获得暂时的平静。我在想，要是她对威尔的家庭不再抱有童话般的幻想，会不会愿意与自己的家人多些沟通呢？特雷纳先生会不会直接给她打电话，说明原委，缓和关系？莉莉到底去了哪里？她有没有去找那个站在我们门前盯着她看的小伙子？我总觉得他有点问题，问起他时莉莉那躲躲闪闪的样子，让我无法释怀。

有时，我会想起山姆。我有点后悔自己离开得那么急。说句“事后诸葛亮”的话，当时的我似乎被感情冲昏了头脑，变得怪怪的，才那样从他身边跑开。我一直声称自己不是那种人，却总与行为相矛盾。我暗下决心，下次从疗愈小组出来见到他，一定要表现得极尽平静从容，轻松地跟他打个招呼，然后露出那种“我没得抑郁症”的神秘笑容。

工作还是日复一日。来了一位新同事薇拉，立陶宛人，一副严厉的样子。似乎无论做什么，她的脸上都带着一副似笑非笑的表情，就像有人在附近埋了颗脏弹。理查德不在场时，她就说男人都是“脏畜生”。

早上，理查德开始了“励志”训话，训话结束时我们都得往空中挥挥手，并且跳起来，大喊一声“耶！”我那头卷卷的假发经常会跳歪。理查德见状，总是皱皱眉，好像这是因为我做人太失败，而不是因为假发套无法戴牢。薇拉却从容淡定，她的假发总是固定在头上一动不动，也许是因为过于害怕主人，不敢掉下来。

晚上回到家，我上网查了查青少年问题，了解如何弥补周末之事对莉莉造成的伤害。但网上的文章大多在讲这个年龄的孩子荷尔蒙过于旺盛，需要发泄；却没人能告诉我，当你把一个十六岁女孩介绍给她那四肢瘫痪早已去世的生父的家人后，该怎么办。

晚上十点半，我放弃了，环视卧室一周，发现自己有一半的衣服还放在箱子里。我暗暗决定，本周要把这事解决了；又向自己保证，一定可以做到。此后便昏昏睡去。

凌晨两点半，我被一阵突然的敲门声吵醒。我踉跄着起床，抓起一支拖把，眼睛凑到猫眼跟前，心脏“突突”直跳。“我要报警！”我大吼大叫，“你想干什么？”

“我是莉莉，真是的。”我刚打开门，她就扑了进来，身上带着一股浓浓的烟味，脸上似笑非笑，睫毛膏花了，在眼睛周围晕开。

我裹紧睡衣，锁上门。“天哪，莉莉，这大半夜的。”

“你想去跳舞吗？我觉得咱俩可以去跳跳舞，我很喜欢跳舞。嗯，不是要说这件事。我来这儿不是为这事。妈妈不让我进门，他们把门锁换了。你信不信？”

我特别想说信。我的闹钟设的可是早上六点。我还真信。

莉莉重重地靠在墙壁上。“她连门都不给我开，从投信口朝我大吼，好像我是什么……无业游民，所以……我想可以来这儿住，或者我们去跳舞……”她摇摇晃晃地从我身边走过，来到音响前，调大了音量。我冲上前想要调小些，却被她抓住了手。“我们跳舞吧，露易莎！你得来点劲爆动作！别老是那么愁眉苦脸的。放松点！来嘛！”

我抽出手，冲向音量键，赶在楼下生气地向上顶楼板之前，调小了音量。待我转过身，莉莉已经消失在了另一个房间，她一阵摇晃，终于脸朝下趴在简易床上。

“哦，天哪。这床也太太太烂了。”

“莉莉？你不能就这么闯进来，然后——哦，天哪，怎么了？”

“等一下就好了，”一个闷闷的声音传来，“真的只是在你这儿歇歇脚而已，我还要去跳舞，我们一起去。”

“莉莉，我明天一早还要上班。”

“我爱你，露易莎。我跟你说过吗？我真的爱你。只有你……”

“你不能就这么倒在这儿……”

“哎呀……就打个盹儿，一会儿还要去嗨……”她一动不动了。

我碰碰她的肩膀：“莉莉……莉莉？”传来轻轻的鼾声。

我叹了口气，几分钟后，我轻轻脱掉她那双有些破旧的高跟鞋，把她口袋里的东西（烟、手机、一张皱巴巴的五英镑钞票）掏了出来，拿进房间。我把她的上半身支起来，为她翻了个身，让她脸朝上睡好。这一切弄完已是凌晨三点，我睡意全无。因为担心她突然噎着，我便坐在沙发上，看着她。

莉莉的头发散落在肩膀上。她的脸是那么平静，褪去了机警的怒色和过于疯狂热切的笑容，闪耀着某种神秘的光辉。虽然她刚才的行为相当令人抓狂，我却无法对她发火，周六她那被刺痛的神情一直在我脑海中挥之不去。莉莉与我恰恰相反，不愿忍受伤害，不善暗自疗伤。她需要发泄，借酒浇愁，不择手段地去忘记。她比我想象中更像她的父亲。

“你会怎么办呢，威尔？”我默默地问他。

当初试图帮助他时我感到手足无措，而此刻，我也同样不知道能为莉莉做些什么。我不知道该怎么做，才能让事情变得好起来。

我又想起了特丽娜的话：“你应付不了这个的。”在黎明前这短暂的静谧时光里，我心中涌起一股怨愤，因为她说得没错。

我跟莉莉渐渐达成一种默契，每隔几天她便出现一次。我从来都拿不准，来敲门的是哪个莉莉。

有时是开心得近乎疯狂的莉莉，强烈要求拉我一起出去，到某个餐厅吃吃饭，或看看楼下墙壁上画得极美的一只猫，或配上她刚发现的某个乐队的音乐，在客厅跳舞。

有时又是疲惫而满怀戒心的莉莉，只是默默点头问候着，径直进屋，躺在沙发上看电视。她会没头没脑地问关于威尔的问题——他喜欢什么节目？（他很少看电视，比较喜欢看电影）他有最爱吃的水果吗？（无籽红提）你最后一次见他大笑是什么时候？（他不怎么大笑，但他的笑容……我现在还能清楚地回忆起来，笑得不多，但很灿烂，露出整齐的白色牙齿，眼角出现细小的皱纹）我也不知道她对这些回答到底满不满意。

每隔十天左右，我还会看到一个醉酒的莉莉，甚至可能更糟。她会在深夜重重敲门，不顾我的强烈抗议："已经很晚了。""我要失眠了。"……她只是踉跄着走过我身边，然后瘫倒在小小的简易床上，睫毛膏弄脏了脸颊，不见了鞋子。我早上走时，她依然蒙头大睡。

莉莉似乎没有什么爱好，朋友也少，但她在街上随便遇到什么人，都能聊上两句，请这些人帮忙时一点也不会脸红，像个野孩子。只是家里来了电话她从来不接，仿佛认为任何人见了她都不会喜欢她。

大多数私立学校已经放暑假了。我问她，不在我这儿或她母亲那儿的时候，她在哪里。她稍微犹豫了一下，说道："在马丁那儿。"当我追问是不是男朋友时，她便拉长了脸，露出青春期孩子通常会对大人做的那种表情，让你意识到，自己刚才的话不仅特别白痴，还超级讨厌。

发起火来，莉莉相当粗鲁无礼，可我根本无法拒绝她。就算她作息混乱，我依然能感觉到，对她而言，这公寓就是座小小的避风港。我试着寻找各种蛛丝马迹：偷看她的手机信息（手机上了密码锁）；掏她的口袋看有没有毒品（除了那天我俩一起抽的那支大麻，没有找到其他的）。

再一次，她满脸泪痕、醉醺醺地走了进来，盯着楼下的一辆车。那辆车的喇叭断断续续响了十五分钟。最终，一个邻居下楼，狠狠敲了车窗玻璃，车主才开车离去。

跟莉莉在一起时间久了，我的生活方式也发生了改变：东西要买两人份；要收拾并非自己造成的烂摊子；热饮要做两人份；要锁上浴室门，免得有人突然闯入，两人一起尖叫："哦，天哪，真恶心！"一天早上，我正做着两人份的咖啡。"我没有别的意思，但是喝得找不着北，可不太好，莉莉。"

“你就是有别的意思，不然为什么说‘不太好’。”

“我是认真的。”

“我有没有对你的生活指手画脚？有没有说这个公寓看上去特别丧气？有没有说你的裙子看上去生无可恋，穿上那身工作服又像个跛脚的撩人小精灵？我说过吗？说过吗？我什么都没说过，所以希望你也不要管我。”

每到这时，我特别想给她讲我的故事，想告诉她九年前我经历了什么。那晚的我喝多了，是特丽娜在凌晨把我带回家。我鞋子丢了，只知道默默流泪。像大多数时候一样，妹妹对我的回应，是同样孩子气的蔑视与嘲笑。心里的那些东西，后来只能和一个人聊，而那个人如今已经不在了。“半夜把我吵醒不太好，我还要早起上班。”

“那就给我一把钥匙吧。这样就不会吵醒你了，是不是？”

她带着胜利者的微笑看着我，如同示威。那笑容迷人而罕见，就像威尔。我不由得把钥匙交给了她。给她钥匙时，我心里很清楚，要是特丽娜在，会说些什么。

那段时间我跟特雷纳先生聊过两次。他急切地想确定莉莉是否一切安好，担心她以后怎么过日子。“嗯，她显然是个很聪明的女孩子。十六岁就辍学怎么能行，她父母就没说什么吗？”

“他们之间好像交流不多。”

“我应该和他们谈谈吗？你觉得该为她存一份大学教育基金吗？没错，离婚后我手头有点紧，但威尔留下不少积蓄，所以我觉得，用在这儿应该……挺合适的。”他压低了声音，“不过，这件事目前还是不要告诉黛拉的好。我不愿让她多想。”

我特别想问一句她会多想什么，但忍住了。

“露易莎，你觉得你能说服莉莉回来吗？我一直在想着她。我希望我们大家可以重新开始。我知道黛拉应该也想多了解她一些。”

我想起与黛拉一起在厨房准备茶点时，她脸上的表情。我不知道特雷纳先生是装作看不到，还是天生的乐天派。

“我尽量。”我对他承诺。

炎夏的周末，独自待在城市中的公寓里，心中有种特别的安宁。今天上早班，我四点下班，五点便回到家，虽然精疲力竭，却暗暗开心，接下来的几个小时，这里将是一片属于我自己的小天地。我冲完澡，吃点吐司，上网看了看有没有什么薪水超过最低工资或不是零时工合同[1]的工作，然后坐在客厅，把所有的窗户打开通风，听整个城市在炎热的空气里发出的声响。

大多数时候，我对目前的生活还是知足的。我参加过多次小组活动，意识到要感恩简单的小幸福：我身体健康，再一次赢回了自己的家人，我有工作。就算对威尔的离去依然无法释怀，至少我正在慢慢爬出这件事的阴影。

只是……

在这样的傍晚，楼下街道上洋溢着欢乐的气氛，闲逛的情侣随处可见；开怀大笑的人们走出酒吧，商量着晚饭该吃点什么。我的心中泛起隐隐的落寞。一种最原始的情绪告诉我，我身在错误的地方，正错过某些重要的事。

正是在这种时刻，我深深感到自己被全世界孤立了。

当我开始慢慢陷入一种无声的忧郁时，门铃响了。我站起身，疲倦地拿起门口的可视电话，以为是联邦快递的司机问路，或外卖

1. zero-hour contract，指雇主雇用员工却不保证给其安排工作的合同情形。签订这种合同就意味着，员工只在有工作要求时干活，需随叫随到，做多少工作拿多少报酬。

小哥送错了比萨，却意外听到了一个男人的声音。

“露易莎？”

“您是？”虽然我已经知道了对方是谁，但还是问了一句。

“山姆，救护车上那个山姆。我下班回家路过你这儿，我想……嗯，那天晚上你走得太急了，我只想确定一下你没事。”

“过了两周才来确定？我可能都被猫吃了。”

“我猜你应该不会被吃的。”

“况且我也没养猫，”我顿了顿，“我没事，救护车山姆。谢谢你。”

“太好了……我很高兴。”

我侧了侧身，从黑白的可视屏幕中看到一张模糊的脸。他穿一件摩托夹克，没穿急救员制服，一只手撑着墙，又拿开来，转身面向大路。我看他叹了口气，这细小的动作莫名促使我问道：“那……你在忙些什么？”

“也没忙什么，主要在可视电话上跟某人聊个天，又聊得不太好。”

我不由大笑起来，笑声莫名放肆。“多年前我就不做这种事儿了，”我说，“这样很难约到别人出去喝个东西。”

他笑了起来。我扫了一眼静悄悄的公寓，冲动地脱口而出：“待着别动，我下楼。”

他递过来一个摩托车头盔，本想开车的我，再坚持开车未免有点神经质了。

我把钥匙塞进口袋，站在原地等他示意我上车。

“你是急救员啊，还骑摩托车。”

“我知道。不过，这大概是我没能改掉的最后一项恶习了。”他咧嘴笑着，像一匹狡猾的狼。我的心忍不住轻轻一动。“有我在，你还觉得不安全？”

这个问题似乎找不到合适的答案。我在他的注视下坐上后座。哪怕他做了什么危险的事，此后也应该能把我给“组装”好吧。

“该怎么做呢？”我戴上头盔，“我以前从没坐过摩托。”

“抓紧座位上的把手，车动你才动。不要顶着我。要是觉得不舒服，就拍我的肩膀，我会停下来。”

“我们去哪儿？”

“你擅长室内装修吗？”

“特别不擅长。怎么了？”

“给你看看我的新家。”

然后我们便汇入车流，穿梭在汽车与卡车之间，跟随路标上了高速公路。我不得不闭紧双眼，紧靠他的后背，只希望他不要听到我的尖叫声。

我们来到伦敦城的最边缘，那里的花园越来越大，直至融入田野。每栋房屋都标记着自己专属的名字，而非数字。我们穿行在一座与邻村并无二致的村庄间，山姆慢慢停在一扇门前，熄灭引擎，示意我下车。我脱掉头盔，耳边依然回响着清晰的心跳声。双手一路紧抓把手，手指都变僵了，我只得费力地去捋汗涔涔的头发。

山姆打开大门，引我进去。一大片田野映入眼帘。一半是草地，另一半堆放着杂乱无章的混凝土与煤渣块。工地后方一角，那座高高的树篱下，出现了一节火车车厢。旁边还辟有一块小小的养鸡场，几只鸡停下来，满怀期待地望着我们。

“我的房子。”

“真棒啊！”我四下里打量着，“呃……房子在哪儿？”

山姆往田里走着。“那儿，地基就在那儿，花了近三个月才弄好。”

“你就住这儿？”

“嗯。”

我盯着那些水泥板，又看看他，他脸上的表情让我话到嘴边又咽了回去。我揉揉脑袋。“所以你要在这儿站一晚，还是带我参观一下？”

夕阳西下，空气中遍布青草与薰衣草的自然香气，蜜蜂懒洋洋地嗡嗡飞着。我们慢慢从一块水泥板走到另一块水泥板。山姆给我指着窗户和门的位置。“这里是浴室。”

“通风也太好了吧。”

“是啊。这个问题是我要解决的。小心，那个不是门厅。你刚刚进了淋浴间。”

他跨过一堆煤渣，跳到另一块灰色大水泥板上，伸手拉着我，好让我稳稳地站上去。

“这里是客厅。所以，如果望向这边的窗外，”他用手指拼成一个方形，“便能够欣赏到宁静的乡野风光。”

我看着夕阳下自带柔光的风景，感觉远离城市足有十万八千里。我做了个深呼吸，享受这出乎意料的一切。“很不错，但我觉得沙发的位置摆错了，”我说，“需要两个沙发，一个在这边，那边可能也得放一个。还有，我猜你在这儿也会有扇窗户？”

“哦，是啊，必须两面通透。”

“嗯。还有，你必须要重新考虑一下收纳和储藏空间。”

说来真是奇怪，我们只是边走边说了几分钟，我还真能想象出房屋内部的模样。我的目光追随山姆的手，看他描述着无形的壁炉、想象中的楼梯，比画着看不见的天花板。我眼前浮现出高高的天窗，还有他的朋友用老橡木雕出的楼梯扶手。

“会很棒的。”我说。我们已经想象出了最后一个房间的样子。

“可能需要个十年八年的。不过，嗯，我希望会很棒。”

我四处看去，注视着面前的菜地、养鸡场，听着悦耳的鸟鸣。“我得跟你说，我之前可没想到会是这样。你难道不考虑请几个工人吗？”

“以后应该会的。但我喜欢自己动手的感觉。修房子，也是在修灵魂吧。”他耸耸肩，“工作的时候，整天都在修补那些伤口，抢救那些不可一世的骑车人、被老公当沙袋打的女人、因为湿气不时哮喘发作的孩子……”

“还有从楼顶掉下来的笨女人。”

“哦，是啊，”他指了指混凝土搅拌机和一堆堆的砖头，“干了这些活，我才干得下去工作。要喝啤酒吗？”他钻进火车车厢里，示意我也进去。

里面就不是车厢了。小巧整洁的厨房，顶头放着一张 L 形的软座位，还保留着蜜蜡和慵懒乘客的淡淡气味。“我不喜欢住拖车。”他似乎是在向我解释。他朝座位挥了挥手：“坐。”然后从冰箱里拿了瓶冰啤酒，开盖递给我。

“你不喝？”

他摇摇头：“这工作干了几年后，我回家就得喝一杯来放松，然后一杯变两杯，没有这两杯我就难以放松下来，有时候甚至得喝三杯。”他打开茶叶罐，把茶包放到马克杯里，“后来我……失去了很亲密的人，然后便决定，必须马上戒酒，否则可能永远都戒不掉了。”说这些话的时候他没有看我，只是在车厢里走来走去。狭窄的空间里，他的身材显得更加高大强壮了，又带着某种奇特的优雅，“我偶尔还会喝，但今晚不行。一会儿我要载你回家呢。”

三言两语间，与一个自己并不了解的男人同坐一节窄窄车厢的尴尬感就这样消失了。这个男人曾照料过我衣衫不整的破碎身躯，面对他，还有什么好顾虑的呢？这个男人也已经告诉我，稍后会把我送回家，还有什么可担心的呢？我们那独特的初次会面似乎已让彼此摆脱了通常的尴尬与拘束。他看过我只穿着内衣裤的样子。哦，对了，他还看过我把这身皮都脱了的样子。这意味着，在山姆身边我可以相当放松，而这是其他任何人都替代不了的。

车厢让我想起小时候读到过的吉卜赛人的流浪大篷车，每件物品都拥有自己的专属位置，小小的空间里秩序井然。这里有家的温馨，不过因为朴素而简单，一看就知道是男人住的地方。空气中飘浮着令人愉悦的气味，是被阳光晒过的温暖的木头、肥皂与培根的混合味道。全新的开始。我猜测着，很好奇他和杰克原来的家怎么样了。“那……呃，杰克觉得怎么样？”

他拿着茶杯坐在座位另一端。“一开始他觉得我疯了，现在他挺喜欢的。我值班的时候，他就照顾那些小动物。作为回报，我保证，等他一满十七岁，我就在这片地儿教他开车。”他举起杯子，“老天保佑。”

我也举起啤酒瓶。

温暖的周五晚上，跟一个吸引你的目光、让你想伸手揉揉他的头发的男人在一起。也许由于意想不到的快乐，也许只是因为第二瓶啤酒，我终于由衷地开心起来。

车厢里变得闷闷的，于是我们出去，坐在折叠椅上。看小鸡在草地上自在地啄来啄去，我的心中浮起一种奇异的平和感。山姆讲述着工作中遇到的事情：特别胖的病人需要四组人才抬得起来啦，年轻的黑帮分子缝针时还对着彼此比画拳脚啦，等等。言语间，我不禁偷偷地打量他，看他握着茶杯的双手，看他脸上忽然泛起的微笑，每到这时，他的眼角便会出现三道完美的细纹，仿佛被谁细致地画了出来。

他跟我聊了聊父母。他父亲是一名退休的消防员，母亲是夜总会歌手，为了孩子们放弃了事业。（“所以之前你穿的那一身我才觉得挺好，亮闪闪的衣服我从小就看惯了。”）他没有谈起过世的妻子，但说到母亲非常担心杰克生活中缺乏女性的影响。“每个月她都来一次，接他回加的夫。她与自己的姐妹们跟杰克说话，给他做饭，还帮他织很多袜子，”他把双肘撑在膝盖上，“每次去之前他都抱怨，但其实他很开心。”

我跟他讲了莉莉回来的事。当讲到与特雷纳一家见面的时候，他吃了一惊。我说起莉莉令人困惑的情绪化与古怪的举动，他不住点头，似乎这一切都在意料之中。我谈到莉莉的母亲时，他摇摇头。“有钱人不一定就是好父母，”他说，“要是莉莉寻求救助，搞不好社会福利机构会找她母亲聊聊的。”他举起马克杯对着我，“你在做好事，露易莎·克拉克。”

“我觉得我做得不够好。”

“跟青春期的小孩相处，没人会觉得做得很好。”他说，“我觉得这就是他们的一大特性。”

眼前的这个山姆，一边轻松聊着天，一边喂鸡，很难把他跟我在“开启新生活”小组听到的那个整天哭泣约会的山姆联系在一起。但我心里清楚，你在别人面前的样子，可能与真正的自我大相径庭；我也清楚，伤痛会让你做出连自己都难以理解的举动。“我喜欢你的车厢，”我说，“还有你这个看不见的房子。”

“希望你有时间可以再过来。”他说。

主要是找女人。

我的脑海中突然掠过这句话，不禁暗自思索。如果他是这么钓女人的，那还真是一把好手。这一切如此富有吸引力：风度翩翩而又黯然神伤的父亲，偶尔露出微笑，一手抱起母鸡，而母鸡仿佛也很享受的样子。

决不能成为又一个疯狂的女友，我不断告诫自己。但与一个英俊的男人稍微打个情骂个俏，确实带来某种愉悦感。能够暂时摆脱无声的焦虑与愤怒，让我很满意，毕竟，我的生活已经被这两种情绪填满了。过去几个月，我唯一一次和异性接触，还是在酒精的作用下。此后我迷迷糊糊打车回家，边冲澡边嫌恶地流泪。

你怎么想呢，威尔？这样可以吗？

天色暗了下来，母鸡们"咯咯嗒咯咯嗒"恋恋不舍地钻回了窝。

山姆也看着它们，然后靠在椅背上。"我有种感觉，露易莎·克拉克。你跟我说话的时候，还在跟别人进行着另一场谈话。"

我本想巧妙地回应他。但他说得对，我无话可说。

"你和我，我们俩都在回避。"

"你这话也太直接了。"

"现在我又让你不舒服了。"

"没有，"我看了他一眼，"嗯，也许吧，有一点。"

我们身后，一只乌鸦聒噪地飞向天空，扇动的翅膀让周围安静的空气出现了一丝扰动。我压抑住整理头发的冲动，把最后一点啤酒喝光。"嗯，好吧，问个有意义的问题，你觉得需要多久才能忘掉一个死去的人，一个你真正爱过的人？”

我不知道自己为什么要问他这个问题。考虑到他的情况，这个问题问得实在太过直接，甚至可以说是残忍。也许我是怕那个“约会狂魔”跑出来。

山姆微微瞪大了双眼。“哇。这个嘛……”他低头看看杯子，又看看逐渐被阴影笼罩的田野，“我觉得可能永远都忘不掉。”

“还真是‘正能量’。”

“不，我是说真的。我经常在想这个问题。你会逐渐适应、平和，因为感觉他们一直都在你身边，就算他们已经不再是活生生的人。你会慢慢走出最初的伤痛，那些让你崩溃、让你越陷越深、让你随便在什么地方都能哭出来、让你愤怒地发现那么多白痴都活着而你爱的人却死了的伤痛。它会渐渐变成某种你能够平和对待的情绪，就像适应了心中有个空洞。我也不知道。好像你不再是个小圆面包，而变成了一个甜甜圈。”

一种深切的忧伤写在他脸上，突然令我内疚不已。“甜甜圈。”

“这个比喻挺蠢的。”他似笑非笑地说。

“我不是故意要……”

他摇摇头，看着脚下的青草，又抬头看着我：“好啦，我送你回家吧。”

我们走过田野，来到摩托车前。天气微凉，我不由得抱紧双臂。他看见后，把外套脱下来递给我。我推脱着，他却一再坚持。外套有种令人安心的厚实感，还带着强有力的男性气息。我阻止了自己想深吸一口气的冲动。

“所有的病人你都是这么勾搭的？”

“只勾搭活着的。”

我哈哈大笑，笑声出奇大。

“我们其实不应该和病人约会的，”他拿起那个备用头盔，“但我想，你已经不是我的病人了。”

我接过头盔：“这也不算是个约会。”

“不是吗？”我上了车，他富有深意地轻轻点头，“好吧。”

11
午夜伦敦

那周我去参加“开启新生活”小组活动时，杰克不在。达芙妮说厨房里没有男人，她自己没法开罐子；苏尼尔说几个在世的手足分割兄弟留下的东西，起了些争执；而我一直翘首盼望着教堂那头厚重的红门会被一个人推开。我告诉自己，这主要是出自对杰克的关心。他需要在一个安全的地方，表达对父亲种种行为的不满。我坚定地告诉自己，我希望见到的人不是那个斜身倚在摩托车上的山姆。

“令你比较烦心的小事情是什么，露易莎？”

可能杰克不会再来了，我心想。也许他觉得不再需要这里了。每个人都这么说过，的确有人中途退出。肯定是这样，我再也见不到他俩了。

“露易莎？平时的小事？肯定有的吧。”

我一直想着那片田野。火车车厢里狭小而整洁的空间。山姆胳膊夹着母鸡，在田野上闲庭信步，就像夹着个价值不菲的小包袱。母鸡胸前的羽毛，轻柔得如同一句低语。

达芙妮捅捅我。

“我们在讨论日常生活中有哪些小事，会让你被迫思考失去亲人这件事。”马克说。

“我想上床。”娜塔莎说。

“那可不是小事啊。”威廉姆说。

“你又不认识我老公，”娜塔莎说，然后鼻子哼哼地笑了一下，“不是的。这个玩笑太不合适了。对不起，我也不知道自己怎么了。”

“能开玩笑是好事。”马克鼓励地说。

“奥拉夫那方面不错的。事实上，可以说很厉害。”娜塔莎目光闪烁地看着我们。看没人说话，她举起双手，比出一个长度，然后重重地点点头。

一阵短暂的沉默。

“我们能不能让话题回到‘失去的象征’上？露易莎，你刚刚正要告诉我们，哪些小事情让你想起你失去的人。”马克说。

我坐在那儿，试图忽略掉娜塔莎。她又举起手，比画着某个东西的长度。

“我很想念那时候有人和我讨论各种事情。”我谨慎地说。

大家纷纷感同身受地窃窃私语起来。

“嗯，我的朋友不是很多。我和前男友在一起很久，但我们……我们不怎么约会。然后就是……比尔。我们就是一直聊天，一直聊天。聊音乐，聊各种各样的人，聊我们做过的事、想做的事。我永远不用担心说错话，或得罪他，因为他就是‘懂’我，你们知道这种感觉吧？现在我搬来伦敦，独自一人生活，远离家人，跟他们说话往往比较……需要技巧。”

“我懂的。”苏尼尔说。

“最近，我遇到一件事，真的特别想跟他倾诉。我在心里跟他说话，但一切已经不一样了。我很怀念……能够脱口而出的感觉，‘嘿，这个你怎么看？’而且他说的往往就是对的。”

大家沉默了一小会儿。

“你可以跟我们倾诉，露易莎。”马克说。

“这事儿……有点复杂。”

“总是很复杂的。”林恩说。

他们的脸，满含善意和期待，但他们可能完全不理解我要说的任何事。我明白，他们是不可能真正懂的。

达芙妮整理了一下脖子上的丝巾：“露易莎需要的，是一个新的男人，这样才能聊得下去。肯定是的。你年轻又漂亮，总能找到的。”她说，“你呢，娜塔莎，也快点出去找。我已经来不及了，但你俩不应该在这个黑乎乎的老房子里傻坐着。对不起，马克。但她们真的不应该这样。你们应该出去跳跳舞，找找乐子。”

娜塔莎和我互看了一眼。显然，她跟我一样，渴望出去跳跳舞。

我突然想起“救护车山姆”，但马上又摇摇头赶走这个想法。

“如果你还想要男人的哪个部位，”威廉姆说，“我可以用笔给你画……”

“好了，大家伙儿。我们来说说遗嘱的事吧，”马克说，“有没有人对遗嘱感到惊讶？”

晚上九点十五分，我疲惫不堪地回到家，发现莉莉穿着睡衣躺在沙发上看电视。我放下包。“你过来多久了？”

“早饭的时候就来了。”

“你还好吧？”

“嗯。”

她脸色苍白，要么病了，要么就是太累了。

“不舒服？”

她拿碗吃着爆米花，手指懒懒地在碗底抓着碎屑。“今天我什么事儿都不想做。”

她的手机响了，她无精打采地看着刚刚发来的信息，然后把手机塞到沙发垫子下面。

“真的没事吗？”过了一会儿，我又问道。

“没事。”

她看上去可不像没事的样子。

“有什么需要我帮忙的吗？”

“我说了我没事。”

说话的时候，她没看我。

那晚，莉莉就住在我的公寓里。第二天，我正要去上班，特雷纳先生打来一个电话，说要跟莉莉通话。莉莉眼神空洞地望着我，很不情愿地接过听筒。听不清电话那头具体讲了些什么，但能够辨认出特雷纳先生的语气：和蔼慈祥，令人安心，非常温柔。那边说完后，莉莉略略犹豫了一会儿，说：“好吧。”

“你要再去见他了？”她把听筒递回来，我问。

“他想到伦敦来见我。”

“嗯，那很好啊。”

“但现在他不能离她太远，因为她随时可能生产。”

“你想让我送你回那边见他吗？”

“不用。”

她用膝盖抵着下巴，漫无目的地换着台。

“你想聊聊吗？”过了一会儿，我说。

她没有回答。一两分钟后，我意识到，她不想聊。

星期二，我走进卧室，关上房门，给特丽娜打了个电话。我们一周要通几次话。现在我跟父母的关系拉近了许多，和妹妹之间的谈话“雷区”便不复存在了。隔阂消除，联系自然也频繁一些。

“你觉得这正常吗？”

“父亲说，我十六岁的时候，曾经有整整两个星期没跟他说一句话，只是小声抱怨咕哝着。那时候我其实挺开心的，没什么心事。”

“但她连声咕哝都没有，看上去心情很不好。”

“十几岁的小孩，都那样，那是他们的‘默认设置’。反倒该担心那种整天乐呵呵的孩子，他们可能有什么见不得人的习惯，暴饮暴食啊，厌食症啊，或者从商店里偷口红之类的。”

“过去三天她就一直躺在沙发上。”

“所以你觉得……？”

“我觉得有事。”

“她今年十六岁了，生父一直不知道她的存在。他俩还没来得及相认，他就离世了。母亲跟她口中的‘丑八怪’结了婚，给她生了两个克雷兄弟[1]似的弟弟。家里的门锁都换了。如果我是她，估计会在沙发上躺一年吧。”特丽娜喝了口茶，发出夸张的响声，“另外，她的室友每天穿着亮闪闪的‘斯潘德克斯’弹性纤维绿裙子跑去酒吧上班，还说这是所谓的‘事业’。”

“是卢勒克斯，卢勒克斯。”

“我管你是什么斯。你什么时候去找份好点的工作？”

“应该很快了。但我首先要先把目前的状况理清。”

“目前的状况？”

“她的情绪相当低落。我有点担心她。”

“知道我担心什么吗？你一直保证说要好好过日子，然后呢？

1. 分别是Ronnie Kray和Reggie Kray，20世纪中期英国臭名昭著的双胞胎兄弟罪犯。

路上遇到迷路的人、流浪的人，又牺牲了自己。”

“威尔不是什么迷路流浪的人。”

“可莉莉是啊。你都不认识这女孩，露，你应该全心全意地开始新生活。你应该多投简历，多拓展人脉，想想自己有什么长处，而不是又找个借口，暂停你的生活。”

我看着窗外的天空，听到隔壁电视节目的声音渐渐小了下去，莉莉起身，走到冰箱那里，又走回躺下。我压低了声音：“那你会怎么做呢，特丽娜？你心爱的男人的孩子出现在你家门口，而别人好像都不管她，你也会甩手走开的，对吗？”

妹妹陷入片刻的沉默。我少见地滔滔不绝起来：“那么，假如八年以后，不管什么原因吧，托马斯跟你吵架，离家出走。当他向别人求助，别人却一致认为他是个大麻烦，你觉得这特别棒是吗？你觉得他们就应该事不关己，高高挂起？”我把头靠在墙上，“我想做我应该做的事，娜娜。你就别说我了，好吗？”

电话那头没有回应。

“这样我心里会好受些，好吗？帮助别人，我会好受些。”

特丽娜沉默得太久了，我不知道她是不是已经挂了电话。“娜娜？”

“好吧。嗯，我记得有本社会心理学的书上曾说过，青春期的孩子不喜欢面对面的交流，他们觉得很累。”

“你想让我隔着门跟她谈话？”嗯，但愿以后我跟妹妹通话时，她不会再发出对牛弹琴般疲惫的叹息吧。

“不是，笨蛋。我是说，假如你想让她开口，你们俩应该一起做点什么。”

周五晚上的回家路上，我走进一家手工用品超市。我提着大袋子爬了四层楼梯，开门进了家。莉莉的样子跟我想的一模一样：躺在电视机前的沙发上。“手里拿的什么东西？”她问。

“油漆。这个公寓颜色太单调了，你一直想让我布置一下。我觉得我们可以把这个老旧的玉兰花图案给盖住。”

她抑制不住地兴奋起来。我假装忙着给自己弄杯喝的，用眼角的余光看她伸了伸懒腰，过去查看那些油漆罐子。

“这也好不到哪里去，基本上是些浅灰色。”

“人家跟我说灰色很时髦呢。但如果你觉得不好，我可以把它退回去。”

她盯着眼前的东西：“不用，挺好的。”

“我觉得次卧可以两面墙漆成奶油色，另一面墙漆成灰色，你觉得搭吗？”我一边说，一边手脚麻利地拆开装着刷子和滚筒的包，然后换上旧 T 恤和短裤，让莉莉放点音乐。

“哪种音乐？”

“你来选，”我把椅子推到一边，沿着墙边铺上几张防尘布，“你爸爸以前常说我不懂音乐。”

莉莉一句话也没说，但我显然已经成功吸引了她的注意力。我打开一罐油漆，开始搅拌。“他带我去听了我人生中第一场音乐会，是古典音乐，不是流行音乐。我同意去，只是因为想让他多出去走走，那个时候他不是很愿意出门。我记得当晚他穿了一件上好的外套，这是我第一次看他穿得像……”我记起自己当时的震惊。眼前的威尔，在笔挺的蓝色衣领的衬托下，变回了出事前的那个男人。

我哽咽了：“嗯。我做好了心理准备，认为肯定会相当无聊，结果我下半场哭得跟个傻瓜似的。那真是我小半辈子里听过的最动听的声音了。”

莉莉沉默了片刻，说道："你们听了什么？"

"我不记得了。西贝柳斯？有这个人吗？"

她耸耸肩。我开始往墙上刷漆，莉莉也走到我身边。

她拿起一把刷子开始刷了起来。起初她什么话也没说，似乎完全沉浸在这重复的涂刷动作之中。她刷得特别仔细，不时整理一下防尘布，以免油漆沾到地板上，有时将刷子在罐子边上抹一抹。我们没怎么交谈，只是偶尔小声求助：把那把小点的刷子递给我好吗？你觉得第二层还能看得出来吗？第一面墙我们只用了半小时就刷完了。

"你觉得怎么样？"我欣赏着眼前的成果，"我们再刷一面墙？"

她点点头，铺好防尘布。房间里播放着某个我从未听过的独立乐队的音乐，旋律轻松讨喜。我也开始刷了，虽然有点困，而且肩膀有点疼。

"你应该挂上几幅画。"

"嗯，说得对。"

"我家里有一幅大尺寸的康定斯基的作品，放在我房间其实很不搭。你想要的话，可以送给你。"

"那可太好了。"

她加快了速度，刷子迅速地扫过墙面；而在靠近窗边的地方，她仔细地慢慢刷着。

"我在想，"我说，"我们应该跟威尔的母亲——你的奶奶聊聊。我可以给她写封信，你觉得怎么样？"

她什么话也没说，只是蹲下身，仔细沿踢脚线刷墙。最后，她站了起来。"她跟他一样吗？"

"和谁？"

“特雷纳太太，她跟特雷纳先生一样吗？”

我在罐子边刮了一下刷子上的油漆。“她……不一样。”

“你的意思是，她是个母老虎？”

“她不是母老虎，只是——要了解她，需要花更长的时间。”

“那就是说，她是个母老虎，而且不会喜欢我。”

“我完全没有那个意思，莉莉。她只不过是那种不习惯把情感外露的人。”

莉莉叹了一口气，放下刷子。“估计这世上也就我这样吧。找到了失而复得的爷爷奶奶，却发现他们俩都不喜欢我。”

我们看着彼此，忽然不约而同地大笑起来。

我盖上油漆桶。“来，”我说，“咱们出门吧。”

“去哪儿？”

“是你说我需要找点乐子的，你来决定去哪儿。”

我从箱子里拿出几件外套，莉莉好容易看上一件勉强可以穿的。我任由她带我到西区后街一家小酒吧，那里头如同洞穴一般。保镖知道莉莉的名字，似乎没人担心她还未满十八岁这个问题。“90年代的音乐，怀旧的！”她兴高采烈地说。我努力不去在意自己在莉莉眼中已是老年人这个事实。

我们一刻不停地跳舞，直到我的意识开始变得模糊。汗水浸透了我们的衣服，头发乱七八糟地竖了起来。我的屁股很痛，不知道下周还能不能站着上班。我们一刻不停地跳舞，好像世上只有这一件事可做。天哪，这种感觉真的很棒。原来，只是单纯地活着便那么令人愉悦；原来，将自己放纵在音乐里，在人群中起舞是那么畅快；原来，大家聚为一体，跟随节拍舞动是那么活力无限。

灯光昏暗，鼓点强劲，我忘掉了一切。那些折磨我的问题——

糟糕的工作、吹毛求疵的老板、没能开始新生活的挫败感——如氢气球般飘得无影无踪。

我化作一只简单的生物，只是活着，开心着。

我的目光越过人群找到莉莉。她闭目沉浸于旋律中，长发在脸庞边飞舞，整个灵魂中激荡着专注而自由的奇异神采。我看见莉莉手中举着一瓶显然并非可乐的饮料，本想生气，却不知怎的朝她笑了，笑容灿烂而愉快。这个连自己都搞不明白的、稀里糊涂的孩子，竟在教我怎么活，实在太不可思议了。

我们身边的伦敦尖叫着，跳跃着，不觉间已是午夜两点。在剧院门口，在中文标识前，在一个穿得像只大熊的男子身边（嗯，随便遇到什么莉莉都要拍照留个“证据”），我们不时停下脚步，合影留念。我们在狭窄的街道上穿梭，寻找夜班公交。我们从夜间营业的烤肉店和号叫的醉汉身边走过，也从当街拉客的“鸭子”和一群群尖声笑闹的女孩身边走过。我的屁股抽搐得厉害，湿乎乎的衣服贴在身上冰凉一片，很不舒服。但我仍然觉得活力满满。

“天知道我们怎么回家。”莉莉语气轻快地说。

然后，我听到有人叫我的名字。

“露易莎！”

是山姆！他从救护车驾驶座的窗口伸出头来，我挥手回应。他紧急掉头，把车停在路对面。“你们去哪儿？”

“回家，要是能找到车的话。”

“上车吧，来，必须得上。我们刚值完班。”他扭头跟身边那个女人说，“哎呀，唐娜，她是病人，骨盆摔碎了，不能让她自己这么走回家呀。”

遇到这意想不到的幸运，莉莉很开心。后门打开了，一个穿急救员衣服的女人翻着白眼，把我们拉了上去。“你要把我们害惨了，山姆。”她说，然后用动作示意我们坐在轮床上，“你们好，我叫唐娜。哦，不——我认得你，你是那个——从楼顶掉下来的女孩。对。”

莉莉把我拉到她身边，来了张“救护车自拍”。我看到唐娜又翻了个白眼，只好装作没看见。

“你们去哪儿了？”山姆看着后视镜问道。

“跳舞。”莉莉说，“我一直劝露易莎别跟个老姑娘似的。咱们能不能把警笛打开啊？”

“不能。你们去哪儿了？不过我是个老年人了，不管你说哪里我估计都没听说过。”

“二十二酒吧，”莉莉说，“大概在托特纳姆法院路后面？”

“我们那个紧急气管切开术就是在那儿做的，山姆。”

“我记得那里。看来你俩今晚过得不错。”我们的目光在后视镜里相遇，我有点脸红了。对出门跳舞的决定，我忽然感到特别庆幸。此时的我看起来和平时完全不同，不再是个哀哀戚戚的机场酒吧女招待，晚上只知道从楼顶掉下来。

“很开心。”我说，露出灿烂的微笑。

山姆低头看了看仪表盘上的屏幕。“哦，真是太棒了，斯宾塞那边需要急救。”

“但我们都要回去了。”唐娜说，“伦尼为什么老欺负咱俩？这人简直是个虐待狂。”

“别人都没空。”

“怎么了？”

“来任务了，我可能只能把你放下了，不过那儿离你家应该不远了。可以吗？”

“斯宾塞，”唐娜深深叹了口气，“真是棒呆了。抓紧了，你们俩。”

警笛鸣起，车速加快。在我们头顶，闪烁的蓝灯尖叫着，救护车在深夜的伦敦街头风驰电掣。莉莉开心地叫了起来。

唐娜告诉我们，每个周日的夜晚，急救站总会接到斯宾塞酒吧打来的电话，要么有人熬不到关门倒下了，要么就是喝了太多酒丧失理智打架斗殴，需要缝针治疗。“这些年轻人，本来生活多么美好啊。但他们一有闲钱，就跑来把自己灌醉。每周都这样。”

短短几分钟，我们就到了。救护车在门口慢了下来，免得撞到那些喝多了在路边狂吐不止的人。斯宾塞酒吧云雾缭绕的窗户上贴着“晚上十点前女士点饮料免费”的广告，男男女女，灯红酒绿，嘘声尖叫，活泼艳丽。然而，这条飘散着酒味的拥挤街道并没有那么强烈的“嘉年华”氛围，却充斥着“山雨欲来风满楼”的紧张感，似乎下一秒钟就会发生爆炸。我看着车窗外，不由警惕起来。

山姆打开后门，拿上包。“待在车里别出来。”他边说边下了车。

一个警察朝他走来，说了点什么。我们看他们走向一个醉成烂泥的小伙子，他太阳穴上的伤口血流如注。山姆蹲在他身边，警察则挡住周围来看热闹的醉汉、帮倒忙的朋友，以及大声哭闹的女孩子们。这群人虽衣着光鲜，看上去却像《行尸走肉》里的角色，毫无意识地摇晃着，咕哝着，流着血，走着走着就倒下了。

“我真讨厌干这些事，”唐娜说，迅速翻找着自己的医药箱，“真希望每天遇到的是即将分娩的孕妇，或心脏病发作的好心的老奶奶。糟糕，他晕过去了。”

山姆捧着小伙子的脸仔细检查着。这时另一个小伙子过来了，头上涂满啫喱，衬衫衣领被血浸透了。他一把抓住山姆的肩膀：“喂，我要到救护车上去！”

山姆慢慢转身看向这个醉鬼，后者说话时血和唾沫到处乱飞。“请你先让开，哥们儿，好吗？我正在工作。”

酒精显然让这个男孩变得蠢蠢的。他看了一眼狐朋狗友们，然后对着山姆的脸咆哮道：“你敢让我让开？！”

山姆没理他，继续检查手上那个病人。

“喂，喂，你！我要去医院，”他推了推山姆的肩膀，“喂！”

山姆继续蹲在那儿，一动不动。过了一会儿，他慢慢直起身子，转身与那个醉鬼面对面：“我跟你讲讲道理，或许你还听得明白。小伙子，你不能上那辆车，听懂了吗？没得说。你还是省点精力，回去跟朋友继续玩吧。伤口冰敷，明早去小诊所看看足够了。”

“你没资格跟我说这些！你们的工资都是我给的！我的鼻子都断了！”

山姆面不改色地盯着他。那小伙子却伸出手推了山姆一把。山姆低下头，看着地面。

“啊，不要啊！”唐娜在我身边喊道。

山姆再次说话，已经接近咆哮了：“好，我现在警告你……”

“你没资格警告我！”对方脸上全是不屑，“你没资格！你以为你是谁？”

唐娜赶忙下车，快步朝一名警察走去，对他耳语几句，两人都向山姆那边看去。唐娜脸上带着祈求的神色。小伙子大吵大骂，对山姆推推搡搡：“你先把我弄好，再去弄这个废物！”

山姆整了整衣领，面无表情，内心却分明强忍怒气。

我发现自己紧张得几乎屏住了呼吸。警察终于走了过来，站到两人之间。唐娜抓着山姆的袖子，把他往后拉。警察朝对讲机说了几句话，把手放在醉鬼肩上。但小伙子猛地转过身，朝山姆外套上吐了口唾沫。“去你的！”

所有人全都惊住了。片刻的寂静，却如此漫长。山姆的身体突然僵住了。

“山姆！快来！帮我一把，好吗？我需要你。”唐娜把他往边上推。那一刻，我看到了山姆的脸，他的双眼闪着钻石一般冷硬的光。

“快来。”唐娜说。两人把半昏迷的小伙子抬到了救护车上，“我们走。”

山姆一言不发地开着车，莉莉和我挤到他旁边的前座上。唐娜清理了山姆外套后面被吐到的地方。而山姆一直盯着前路，短短的下巴依然僵硬地突出着。

“还不算最糟的，”唐娜无奈地挤出笑容，“上个月有人吐了我一头呢，而且那个小恶魔是故意的。他用手抠着喉咙，跑到我后面，因为我不同意送他回家。当我是谁啊，开出租的？”

她站起来，伸手拿了瓶能量饮料。“真是浪费资源。你想想，要是没有这些人，我们能做多少事……”她喝了口饮料，然后低头看着这个几乎失去知觉的小伙子，“我真是搞不明白，这些人到底在想些什么。”

“没想什么。”山姆说。

“嗯，是啊。这位先生我们可要看严一点，”唐娜拍拍山姆的肩膀，“去年他就被警告了。”

山姆用眼角的余光扫了我一眼，突然局促不安起来。“当时我们去商业街接一个女孩，她的脸都快被打烂了，家暴。她被抬到轮床上，她男友从酒吧里飞奔出来还要继续打她。我完全控制不住。”

“打了他一拳？”

“不止一拳。”唐娜语带嘲笑。

“是啊。嗯，那时候我自己也过得不太好。”

唐娜转身朝我做了个鬼脸。“嗯，这位先生可不能再惹麻烦了，不然就要失业了。”

“谢谢，”山姆开门让我们下车时，我说，“谢谢你载了我们一程。”

“不能让你们在大街上乱晃啊。”他说。我们的目光又相遇了。

然后车子开走了，带着那个烂醉如泥的病人，朝医院飞奔而去。

“你不要太迷他哟！”看着救护车消失在视野中，莉莉说。

我几乎忘记她的存在了。我轻叹一声，到包里找钥匙。“他是个约会王。”

“所以呢？这样的男人，如果是我也会约的。”莉莉说。我开门让她进去，“我是说，假如我是个老年人，并且还有点绝望的话。比如你。”

“我没做好谈恋爱的准备，莉莉。”

她走在我身后，因此无法看到她的表情。但我敢说，上楼这一路，她不停对我做着鬼脸。

12
故地

我给特雷纳太太写了封信。信中没告诉她莉莉的事，只是说希望她一切都好，我旅行回来了，几周后会带一位朋友一起去她的住处；如有可能，希望上门问个好。我用的是次日达一等邮件，投入信箱时，心中有种奇特的兴奋感。

父亲在电话里告诉我，威尔去世后短短几周，特雷纳太太就离开了格兰塔之家。他说当时工匠们都惊呆了。但我想起几年前在外偶遇特雷纳先生与黛拉之事，心想，到底有多少工人是真的吃惊呢？这么个小地方，没多少秘密的。

“所有的事情都让特雷纳太太难以接受。”父亲说，“她一走，那个红头发女人就上位了。这时机抓得可真好。多好的一个老家伙，头发没掉光，还有座大房子。他怎么可能长期单身呢？说起来，露，那个——你，你要不要跟你妈妈说说特丽娜胳肢窝的事儿？要是那儿的毛毛再长长点，都能编辫子了。”

我一直惦念着特雷纳太太，想象当她得知世间还存在一个莉莉之后的反应。我还记得祖孙俩第一次相见时，特雷纳先生脸上那喜出望外的表情。莉莉可以稍稍缓解她的痛苦吗？有时，看着莉莉对着电视节目发笑，或呆呆盯着窗外陷入沉思的样子，我惊觉她的眉梢眼角竟与威尔如此相像：那鼻翼的角度，那如同斯拉夫人一般突出的颧骨。注视着她，我仿佛忘记了呼吸。（一般这个时候莉莉就要抱怨了：“别像个变态似的死盯着我，克拉克。再盯着，我要吓死了。”）

莉莉这次过来准备住两周。塔尼亚·霍顿－米勒打电话说他们一家要去意大利托斯卡纳度假，而莉莉不想跟他们一起去。“说实话，以她现在的表现，不去也罢。有她在，我会累死的。”

我一针见血地指出，莉莉基本不在家住，塔尼亚又换了锁，莉莉不可能累死谁，除非不停敲窗户或在门外唱挽歌。电话那头出现一阵短暂的沉默。

“露易莎，等你有了自己的孩子，可能就会明白我的意思了。”哦，这简直是所有父母的撒手锏。我怎么可能明白呢？

她主动提出，度假这段时间想付我点酬劳，作为莉莉的住宿费和生活费。但我图一时之快，拒绝了她。其实，坦白说来，莉莉在我这里的花费已大大超出我的预期。她并不满意我那些随随便便的晚餐——吐司配豆子，或奶酪三明治。她会问我要钱，出去买手工面包、进口水果、希腊酸奶、有机鸡肉等那些显然是富有的中产家庭才会购置的食物。我记起在塔尼亚那所大房子里，莉莉站在庞大的冰箱前，不假思索地往嘴里送菠萝的样子。

“顺便问一句，”我说，“马丁是谁？”

塔尼亚顿了顿：“马丁是我以前的爱人。莉莉知道我不高兴，却还是一直跟他见面。”

“能给我个电话吗？在你度假这段时间里，我需要随时知道她的行踪。”

“马丁的电话？我怎么会有马丁的电话呢？”她抱怨一声，然后电话那头传来“嘟嘟嘟”的忙音。

遇到莉莉以后，有些事情变得不一样了。这不只意味着我那一直以来空荡荡的公寓多出一个十几岁的女孩，变得满当当、乱糟糟，还在于我开始享受生活中有莉莉相伴的时光：一起吃饭，一起并肩坐在沙发上，不管电视上放的是什么都能一起议论两句，或者强吞下她做的某些食物。“嗯，我怎么知道土豆沙拉里的沙拉需要煮熟啊？拜托，是沙拉啊！”

上班时，我开始注意那些候机的父亲给孩子打电话道晚安的样子：“乖乖听妈妈的话，卢克……真的吗？你做到了？真是个聪明孩子！”有的人压低声音，显然在跟电话那头的人争论孩子的抚养权问题：“不，我没说那天可以去学校接他。我在巴塞罗那啊……是，我是……不，不，你就是没认真听我讲。”

我不相信你辛辛苦苦生下孩子，爱护他们，养育他们，等到他们十六岁的时候，能狠心宣布你一气之下更换了门锁，不让他们进门。十六岁，当然还是孩子。不管莉莉如何故作成熟，我都看到了她充满童真的那面。每当她兴奋不已或突然对某事满怀激情，她身上的孩子气便暴露无遗。她生气的时候，在浴室镜前搭配衣服的时候，甚至沉沉睡去、满脸天真无辜的时候，也无疑是个孩子。

我想起特丽娜对托马斯简单纯粹的爱。我想起自己的父母。就算特丽娜和我已经长大成人，父母依然鼓励我们、支持我们、为我们操碎了心。在这种时刻，我便对莉莉感同身受。威尔不只缺席了我的生命，也缺席了她的。

你本该陪着她的，威尔。

我默默对他说。

她真正需要的人，是你。

于是，我请了一天假。理查德觉得这简直是“大逆不道”。（“你才回来上班五个星期，真不明白为什么又要消失一天。”）我微微一笑，以爱尔兰舞女的姿势行了个感激的屈膝礼。回到家，我发现莉莉把小房间一面墙刷成了极鲜亮的翠绿色。“你说过希望房间明亮一点，”她告诉目瞪口呆的我，“别担心，我自己花钱买的油漆。”

“嗯，”我摘下假发，松开鞋带，“今晚弄完就行，我明天不上班。”我一边换上牛仔裤一边说，“想带你去看看你父亲喜欢的东西。”

她停下手中的活，翠绿色的油漆滴在了地毯上。“什么东西？”

“等着看吧。”

我们一路播放着莉莉 iPod 中的音乐。它们上一秒还在为爱情与失去唱一首心碎的挽歌，下一秒便震耳欲聋，穿透鼓膜，仿佛宣称自己恨透了全人类。伴着这音乐行驶在高速路上，我已经能够驾轻就熟，不去理会这些噪声，集中注意力注视前方。莉莉坐在我身旁，随节拍摇头晃脑，偶尔还在仪表盘上来个即兴敲击。“很好，”我心想，“看来她心情不错。再说了，就算一只耳朵的鼓膜被震破，换上另一只耳朵就行了。”

我们抵达斯托特福德，去威尔和我以前经常光顾的几家餐厅坐了坐，然后走到曾经野餐过的城堡外的田野，坐在威尔最喜欢的长椅上。莉莉很给面子地努力不露出无聊的表情。说实在的，连绵不绝而清一色的田野风光，的确很难让人热情起来。

我与莉莉并肩而坐，为她讲述初见时几乎大门不出二门不迈的威尔，而经过一系列“斗智斗勇”，我终于使他重新出门了。“你知道吗，”我说，“你父亲很讨厌依靠别人。我们一起出门，不仅意味着他要依靠别人，还意味着他依靠别人这一事实将被人目睹。”

“哪怕是你。”

“哪怕是我。”

莉莉思考了片刻：“我也会讨厌别人看到自己那个样子的。我连头发湿的样子都不愿被别人看到。”

我们还去了画廊。威尔曾努力为我解释现代艺术的优劣之分（我到现在也分不出来）。不论墙上展出的是什么，莉莉都嗤之以鼻地做个鬼脸。我们来到一家卖酒的店铺前探头探脑，威尔曾在这里让我品尝不同种类的红酒。（“不，莉莉，今天我们不品酒。”）

文身店里，威尔曾说服我做了文身。莉莉问我，可不可以借点钱给她文一个。不过店主告诉她十八岁以下不接待，我大松了一口气。莉莉想看看我那只小黄蜂的文身。她极为少见地认为我文身这件事还挺酷的。我跟她说，威尔选择在胸前文了个“保质期到 × 年 × 月”，莉莉听罢哈哈大笑。

“你们俩很像，都有着奇特的幽默感。”我说。莉莉努力掩饰开心的表情。

店主忽然说他那儿有张照片。“所有的文身我都会拍照留念，”留着一把胡子的店主说，“我喜欢把这些东西记录下来。跟我说说是哪天？”

我们安静地站着，看店主翻动活页夹。找到了，是一张两年前的文身特写。黑白两色，清晰地文在威尔焦糖色的皮肤上。我站在那里凝视照片，熟悉的感觉铺天盖地席卷而来，几乎让我无法呼吸。那小小的黑白色块。我曾轻轻抚摸它，用软毛巾仔细清洗、擦干，为它涂抹防晒霜。我想伸手摸摸照片，却被莉莉抢先一步。她伸出指甲被咬得参差不齐的手指，轻抚照片上父亲的皮肤。“等我年龄够大，我也要文一个，”她说，“跟他一样的。”

“他怎么样了？”

莉莉和我转过身。文身师坐在椅子上，揉着黝黑的手臂。“我对他还有印象，没多少四肢瘫痪的人会光临我们这儿的。”他咧嘴一笑，“他很有个性，是不是？”

我突然如鲠在喉。

“他死了，”莉莉直截了当地说，“我爸爸。他死了。”

文身师脸上抽搐了一下：“对不起，亲爱的。我不知道。”

“这个我能留着吗？”莉莉把照片往外抽。

“当然可以了，”他赶忙说道，“你想要就拿去吧。来，把塑封膜也拿去，免得下雨淋湿了。”

“谢谢。”莉莉把照片小心地夹在胳膊下方。

我们在一家全天候供应早餐的咖啡馆安静地吃了顿午饭。我感觉一天的好心情正渐渐退去。我向莉莉谈起我所了解的威尔：他的罗曼史，他的事业，他的性格。他是那种让你极其渴望获得其肯定的人，为此你愿意去做令他印象深刻的事，或只是简单讲个能够把他逗得哈哈大笑的愚蠢笑话。

我跟莉莉讲起初识时的威尔，以及后来变得温柔的威尔，他开始从寻常小事中寻找乐趣，并经常以取笑我为乐。“比如，在饮食上，我比较缺乏冒险精神。我妈妈做了二十五年的饭，也只是在十几样菜之间做一做排列组合，从没做过藜麦、柠檬草、牛油果酱之类的。而你父亲呢，几乎什么都吃。”

“现在你也什么都吃了吗？”

“我每隔几个月都会吃一次牛油果酱。说真的，是为了他。”

“你不喜欢吃？”

"味道还可以，但它黏糊糊的，看上去有点让人反胃，这个我接受不了。"

我跟莉莉讲起威尔那个前女友，我跟他作为不速之客如何闯了她的婚礼舞会。我坐在威尔的大腿上，我们两人就在舞池里随他的自动轮椅旋转不休。他的前女友气得酒都从鼻子里喷出来了。"真的？她的婚礼？"

在这间狭小而燥热的咖啡馆里，我竭尽全力为她描绘着、召唤着威尔。不知是因为暂时远离家中乱七八糟的烦心事，因为父母远在国外，还是因为终于听到了威尔那些简单的趣事，莉莉笑个不停，不住地问问题，似乎我的回答证实了她长久以来的想法。"是啊，是啊，他就是这样的。是啊，可能换成我也会那样吧。"

我们不停地聊着，放凉了面前的茶。服务员大概烦透了我们，好几次走过来问是否要把那盘吃了两个小时的吐司撤走。我忽然意识到，这是自己第一次不再悲伤地忆起威尔。

"那你呢？"

"我怎么了？"我把最后一点吐司碎屑放进嘴里，看了一眼服务员，她应该又准备来收盘子了。

"爸爸离开以后，你怎么样？和他在一起的时候，就算他坐着轮椅，你做的事情好像也比现在多得多。"

面包堵在嘴里，我拼命咽下。"我一直忙个不停——工作、值很多班，很难去做其他事。"

她微微挑起眉毛，但什么话也没说。

"还有，我屁股还是很痛。现在不能爬山。"

莉莉懒洋洋地搅着面前的茶。

"我的人生还是相当丰富多彩的。你看，从楼顶掉下去这事不算无聊吧，够兴奋个一年半载的了！”

“但这很难证明你在做一些事，对吧？”

沉默了一会儿。我深吸一口气，赶走大脑中突如其来的嗡鸣声。服务员又走过来了，带着一丝胜利感，迅速收走了我们的盘子。

“对了，”我说，“我有没有跟你讲过带你父亲看比赛的事儿？”

我的车太会掐时间了，发动机过热出了故障，抛锚在离伦敦还有六十多公里的高速公路上。令人吃惊的是，莉莉居然表现得很乐观，实际上这在某种程度上满足了她的好奇心。“我从没坐过会出故障的车。我不知道车还会坏呢。”

这些话简直让我大跌眼镜（我爸爸定期要对着他那辆老爷货车大声祈祷，并承诺，只要出车顺利回家，就一定会为它加满最好的汽油，定期为轮胎做压力测试，以及给予它无尽的爱）。莉莉还跟我说，每年她父母都会为家里的车更新换代。“考虑到我同母异父的弟弟们给车子内部造成的破坏。”她补充道。

我把车停在高速公路边上，坐在车里等待拖车的卡车。一辆辆货车飞驰而过，碾着地面发出碎裂的声音，震得这辆小车微微颤抖。最后，我们一致认为，还是下车安全些，便坐在路边草地上，看午后的太阳逐渐失去温度，慢慢滑向高架桥的另一边。

“马丁是谁？”聊完有关汽车故障的问题，我突然发问。

莉莉拨弄着身边的青草：“马丁·斯蒂尔？我是在这个男人身边长大的。”

“不是弗朗西斯吗？”

“不是。我七岁的时候丑八怪才出现。”

“莉莉，你不应该这么叫他的。”

她瞥了我一眼：“嗯，好吧，你说得对。”

她躺在草地上，甜甜地笑了："我就叫他'癞蛤蟆'好了。"

"还是叫丑八怪吧。那你为什么还会去找他？"

"马丁？我真正有印象的爸爸，是他。在我很小的时候，母亲就和他在一起了。他是个乐手，很有才华。他以前经常给我讲故事，还把我编进歌里。我就是……"她渐渐没声了。

"他跟你母亲怎么了？"

莉莉从口袋里掏出一包烟，点燃了一根。她吸了一口，长长地吐出一个烟圈，我担心她下巴那块骨头要脱臼了。"有一天，我与家里的互惠生[1]一起放学回到家，母亲便宣布马丁走了。她说两人处不下去了，而他们达成协议，他必须离开。"她又抽了一口烟，"她说他不关心她的个人成长，还说他对未来的看法和她不一致。都是些废话。她不过是遇到了弗朗西斯，意识到马丁永远给不了她想要的。"

"她想要什么？"

"钱、大房子，天天逛街，跟她的朋友们东家长西家短，还有'对齐脉轮'[2]之类的。弗朗西斯有家私人银行，跟别的私人银行做生意，挣得挺多。"她转身看着我，"所以，总结一下就是，马丁离开的那天早上我还叫他爸爸，下午回到家他就不是了。房子是妈妈的，所以他走了，就是这么简单。

"我从幼儿园至小学都是马丁送我，妈妈却不允许我见他，甚至不允许我提起他，否则就是在捣乱，不听话。她呀，'特别痛苦，精神压力大呀'。"莉莉学着塔尼亚的声音，惊人地像，"如果我朝她发火，她就跟我说，没必要这么沮丧难过，因为他不是我的亲生父亲。

---

1. 以帮做家务换取食宿的人。

2. 瑜伽术语。

她竟然觉得告诉我这些挺好。”

我注视着她。

“然后，弗朗西斯就来敲门了。送了好多好多花，折腾所谓的‘全家出游’，也就是找个适合儿童玩耍的豪华酒店。我在边上吃东西，跟保姆玩，他俩亲热。半年后，妈妈带我去‘比萨快递’吃饭，我高兴地以为马丁要回来了，结果她宣布自己要和弗朗西斯结婚了。她说他很棒，会是世界上最好的爸爸，而我‘必须很爱很爱他’。”

莉莉朝空中吐了个烟圈，看着烟圈扩大，消散，最终消失不见。

“但你并没有。”

“我恨他，”她斜着眼睛看我，“如果某人只是敷衍你，是看得出来的，即使你是个小孩。他不想要我，只想要我妈妈。说实话我能够理解——谁希望看到别的男人的孩子老在自己眼前晃悠啊？所以，自从妈妈生下双胞胎，他们便把我送到寄宿学校去了。哈哈，多省事。”

莉莉眼中噙着泪水。我想拉拉她的手，她却双手抱膝，两眼直愣愣盯着前方。我们静静坐了几分钟，看夕阳渐渐西沉，车流越来越密。

“我找到他了，你知道的。”

我看着她。

“马丁。在我十一岁的时候，我听到两个保姆窃窃私语，她们说马丁打过电话，而妈妈要求她们瞒着我。我从她们那儿拿到了马丁的地址。我发现他就住在距我们家步行大约一刻钟的地方。派克罗夫特路，你知道吗？”

我摇摇头：“他见到你高兴吗？”

她犹豫了一下：“特别高兴，他差点哭了。他说一直很想我，离开我实在太糟糕了。我想什么时候过去，就什么时候过去。但他后来跟别人生了孩子。当他有了孩子，有了自己的家，你会明白自己再也不是他的家人了。你就是盘没人要的剩菜。”

“肯定没人觉得……”

“嗯，好。无论如何，他是个很棒的人，但我跟他说，自己没法去见他。真是太奇怪了，我竟然跟他说，我不是你的亲生女儿。不过他还是经常给我打电话。哎，真的很傻。”莉莉的头摇得像拨浪鼓似的。我们又坐了一会儿，接着她抬头看着天空，“你知道我最烦的事情是什么吗？”

我等她继续说。

“跟‘丑八怪’结婚后，妈妈便把我的名字改了。是我的名字啊，甚至没人问问我的意见。”她的声音有点哽咽，“我根本就不想姓霍顿－米勒。”

“哦，莉莉。”

她用手快速抹了一下脸，似乎被别人看到流眼泪是件难堪的事。她抽了一口烟，在草地上按灭烟头，大声地吸吸鼻子。“我跟你说，这段时间‘癞蛤蟆’和妈妈经常吵架。即便他们分手，我也毫不吃惊。不过，真是那样的话，我们又要搬家了，又要改名换姓，却没人敢说什么，因为她很痛苦，她需要缓解情绪，诸如此类的。两年后又会有别的丑八怪出现，而我的两兄弟会改名为霍顿－米勒－布兰森，或奥西曼仕达、图朵皮普之类的。”她发出似笑非笑的声音，“好在那时候我早就走了。反正她也不在意。”

“你真觉得你妈妈那么不在乎你？”

莉莉转过头来，她的表情和眼神中有着与其年龄明显不符的聪慧与忧郁，真让人心碎。“我想她是爱我的，但她更爱自己。不然她怎么做得出那些事？”

13
心动

第二天，特雷纳先生的宝宝出生了。早上六点半，一阵刺耳的电话铃声响起。有那么一瞬间，我感觉特别糟，以为发生了什么不好的事情。电话是特雷纳先生打来的。他上气不接下气，带着哭腔，以一种难以置信的惊叫口吻宣布道："是个女孩！七斤多！她是那么完美！"他说小婴儿非常漂亮，像极了小时候的威尔，我应该去看看她。他让我叫莉莉起床，我照做了。

然后，我看着睡眼惺忪的莉莉默默听电话那头的特雷纳先生宣布，她有……有……（他们过了一会儿才理清楚这个关系）姑姑了！

"好。"她终于说话了，又听那头说了一会儿，"嗯……好。"

她结束了谈话，将电话递给我，然后，穿着皱巴巴的T恤转身回到床上，狠狠地摔上了门。

上午十点四十五分。我估计，那几个打扮光鲜体面的健康计划销售要是再喝上一轮的话，就要被禁止登机了。我正想着要不要提醒他们，一个熟悉的身影出现在了吧台前。

"这里没人需要急救，"我慢慢朝他走过去，"至少暂时还不需要。"

"这身衣服我可穿不厌，也不知道为什么。"山姆坐上吧台凳，手肘撑在吧台上，“假发……挺有趣的。”

我用力拉了拉亮闪闪的短裙：“制造静电就是我的超能力。想来杯咖啡吗？”

“谢谢。不过我不能待太久。”他看了看无线电对讲机，又放回外套口袋里。

我给他做了一杯美式，努力掩饰着见到他的好心情：“你怎么知道我上班的地方？”

“我们去十四号门那边急救。疑似心脏病。杰克之前跟我说过你在机场工作，而且，你也很好找……”

那群销售聒噪的声音莫名消失了。我发现，山姆就是能够做到让你不去注意别的男人。

“唐娜借机逛逛免税店，看看包。”

“你已经看过病人了？”

他咧嘴一笑：“没有。等我坐下来喝杯咖啡，然后再打听十四号门怎么走。”

“很好笑。你救过病人了？”

“我让她吃了点阿司匹林，告诉她上午十点前就喝四杯双倍浓缩咖啡可不太好。嗯，你对我的工作抱有如此令人兴奋的看法，让我受宠若惊。”

我忍不住哈哈大笑起来，把咖啡递给他。他感激地喝了一口。“那个，我在想……最近你有空再来一次‘不是约会’吗？”

“有救护车吗？”

“肯定没有。”

“我们能讨论一下问题少年吗？”我发现自己正不由自主地用手指卷着尼龙质地的鬈发。我的天哪，我在把玩头发，而且还不是我的真头发。我得赶紧停止这愚蠢的行为。

“你想讨论什么我们就讨论什么。”

“那你怎么计划的？”

他停顿了很久，我都要脸红了。“晚饭？在我家？今晚？我保证，要是下雨，我不会逼你坐在餐厅的。”

“你说了算。”

“我七点半来接你。”

他喝着剩下的一点咖啡，理查德突然出现了。他看看山姆，又看看我。我还靠在吧台上，离山姆那么近。“有什么问题吗？”他说。

“完全没问题。”山姆说着站起来，比理查德整整高出一个头。

理查德脸上快速闪过各种念头。太明显了，我都能看到不同想法间的转换过程：这个急救员干吗到这儿来？露易莎怎么无所事事地站在那儿？我应该去举报露易莎没有显得很忙的样子，但这个男人块头太大了，目前的局面我看得不太明白，我要防着他点。看他手足无措的样子，我差点笑出声来。

“那么，就今晚了。”山姆朝我点点头，“别摘假发，好吗？我就喜欢你‘易燃易爆’的样子。”

那群销售中，有个人脸色红润，靠在椅背上，一副愉悦自得的表情，肚子把衬衫都撑开了。“你是不是要教育我们饮酒别贪杯啊？”

其他几个人大笑起来。

“不，你们尽管喝，先生们，”山姆朝他们点头致意，“咱们一两年后见。”

我看他走向门口，在报刊店外和唐娜碰了面。回过头，理查德正看着我。“这话我不得不说，露易莎。我不赞成你在工作时间进行社交生活。”他说。

“行。下次我让他别理会十四号门心脏病发的报警电话。”

理查德的下巴绷紧了：“还有他刚刚说的，让你戴着假发什么的。那顶假发是‘三叶草’爱尔兰主题酒吧有限公司的财产。你在私人时间里是不允许穿戴的。”

这一次我实在忍不住了，哈哈大笑起来：“真的吗？”

就连他也脸红了：“这是公司政策，假发是制服的一部分。”

“哎呀，”我说，“那我以后只好自己买爱尔兰舞女的假发啦。嘿，理查德！”他已经气得毛发倒竖，转身朝办公室走去。

我回到家，莉莉不见了踪影，只在厨房台面上放着一个麦片盒子。门厅的地板上不知怎的出现了一堆灰尘。我给她打电话，无人接听。啊，我不禁想着，父母大概分为三类吧：过度焦虑的父母，正常的父母，以及塔尼亚·霍顿－米勒那类的。然后我开始冲澡，准备晚上“绝对不是约会”的约会。

真的下雨了。我们刚来到山姆那块田里，大雨便倾盆而至。仅仅从他的摩托车跑到火车车厢的短短一段距离，我俩便淋了个湿透。我身上虽然不再滴水，但湿袜子贴在脚上，很不舒服。

“待着别动，”他拿手捋了捋头上的水珠，“你全身都湿透了，不能坐下。”

“这有点像一部很烂的电影的开头。”我说，朝他尴尬地笑笑。

“好吧。”他说，两边的眉毛都挑起来了。

他消失在车厢后方。一分钟后他又出现了，手里拿着一件套头衫和有点像运动短裤的东西。

“杰克跑步穿的裤子，刚洗过的。不过可能不是电影明星范儿。”他递给我，“如果你想换下来的话，那边是我的房间，从那道门过去是浴室，看你想去哪边。”

我走进他的卧室，关上门。头上，雨点响亮地敲打着车厢顶部，窗户上模糊一片，雨水汇聚成一道道小瀑布，永无止息地流淌着。我本想拉上窗帘，转念一想，此刻外面并不会有谁看到我，只有那群母鸡而已。它们在雨中蜷缩成一团，不时暴躁地甩甩羽毛上的雨珠。

我脱掉湿透了的上衣和牛仔裤，用它们和手中的毛巾擦干身体，有点调皮地在窗口向母鸡亮了亮裸体，然后想了想，大概只有莉莉才会这么做吧。母鸡们似乎对此不太感兴趣。我把脸靠近毛巾，带着负罪感轻轻嗅了嗅上面的味道。毛巾刚刚洗过，不知何故带着某种难以抗拒的男性气息。一时间，我竟莫名恍惚了。

双人床占据了房间的大部分空间。床对面，一个小小的橱柜充当了衣柜。角落里整齐地放着两双工作靴。床头柜的书旁摆着一张照片，照片中山姆与一个微笑的女人站在一起。她一头金发随意扎了个结，手臂环住山姆的肩膀，朝镜头咧嘴笑着。她不是那种美艳的尤物，但笑容却有着特别的吸引力，看起来是那种喜欢开怀大笑的女人，就像女版的杰克。我突然为杰克感到难过，赶忙在自怨自艾前转移了目光。

有时我会想，我们这群人，都在悲伤的泥潭里艰难跋涉着，不愿对别人承认自己已经越陷越深、无法自拔。电光石火间，我又想起，山姆不愿聊与妻子有关的事情，似乎和我的情绪很相像。我们都知道，一旦你打开话匣子，哪怕只是轻声低语一下自己的悲伤，它便会升腾为一朵巨大的蘑菇云，久久难散地笼罩着你的一言一行。

我做了个深呼吸，让自己振作起来。“好好享受这个愉快的夜晚吧。”我小声咕哝着，想起“开启新生活”小组的话：允许自己享受快乐时光。

我擦去眼皮下方的雨水，对着小镜子照了照，心想我这头发是没救了，然后穿上山姆那件特别宽大的套头衫，努力忽视穿上男人衣物所带来的那种奇异的亲密感。我又套上杰克的短跑裤，看着镜中的自己。

威尔，你觉得怎么样？只是一个愉快的夜晚而已。不必非得有什么意义，是不是？

我出现在山姆面前的时候，他露出一个灿烂的笑容，挽起工作服的袖子。“你看上去大概只有十二岁。”

我走进浴室，在水槽里拧干牛仔裤、衬衫和袜子，把它们挂在浴帘杆子上。

“吃点什么？”

“嗯，我本来想做沙拉。但现在这天气不适合吃沙拉，所以我就即兴创作啦。”

炉子上烧着一壶水，雾气缭绕在窗户上。“吃意大利面吧？”

“我什么都吃。”

“太好了。”

他打开一瓶红酒，为我倒了一杯，示意我坐到座位上，面前的小桌子已经摆好了两份餐具。应该享受这一刻的，享受小小的愉悦。我都在深夜出去跳过舞了。我都向一群母鸡亮过裸体了。现在我要和一个男人享受这一晚，他在为我做着晚饭。这些都算得上是某种程度的进步吧？

也许山姆察觉到了我内心复杂的想法，因为他等我抿了第一口酒才开口说话，同时搅动着锅里的食物。“今天那个男人，就是你吐槽的老板吗？”

红酒很美味，我又抿了一口。和莉莉在一起的时候我不敢喝酒，担心卸下防备，说些不该说的话。“嗯。”

“他们这类人我了解。说句也许可以安慰你的话，不出五年，他要么得胃溃疡，要么因为过度紧张造成勃起功能障碍。”

我大笑 ：“嗯，这两种病都挺安慰人的，虽然有点奇怪。”

他坐下来，把一碗热气腾腾的意大利面摆在我面前。“干杯，”他举起红酒，“现在跟我说说你那个与家人失散多年的女孩子吧。”

哦，终于有人可以说说话了，我的心开始放松下来。真的有个人在认真听我说话，与酒吧里那些人形成鲜明对比，他们耳朵里只有自己的声音。我向山姆滔滔不绝地倾吐着。他从不打断我，也不告诉我他自己的想法，更不会指手画脚地告诉我该怎么做。他只是认真聆听，不时点点头，偶尔帮我加点酒。窗外已是漫漫长夜，他终于开了口 ：“你承担了相当大的责任。”

我靠在椅背上。“我觉得自己别无选择。我总拿你之前说过的话问自己 ：威尔希望我怎么做？”我又喝了口酒，“不过这比我想象中要难得多。我本以为带她去跟爷爷奶奶相认就会万事大吉、皆大欢喜，他们从此幸福地生活在一起，就像家人重聚的电视节目那样。”

他低头看着自己的手，我看着他。

“你会不会觉得我掺和进来简直是疯了？”

“没有。这个世界上有太多的人只顾追求自己的快乐，根本不去想可能会造成什么灾难性的后果。你根本想不到我周末急救的那些孩子都是些什么样子，喝醉的、吸毒的、神经错乱的，什么都有。父母们只顾忙自己的事，有些父母甚至完全不见踪影，因此这些孩子相当于生活在真空里，特别容易做出不好的选择。”

“如今，情况比过去还要糟糕吗？”

“谁知道呢？我只知道自己见过太多太多一团糟的孩子。医院里排队等着见心理医生的年轻人，名单得有你胳膊那么长。”他苦笑了一下，“待会儿再继续这个话题吧，我得把那些鸡赶回窝里去。”

我想问他，像他这样看问题、想问题很清楚的人，为什么会如此不在意自己儿子的感觉呢？我想问他，知不知道杰克有多不开心？但这可能太唐突、太尖锐了。毕竟他说话那么中听，而且刚给我做了顿很不错的晚饭……母鸡们一只接一只地回到窝里，我的视线被吸引过去。他回来了，身上带着户外的微凉气息。问问题的时机就这样错过了。

他又倒了点酒。我喜欢待在这个小巧舒适的火车车厢里，享受吃得刚刚好的满足感，听山姆讲着自己的故事。他讲起那些急救的夜晚，他握着老人们的手。他们只求速死，不愿再给别人添麻烦。他讲起面对上头设定的目标时，全体士气低落，每个人都觉得自己没能尽职尽责。我倾听着，在一个与自己的生活迥然不同的世界里徜徉，看他的双手在空中划出富有动感的曲线，留意到他发觉太把自己当回事时脸上略带懊悔的笑容。然而，让我的目光停留最久的，还是他的双手。他的那双手。

当我意识到自己走神时，我的脸红了一下，赶忙喝了口酒掩饰：“杰克今晚去哪儿了？”

“不怎么见得到他，应该在他女朋友那儿吧。”他看上去有些伤心，“她有个特别大的家庭，数不清的兄弟姐妹，还有个整天待在家的母亲。他喜欢那儿。”他喝了口水，“那莉莉呢，在哪儿？”

“不知道。我给她发了两条信息，但她没回复我。”

他站在那儿，拥有让人无法忽视的存在感，个头与活力仿佛是其他男人的两倍。他倾听着，偶尔眯一眯眼睛，似乎在告诉我，他完全懂我……他下巴上微微带一点胡楂，肩膀的轮廓在柔软的羊毛套头衣下清晰可见。

我的目光不由自主地往下滑落到他的双手。那双手搭在桌上，手指无意识地敲打着桌面。真是一双万能的手啊。我记起这双手曾温柔地轻轻捧起我的头，记起自己在救护车上紧紧握住他的手，仿佛那是唯一能够抓住的救命稻草。他看着我，微笑着，表情里带着一种温和的探询。我心中的某种东西开始融化了。我思绪纷飞，恍恍惚惚，心中的潮水随他的双眼涌动。啊，真想闭上眼睛。

“想喝咖啡吗，露易莎？”

就连他看我的样子都有点让人招架不住。我摇了摇头。

“你想……”

我想都没想，探着身子，伸手揽过小桌对面的他，吻了他。他稍微犹豫了一下，也凑上前来，用吻来回应我。不知是谁不小心打翻了红酒杯，但我停不下来。我想这样和他亲吻下去，而不愿去想这到底意味着什么，这可能意味着什么，未来可能要面对什么。来吧，活在此刻。我对自己说。我一直一直地吻他，直到所有的理智纷纷从毛孔逃散，而我则简化为一条跳动的脉搏。活着的所有意义，就是想和他在一起。

他先停了下来，退后，微微眩晕。“露易莎……”

一件餐具掉在地上，发出清脆的响声。我站了起来。他也站了起来，把我拉到身边。我们就在这小小的车厢里缠绵起来，抚摸、亲吻。哦，他的气息、他的味道、他的肌肤。我全身就像有无数微型烟花在噼里啪啦地爆炸，本以为消失的那部分自己又死灰复燃了。他把我抱了起来，我用全身包裹着他，那强壮有力的身体。我亲吻他的脸庞、他的耳朵。我用手指抚摸着他软软的黑发。

我呼吸急促："自从……那件事以后，我还没在谁面前脱过衣服。"我说。

"没关系，我接受过医疗训练。"

"我是认真的。我有点糟糕。"心中突然涌起一股奇怪的感觉，顷刻间我已泪流满面。

"想不想和我比一比？你会感觉好受些的。"

"你不用这么毒舌吧……"

他脱掉上衣，肚子上露出一条五厘米左右的紫色伤疤。"看。四年前，被一个精神有点问题的澳大利亚人刺伤的。还有这儿，"他转过身，背部下方出现了一块巨大的黄绿色瘀青，"上周六被一个喝醉的人踢的，还是个女的。"他伸出手，"手指也断过，抬一个很重的病人时被轮床弄的。啊，还有这里，"他给我看自己的臀部，上面有一条短短的银色伤疤，边缘像锯齿一样参差不齐，缝针的痕迹很明显，"刺伤，不知道被谁弄的，去年哈克尼路夜总会打架事件中受的伤。警察一直没找到凶手。"

我看着他结实的身体，看着那些伤疤。"那条呢？"我轻轻抚摸着他侧腹部一条小疤痕。他的皮肤摸起来有点灼热感。

"那个？啊，阑尾炎，九岁的时候。"

我凝视着他的身体，凝视着他的脸庞，然后与他的凝视相遇。我慢慢脱掉那件套头衫，不由自主地浑身颤抖起来，不知是因为天气太凉，还是因为太过紧张。他又靠近了些。我们离得那么近。他的手指温柔地滑过我骨盆的弧线。"我还记得。我能感觉到是这里断了。"他又温柔地抚过我的腹部，那里的皮肤猛地一紧，"还有这里。当时皮肤上有一块紫色瘀青，我怀疑是器官损伤。"他把手掌盖在上面，那么温暖。我简直无法呼吸。

“我从来都不知道‘器官损伤’听起来还可以那么性感。”

“哦，这只是个开始。”

他领我慢慢走向床边。我坐在上面。我们四目相对。他跪下来，手指顺着我的双腿往下滑。“还有这儿，”他抬起我的右脚，脚面上出现了一条醒目的红色伤疤。他的拇指轻柔地沿着伤疤抚摸，“骨折，轻微的组织损伤。应该很痛。”

“你记性真好。”

“大多数人我第二天走在街上就认不出来了。但是你，露易莎，不知怎的就留在了我心里。”他低下头，吻了吻我的脚面，然后手慢慢往上滑，停留在我的腰间，“现在没有地方痛了，是不是？”

我摇摇头，不出声。我不在意了，不在意他是个约会王。我只想要他，哪怕再次弄断另一边的骨盆。

他靠近我，如同缓慢的潮水。他低头看着我，然后闭上眼睛吻了我，让我感觉到那且轻且重的美妙渴望。他的嘴唇触摸着我的颈项，他的皮肤摩擦着我的皮肤，直到我完全晕眩了。

“哦，”等我们再次“回到人间”，我喃喃低语，“真希望你不是个那么适合我的人。”

他高高地挑起眉毛：“这话——呃——挺诱惑的。”

“我离开之后你不会哭吧？”

他眨眨眼：“呃……不会。”

“还有，跟你说清楚，我不是那种纠缠不休的怪人。我不会到处跟踪你，不会趁你洗澡时缠着杰克追问你的事。”

“那……那很好啊。”

“基本原则”一说清楚，我又开始亲吻他，直到把刚才的话忘了个一干二净。

一个半小时以后，我躺在床上，神情恍惚地盯着天花板。我的皮肤有点灼烫，我的骨头轻轻响动，一些之前我不知道会痛的地方隐隐作痛。然而，我被某种极其安静平和的感觉占据着，仿佛内心被完全融化了，塑造成全新的模样。

从那么高的地方掉下来，你完全无法预料会发生什么。

刚刚发生的这一切，令我始料未及。我真的——我是不是——滚烫的回忆纷至沓来。这样的经历真是史无前例。如果之前跟帕特里克在一起算得上奶酪三明治的话，那这次是……什么呢？最令人难以置信的豪华大餐？一块巨大的牛排？我抑制不住地傻笑了一声。这实在太不像我了。

山姆在我身边睡着了。我扭过头去看他，他脸庞的曲线，他的嘴唇，让人惊叹。看着他，让我忍不住想去抚摸他。我心想，是不是应该把脸和手都凑近一点，这样就能……

“嘿。”他温柔地说，眼睛眯成两条细长的缝，满含睡意……紧接着我忽然意识到：我成了“她们”中的一员！

我们几乎默不作声地穿好了衣服。山姆说去给我沏茶，但我说自己应该回家了，去看看莉莉在不在我那儿。“他们一家人都出去度假了。”我用手捋了捋头发，先前乱糟糟的，现在算是平顺了。

“好的。哦，你想现在就走？”

“嗯。麻烦了。”

我从浴室拿了自己的衣服，忽然变得清醒起来，羞耻与紧张一同涌上心头。不可以让他看到这么错乱的自己。我出来时，他已穿戴整齐，在收拾晚饭留下的碗筷。我努力不去看他，这样会好过些。

“这些衣服我能穿回家吗？我的还是湿的。”

“当然，不过……都可以。”他在抽屉里胡乱翻找了一番，拿出一只塑料袋。

我接过塑料袋，我们站在一片黑暗中。“今晚……挺愉快。”

“‘愉快’，”他看着我，好像有点摸不着头脑，“好吧。”

湿润的夜晚，他用摩托车载我回家。我尽量不让脸颊靠在他后背上。虽然我一再表示没事，他还是坚持借一件皮夹克给我。几公里后，空气更加清冷，我庆幸披着这件皮夹克。十一点一刻，我们回到了我的公寓。今晚，从他接上我开始，我感觉自己度过了一段太过漫长跌宕的岁月。

从摩托车上下来，我开始脱下他的夹克，但他伸出脚后跟把摩托车停好。“很晚了，至少让我送你上楼。”

我犹豫了一下：“好的。你稍等一下，我把衣服还你。”

我装出漫不经心的样子。他耸耸肩，跟着我朝门口走去。

我们走上楼梯井，听到门厅里传来一阵震耳欲聋的音乐声。我马上意识到这是从哪里传来的。我一瘸一拐地快步穿过走廊，在公寓门口停下来，慢慢打开门。莉莉站在客厅中央，一手拿烟，另一手举着杯红酒。她穿着我从一家古着店买的黄色花裙。哦，那个时候的我还很注重自己的穿着。我盯着她。不过，当我慢慢辨识出莉莉身上的其他穿着时，好像踉跄了一下。我感觉山姆伸手扶住了我的胳膊。

“皮夹克不错啊，露易莎！”

莉莉踮起脚尖，她穿着我那双亮闪闪的绿鞋子。“这些你怎么不拿出来穿啊？你这些衣服很酷，但你每天都穿牛仔裤、T 恤衫，也太太太无聊了！”

她走回我的房间，一分钟后又出现了，手里拿着一件 70 年代风格的金色线织连体裤，我以前常拿来配棕色靴子。“看看这个啊！我简直羡慕嫉妒恨了，你居然有这样的连体裤。”

“脱了。”等自己终于能开口了，我说。

“什么？”

“裤袜，脱了。”我的声音如此扭曲，连自己都认不出。

莉莉低头看着身上那条黑黄撞色的裤袜：“说实在的，你这儿好看的复古衣服挺多的，彼芭的，芙丝汀宝的，还有那件紫色的香奈儿风格的衣服。你知道这衣服值多少钱吗？”

“脱了。”

也许是觉察到我突如其来的强硬，山姆开始把我往前推。“那个，我们先到客厅里面……”

“她得先脱掉，不然我不走。”

莉莉做了个鬼脸。

“天哪，不用这么幼稚吧。”

我看着她，我的身体因为愤怒而颤抖起来。莉莉开始脱我的大黄蜂连裤袜，不太顺滑的时候，她就用脚胡乱踢着。

“别扯烂了！”

“不就是条连裤袜嘛！”

“不只是连裤袜，还是……一件礼物。”

“那还是连裤袜啊。”她嘟囔着。

她终于脱了下来，把它胡乱丢在地上，那黑黄相间的一小堆东西。她走进房间，里面传来衣架互相碰撞的声音，她应该是在手忙脚乱地换掉我的衣服。

过了一会儿，莉莉又出现在客厅，只穿着内衣和短裤。她等了一会儿，确定我们都注意到了她，便开始用缓慢夸张的动作，从头顶套下一条裙子。当裙子经过她苗条而苍白的臀部时，她晃了一下，接着对我甜甜地笑了。“我要去泡吧。不用等我。再见到您很高兴……先生贵姓？”

“菲尔丁。”山姆说。

“菲尔丁先生。”她朝我笑了笑，笑容里不见一丝友好的迹象。随着砰的一声，她摔门而去。

我颤抖着呼了口气，走过去捡起那条连裤袜。我坐在沙发上，轻轻整理着，把褶皱拉直，查看有没有什么地方拉了丝或被烟烧到。

山姆坐在我身边。“你还好吧？”他说。

“我知道你肯定觉得我疯了，”过了很久我才终于开口，“但这是……”

“你不用解释。”

“那时候的我和现在完全不同。这个意味着……我以前……他送的……”我哽咽了。

我们坐在鸦雀无声的公寓里。我知道自己应该说点什么，喉咙里却似乎堵着一块巨大的石头。

我脱掉山姆的夹克，递给他。“没事的，”我说，“不用陪我。”

我感觉到他在看我，但我还是低下头，把目光看向地面。

“那你一个人静一静吧。”

我还没来得及说点什么，他已经离开了。

14
阴云

那一周，我去参加“开启新生活”小组的活动迟到了。莉莉后来主动给我泡了杯咖啡，或许是想道歉吧。但此后，她却把绿油漆洒在客厅地板上，把一桶冰激凌忘在厨房里任其融化。她因为找不到自己的门钥匙而拿走我的，那上面还挂着我的车钥匙。有一晚，她未经我允许，便戴着我的假发出门，是我从她卧室的地板上把假发找了回来。再次戴上它时，我看起来就像一只对自己的头做了些难以启齿之事的英国古代牧羊犬。

当我来到教堂时，大家都已坐定。娜塔莎善解人意地往旁边挪了挪，让我坐在她旁边的塑料椅上。

“今晚谈谈我们可能已经开始了新生活的一些征兆，”马克手里拿着一杯茶，“不一定是大事，比如新的感情啊，把衣服全扔了之类的，一些小事，同样可能预示着我们正在走出痛苦的深渊。令人吃惊的是，我们常常会对很多征兆视而不见，或者拒绝承认，因为一旦开始新生活，我们往往会有负罪感。”

“我注册了一个交友网站，”弗雷德说，“叫‘五到十二月’。”

低低的议论声，大家既惊讶，又认可。

“很不错啊，弗雷德，”马克喝了口茶，“你希望从这个网站中得到什么？某人的陪伴吗？我记得你曾经说过，特别想念周六下午有人一起出去走走，去鸭子游来游去的池塘边。你和妻子以前是不是总去那里？”

“哦，就是想来点网络恋爱。”

马克一口茶喷了出来。活动算是暂停了，他用纸巾擦掉了裤子上的茶水。

“网络恋爱，大家都在弄这个，是吧？我注册了三个网站呢，”弗雷德举起手，掰着指头数，“‘五到十二月’，喜欢大叔的年轻女人经常登录；‘总裁干爹’，吸引的是那些喜欢傍老年大款的年轻女人；还有，呃，‘火辣图钉’，”他顿了顿，“目标人群不明确。”

短暂的沉默。

“乐观是好事，弗雷德。”娜塔莎说。

“你呢，露易莎？”

“嗯……”我犹豫了，杰克坐在我面前啊。可转念一想，我顾虑那么多干什么，“其实我上周末去约会了。”

周围传来低低的惊叫声：“哇！”我有点羞涩地低下头。一想起那天晚上，我就情不自禁地脸红。

“怎么样？”

“比较……令人惊讶。”

“她和谁睡了，绝对是睡了。”娜塔莎说。

“她浑身发着光呢。”威廉姆说。

“他有没有使出什么招数？”弗雷德说，“有没有什么技巧？”

“中间你没有想过比尔？”

“至少不足以让我犹豫不前……我就是，想做点事情……”我耸耸肩，“就是感觉到自己还活着。”

“活着”两个字引起一阵低声的赞同。这里每个人的终极目标，便是要摆脱痛苦，从死者的黑暗世界中解脱出来。我们的灵魂，已经有一半跟随离世之人被埋进了土里，或被困在那小小的骨灰瓷罐里。偶尔能说点正面的感受，还不错。

马克鼓励地点点头：“听起来很有好处。”

然后苏尼尔说，他又开始听音乐了。娜塔莎说她把丈夫的几张照片从客厅拿到卧室去了，“这样就不会来个人就跟我聊起他了。”达芙妮不再偷偷去衣柜里闻亡夫的衬衫了，“说实话，上面再也不会有他的味道了。我只是习惯性地依赖，难以自拔。”

“你呢，杰克？”

他看上去还是一副垂头丧气的样子：“我出去得更多了吧。”

“你跟爸爸聊了自己的感受吗？”

“没有。”

他说话的时候，我尽量不去看他。猜不透这孩子在想些什么，我心里有种莫名的痛楚。

“我觉得他喜欢上谁了。”

“又跟谁约会了？”弗雷德问。

“不，我是说，真的喜欢谁。”

我能感觉自己脸红了，低下头假装弄鞋上的东西，不让别人看到我的表情。

“为什么会这么想，杰克？”

“那天吃早饭的时候他谈起她了。他说自己不会再乱找女人了。他遇到了喜欢的人，想跟她好好发展一下。”

我的脸烫得厉害。真不敢相信这屋里竟没人注意到这点。

“那你觉得他已经想清楚了吗？又或许，他只是在再次爱上某人前，需要别人的陪伴？”

“他可是找了很多人来陪伴啊。”威廉姆说。

“杰克，那你有什么感觉？”马克说。

“有点怪。当然，我很想念妈妈，可如果爸爸能够向前看，我觉得这或许是件好事。”

我试图想象山姆的话。他提到我的名字了吗？可以想象，父子俩坐在那间小小的火车车厢的厨房里，一边就着茶品尝吐司，一边认真讨论这个话题。我的脸颊像着火了一般。山姆这么早就对我们的关系有了想法，我不确定这样好不好。我应该说得更明确些的，那并不代表我们就在恋爱了，那一切发生得太快了。而且杰克这样公开谈论我们，也为时尚早。

“你见过这个女人吗？”娜塔莎说，“你喜欢她吗？”

杰克低下头：“见过。真是有点失望。”

我抬起头看着他。

“周六的时候，他请她来吃早午餐。她简直就是个噩梦。上衣特别紧，而且一直跟我勾肩搭背，像跟我很熟似的，笑起来那么大声。爸爸去花园的时候，她就用又大又圆的眼睛看着我，歪着头问‘你好吗’。看得我烦死了。”

“哦，那些个歪头装可爱的。”威廉姆说。大家低声附和着。

“在爸爸面前，她一直咯咯傻笑，在那儿撩头发，装成一副十几岁的样子。她至少得有三十了。”他略带恶心地皱皱鼻子。

“三十！”达芙妮说，眼睛朝我这边斜过来，“真不敢想象！”

“我有点想念之前那个老向我打听爸爸到底有什么心思的女人。至少她不会刻意跟我称兄道弟。”

他接下来说的话，我几乎什么都听不到，耳中似乎远远传来轰鸣声，将所有的声音都赶了出去。我怎么会那么蠢？我突然想起山姆第一次跟我搭讪时，杰克翻的白眼。那是给我的警告啊。我真是个白痴，居然忽略了。

我全身燥热。我待不住了。我什么话都听不下去。“嗯……我突然想起约了人。”我咕哝一声，抓起包，猛地从座位上站了起来，“不好意思。”

“没事吧，露易莎？”马克说。

“没事，只是有点赶时间。”我奔向大门。虚假的笑容好像粘在了脸上，令我如此痛苦。

他在门外。当然在了。他刚停好摩托车，正脱下头盔。我从教堂走出来，站在最高一层台阶上，心想能不能躲过他。但根本不可能。大脑中受生理驱使的那一半赶在理智起作用之前注意到了他：一阵快感突然袭来，他温柔的双手在脑海中一闪而过。然后，我的心中升腾起一股熊熊燃烧的怒火，是被羞辱后的血气上涌。

“嘿。”他看到我了，露出轻松的笑容，眼睛愉快地弯了起来。这面孔越迷人便越令我难以承受。

我放慢了脚步，好让他看清我脸上受伤的表情。这事我不能就这么默默忍了，我可不是那种刚在别人床上睡了，又爬到另一张床上去的人。

“干得好啊，你这个大淫贼。”我吐了口唾沫。趁声音里的哽咽还没变成抽泣，我从他身边飞奔而过，迅速开车离去。

像是有了连锁反应般，自这件事起，本周的状态每况愈下。理查德的挑剔变本加厉，抱怨我们微笑不够，把顾客吓得纷纷跑去其他酒吧；天气骤变，天空总是一副冷冷的铁灰色；热带风暴导致航班大面积延误，机场里脾气暴躁的乘客比比皆是；更为糟糕的是，行李员们仿佛算准了时间来雪上加霜，开始闹起了罢工。

“还能怎么样？最近水星逆行啊。”薇拉有些残忍地朝一个要求卡布奇诺少打点泡的顾客低声咆哮着。

家中，莉莉也是自带一片阴云。她坐在客厅，整日捧着手机，但不管看的是什么，似乎都高兴不起来。有时，她像初次见面时的威尔，两眼呆呆地望向窗外，面无表情，犹如一头受伤的困兽。我试图向她解释，那条黑黄连裤袜是威尔送给我的，不是说颜色多好看或者质量多好，而是……

“嗯嗯，不就是条连裤袜吗，你要怎样？！”她说。

连续三个晚上我几乎彻夜难眠。我直勾勾地盯着天花板，胸中翻滚着寒气逼人的愤怒。我特别生山姆的气，但我更气自己。他给我发过两次短信，每次都带着两个问号，那副无辜的样子，令人抓狂。可我没有回复，因为对自己缺乏信心。我竟变成了言情小说里典型的那种女人，可以忽略男人之前全部的所作所为，而在心里固执地相信：我就是与众不同的那一个。是我主动亲的他，是我挑起了整件事，所以我只能怪自己。

我试图告诉自己，早点解脱说不定是好事。我在心里不断打着感叹号，提醒自己，现在醒悟为时不晚，要是等半年才发现就真的太迟了！我试图从马克的角度去看待这件事：尝试新事物很棒！这可以成为今后的经验！至少那晚我很快乐！接着，我那愚蠢的双眼便会涌出愚蠢的热泪，表明这些全都是混账话。我告诉自己，这就是和别人亲近的下场。

通过小组学习，我们了解到，抑郁通常会抓住你生活的真空乘虚而入，所以最好做点什么事，至少要有所计划。每天晚上下班回家看到莉莉瘫倒在沙发上，我都得努力装出一副不烦不恼的样子，真是受够了。于是，周五晚上，我告诉她，明天我们要去见特雷纳太太。

“但是你说她没回你的信。”

“也许她没收到。不管了。特雷纳先生总有一天会跟家人谈起你，所以我们不妨在那之前去见她。”

莉莉什么话也没说。我将此视为默许，然后随她去。

晚上我收拾起莉莉从箱子里扯出来的衣服。两年前，我离开英国前往法国，这些衣服便被打入冷宫，穿上它们毫无意义。自从威尔去世以后，我觉得自己已经不再是那个会穿这些衣服的人了。

不过，此时此刻，我很想穿点什么。不是牛仔裤，也不是绿色的爱尔兰舞女戏服。我感觉这很重要。我找出一条曾经特别喜欢的海军风迷你裙，这衣服穿去稍微正式些的场合比较得体。我把裙子熨平，放到一边。我告诉莉莉明早九点出发，便去睡了。我心想，这孩子对什么都是敷衍着哼哼一声，也不怎么跟我说话，跟她住在一起实在是太累了。

我关上卧室门，十分钟以后，门缝下方塞进一张手写的字条。

亲爱的露易莎：

很抱歉未经允许就穿了你的衣服。还有，谢谢你做的一切。我知道自己有时很让人糟心。

对不起。

莉莉，亲亲

另外，那些衣服你真应该拿出来穿。比你现在穿的衣服好看多了。

我打开门，莉莉站在那儿，脸上没有笑容。

她向前一步，用力抱了我一下，很快便松开了。她抱得那么紧，我的肋骨都痛了起来。然后她一言不发地转身，消失在客厅里。

第二天，天光明亮，我们的心情也稍稍开朗了一些。开了几小时的车，我们终于抵达牛津郡一座小村庄。这里，带围墙的花园随处可见，石墙在阳光下被染成了温暖的芥末黄色。一路上我有一搭没一搭地与莉莉闲聊，意欲掩饰即将与特雷纳太太再次见面的紧张。我发现，跟一个十几岁的孩子聊天，最难之处在于，不管你说什么，都不可避免地显得像婚礼上唠唠叨叨的年长姨妈。“不上学的时候你都喜欢干些什么？”

莉莉耸耸肩。

“毕业以后你想干什么？”

她看怪物似的看了我一眼。

“从小到大你总该有点爱好吧？”

她一口气说了好多，听得人头晕脑涨：骑马越障表演、曲棍球、冰球、钢琴（五级）、越野跑、网球（已经达到了郡县比赛级别）。

“这么多？结果你一项都不想坚持？”

她一边耸肩一边哼了一声，然后把脚抬到仪表板上，似乎在说“谈话到此为止”。

“你父亲很爱旅行。”开了几公里以后，我说。

“你说过了。”

“他告诉我，他几乎走遍了全世界，除了朝鲜和迪士尼乐园。在他的故事里，很多地方我甚至听都没听过。”

“像我这个年龄的人不会出去探险了，没有剩下什么地方值得去探索与发现。那些趁着大学前的间隔年外出的背包客乏味得令人难以忍受，总是喋喋不休地谈论在帕岸岛发现的某家酒吧，或在缅甸雨林里得到的特别好嗑的药。”

“又不是非得当背包客不可。”

“嗯。不过只要你去住个东方文华酒店，就算是什么都见过了。”她打了个哈欠，“我在这附近上过学，”她看着窗外说，“那是我唯一真正喜欢过的学校。”她顿了顿，“我还交了个朋友，名叫荷莉。”

“那后来呢？”

“这只是一所很小的寄宿制学校，不怎么重视学术培养。妈妈觉得这所学校不好，说上不了好大学之类的，让我转学了。从那以后我便懒得交朋友了。要是再转学，费劲交朋友有什么用啊？”

“你还跟荷莉保持联系吗？”

“没有。面都见不到，还有什么好联系的？”

我依稀想起十几岁时女孩子间的友情，大多只是一时兴起，不能算持久的友谊。“你以后会干什么呢，如果真的不回去读书的话？”

“我不去想以后的事。”

“但你还是要想想的，莉莉。”

她闭了会儿眼，然后把脚放下来，从大拇指指甲上抠了点紫色指甲油。“我也不知道，露易莎。也许我该学学你这个好榜样，做你曾做过的精彩之事。”

我做了三次深呼吸，制止了自己在高速公路上停车的冲动。神经质，我告诉自己，她不过是神经质罢了。接着，纯粹是为了烦她，我把收音机打开，调到很大的音量，一直一直放着。

街上一个遛狗的人给我们指了指通往“四英亩”巷的路。我们在狐狸庄园外停了车。这座朴素的建筑外墙全部漆成白色，屋顶上铺着茅草。屋外是一条花园小径，小径的起点有扇铁艺拱门，鲜红的玫瑰顺着门的形状蔓延、开放。整齐有序的花圃里，花儿经过精心配色，竞相盛开着。车道上停着一辆小小的掀背车。

“她挺穷的，”莉莉往车外看去，“不过这栋房子挺好看。那个不是鞋盒吗？”

我坐在车里听着引擎逐渐熄火的声音。“听着，莉莉，进去之前，我们先说好，不要抱太大的希望。”我说，“特雷纳夫人比较严肃。她很讲究礼数。跟你说起话来，她可能像个老师，就是说她可能不会像特雷纳先生那样拥抱你。”

“爷爷就是个伪君子，”莉莉哼了一声，“说得好像他是世界上最棒、最好的，但其实他就是个‘妻管严’。”

“麻烦你，‘妻管严’这种话就别说了。”

“装得不像我自己，又有什么意义呢。”莉莉闷闷不乐地说。

我们在车里坐了一会儿。我意识到，我们俩谁都不愿意过去敲门。“我要不要再给她打个电话？”我举起手机。早上我打了两次，但都直接转去了语音信箱。

“不要马上告诉她，”莉莉突然开口，“不要马上告诉她我是谁。我，我就想看看她人怎么样，之后再告诉她。”

“好。”我声音柔和下来，没来得及多说什么，莉莉便下车朝前门走去。她双拳紧握，如同即将上场的拳击手。

特雷纳太太明显露出了老态，之前染成深棕色的头发变白了，也剪短了，看上去比实际年龄老很多，像是大病初愈。与上次见面时相比，她瘦了不少，眼睛下方出现了青色的眼袋。她看着莉莉，表情困惑，显然没料到会有人来访。接着，她看到了我，睁大了双眼，“露易莎？”

“您好，特雷纳太太，”我向前一步，伸出手，“我们刚好到这附近来了。不知道您收到我的信没有。我就想过来跟您问个好……”

我竭力说得轻松愉快，但我的声音渐渐低了下去。上次与她见面，还是帮忙整理她亡子的房间；那之前的一次是在他的弥留之际。我看着她，又唤起了过去的回忆。“我们刚刚在看您的花园，好美啊。”

“大卫·奥斯汀月季。”莉莉说。

特雷纳太太看着莉莉，似乎刚刚注意到她，脸上挂着犹豫不明的笑容：“是啊，是啊。你真聪明。呃——很抱歉，很少有人上门的。你刚才说她叫什么名字？”

“我是莉莉。”莉莉主动和特雷纳太太握了握手，同时仔细地打量着她。

我们在门阶上站了一会儿，最后，特雷纳太太似乎别无选择地转身推开了门：“咱们最好进屋吧。”

庄园很小。天花板如此低矮，即便是我，从客厅走到厨房的时候也不由低头弯腰。等待特雷纳太太沏茶的间隙，我看着莉莉在小小的客厅里焦躁地走来走去。我看到几件来自“格兰塔”的古董家具，闪着幽幽的光泽。莉莉拿起东西，又放下。

“那个……你怎么样？”特雷纳太太的声音没有任何起伏，似乎并不想知道问题的答案。

“哦，很好，谢谢您。”

长久的沉默。

“这个村子不错。”

“是啊。嗯，我在斯托特福德也待不下去……”她把滚烫的开水倒进茶壶。我情不自禁地想起黛拉，挺着笨重的身子的她，在过去属于特雷纳夫人的厨房里走来走去。

“这一片儿的人您认识得多吗？”

"不多，"听她说话的语气，似乎这是她搬来这里的唯一理由，"你能拿一下奶罐吗？托盘放不下了。"

接着我们进行了半小时无比痛苦的谈话，真是一场折磨。特雷纳太太无论在什么场合都讲究上流中产阶级那套礼仪，但她现在显然已经丧失了与人沟通的能力。我说话的时候，感觉她只有一半的神志留在这里。她才问了个问题，十分钟后会再次问上一遍，似乎没有听到之前的回答。我心想这是不是服用抗抑郁药的关系。莉莉偷偷盯着她，心里想的全写在脸上。我坐在两人中间，胃里抽搐得越来越厉害，感觉要有大事发生。

我开始打破沉默，谈起我糟糕的工作，在法国的经历；我父母还行，谢谢……我不停地说着。而一旦我停下来，这逼仄的房间里便会布满可怕的沉默，压得人喘不过气来。更糟的是，整个房间还弥漫着特雷纳太太的痛苦，如同一团挥之不去的迷雾。如果说特雷纳先生因过于悲伤而筋疲力尽的话，那么特雷纳太太已被悲伤彻底吞噬了。那个之前我所认识的敏锐活泼、骄傲挑剔的女人早已不见了踪影。

"你为什么来这附近？"她终于发问了。

"呃……就是来看朋友。"我说。

"你们俩是怎么认识的？"

"我认识莉莉的父亲。"

"真好。"特雷纳夫人说。我们尴尬地笑了笑。

我看着莉莉，等她说点什么。但她像个木头人似的，好像也被这个女人铺天盖地的痛苦给吓坏了。

我们又喝了一杯茶，第三次或第四次提起她的花园很漂亮。我忍不住想，我们在这里待了这么长时间，她真的需要超人的意志力来忍受。她不希望我们待在这里，却又很不好意思说。显然她只想一个人静静待着。她的每一种动作与表情——每一个挤出的笑容，每一次抢着说话，全都流露着这样的情绪。我怀疑，等我们一走，她就会深陷在那张椅子里不愿动弹，或蹒跚地上楼，蜷缩在床上。

然后，我注意到，房间里看不到一张照片。此前的“格兰塔之家”摆满了孩子、家人、马儿、度假滑雪和故去的祖父母的照片，它们被一一放置在银色相框中，如今全不见了踪影。除了一尊小小的马儿铜像、一幅风信子水粉画，别无他物。我如坐针毡，无法坐定，心想那些照片或许被集中摆放在某张桌子或窗台上，我只是没看到而已。但显而易见，答案是否定的：这个庄园如此冰冷阴郁，你感受不到丝毫的人情味。

我想起了自己的公寓，同样不带有任何的个人特色与情感痕迹，我也不允许自己把那里弄成一个“家”。我突然感觉全身像灌满了铅一样沉重，悲伤浸透骨髓。

威尔，看看你把我们变成了什么样子？

“该走了吧，露易莎，”莉莉目光尖锐地看了一眼钟表，“你之前说不想堵车的。”

我看着她：“但是……”

“你说我们待不了多久的。”她的声音大而清晰。

“哦，是啊，堵车的话就烦死人了。”特雷纳太太从椅子上站起身来。

我盯着莉莉，还想坚持一下，突然电话声响起。特雷纳太太畏缩了一下，似乎这是一种极为陌生的声音。她看着我们俩，似乎在考虑要不要去接，然后意识到她不应该不接，便道了歉，走进另一间房。我们听她拿起了话筒。

“你干什么呢？”我说。

“就是觉得不对劲。”莉莉沮丧地说。

“但我们不能不告诉她实情就走啊。”

“今天就是不行，太……”

“我知道有点可怕。但是，莉莉，你看看她啊。我真的觉得告诉她会好一些的。你不觉得吗？”

莉莉瞪大了眼睛。

“告诉我什么？”

我一阵晕眩。特雷纳太太正一动不动地站在通往门厅的门边。“你要告诉我什么？”

我感觉时间流淌得越来越慢。莉莉看看我，又看看特雷纳太太，咽了口唾沫，然后略略抬起下巴：“我是您的孙女。”

一阵可怕而漫长的沉默。

“我的……什么？”

“我是威尔·特雷纳的女儿。”

这字字句句在幽暗的房间里久久回荡着。特雷纳太太看着我，似乎觉得这是个疯狂的玩笑。

“但是……不可能啊。”

莉莉把下巴缩了回去。

“特雷纳太太，我知道这可能让您很吃惊。”我开口了。

她没听见我的话。她死死盯着莉莉：“我儿子有个女儿，我却不知道，怎么可能呢？”

“因为妈妈谁也没告诉。”莉莉小声说。

“这么久？这么个秘密，怎么能保守这么久？”特雷纳夫人转身看着我，“你知道？”

我吞了口唾沫：“所以我才给您写信的。莉莉找到了我，她想了解一下自己的家人。特雷纳太太，我们不想增加您的痛苦。莉莉只是想要了解自己的爷爷奶奶，但是与特雷纳先生弄得不太愉快，而且……”

“但威尔肯定会说的呀，”她摇摇头，“我知道他会的。他是我儿子。”

“要是你不相信，我可以去查血，”莉莉双臂抱胸，“我不图你什么。我不需要过来和你住，我自己有钱。你不要多想。”

“我不知道……”特雷纳太太开口了。

“你用不着这么害怕。我又不是什么……呃……传染病。我是你孙女。天哪。”特雷纳太太慢慢坐到一把椅子上。过了一会儿，她伸出颤抖的手摸着头。

“您没事吧，特雷纳太太？”

“我不觉得……”特雷纳太太闭上双眼，似乎退回到了内心深处的某个地方。

“莉莉，看来咱们该走了。特雷纳太太，我会把我的电话留给您的。如果您想清楚了，我们再回来。”

“谁说的？我不会再回来了。她觉得我是个骗子。天哪，这一家子都是些什么人啊！”

莉莉难以置信地盯着我们俩，然后侧身走出房间，中途碰倒了一个小型的胡桃木休闲桌。我弯腰将它扶起，仔细摆好之前整整齐齐放在桌上的小巧玲珑的银盒子。

震惊之下，特雷纳太太看上去愈显憔悴。

“对不起，特雷纳太太，”我说，“来之前我真的有提前联系过您。”

我听到车门砰的一声关上了。

特雷纳太太深深吸了一口气：“来历不明的信件我是不会看的。

以前我收到过一些信，很恶毒的信，说我……所以我现在不怎么回信了。都是些我不想听到的消息。”她看上去迷惘、苍老而脆弱。

“抱歉，我真的很抱歉。”我拿起包，仓皇而逃。

“什么都别说，”我上车的时候，莉莉说，“别说话，好吗？”

“你为什么要那么做？”我坐在驾驶座上，手里拿着车钥匙，“你干吗把这一切都毁掉？”

“我看到她看我的眼神，就知道她想什么了。”

“她是位母亲，还在为儿子的去世而伤心。我们刚刚让她大吃一惊，你却像火箭一样冲到她面前。不能安静点，给她点时间，让她自己消化消化这个消息吗？为什么总要把所有人都推开呢？”

“哦，你又对我了解多少啊？”

“你好像铁了心要把所有想跟你亲近的人都伤了。”

“哦，天哪，又是那个鬼连裤袜的事儿？你又知道什么？你一辈子都孤孤单单待在个破公寓里，谁都不来看你。你父母也觉得你是个废物。你干着世界上最可怜的工作，居然连辞掉它的勇气都没有。”

“你根本不知道现在找工作有多难，你没资格……”

“你就是个废物。更糟糕的是你这个废物还觉得可以对别人指手画脚。谁给的你这个权利？你坐在爸爸床前，眼睁睁地看着他死，什么都没做，没做！所以，我觉得你可没什么资格指手画脚。”

车里一片沉默，我们之间似乎隔着一层冰冷而脆弱的玻璃。我盯着方向盘，等待呼吸恢复正常。

然后我发动了汽车。将近两百公里的回家路，没有人说一句话。

15
女人们

接下来的几天，我跟莉莉不怎么碰面，这挺好的。下班回家，有时我看到地上洒了一路的食物碎屑，有时出现几只用过的马克杯，证明她曾来过。有几次我进了屋门，感觉空气变得怪怪的，好像发生过什么事，却又说不出来。没丢什么东西，也没有被明显翻动过的痕迹。我想，应该是与处不来的人同住，才会产生这种奇怪的感觉吧。这么久了，我第一次允许自己承认，有点怀念过去形单影只的生活了。

我给特丽娜打了电话。她倒是大发慈悲，并未说“我早就告诉过你了”之类的话。好吧，她说了，但只说了一次。

“做父母的这一点最糟糕，”她这话说得好像我真当了母亲似的，“你必须平心静气，全知全能，还要亲切和蔼，什么情况都能处理。有时候如果托马斯太调皮，或是我实在太累，我真想当着他的面摔门，或把舌头伸出来骂他是个畜生。”

简直说出了我的心声。

工作同样不顺至极。开车时，我必须强迫自己唱些欢快的调子，才能勉强开到机场。

对了，还有山姆。

我可一点都没想他。

早上，面对浴室镜中自己赤裸的身体，我没有想起他。我没有想念他手指滑过皮肤的感觉，让我可以正视自己那些触目惊心的红色伤疤。我没有想念那个短暂的夜晚，让我变回那个不顾一切、生龙活虎的女孩。

看着机场里那些情侣头碰头地检查登机牌，准备开启一段浪漫的历程或只是到远方疯狂热恋，我没有想起他。上下班的路上，救护车无数次呼啸而过，我也没有想起他。夜里，独自一人坐在沙发上，无聊地盯着说不出情节的电视剧，再加上这身所谓的工作服看起来像是这个星球上最孤独、最易燃易爆的色情小精灵，这种时刻，我也没有想起他。

内森打来电话，留了言，让我给他打回去。说实话，我不知道自己是否有勇气听他讲起纽约那令人心潮澎湃的新生活。我在心里提醒自己记得回电话，但也清楚可能自己永远都不会去做。塔尼亚给我发了信息，说霍顿－米勒一家会提前三天回家，为了弗朗西斯工作上的事。理查德也打了电话，告诉我周一到周五要上晚班；还有，“露易莎，别迟到，我再提醒你一次，这是最后一次警告”。

我心里只有一个想法：回家。我把音乐调到最大，这样就不用孤独地东想西想了，只需一路开回斯托特福德。我感激父母，甚至感觉自己与家庭之间连着一条血浓于水的脐带。美好的星期天，传统的家庭，围坐在桌边吃顿午饭，多么抚慰人心啊。

“午饭？”父亲说，双臂交叉放在肚子前，下巴带着点愤慨，“哦，不，我们不搞周日午饭那一套了。这种午饭，是什么父权压制的象征。”

角落里的外祖父凄惨地点点头。

“不，不，午饭是万万不能吃的了。现在周日我们就吃个三明治了事，要么喝个汤。嗯，女性主义者觉得做个汤还是可以接受的。”

在餐桌边温习功课的特丽娜翻了个白眼：“星期天上午妈妈是去成人教育中心上女性诗歌学习课，又不是说她要变成安德里亚·德沃金[1]了。”

“看到没，露？现在我还得去了解什么是女性主义了，这个叫安德里亚·德沃金的家伙害得我该死的周日都吃不上一顿像样的午饭。”

“你也太夸张了，爸爸。”

“这算什么夸张？周日就该和家人一起过啊，一家人应该坐下来一起吃顿午饭。”

“妈妈这辈子都是围着家人打转，你怎么就不能让她有点自己的时间？”

父亲用一沓报纸指着特丽娜：“都怪你。你妈妈和我本来过得好好的，都怪你开始跟她说些她不幸福啊之类的话。”

外祖父深以为然地点着头。

“家里简直乱套了。看个电视酸奶广告，她都要小声抱怨‘性别歧视’。这个也性别歧视，那个也性别歧视。那天我从艾德·帕尔默那儿拿了份《太阳报》[2]回来，想看看体育版，结果她仅仅因为第三版，便把整个报纸丢到火里烧了。这一天天的，真不知道她还会搞出什么幺蛾子。”

“不过是两个小时的课罢了，”特丽娜淡淡地说，继续埋头看书，“这是星期天啊。”

---

1. 安德里亚·德沃金（Andrea Dworkin），美国激进的女权主义者和作家。

2. 全英国销量最高的报纸之一，读者以社会中下层群众居多。著名的“三版女郎”是《太阳报》的传统，一般会在第三版刊登裸露上身的模特，并带有说明文字。

“我不是开玩笑，爸爸，”我说，“你胳膊上不是长着吗？”

“长着什么？”父亲低头看，“长着什么？”

“两只手，”我说，“又不是谁画上去的。”

他朝我皱皱眉。

“所以呢，我觉得你也可以自己做顿饭。不如等妈妈下了诗歌研究课给她一个大大的惊喜？”

父亲双目圆睁：“我来做周日午饭？我？我们结婚差不多三十年了，露易莎。我才不做午饭。我挣钱，你妈妈做饭。我们早就说好了的！我结婚不就是为了这个吗？你想想，要是星期天我系着个围裙削土豆，世界不就乱套了吗？这公平吗？”

“现代社会就是这样的，爸爸。”

“现代社会，你说了等于没说。”父亲哼了一声，“特雷纳先生周日肯定有午饭吃。他那个老婆肯定不是什么女性主义者。”

“哈，那你就得有城堡啊，爸爸。不管什么时候，城堡都完胜女性主义。”

特丽娜和我哈哈大笑起来。

“哼，难怪你们俩都没有男朋友。”

“哦！犯规了！”我们俩同时举起右手做出“红牌罚下”的手势。爸爸把报纸一抛，跺着脚跑到花园里去了。

特丽娜朝我咧嘴一笑：“我本来想说我们俩来做饭的，但……那现在怎么办？”

“我也不知道。不过我可不想助长父权压制。要不我们……去酒吧？”

“太好了。我给妈妈发个信息。”

我那五十六岁的母亲，正试图摆脱旧的躯壳，焕发新生的光彩。

起初她只是像一只寄居蟹般试探性地走出巢穴，而今，她的热情明显高涨了起来。多年以来，母亲从未独自离家外出，她心满意足地待在这个有三间半卧室的房子里，兢兢业业地操持家务。

自从我出事以后，母亲被迫在伦敦待了好几个星期，有机会远离日复一日的平淡生活。这次体验唤醒了她沉睡已久的好奇心，让她渴望探索斯托特福德以外的世界。再加上特丽娜大学里的“性别震动”社团分发了一些女性主义的相关资料，特丽娜将它们拿回家后，母亲便开始翻看起来。

她像是经历了某种“觉醒”，一口气啃完了《第二性》和《怕飞》，接着又读了《女太监》。看完《女人的房间》之后，母亲大为震惊，发现书中所写似乎就是自己的生活，于是宣布罢工。她整整三天没做一顿饭，直到发现外祖父藏起来的四袋坏掉的甜甜圈。

“我一直在回味你的威尔说过的话。”母亲若有所思地说。我们母女三人坐在餐吧的花园里，看托马斯在松松垮垮的充气城堡上不时和其他孩子来个头撞屁股。“生命只有一次。他是这么跟你说的吧？”她穿着那件常穿的蓝色短袖衬衫，只是把头发扎了起来，这发型我以前从未见过，看上去有点怪，但很显年轻，“所以我希望尽量活得充实些，多学点东西。有时候需要暂时把橡胶手套摘下来，体验不一样的生活。”

“爸爸要气死了。”我说。

“别这么没大没小的。”

“不就是个三明治吗？”特丽娜说，“又没有让他在戈壁滩上跋涉四十天找吃的。”

“况且课程只有十个星期，他不会有事的。”母亲语气坚定，靠在椅背上，认真打量着特丽娜和我，“嗯，这样不是很好吗？我都不记得上次我们三个一起出门是什么时候了……好像还是在你们俩十几岁的时候，有时周六我们会去买点东西。”

“然后特丽娜会抱怨说，所有的商店都很无聊。”

“是啊。但是露喜欢那种慈善商店，虽然闻起来一股别人的腋窝味儿。”

“看到你开始做些自己喜欢的事，真好。”母亲带着欣赏的目光朝我点点头。我今天穿了一件明快的黄色 T 恤，想让自己看上去开心些。

她们问起莉莉的情况。当我说到莉莉回了自己家，此前给我惹了不少麻烦时，她们交换了一个意味深长的眼神，好像事情的发展早在意料之中。我没有告诉她们特雷纳太太的事。

“莉莉这件事从头到尾都特别怪。那个当母亲的就这么把女儿交给了你，我可真对她没什么好感。”母亲说。

“妈妈的意思是自己没什么恶意。我跟你解释一下。”特丽娜说。

“但是你那份工作，露，亲爱的。一想到你穿得那么少，在吧台后面走来走去，我这心里就不舒服，听起来有点像那个地方……什么来着？”

“猫头鹰餐厅[1]。”

“不像猫头鹰餐厅，是机场酒吧。我们这些招待员穿得也是一本正经的。”

“又没人说那些招待员不正经。”特丽娜说。

“但你穿的工作服特别有性别歧视的味道。如果你想干这个，你也可以去……巴黎迪士尼工作啊。你可以扮成米妮鼠或维尼熊，根

---

1. 猫头鹰餐厅（Hooters），全球连锁的西餐厅，以穿着性感的女招待为特色之一。

本不用露腿。”

“你马上就满三十岁了。”妹妹说，“你想当米妮鼠、维尼熊，还是奈丽·格温[1]，全由你自己选择。”

“好吧。”我说。服务员给我们端来了炸鸡和薯条，“我一直在想这个问题。嗯，你说得对，从现在起我要忘掉过去，一门心思奔事业。”

“你再说一遍？”特丽娜拿起一些薯条，放到托马斯的盘子上。人渐渐多了起来，热闹而嘈杂。

“一门心思奔事业。”我提高了音量。

“不不不，是‘你说得对’那句。从1997年开始你好像就没说过这句话了吧？托马斯，现在别去充气城堡玩，亲爱的，你会吐的。”

我们坐在那儿，消磨了大半个下午。父亲给我们每个人都发来好多条信息，问我们到底在干吗，结果没人理他。我还从未像这样跟母亲和妹妹坐在一起，没有躲躲闪闪，也没有特别烦心的事情，只是轻松地聊着天。我们发现，三个人其实对彼此的生活与想法充满兴趣。似乎我们突然意识到，在妹妹聪明、我混乱、母亲包揽所有家务活这些惯常印象以外，每个人还有其他的侧面有待发现。

我的家人们首次以活生生的“人”的状态出现在我面前，这真是一种奇妙的感觉。

托马斯吃完炸鸡，又跑去玩了，大约五分钟后他把午饭吐在了充气城堡上，整个下午都无精打采的。“妈妈，你有没有介意过自己并未成就一番事业？”我说。

“没有。我喜欢做母亲，真的很喜欢。但也挺奇怪的……过去两

---

1. 英国国王查理二世最喜欢的一位情人。

年来发生的事，的确发人深省。”

我等她继续说。

“我读过很多女性的故事。她们拥有勇敢的灵魂，改变了人们对女性的刻板印象，开创了崭新的生活方式，改变了世界。而我呢?想想自己做过的那些事，如果我离开这个世界的话，会有人在意吗？”

母亲语气平淡，所以我说不出，她的心里是不是比看上去更沮丧。“我们在意，妈妈。”我说。

“但是好像并未造成多大的影响，是不是？我也不知道。过去，我一直很知足，但我忽然发觉自己似乎三十年如一日地做着同一件事。现在，通过阅读，我发现所有的电视节目和报纸专栏好像都在告诉我，我做的事情一文不值。”

我和特丽娜看了彼此一眼。

“对我们来说可不是一文不值，妈妈。”

“你们都是很贴心的孩子。”

“我是真心的。你……”我突然想起塔尼亚·霍顿-米勒，“你给了我们安全感，还有爱。我们每天回到家，都会看到你等在那里，这种感觉很好。”

母亲用手盖住我的手：“我没事。你们俩是我的骄傲，你们在用自己的方式闯荡世界。但我也需要为自己想一想。这是一段有趣的旅程，真的。我很喜欢读那些书。图书馆的迪恩斯太太在帮我找书，那些她认为我会感兴趣的都会找给我。接下来我要开始读美国新浪潮女性主义作品了，她们那些理论很有意思，”她把餐巾纸叠得整整齐齐，“不过，我希望她们不要争来争去的。我有点想把她们的头撞到一起。”

“那……你真的不刮腿毛了？”

这句话委实过分了。母亲的脸色沉了下来，眼中褪去方才的喜悦神采。“有时候，我们需要花上一点时间从真正的压制中醒来。我跟你爸爸明说了，现在也告诉你们俩，要是哪天他跑到美容院，把双腿涂上热蜜蜡，让一个二十一岁的小鲜肉扯下来，那我就重新开始刮腿毛。”

黄昏渐渐笼罩斯托特福德，夕阳如同一团融化的黄油。我一直待到很晚，比原计划晚了很多。互道再见后，我驱车回家，心中有种落了地的踏实感。过去一周，我的情绪起伏太过剧烈，接触一些正常的人与事感觉很不错。我那从不将软弱示人的妹妹还跟我坦白，她觉得自己可能要永远单身下去了，就算母亲坚称她是个“优雅美丽的女孩”。

“我是个单亲妈妈，”妹妹说，“更糟的是，我不会调情。就算露易莎站在那些男人身后拿着提示板，我也不知道该怎么跟他们调情。过去两年来，我遇到的男人不多，他们不是被托马斯吓跑了，就是……”

“哦，不是……”母亲说。

“被我免费的理财建议吓跑了。”

如果以一个旁观者的眼光来看待特丽娜，我会不自觉地升起一股同情之心。她说得没错。不管怎么样，在一生中的某个艰难时刻，有人拱手将那些别人求之不得的一切送给了我——一套属于自己的房子，以及一个无须对任何人负责的未来。而唯独不愿接纳这一切的，是我自己。我们两人的境况如此不同，她却并未心生嫌隙，真是个好妹妹。离开之前我主动抱了抱她，她有点意外，马上拍了拍后背，担心我在上面贴什么纸条。她也同样拥抱了我。

“去我那儿住几天吧，”我说，“真的，去住几天。我带你去俱乐部跳舞。托马斯可以暂时交给妈妈照顾。”

妹妹笑了。我发动车子，她帮我关上车门。“你还会跳舞？鬼才信呢。”车子开动的时候，她还在笑着。

六天后，我上完晚班回家，刚走上台阶，便发现平日里的安静荡然无存，远远传来放肆的笑声与不规则的音乐重击声。我在门口犹豫了片刻，怀疑自己太过劳累而产生幻觉，然后打开了房门。

一股浓烈的大麻味扑面而来。我被熏得够呛，只得屏住呼吸。我慢慢走进客厅，不敢相信眼前的一切。房间里灯光昏暗，莉莉躺在沙发上，短裙皱巴巴地压在屁股下面，嘴上叼着根卷得不太好的烟卷，刚抽到一半。在周围一大堆酒精残留物、空薯片袋和外卖盒的海洋中，两个小伙子靠在沙发边，像两座孤岛。地上还坐着两个和莉莉年纪相仿的女孩，其中一个头发向后扎成高高的马尾辫，扬起眉毛惊讶地看着我，像在问我有何贵干。重金属音乐震耳欲聋。啤酒罐和堆得满满的烟灰缸说明他们今晚已经玩了很久。

“哦，”莉莉夸张地说，“嗨……”

“你在干吗？”

“哦，我们在外面玩儿，没赶上末班车。然后我想，可以在你这儿凑合一下。你不会介意吧？”

我震惊得简直说不出话来。“介意，”我语气生硬，“真的介意。”

“啊哦。”她咯咯笑起来。

我把包重重地放在脚边，环视这满屋子的垃圾，差点认不出自己的客厅。“派对结束了。给你们五分钟，把这堆烂摊子收拾干净，然后滚蛋。”

“天哪，我就知道。我就知道你这么没劲。唉，我就知道。”她又戏剧性地跌回沙发里，声音含混不清，动作迟缓无力，因为嗑了药吗？我等着他们的反应。气氛有一刹那的紧张。两个小伙子面无惧色地看着我，看得出，他们在想，到底该站起来，还是就坐在那儿不动。

一个女孩子倒抽了一口凉气。

“四分钟，”我慢慢地说，“我在倒计时。”

也许是我的愤怒带来些许威严，也许他们其实并没有看上去那么胆大包天。他们一个个站起来，歪歪斜斜地走过我身边，走出了敞开的大门。最后一个小伙子离开的时候，招摇地抬起手，往客厅地板上扔了一个啤酒罐，罐中的啤酒喷溅出来，洒得墙上地上到处都是。我狠狠踢上门，捡起罐子。跟莉莉说话时，我气得发抖：“你觉得自己在干吗？”

“我的天，就是几个朋友，好吗？”

“这不是你的公寓，莉莉，不是你的地盘，不是你想带谁回来就带……”我脑中突然闪现出一星期前回到家时的怪异感，“天哪，之前你也这么干过，是不是？就在上周？你把人带到家里来了，又在我回来之前离开？”

莉莉摇摇晃晃地站了起来。她把裙子整理好，捋捋头发，扯扯卷起来的地方。她的眼线晕开了，脖子上有个浅浅的痕迹，要么是瘀伤，要么是吻痕。“我的天，怎么什么事儿你都这么大惊小怪的？不就是几个人吗？”

“这是我家。”

“嗯，这还算个家啊？没有家具，没有你的个人物品，甚至没在墙上挂照片。这里就像个……车库，而且没有车。我见过一些加油站都比你这儿像个家。”

“我在自己家怎么做，不关你的事。”

她轻轻打了个嗝。“呃，烤肉的味道。”她踉跄走到厨房，打开三个橱柜，才找到一个玻璃杯，然后倒满水，咕嘟咕嘟一饮而尽，“你连台像样的电视机都没有，谁还看十八英寸的电视啊。”

我开始捡起地上那些罐子，扔进塑料袋里。

“那都是些什么人？”

“我不知道，就是人呗。”

“你不知道？”

“朋友，”她有点烦躁，“酒吧里认识的人。”

“在酒吧里认识的？”

“是，是，是。你是不是故意装傻啊？是，就是我在酒吧里认识的人。正常人都这么干，你知道吗？交些朋友，一起出去玩儿。”

她把杯子扔回洗碗桶里，我听到了玻璃碎裂的声音。她悻悻地走出厨房。

我盯着她，心突然沉了下去。我跑进自己房间，打开最上层的抽屉，在一堆袜子里翻找那个首饰盒，里面装着外婆的项链和结婚戒指。一无所获。我停下来，做了个深呼吸，告诉自己没找到是因为我很慌乱。肯定在的，当然在的。我把抽屉里的东西一样样拿起来，仔细检查后扔到床上。

“他们进我房间了吗？”我大吼。

莉莉出现在门边：“他们怎么了？”

“你那些朋友，他们进我房间了吗？我的那些首饰呢？”

莉莉好像有点清醒了：“首饰？”

“哦，不。哦，不，”我打开所有的抽屉，把东西都倒在地上，“去哪儿了？还有我应急的钱，去哪儿了？”我转身看着她，“那都是些什么人，叫什么名字？”

莉莉不说话了。

“莉莉！”

“我——我不知道。”

“你不知道是什么意思？你说是你朋友。”

“就是……酒吧的朋友。米奇，还有……利兹，还有——我记不清了。”

我狂奔出门，穿过走廊，快步跑下四层楼梯，站在公寓楼门口，前后望去，只见走廊与门外的街道上空空如也，唯有到滑铁卢站的末班电车缓缓开动着，车灯亮起，行驶在光线晦暗的道路上。

我气喘吁吁地站在门厅，闭上双眼，忍住泪水。我手扶双膝，终于清醒地意识到自己失去了什么：戒指、上好的金项链、小吊坠，都是外婆留下来的东西，小时候我常看她戴。我知道今后再也见不到这些东西了。传家宝只这寥寥几件，现在也丢了。

我慢慢走上楼梯。

推开门，莉莉站在门厅。“真的很抱歉，”她轻声说，“我不知道他们会偷你的东西。”

“你走吧，莉莉。”我说。

“他们看起来真的是好人。我……我应该想到的……”

“我上了十三个小时的班。我想看看到底丢了什么，然后睡上一觉。你妈妈已经度假回来了。求你了，回家吧。”

“但是我……”

“不，别说了。”我花了好一会儿才让呼吸恢复正常，缓缓直起身子，“你知道你和你父亲真正的不同是什么吗？那就是，哪怕他在最不开心的时候，也不会这么对待别人。”

她看上去就像被我扇了一记耳光，但我顾不了那么多。

“不能再这样下去了，莉莉。”我从钱包里拿出一张二十英镑的钞票，递给她，“拿去吧，打个车。”

她看看钱，又看看我，然后咽了咽口水，用手捋捋头发，慢慢走回客厅。

我脱掉外套，站在一堆齐胸高的抽屉后面，看着镜中的自己：面容苍白，一脸疲惫，一副缴械投降的样子。“钥匙留下。”我说。

她默不作声。接着，我听到了钥匙被丢在厨房台面上发出叮当作响的撞击声，前门开了又关上。她走了。

16
向前一步

我把一切都搞砸了，威尔。

我双膝顶在胸前坐着，试着想象，如果他当时能和我面对面，会说些什么。但我脑中属于他的声音已经消失，这个事实让我的悲伤又增添一分。

现在该怎么办？

我知道，自己不能在威尔留给我的公寓里继续住下去了。我感觉这失败的人生配不上如此的奖励。这个地方是怎么来的啊，怎么可能成为一个家呢？我要把这房子卖了，然后把钱花在其他地方。但是卖了之后，我又能去哪儿呢？

我想起自己这份工作。现在只要一听到风笛声（就连电视上的也不例外），我的胃就会条件反射般地缩紧。理查德让我觉得自己一无是处，活得毫无价值。

我想起莉莉。现在她走了，毫无疑问。这家里只有我一个人了，此时此刻这种寂静显得那么沉重。我牵挂起她的去向，紧接着又把这个想法从脑中赶走。

雨势小了一些，雨点细细碎碎地飘落，直至停歇。仿佛天气也在向人们道歉，懊悔自己刚才是怎么了。我胡乱换了件衣服，拿吸尘器打扫了整个公寓，扔掉派对留下的垃圾。我准备步行去花市，给自己找点事情做。马克说过，出去走走逛逛总是好的。在喧嚣吵闹的哥伦比亚路走一走，或许我会好些吧，那里的路边摆满了俗艳夸张的花朵，买花的人们熙熙攘攘。

我到萨米尔店里买了个苹果，同时努力挤出一个微笑，却还是把他吓到了。（“姐们儿，你没嗑药吧？”）接着，我义无反顾地奔向了那片花的海洋。

我在一家小小的咖啡馆买了杯咖啡，透过雾气腾腾的窗户看着花市。看起来，我是唯一独自来逛的人，但我选择忽略这个事实。在空气湿润的花市里，我从一头走到另一头，呼吸着扑面而来的湿气和熏得人微微发昏的百合香气，牡丹与玫瑰那层层堆叠的美妙花瓣，有露珠挂在上头，就像小小的透明玻璃球。我买了一束大丽菊，感觉自己像极了那则广告中的人物：孤单无依的女孩置身于一场华丽无比的“伦敦梦”中。

我步行回家，将大丽菊夹在胳膊下方，努力让自己看上去不是那么一瘸一拐的，同时试图停止自问“哦，你以为你在骗谁啊”，但这句话一直在我脑中翻腾跳跃。

黄昏已近，夜幕降临，像所有的夜一样孤独。我继续完成公寓的清扫工作，从马桶里捡出一些烟头，看了会儿电视，清洗制服。我泡了个奢侈的泡泡浴，但才进去五分钟便爬了出来，因为一坐进去脑子里各种想法就跳出来折磨我。我不能给母亲或是妹妹打电话，因为我知道，自己在她们面前绝对无法强颜欢笑。

最终，我把手伸进床头柜，拿出一封信。这是威尔生前安排好让我在巴黎读到的。那时的我，内心还充满了希望。我轻轻打开那张已经被看得皱巴巴的纸。威尔走后的头一年，有段时间我每天晚上都会拿出来读一遍，渴望他出现在我身边。那些日子里，我也会克制自己，告诉自己不需要每晚都看，害怕看多了会失去那种护身符般的神奇力量，怕那些字字句句会变得毫无意义。嗯，现在我需要打开看一看。

信是用电脑打出来的，但在我看来却和他手写的一样亲切。那些打印的字体上仍然残留着威尔生命的踪迹。

> 在你的新世界里，你会觉得有些不自在。离开舒适区确实会觉得怪异……你内心有一种渴望，克拉克，一种无畏无惧的勇敢。你只不过像大多数人一样，把它埋藏起来了。
>
> 好好活着，去生活，去感受。

我读着这字字句句，它们来自一个曾经相信我的男人。我把头靠在膝盖上，终于无声饮泣。

电话响起，声音太大，就在耳边，惊得我跳了起来。我慌慌张张接听，发现已是凌晨两点。

又是熟悉的、条件反射般的恐惧："莉莉？"

"什么？是露吗？"

那头传来内森抑扬顿挫的男低音。

"凌晨两点啊，内森。"

"哎呀，我经常忘记时差的问题，抱歉。不如我挂了吧。"

我撑着自己坐起来，揉揉脸："不，不……你打来电话挺好的。"

我打开床头灯，“你还好吗？”

“很好！我回纽约了。”

“不错。”

“是啊，跑去见见老朋友是挺不错的，但是过个几周我就心痒痒想回来了。这个城市真是一级棒。”

我挤出一个微笑，好让他感受到我的热情：“真不错，内森，我为你高兴。”

“你在那个酒吧干得还好吧？”

“挺好的。”

“你不想……不想干点其他的？”

“嗯，就是那种心态吧。过得不顺的时候，就跟自己说‘哦，本来可能会更糟的，总比给狗狗粪便箱清理粪便的工作强吧’。嗯，好吧，此时此刻我倒宁愿自己是跑去清理狗狗粪便的人。”

“那我有个提议。”

“客人也经常这么跟我说，而我总会拒绝的。”

“哈，好吧。这里有个工作机会，为我住的这家人服务。我第一时间想到了你。”

他解释说，这位高普尼克先生的太太，不是那种典型的华尔街高管家的贤妻良母，不逛超市，不给老公做午饭。她从波兰移居美国，有轻微的抑郁倾向。她很孤独，而家里请的保姆是个危地马拉女人，跟她一句话都说不上。

高普尼克先生希望找个信得过的人陪陪他的太太，顺便带带孩子，一家人外出旅游的时候也好搭把手。“他希望给家里找个得力的女助手。要性格开朗，值得信赖，不要向外界透露他们一家的私人生活。”

"他知不知道……"

"初次见面时，我就跟他提了威尔的事，但在那之前他已经做过一番背景调查了。他并不反感。他说我们遵从了威尔的意愿，并且从来没有为了钱向外界透露内幕，令他印象深刻。"内森顿了顿，"我想清楚了，露，他们这个层次的人，最看重的品质就是谨慎与值得信赖，这比其他任何品质都更为重要。嗯，当然，你肯定不可以是个白痴，要具备专业素养。但是，那两点才是关键。"

我的大脑飞速运转起来，仿佛游乐场里某个人不受控制地跳起了华尔兹。我把电话拿到眼前看了看，又贴到耳边。"这是不是……我其实还在做梦吧？"

"这份工作并不容易，工作时间长，担子重。但相信我，姐们儿，我过得简直开心死了。"

我伸手捋了捋头发，脑海里浮现出那些大吵大闹的生意人，以及理查德锥子般锐利的眼神。我想起这间公寓的每个夜里，四周的墙壁仿佛慢慢缩紧，要将我埋葬吞噬。"我也不知道，这太……我觉得这有点……"

"这是一张绿卡啊，露，"内森的语气严肃起来，"包吃包住，还能来纽约。听着，这个男人说一不二。只要你工作努力，他就会罩着你。他富于头脑，为人公正。大胆地来吧，给他看看你的能力。你肯定做梦都想不到会有这样的机会，我是说真的。不要觉得这是一份保姆工作，这是一扇通往新世界的大门。"

"我也不知道……"

"是遇到谁了吗，你不愿意离开他？"

我犹豫了一下："不是，但中间发生了这么多事……我很久没有……"凌晨两点钟，解释这些真的很费劲。

“我知道，过去发生的事情让你筋疲力尽。我们都身心俱疲。但你必须向前看，开始新的生活。”

“你别告诉我这是他的希望。”

“好吧。”他说。但那个人心里一定这么说了，我们俩都默默地听着。

我努力理清思绪：“我得去纽约面试吗？”

“他们夏天到汉普顿斯度假，所以希望 9 月份开始工作，也就是六周以后。如果你感兴趣的话，他将通过 Skype[1] 面试你，跟你说说需要的文件，然后我们再聊。当然，还有其他候选人，因为这份工作实在太棒了。但高普尼克先生很信任我，露，我推荐的人会有很大的胜算。那么，我可以推荐你吗？你会答应的，对吧？”

还没来得及想清楚，话却已经脱口而出：“啊……是，是的。”

“太好了！有问题的话给我发邮件。我给你发些照片过去。”

“内森？”

“挂了，露。老板有事叫我了。”

“谢谢你，谢谢你想到我。”

他顿了顿，说：“除了你，我不想跟别人一起工作，姐们儿。”

这通电话过后，我便难以入睡了。我怀疑整场对话纯粹出于自己的想象，大脑一片轰鸣。我在想如果这场对话真的发生了，未来会有什么在等待着我。清晨四点，我从床上坐起，给内森写了封邮件，询问了几个问题。结果他马上回复了我。

这家人还不错，都是好人，很少大吵大闹。

1. 应用广泛的聊天软件。

你拥有单独的房间和浴室。我们和管家共用厨房。管家人还可以，有点老了，不太爱交流。

工作时间比较常规，每天八小时，最多也就十小时。可以补休。

你可能得学点波兰语！

天刚蒙蒙亮的时候，我终于睡着了。脑海里塞满了曼哈顿的高楼大厦和喧嚣的街道。睡醒之后，我发现有封新的电邮。

亲爱的克拉克小姐：

内森告诉我，你有兴趣来我们这里工作。那么格林尼治标准时间周二下午五点（美国东部时间中午），你方便跟我在 Skype 面试一下吗？

此致

李奥纳多·M. 高普尼克

我盯着这封短短的邮件看了足足有二十分钟。嗯，这说明整件事不是我自己想象出来的。我起床，冲澡，泡了一大杯咖啡，然后回了邮件。面试一下没什么大不了的，我告诉自己。如果纽约那边有很多非常专业的候选人，那我无疑是通不过面试的。但面试也是一次很好的锻炼机会，能让我觉得自己终于做了点什么，在向前看。

上班之前，我小心翼翼地拿起床头柜上威尔的信，双唇轻轻吻上去，然后仔细折好，放回抽屉里。

谢谢你。

我默默地说。

这次来“开启新生活”小组聚会的人少了几个。娜塔莎去度假了，杰克也没来。我松了一口气，与此同时，心中却生出某种说不清道不明的愠怒。今晚的主题是“如果我能让时光倒流”。整整一个半小时，只要没人发言，威廉姆和苏尼尔就吹着口哨或轻轻哼唱雪儿那首同名歌曲。

我倾听着大家的分享。弗雷德说他再也不会花那么多时间在工作上了，苏尼尔说需要多去了解自己的兄弟。(“你以为他们会一直都在，你知道吗？然后有一天他们突然就消失了。”)我心想，参加这样的分享到底有什么意义呢?

有那么几次，我觉得这种分享或许真的会有所帮助，但更多时候我都与一群完全没有共同语言的人坐在一起，听他们好不容易找到听众般唠叨许久。我心情烦躁，疲惫不堪，硬邦邦的塑料椅让我那受过伤的臀部隐隐作痛。我觉得，看电视剧《伦敦东区》的收获，或许跟来这里差不多吧。而且，饼干实在太难吃了。

单亲妈妈林恩正在讲述她和姐姐因为一条运动长裤拌嘴，两天后姐姐就死了。“我说她拿了我的裤子，因为她老喜欢拿我东西。她说她没拿，她总是这么说。”

马克等她继续说。我在想包里有没有止痛药。

“然后，她就被车撞了，再见到她是在太平间里。翻找葬礼上穿的黑色衣服时，你们猜我在衣柜里发现了什么？”

“那条运动长裤。”弗雷德说。

“事情没能解决，的确让人难过。”马克说，“有时，即便只是为了让自己保持理智，也要从大局去看。”

“你确实很爱她，所以就算怀疑她拿了你的运动长裤，也代表不了什么吧。”威廉姆说。

就这个话题我一句话都不想说。我之所以来到这里，仅仅是因为小公寓里那一片可怕的寂静，让我无法独自面对。我突然怀疑，照这样下去，自己可能会变成那种因为特别渴望与别人接触，而跑到火车上跟乘客聊天、被当成疯子的人；或者那种在商店里花十分钟挑选一件东西，只为了能够跟导购说说话的人。那天，我在萨米尔的小店里跟他聊起了自己缠的理疗绷带，这会是症状之一吗？我自顾自地想这个问题，没怎么听达芙妮说她希望自己那天早下班一个小时，当我回过神来，发现她已经默默地泪流满面了。

“达芙妮？”

“抱歉了，大家。我这么长时间以来，一直在想那些‘如果’的事。如果我没有跟花店那位女士聊天；如果我没管那些该死的账本，早点下班；如果我能够及时到家……也许就能说服他不要自杀，就能让他觉得活下去还是有念想的。”

马克递过来一盒纸巾，我轻轻放在达芙妮腿上：“在那之前艾伦自杀过吗，达芙妮？”

她点点头，擤了下鼻涕：“是的，好几次。他年轻的时候经常抑郁。犯病时我会守着他，因为他好像……好像根本听不到你说话，不管你在说什么。我经常请病假，就为了陪着他，让他高兴起来，就是那样，做他最喜欢吃的三明治，和他一起坐在沙发上，随便做什么都可以，就为了让他知道我一直都在他身边。我想，或许因为我经常请假，我的工作一直没什么起色，而别人都高升了。”

“抑郁症是异常痛苦的，不只患者本人痛苦。”

“他在吃药吗？”

“哦，没有，他不是那种……吃药就能解决的。”

“真的吗？可能是没诊断出来吧……”

达芙妮抬起头。“他是同性恋。”她一字一顿，清晰地说出那三个字，目光直视着我们，面色有些涨红，好像在说，看你们还敢多说一句，“这事我从没告诉过任何人。他是同性恋。我觉得他之所以那么悲伤，就是因为这个。他是个好男人，不想伤害我，所以他不会……去做那种事情，不然他会觉得很羞耻。”

“你为什么会认为他是同性恋呢，达芙妮？”

“我帮他找领带的时候，在他的抽屉里发现了一些东西，几本杂志。如果不是的话，他应该不会看那种杂志吧。”

弗雷德脸上微微有些僵硬。“当然不会。”他说。

“我从来没跟他提过这件事，”达芙妮说，“发现后我就放回去了。此前的一切疑问渐渐变得清晰起来。他对夫妻之事从来都不太热衷，我原本认为自己挺幸运的，因为我也不太热衷。都是因为教会学校那些修女，她们让你觉得那些事情很肮脏，所以，我找了这么个不会分分钟想往我身上跳的男人。我觉得他是个好男人，而我是世界上最幸福的女人。没错，我想要孩子，那当然很好。但是……”她叹了口气，“我们从来没有认真讨论过这个话题。在那样的日子里，该怎么讨论呢？但现在我真希望曾跟他讨论过。回顾以前的日子，我总在想，真是虚度了。”

“假如你们开诚布公，你觉得结果会有什么不同吗？”

“嗯，现在时代不同了，对吧？我常去的干洗店店主就是，他常跟客人说他的男朋友如何如何。丈夫离开了自己，我当然伤心，但他那时是多么不开心啊，那种被困住的感觉。我肯定会放他走的，我会这么做的。我不想困住谁，只希望他能开心一些。”

在她脸上，泪水恣意纵横。我张开双臂抱住她。她的头发闻起来有种清漆和炖羊肉混杂的味道。

“好啦，好啦，亲爱的，”弗雷德站起来，略带笨拙地拍拍她的肩膀，“他肯定知道你对他一片真心。”

“你真的这么觉得，弗雷德？”她的声音颤抖得厉害。

弗雷德坚定地点点头：“哦，当然。还有，你说得对，那时候时代不同，不是你的错。”

“你能分享这个故事，真是很勇敢，感谢你。”马克露出同情的笑容，“我非常佩服你能够振作起来，继续生活。有时候，就连度过这平凡的每一天，都要拿出超人般的勇气。”

我低下头，看见达芙妮正握着我的手，她圆圆胖胖的手指和我的纠缠在一起。我回握了一下，然后鼓起勇气脱口而出：“我也做过一些让自己后悔不已的事。”

好几张脸齐刷刷转向了我。

“我见了威尔的女儿。她就像‘空降部队’般进入我的生活。我本以为这样做会让我好受些，但相反，我觉得……”

大家盯着我。弗雷德拉长了脸。

“怎么了？”

“威尔是谁？”弗雷德说。

“你说他叫比尔。”

我颓然地靠在椅背上。“威尔就是比尔。之前说起他的真名让我感觉很奇怪。”大家不约而同叹了口气。

达芙妮拍了拍我的手背：“别担心，亲爱的，一个名字而已。之前有个女人，说出的所有故事都是编的。她说孩子得白血病去世了，结果，别说孩子了，她连条金鱼都没养。”

“没关系的，露易莎，什么话都可以跟我们说。”马克向我投来他标志性的“特别同情”的目光。我朝他微微一笑，默默告诉他我明白，而且威尔也不是我编造出来的金鱼。这一切到底是怎么了？我心想。我的生活只不过比在座的任何人都要纠结罢了。

于是，我讲起莉莉如何突然出现，我以为自己能够让她好起来，帮她和亲人重聚，人人皆大欢喜，如今却发现自己幼稚而愚蠢。“我感觉自己再一次让威尔和所有人失望了，”我说，“现在莉莉也走了。我总在扪心自问，如果一切能够重来，我是否可以改变些什么。但很可能我真的应付不了，我还没有强大到能够应对这一切，让事情往好的方向发展。”

“但那些是你的东西啊！珍贵的物品！”

达芙妮把另一只湿乎乎的胖手搭在我手上。

“你本来就应该生气！”

“她就算从小未与亲生父亲生活在一起，也不该是个熊孩子。”苏尼尔说。

“一开始你让她住下，已经是出于一片好意了。换作是我，不知道能不能做到。”达芙妮说。

“你觉得她父亲会怎么做，露易莎？”马克又给自己倒了杯咖啡。

我突然希望可以来点更够劲儿的饮料。“我也不知道，”我说，“但威尔是那种特别有主见的人。哪怕四肢难以活动，你依然相信他什么事情都可以妥善处理。他应该能够阻止她干傻事。他应该能够让她成为一个好姑娘。”

“这难道真的不是被你心中理想化了的他？第八周的时候我们曾讨论过理想化的问题，”弗雷德说，“我一直认为吉莉就是个圣人，对吧，马克？我却忘了她以前经常把内衣裤什么的忘在浴室杆子上，让我极为抓狂。”

“她父亲说不定什么忙也帮不上，这已经不得而知了。他们说不定会相互讨厌呢。”

“听上去她是个相当复杂的姑娘，”马克说，“有可能你给的机会已经够多了。但是……有时候，露易莎，开始新生活同样意味着我们要学会自我保护。也许你的内心深处明白这个道理。如果莉莉只会给你的生活带来一团混乱和负能量，那么赶走她或许是唯一正确的做法。”

“是啊，是啊，”大家纷纷点头表示赞同，“对自己好一点。你只是个普通人。”他们贴心而善良，他们的微笑如此安慰人心。

我差点就相信他们了。

周二，我问薇拉能不能帮我顶十分钟的班（我含含糊糊地说遇到了“女人的麻烦”。她点点头，好像在说“女人的生活中全是麻烦”，说以后有机会就跟我聊聊她的子宫肌瘤）。我拿着装了笔记本电脑的包跑到最安静的女洗手间，因为只有在这儿才能确保理查德看不到我。我在制服外套上了一件衬衫，将笔记本电脑放到盥洗台上，然后登录机场的半小时免费无线网，谨慎地在屏幕前摆好姿势。五点整，高普尼克先生准时在 Skype 上呼叫了我，而我刚刚摘去头顶那套爱尔兰舞女的假发。

即便只能看到李奥纳多·高普尼克那张被屏幕分割成无数像素的脸，我也能确切地告诉你，他非常富有，发色黑中带灰，发型经过精心修剪。小小的电脑屏幕里，他的眼神自带威严，说话干净利落、简明扼要。嗯，对了，他背后的墙壁上还挂了一个镀金的画框，里面放着一幅某位长者的肖像画。

他并未问起我的学历、资质与工作经历，也没问我为什么站在一台干手机旁做远程面试。他低头看了几份文件，然后问起我与特雷纳一家的关系如何。

“挺好的！嗯，他们的意见肯定有参考价值。最近我刚刚见了特雷纳先生和太太，出于某种原因。我们之前一直相处得挺好，除了……除了……”

“除了你不再继续为他们工作，”他的声音低沉而果断，“是啊，内森把情况解释得很清楚了。大事情。”

“是啊，挺大的事情。”一阵短暂而尴尬的沉默之后，我说，“但我觉得自己很荣幸，能够成为威尔生活的一部分。”

他提笔记了两下：“在那之后你做了些什么呢？”

“嗯……我去旅行了，主要是在欧洲，挺……有意思的。旅行挺好的，可以见见世面。就是这样。”我努力保持微笑，“我现在在机场工作，但……”说话间我背后的门被推开了，一个拖着行李箱的女人走了进来。我调整了一下电脑的角度，希望他没有听到那女人走进隔间的声音。“但不想长期待在这里。”麻烦小便别出声啊，我在心里默默祈祷着。

他问了几个关于目前工作的问题，以及薪酬情况。我装作没有听到厕所冲水的声音，目光直视着屏幕，也并未理会从隔间出来的女人。

“还有你想要……”高普尼克先生刚一开口，那女人就把手伸到我身边，启动了干手机，爆发出来的轰鸣声震耳欲聋。高普尼克先生皱了皱眉。

“请您稍等，高普尼克先生。”我伸手捂住电脑上的某个东西，但愿是麦克风吧，“不好意思，”我朝那个女人大喊，“这个没法用……坏了。”

她转身看着我，揉了揉自己做了精美指甲的手指，又将手靠近干手机。“没坏呀，否则会张贴告示的，对吧？”

“烧坏了，是突然烧坏的。非常危险，相当可怕。”

她盯着我，又看了看干手机，脸上露出狐疑的神情，终于把手抽了回来，拉着箱子走了出去。我用厕所的椅子抵住门，以免再有人进来，又调整了一下笔记本，好让高普尼克先生看见我。“非常抱歉，面试我只能在上班时间做，有点……”

他正在看手上那份文件：“内森说你最近出了点事故。”

我咽了咽口水：“是出了点事，不过现在已经好多了。完全没问题了。哦，就是走路有点一瘸一拐的。”

“再强壮的人也扛不住啊。”他面带微笑，我也回了一个微笑。有人推门，我动了动，用自身的力量去顶住门。

“那最大的难处是什么呢？”高普尼克先生说。

“不好意思？”

“为威廉姆·特雷纳工作，最大的难处。这工作听上去是项很大的挑战啊。”

我犹豫了，卫生间顿时安静无比。“送他走。”我说。眼泪猝不及防地涌了上来，我竭力忍住。

李奥纳多·高普尼克先生在数千公里之外凝视着我。我忍着不去擦拭泪水。“我的秘书会联系你的，克拉克小姐。感谢你抽出时间参加面试。”然后，他点了点头，画面便静止不动了。我站在那里，呆呆地盯着屏幕，心想这一次自己很可能又把事情搞砸了。

那晚回家的路上，我决定不去想面试的事，而是一遍遍默念马克的话，像念咒语。我把莉莉做过的事情细数了一遍：那些不速之客，偷窃事件，嗑药，数不清的晚归，不经过允许就拿我的东西……

然后思考小组里的人会如何评价这些行为。莉莉过得太混乱、太不规矩了，这个姑娘只知道一味地索取，从不回报。的确，她很年轻，并且与威尔血脉相连，但这并不意味着我必须为她负责，或者有义务忍受她所带来的种种麻烦。

我感觉自己稍微好受点了，真的。我又想起马克说过的另一句话：没有谁能够一帆风顺走出悲伤。有些日子好过些，有些日子很难熬。今天只是有些难熬而已，不过是走出悲伤的路途中一个小小的趔趄罢了。

我开门进了公寓，放下包，万分感恩还有一个家可以回。“再等一段时间，”我告诉自己，“我会给她发去信息，定好以后的规矩。”我要集中精力，找一份新的工作；要做出改变，真正为自己着想；要开始自我疗愈。想到这里，我停了下来，因为那语气听上去竟有点像塔尼亚·霍顿－米勒。

我瞥了一眼防火楼梯。第一步是回到那该死的楼顶。我会自己平静地爬上去，不恐慌，不害怕，然后在上面坐足半小时，呼吸一下新鲜空气。不可以再将家的一部分可笑地留在恐惧与幻想中。

我脱下制服，换上短裤，套上威尔那件轻柔的羊绒套头衫，只为了给自己多一点信心。威尔去世后，我从他家取走了这件衣服，柔软的羊绒摩挲着皮肤，是种莫大的安慰。我穿过走廊，让窗户大开着。不过是短短两截金属楼梯罢了，走上去就是楼顶。

“不会有事的。”我大声告诫自己，同时深吸了一口气。只是双腿之间似乎蔓延着某种奇怪的虚弱感，我坚定地对自己说，这只是种错觉，是对过去的焦虑感在阴魂不散地缠绕着我。我一定能够克服的，就像我能够克服一切困难。我听到威尔的声音在耳边响起。

加油啊，克拉克，一步步，慢慢来。

我双手紧抓栏杆，开始往上走。我没有向下看，也不允许自己去想这里有多高。微风吹过，我抵挡着汹涌而来的关于那次事故的回忆，也不去理会臀部那似乎永难消退的疼痛。我想起山姆，那股愤懑不觉间成为推动我往上走的动力。我不该做个牺牲品，不该做那个总是碰上各种糟心事儿的人。

我不停跟自己说着话。然而，刚来到第二节楼梯，双腿便开始打战了。我极为狼狈地翻过矮墙，在担心楼梯突然断裂的心惊胆战中，用双手和双膝支撑着跳到楼顶。我虚弱无比，浑身冷汗直冒，趴在地上，双眼紧闭，让自己适应已经来到楼顶的事实。我成功了。我掌控了自己一部分的命运。我要在这里待着，一直待着，直到感觉恢复正常。

我坐了起来，伸手触摸坚实的墙壁，然后靠在上面，深深地长吸一口气。感觉很好。是的，没有什么东西在移动，没有想象中的天旋地转。我做到了。睁开双眼，眼前的一幕却让我惊呆了。

楼顶上鲜花盛放。数月来我未曾看顾而早已干枯的盆栽竟重现生机，开满了红色与紫色的花朵，它们争相向外伸展，如同一座座五彩缤纷的小型喷泉。两株新植绽放着一团团蓝色小花，如云似雾般梦幻。长椅旁，一株小巧可爱的日本枫立在装饰盆中，枝叶在风中轻摇。

阳光充足的南墙一角，两个种植包靠在水箱边：一株樱桃番茄已是硕果累累，茎秆上垂挂着红色果实；另一株被放置在沥青地面上，一枚枚锯齿状的新叶萌发于枝头。我慢慢走过去，一路闻着茉莉花的清香，然后停下脚步，坐在铁艺长椅上。我一眼便认出了长椅上的垫子，它来自我的客厅。

我难以置信地望着这片宁静而美丽的屋顶花园——那曾经寸草不生的楼顶。我记起当时莉莉从花盆中拔出枯死的植物时，曾严肃地说，放任植物枯萎就是犯罪。她还曾在特雷纳太太的花园里轻松认出了大卫·奥斯汀月季。接着我想起门厅那些无法解释的泥土。

我把头深深地埋进了双手里。

17 忧伤背后

我给莉莉发了两次短信。第一次是感激她在楼顶上的付出，“太美了，你怎么不告诉我呢？”过了一天，我又发了一条短信，说很抱歉我们之间闹成这个样子。如果她还想跟我聊一聊威尔，我会尽力解答她的一切问题。我还表示，希望她能去看看特雷纳先生和新生儿，因为我觉得这个世界上最重要的事情就是与家人保持联络。

她没有回复我。我也不是特别意外。

接下来的两天，我总是不由自主地往楼顶跑，就像一个人担心自己松动的牙齿，老想去碰碰。在给植物浇水时，一种隐约的愧疚感涌上心头。我在五颜六色的花朵中走来走去，想象莉莉趁我上班时偷偷溜上来辛勤劳作的样子。但一想到我们俩的相处，我还是绕不出那个圈子。我还能怎么做呢？我不可能强迫特雷纳一家用莉莉所希望的方式接纳她。我没办法让她开心起来。而唯一有可能让她开心起来的那个人早已撒手人寰了。

楼下停着一辆摩托车。我锁好车，一瘸一拐地走到马路对面，想要买杯热牛奶。上完了一天的班，我感觉身心俱疲。天空不知不觉下起了小雨，我裹紧衣服，低头前行。等我再抬起头时，一身熟悉的制服出现在我家楼前。我突然心跳加速了。

我过了街，径直与他擦肩而过，一边在包里翻找钥匙。为什么在这种重要的时刻，手指总变得不听使唤呢？

“露易莎。”

还是找不到钥匙。我再次把包翻了个遍，一把梳子，几张纸巾，几块硬币……我小声骂了一句，拍拍口袋，只想找到钥匙。

“露易莎。”

接着，我心里一沉，想起钥匙放在了哪里：就在昨天穿的牛仔裤口袋里，我上班前换了条新裤子。这下好了。

“真的吗？你就这么装作没看见我？我们真的要这样吗？”

我深吸一口气，转身看着他，暗暗挺了挺腰板。“山姆。”

他看上去疲惫不堪，下巴上长满了灰灰的胡楂，可能刚刚结束轮班。我怎么又注意到这些了？真是不知悔改。我赶忙提醒自己盯住他肩膀左侧的某个点。

“我们可以谈谈吗？”

“我不知道那还有什么意义。”

“没有意义？”

“我什么都知道了，好吗？不明白你来这儿干吗。”

“我来这儿，是因为我刚轮完十六个小时的班，把唐娜送回了家。现在我快累死了。我想应该来见你，搞清楚咱俩到底是怎么回事，因为我根本摸不着头脑。”

“你是说真的？”

“真的。”

我们怒视着彼此。我以前怎么从来没觉得他这么讨人厌？太不知趣了。真搞不明白，那时候自己怎么就被那点欲望蒙蔽了心，和这个男人在一起。现在我身体的每一部分都想迅速远离他。我再一次徒劳找了找钥匙，强忍住踢门的冲动。

“那，你能不能至少给我个提示？我很累，露易莎。我不喜欢玩游戏。”

“你不喜欢玩游戏？”我的话变成一声苦笑。

他叹了口气：“好吧，就说一件事，说清楚了我就走。我只想知道，你为什么不回我电话？”

我难以置信地望着他：“因为我虽然不怎么聪明，但也不完全是个白痴。嗯，我以前肯定是，那么多警告，我全都当成了耳旁风。不过，这么说吧，我没回你电话，是因为你就是个彻头彻尾的浑蛋。满意了吗？”

我蹲下身，捡起掉在地上的东西，感觉全身的温度在急剧升高，仿佛内部的恒温器突然之间失灵了。“哦，你真的很棒，知道吗？棒得要命。要不是那些恶心的可悲的事，我还真对你刮目相看了。”我直起身子，拉上了包的拉链，“看看啊，山姆，好父亲，多么关心儿子，多么善解人意。但真相是什么呢？你到处约会，却根本没注意到自己的儿子有多么不开心。”

“我儿子？”

“对！因为我们认真听他倾诉了。我们不能跟外人讲小组聚会的事情，他也不会跟你讲，因为他正值青春期。但他真的很不开心，不只是因为妈妈走了，还因为你只顾着自己的痛苦，睡了半个伦敦的女人来发泄。”

我几乎是在咆哮了。字字句句如连珠炮般喷射出来，双手在空中挥舞。我看到萨米尔和他的表亲透过商店窗户看着我。我不在乎了。这也许是我最后一次在他面前说话了。

“嗯，对，对，我知道，我太傻了。所以我现在替他骂你一句，浑蛋。我才不想跟你说话，永远。”

他揉了揉头发。“我们说的是杰克吗？”

“当然是杰克啊，你还有别的儿子？”

“杰克不是我儿子。”

我盯着他。

“杰克是我姐姐的儿子。”他纠正了我，“他是我外甥。”

我花了好几秒钟，才想明白他说的话。山姆注视着我，一动不动，他的眉毛纠结在一起，一副没想明白的样子。

“但是——你来接他，他和你住在一起。”

“周一都是我负责接他，因为他父亲那天的排班不合适。他有时住在我那儿，但不是每天如此。”

“杰克……不是你儿子？”

“我没有孩子，这个我很清楚。不过莉莉那个事情，倒让我警觉了，我可能只是还不知道自己有孩子而已。”

我想起他拥抱杰克的样子，又忆起前面几次谈话。“但我们第一次见面的时候，我看到了杰克的表情。我们聊天的时候，他翻了翻白眼，就像……”

山姆低下头。

“哦，天哪，”我说，伸手捂住嘴，“那些女人……”

“不是我的。”

我们就这样站在了路中间。萨米尔已经站到门口来看热闹了，他的表亲们也加入进来。我们左手边有个公交车站，那些等车的人意识到我们回应了他们的注视时，赶忙转过身去。山姆朝我身后的门点点头：“你觉得我们可以进去聊吗？”

“嗯嗯。哦，不行，没办法，”我说，“我好像把自己锁在外面了。”

“有备用钥匙吗？”

“在家里呢。”

他用手抹了把脸，看了看表，显然已经疲惫不堪了。我往门边退了一步。“嗯，你回家吧，好好休息一下，我们明天再聊。我很抱歉。”

雨突然间越下越大。夏日的暴雨，在路边的沟渠里翻滚汹涌，街面上水流成河。路对面的萨米尔和表亲们缩回店里去了。

山姆抬头看天，叹了口气，然后直视着我：“等等。”

山姆从萨米尔那里借了把大螺丝刀，跟着我爬上防火楼梯。金属楼梯极为湿滑，我有两次差点滑倒，但他都及时伸出手扶住了我。被他的手稳住时，一股突如其来的暖流从心中涌起。我们终于到达我所在的楼层。他把螺丝刀深深抵进窗框，使劲向上撬，窗户很快被撬开了。

“好了。”他把窗户抬起来，用一只手撑着，转身看着我，示意我先进去。他的表情中带着微微的责备，“一个单身女孩住这儿也太不安全了。”

“我是认真的。”

“我没事的，山姆。”

“我看到的危险是你看不到的，我希望你平安无事。”

我想要给他一个微笑，但双膝颤抖不止，把着铁栏杆的手，好像随时可能滑脱。我努力像正常人一样走过他身边，却不免有些踉跄。

“你还好吧？”

我点点头。他抓住我的手臂，轻轻抬起，帮笨手笨脚的我爬进屋里。我重重地跌落在窗边的地毯上，等待自己恢复正常。我已经很多天没有好好睡过一觉了，现在更有种半死不活的感觉，仿佛那一直苦苦支撑着我的愤怒和肾上腺素瞬间消失得无影无踪。

山姆也爬了进来。他关上窗，看了一眼被他撬坏的窗锁。门厅里光线黯淡，豆大的雨点闷声敲打在屋顶。他在衣兜里翻找着什么，最终在各种零零碎碎的东西中找出一根小钉子。他拿起螺丝刀，用刀柄将钉子以某种角度巧妙地敲进窗框，这样就没人能从外面打开窗户了。然后，他踏着沉重的步子走到我面前，伸出一只手。

“业余时间修房子就是有这点好处，到处都能找到钉子。来，”他说，“如果你在那儿干坐着，就永远起不来了。”

淋了雨的他，头发全都塌了下去。在门灯的映照下，他皮肤上的水滴好像静悄悄闪着光。他伸手把我拉起来，我疼得抽搐了一下，全被他看在眼里。

“屁股还是疼？”

我点点头。

他叹了口气。“你应该跟我说的。”他神情憔悴，眼睛下方隐约浮现一圈淡紫色的痕迹，左手手背上出现了两条长长的抓痕。我特别想知道前一晚发生了什么。他钻进厨房，我听到自来水哗哗直流的声音。然后他拿着两片药和一杯水走了过来，“我不该让你吃这些药的，但这至少能保证你今晚不那么痛。”

我心怀感激地接了过来，在他的注视下，喝口水把药片吞了下去。

“你是个遵守规则的人吗？”

“规则合理就可以。”

他从我手中拿走杯子。

“所以我们和好了，露易莎·克拉克？”

我点点头。

他长出了一口气。“我明天给你打电话。”

此后，我不知怎么的，伸手牵了牵他的手。他的手指也缓缓握住了我。“别走了。已经这么晚，骑摩托车很危险的。”

我从他的另一只手中拿过螺丝刀，扔到地毯上。他久久凝视着我，然后用手捂住脸。“现在我估计不行。”

“今晚不会。”我一直看着他。

他的笑容来得有点慢。但等他的脸上终于绽开笑容，我有种如释重负的感觉，仿佛之前一直担着千斤重担而不自知。

从那么高的地方掉下来，你完全无法预料会发生什么。

他跨过地上那个螺丝刀。我默默牵着他走进卧室。

公寓里一片漆黑，我轻轻挨着一个男人魁梧的身躯。他已经入睡，手臂垫在我的脖子下方。我凝视着他的脸，心中一片安宁。

——致命心脏骤停、摩托车交通事故、青春期自杀的孩子、皮博迪那边又有人聚众斗殴，有人被刺伤。有的时候轮班遇到这些真的是……

——嘘，没事，睡吧。

他很快脱掉制服，只剩下 T 恤和短裤，亲了我一下，便坠入沉沉的梦乡。我想，是不是该给他做点什么吃的，或者把房子收拾一下，这样等他起床的时候，我便可以做出一副挺会生活的样子。但我什么也没做，只是脱掉衣服，钻进被窝，躺在他身边。倾听着他的呼吸声，我惊叹它们竟如此安稳沉静。就这么一会儿，我只想待在他身边，皮肤贴着他的 T 恤，让彼此的呼吸交缠在一起。

我仔细观察他鼻梁上轻轻的凸起，下巴上深深浅浅的胡楂，以及尾端微微卷曲的深色睫毛。我回想了我们之间所有的对话，以一种全新的目光。他是个单身男人，一位慈爱的舅舅。我真想对自己之前的一切愚蠢放声大笑，自己对他的误解真是匪夷所思。

我伸出手，轻轻抚摸他的脸，呼吸着他皮肤中散发的味道，那淡淡的抗菌皂的香味，掺杂着满含原始雄性吸引力的汗味。第二次触碰他的时候，他的手自然而然地握紧了我的手腕。我翻身平躺，转过头望着窗外朦胧的街灯。我第一次感到自己不再只是这个城市的旁观者。不知过了多久，我的意识开始模糊了……

他睁开双眼，过了好一会儿才意识到自己身在何方。“嗨。”

我突然间醒了。清晨时分，一种梦幻般的感觉弥漫在空气中。他在我床上。我脸上渐渐绽开一个笑容。“你也嗨。”

“现在几点了？”

我转身去看闹钟。“差一刻五点。”时间一旦明确起来，这个世界也开始不情不愿地变得清晰可见。窗外，街灯闪着晦暗的光，小型出租车和夜班电车呼啸而过。而在这间屋里，只有黑暗中的我和他、温暖的床，以及他平稳的呼吸声。

“我已经不记得是怎么到这儿的了。”他看向一边，皱了皱眉头，面庞被街灯微微照亮。他似乎慢慢想起了昨晚发生的事情，默默说了声，“哦，对。”

他转过头，近在咫尺。他的呼吸温暖而甜蜜。“我很想你，露易莎·克拉克。”

我很想对他倾诉，很想告诉他我自己也说不清这是一种什么感觉。我想和他在一起，却又害怕这种渴望。我不希望将自己的快乐幸福完全建立在别人身上，变成命运的俘虏，自己却无力掌控。

他凝视着我的脸，揣测着我的思想。“不要胡思乱想了。”

他把我拉到身边。我放松下来。这个男人的每一天，都奔走在生死之间的桥梁上。他理解我的心情。“你就是想太多了。”他说。

他的手滑过我的脸庞。我不由自主地转头看向他，像被一种不自觉的条件反射驱动着。我的双唇吻着他的手掌。“只要好好活下去？”我小声重复着威尔信中的话。

他点点头，然后亲吻了我，悠长的、缓慢的、甜蜜的吻。他在我耳边低低唤我的名字，再次把我拉近。从他的嘴里说出来，这个名字显得无比珍贵。

接下来的三天我过得恍恍惚惚，每晚总要抽出时间和他见上一面。我没有参加新生活小组那周的讨论，因为他在我正要出门的时候出现在了公寓里。煮鸡蛋的定时器铃声一响，他便胡乱穿上衣服准时去接杰克。我两次轮班回家时，他已经在等我了。等他的双唇吻上我的脖子，大大的手掌搂着我的背，这一身鲜绿色制服带来的羞辱，就算无法忘个精光，至少也被暂时抛诸脑后了。

我本想抗拒他，但根本做不到。我头晕目眩，找不着北，无法入睡。工作中我自如了很多，和生意人熟络地开玩笑，对理查德的各种抱怨报以欢快的微笑。我的快乐却让这位经理相当不爽。他紧绷着脸，千方百计想要抓住我的错处，以便数落我一番。

这些我都不在乎。洗澡的时候，我竟轻轻哼起了歌；躺在床上睡不着，我开始呆呆编起了美梦。我穿上了过去的衣服，颜色鲜艳的羊毛大衣与缎面高跟鞋。我任凭自己被包裹在幸福的泡沫中，因为我明白，这样的泡沫持续不了太久。

“我跟杰克说了。”山姆说。他有半小时的休息时间，于是和唐娜带着午饭停在我家门外。我刚上完晚班回来，和他并排坐在救护车的前座上。

"你跟他说什么了？"他做了马苏里拉奶酪、小番茄和罗勒的三明治。小番茄来自他的花园，送进嘴里便爆开来，满口清香。我无拘无束吃东西的样子把他惊到了。

"说你以为我是他父亲。他哈哈大笑，好几个月没看他笑得那么开心了。"

"我把他父亲约会以后会哭这件事告诉了你，他不知道吧？"

"我认识一个男人，第一次就哭了。"唐娜说，"真的是在抽泣，搞得有点尴尬。一开始我还以为把他老二给弄折了。"

我目瞪口呆地转身看着她。

"真的有这种事，真的。我们以前就遇到过一对夫妻，对吧？"

"确有其事。"他朝我还放在膝盖上的三明治点点头。

我喜欢待在这里。山姆和唐娜，目睹过各式各样的人生。他们说起话来语气虽略带调侃，却不失严肃。他们有趣而忧郁，让挤在中间的我心生某种微妙的亲切感。如此看来，我这奇奇怪怪的生活，其实还挺正常的。

这种"抓紧时间来吃一顿"的午饭有过几次之后，我对他们的工作略有了解了：

√ 无论男女，只要超过七十岁，几乎都不会抱怨痛或者救助方式不对，就算他们断了手脚。

√ 以上这些老头、老太太基本上都会道歉，说自己"惹麻烦了"。

√ "病人 PFO"这词儿根本不是什么科学术语，意思只是"病人生气并摔倒了"。

√ 孕妇很少有在救护车后面就生的。（这个我倒是有点失望。）

√ 现在没人用“救护车司机”这个词了，特别是救护车司机。

√ 有那么些个男人，如果别人问他们有多痛，从 1 到 10 打分，他们会说 :“11。”

但印象最深的，还是长时间工作后的山姆开车来找我时，那一身的忧郁苍凉。隐在他身后的，是那些靠领养老金过活的独居者；是那整日沉浸在电视机前的肥胖男人，身躯巨大，无法起身和下楼；是那不会说英语的年轻母亲，与无数个孩子挤在小小的公寓里，不知该如何打电话求助；是那些忧郁症患者、慢性病患者，以及无人问津的人。

他说，有时候这种情绪就像病毒，你甚至得用抗菌剂去洗掉笼罩周身的忧伤。还有那些自杀者，在火车车轮下，在寂静的浴室里，就这样结束了生命。他们的尸体往往数周或数月后才被发现，直到有人闻到臭味，或纳闷为何信箱已满却无人取信。

“你会怕吗？”

他魁梧的身躯躺在我小小的浴缸里。今天有个病人受了枪伤，血沾了山姆一身，浴缸里的水也被染成淡淡的粉红色。我惊讶地发现，自己竟然这么快就适应了有个男人在身边的生活。特别是，这个男人还可以行动自如。

“害怕的话，这活儿就没法干了。”他轻描淡写地说。

干这行之前他是军人，这个职业轨迹不算特别。“之所以挑选我们去干急救，就是因为我们轻易不会害怕，而且什么都见过了。不过还是要告诉你，有些醉酒的小年轻比塔利班更让我害怕。”

我坐在他身边的马桶盖上，看他泡在变色的水中的身体，这么魁梧健壮的男人。想到他话中的情景，我禁不住打了个寒战。

“嘿，”他捕捉到我脸上的表情，朝我伸了伸手，“没关系，真的。我很会预测麻烦的。”他与我十指交叉，“不过，干这行不太好谈恋爱，我的前女友就受不了。工作时间太长，出夜勤，而且经常搞得乱七八糟。”

“还有粉红色的洗澡水。”

“是啊，这个就对不起了，救助站那边的淋浴坏了。我真应该先回家一趟的。”然而，他看着我的样子仿佛在说，他根本不可能先回家。他拉了拉浴缸的塞子，让水流走一些，接着打开龙头，加了些新水。

“那，你前女友叫什么？”我尽量让自己的语气听上去平稳随意。我可不能成为“那些女人”中的一员，就算他其实不是“那种男人”。

“叫伊欧娜，在旅行社工作，挺好的女孩子。”

“但是你不爱她。”

“怎么这么说？”

“没人会用‘挺好的女孩子’来形容爱人，那就跟‘我们还是朋友’差不多，意思就是你们的感觉不到位。”

他被逗乐了：“那如果我爱她，会怎么说呢？”

“你看起来应该非常严肃，说：‘啊，凯伦，简直是个噩梦。’或者直接闭嘴，一副‘这事儿我不想说’的样子。”

“搞不好你是对的。”他简单想了想，“老实说，姐姐去世以后，我就没那么开朗了。最后几个月我一直陪着艾伦，帮忙照顾她，对我有很大的触动。”他瞥了我一眼，“癌症特别残酷，杰克的父亲完全崩溃了。有些人就会这样，所以我想他们需要我。说实话，我撑着没倒，完全是因为我们总不能全都崩溃。”我们默默地坐了一会儿。他眼眶有点红，不知是因为悲痛，还是因为肥皂水。

“嗯，反正，对，就是这样。那个时候我可能当不好一个男朋友吧。

那你的呢？”他终于转身看着我。

“威尔。”

“是啊。那之后就没别人了？”

“没有我想说的人。”我又哆嗦了一下。

“每个人都有自己走出来的方式，露易莎，别太苛责自己了。”

他的皮肤温热湿润，我有点握不住他的手指了。他开始洗头。我坐在那儿看着他，任由心旌摇曳，入迷地看他湿湿的皮肤上散发的光泽。我喜欢他洗头的样子：力气很大，有种毫不掩饰的坚决；甩水的时候，像只可爱的大狗。

“哦，对了，我参加了一个面试，”他洗完的时候，我说，“纽约的一份工作。”

“纽约？”他挑起一根眉毛。

“我没机会的。”

“真遗憾，我一直想找机会去纽约呢。”他慢慢沉到水下，只留下嘴露在水面上，并且缓缓地露出一个笑容，“但这样你就能保住小精灵那套衣服了，对吧？”

我感觉气氛有些异样。但紧接着，没有任何原因，也出乎他的意料，我穿着衣服便躺进浴缸亲吻了他。他哈哈大笑，使劲拍打着水。我突然感到一种异乎寻常的幸福，在这个一切都极易崩塌的世界里，他却如此坚定。

我终于开始布置公寓了。休息日，我买了一把扶手椅、一张咖啡桌，还将一幅框好的小画挂在电视机旁的墙壁上。这些东西组合起来，看上去总算是有人住在这里的样子了。我买了套新床品，两只靠垫，还把所有复古风格的衣服挂在了衣柜里。

现在，一打开衣柜门，色彩缤纷的图案与花纹便竞相跃入我眼中，而非几条廉价的牛仔裤外加一条亮闪闪的超短裙。我终于将这个单调乏味的小公寓变了个样，虽然这里还不能称为家，但多少显得舒适亲切了。

不知是哪位负责工作安排的神明大发慈悲，山姆和我同一天休息。整整十八个小时，他用不着听没完没了的警笛声，我也用不着听风笛音乐或人们对花生烤得太干的抱怨。我发现，和山姆在一起时，时间过得似乎比我独自一人时快了一倍。我想过我们可以一起做很多很多事，但又否决了其中的一半，觉得太过“情侣”了。我开始思考，我们在一起待这么长的时间，究竟是否明智。

我又给莉莉发了条信息。

> 莉莉，请跟我联系。我知道你生我的气了，但是一定记得给我打个电话。你弄的花园太漂亮了！我需要你指导我怎么照顾这些花花草草。那些西红柿长得很高了，这样可以吗？怎么处理呢？我们出去跳个舞好吗？

我按了发送键，眼睛不时盯着小小的屏幕，直到门铃响起。

“嘿。”他魁梧的身躯几乎填满了整个门框，一手拿着工具箱，一手拿着一袋杂货。

“哦，天哪，”我说，“你简直满足了女人的终极幻想。”

“搁架，”他对我的赞美充耳不闻，面无表情地说，“你需要搁架。”

“哦，宝贝儿，继续说。”

“还得吃点家常菜。”

“嗯，很好。”

他哈哈大笑，把工具扔在门厅，亲了我一下，向厨房走去。“我想我们可以一起去看场电影。这种不在固定时间上班的好处就是，日场电影几乎可以包场，你知道吧？”

我看了一眼手机。

“只是不能看那种血腥的，我看血看得有点烦了。”

我抬起头，发现他正看着我。

“怎么？不喜欢这个提议？还是说你特别想看僵尸吃人的电影？……怎么啦？”

我皱皱眉头，手无力地垂下来：“我联系不上莉莉。”

“你不是说她回家了吗？”

“是回家了，但她不接我的电话，我觉得她是真生气了。”

“她的朋友偷了你的东西，要生气也是你生气。”

他把口袋里的东西一样样拿了出来，生菜、西红柿、牛油果、鸡蛋、香料，然后整齐地摆进我那个几乎空空如也的冰箱里。他抬头看着我，我又在给莉莉发信息了。“好了，她的手机说不定丢了，可能落在某个酒吧里，或者欠费了。你也知道，青春期的孩子就那样，或者她在闹脾气。有时你需要等他们自己走出来。”

我牵起他的手，关上冰箱门。“我要给你看样东西。”

山姆站在楼顶，看着周围的花。“你一直不知道？”

“完全不知道。”

他重重坐在长椅上，我坐在他旁边。两人都盯着这小小的花园。

“我感觉很糟糕，”我说，“我指责她把身边的一切都毁了，结果她一直都在干这个。”

他蹲下来，摸了摸西红柿叶子，然后起身，摇摇头。“好吧。那我们就去找她，跟她当面说。”

“真的吗？”

“对。先吃午饭，然后看场电影，此后去到她家门前等她。这样她就躲不开你了。”他牵着我的手，送到唇边，“嘿，别一副杞人忧天的样子。这个花园很棒，说明她还没完全学坏啊。”

他松开我的手。我眯起眼睛看着他。“为什么你总能让坏事变好事呢？”

“我只是不想看你难过。”

怎么才能让他知道，跟他在一起的时候我一点也不难过；怎么才能让他知道，他让我备感幸福，弄得我有点害怕？我开心地吃着他放在我冰箱里的食物；我一天要瞥二十多次电话，只为等他的信息；工作中偶尔的间隙，我也会想象他伟岸的身躯，然后艰难地将注意力转移到为地板打蜡或整理发票收据这些事情上，免得自己的脸烧起来。

一个警告的声音响起：

慢慢来，不要太过亲密。

他的眼神温柔下来：“你笑起来很甜，露易莎·克拉克。我喜欢你的原因有几百个，这是其中一个。”

我放任自己沉浸在他的目光中。这个男人啊，我心想。接着我双手重重地拍在膝上。“来吧，”我干脆地说，“我们去看场电影吧。”

电影院里几乎没什么人，我们并肩坐在后排，两个座位之间的扶手不知被谁给弄掉了。山姆一手抱着一大桶爆米花。正在放映的是一部美国喜剧，两个不太搭调的警察被误认为犯了罪。不是很搞笑，但我笑得很开心。山姆的手指伸到我面前，捏着一个咸味的球根状爆米花，我大方地吃了。他又喂了我一个，我想了想，用牙齿把他的手指也给咬住了。他看着我，慢慢摇了摇头。

我嚼完爆米花，吞了下去。“又没人看到。”我小声地说。

他挑起一根眉毛。“我老啦,做不来这些事啦。”他也朝我小声说。但我掰着他的脸转向我，在炽热黑暗的空气中亲吻了他。接着我的电话响起。前排两个人“嘶嘶”地表示不满。“对不起，对不起啊，你们俩！”(影院里就我们四个人。)我接听了电话,是一个陌生来电。

“露易莎？”

我过了好一会儿才辨认出她的声音。

“我出去一下。”我朝山姆做个鬼脸。

“不好意思，特雷纳夫人。我刚才——您还在吗？喂？”

门厅空无一人，拉了警戒线的排队处没有人，柜台后面的冷饮机无精打采地搅拌着彩色的冰块。

“啊，太好了。露易莎？我能跟莉莉说句话吗？”

我站在那里，电话贴在耳边。

“我一直在想上次发生的事，深感抱歉。我肯定有点……”她犹豫了一下，“哎，我就是在想，她会不会答应来见我。”

“特雷纳太太……”

“我想跟她解释一下。过去这一年，我……嗯，我不太像我自己。我一直在吃药，变得有点迟钝。你跑来找我，把我吓了一跳，那个时候真的很难相信你们俩给我讲的事情，听起来太像天方夜谭了。可是我……嗯，我跟史蒂文聊过了，他说所有事都是真的。我想了好多天，消化了一下，一直在想……威尔有个女儿，我有个孙女。我一直重复这些话，有时真觉得是在做梦。”

我听着这慌慌张张、语无伦次的话，实在太不像她了。“我懂，”我说，“我也有这种感觉。”

“我会情不自禁地想起她，我很想好好跟她见上一面。你觉得她会同意再见我吗？”

“特雷纳太太，她现在没有和我住在一起了。但是，好的，”我伸手捋捋头发，“好的，我当然会问她的。”

接下来，我根本看不进去电影了。山姆终于意识到我只是呆呆地盯着大银幕，于是建议离开。我们站在停车场他的摩托车旁，我告诉了他电话内容。

“看吧，这样多好！”他说得好像我做了什么值得骄傲的事，“我们去吧。”

他在路对面的摩托车上等着。我敲了门，抬起下巴，决定这次绝对不让塔尼亚·霍顿－米勒吓到我。我回头看了一眼，山姆朝我鼓励地点了点头。

门开了。塔尼亚身穿一件巧克力色的亚麻裙，一双希腊风的凉鞋。她上下打量着我，就像我们是第一次见面，似乎我的穿着打扮在她无形的测试中已经不及格了。（我可是穿着自己最喜欢的围裙式棉格子裙，她这样做真的很烦人。）她的笑容在唇边停留了大约十亿分之一秒后，就消失不见了。“露易莎。”

“抱歉，没打个招呼就来了，霍顿－米勒太太。”

“有什么事吗？”

我眨眨眼。“嗯，那个，是有事。”我把一缕头发捋向耳后，“特雷纳夫人，就是威尔的母亲，给我打来电话。很抱歉打扰了你，但她很想见莉莉一面，可莉莉现在不接电话。所以，你是否介意让她回个电话给我？”

塔尼亚用自己那修剪得一丝不苟的眉毛下的一双眼睛瞥了我一眼。

我尽可能保持表情平静。“或者说我们可以跟她简单聊聊。”

短暂的沉默。“你为什么觉得我会去问她？”

我深吸一口气，小心地组织措辞：“我知道你对特雷纳一家印象很不好，但我觉得这对莉莉有好处。不知道她有没有跟你说过，她俩第一次见面搞得有点僵。特雷纳太太真的很想找个机会重新开始。”

“她想干吗就干吗，露易莎。但是我不知道你为什么要把我牵扯进来。”

我尽量保持礼貌：“嗯……因为你是她妈妈？”

“她已经超过一周没跟我这个妈妈联系一次了。”

我一动不动地站着，心中一阵寒流袭来。“你刚才说什么？”

“莉莉，她这么久都没联系我了。我还以为度假回来她至少会来问个好，可是根本没有。我想错了，这种事情她不会做的，是吧？她和平时一样，想干什么就干什么。”她伸手端详起自己的指甲。

“霍顿－米勒太太，她应该和你在一起的啊。”

“什么？”

“莉莉，已经搬回来跟你一起住了，就在你度假回来的时候。她已经离开我家了……就在十天前。”

18 正确的事

我们站在塔尼亚·霍顿－米勒家完美无瑕的厨房里。我盯着她那个闪闪发光的、有一百零八个按钮的咖啡机，心想它估计比我的小汽车还要贵，然后跟山姆第无数次细数一周前发生的种种。

“大概是十二点半的样子，我给了她二十英镑坐出租车，还让她留下钥匙。我本以为她会直接回家的。”我很不舒服，从吧台这头走到那头，大脑飞速旋转着，“我应该确认一下的。但她经常想来就来想走就走，而且我们……嗯，我们闹别扭了。”

山姆站在门边，揉着眉毛。“从那以后，你们俩便都没跟她联系了。”

“我发过四五次信息，”我说，“我以为她还在生我的气。”

塔尼亚没给我们倒咖啡。她踱步到楼梯口，看了一眼楼上，然后瞟了一眼手表，好像在等我们离开。她完全不像刚刚得知孩子失踪的母亲。楼上偶尔传来吸尘器沉闷的吼叫声。

“霍顿－米勒太太，这里有谁曾跟她联系过吗？你从电话中能不能听出她看了信息呢？”

“我早就告诉过你了。”她说，声音异乎寻常地平静，“我跟你说过的，她就这样，可你不听。”

“我觉得我们……”

她举手打断了山姆的话：“这不是第一次了，真的不是。此前她也消失过很多天，我们还以为她乖乖待在寄宿学校呢。我当然是怪学校的。他们应该随时知道她在哪里，结果他们在她离开四十八小时后才给我们打电话，我们只好报了警。很明显，她的一个舍友帮她撒了谎，校方却连自己的学生都对不上号。我们交了那么贵的学费。弗朗西斯起诉了他们。当时他是在开年度董事会的时候被叫出去处理这事的，真是难堪。”

楼上发出一阵响动骚乱，有人哭了。塔尼亚走到厨房门口。“蕾娜！把他们带到公园去，我求求你！”她回到厨房，“你也知道，她喝酒嗑药，还偷了我 Mappin & Webb[1] 的钻石耳环。她不承认，但就是她偷的，好几千英镑啊，不知道她都拿去干什么了。她还拿了个数码相机。”

我想起自己丢失的首饰，心里某个地方很不舒服地缩紧了一下。

“所以，这没什么稀奇的，我早就告诉过你了。现在，麻烦你，我得去照看那两个小孩了，他们今天不太好。”

“但是你会报警的，对吧？她才十六岁，失踪已经快十天了。”

“他们不会感兴趣的，又不是不认识她。”塔尼亚伸出一根细长的手指，“旷课，被两所学校开除；身上发现甲类毒品，被通报警告；被控犯有酗酒和妨害治安罪；在商店偷东西。那句话怎么说来着？我女儿有‘前科’。坦白说，就算出警找到她，把她带回来，下次她想离开的时候还不是拍拍屁股就走了？”

我的心一下子绷紧了，几乎让我窒息。她会去哪儿呢？那个在

1. 英国著名奢侈首饰品牌，很受王室和上流社会的青睐。

我门外转悠的小伙子有没有可能牵扯进来？那些晚上和莉莉在一起的酒吧朋友呢？我怎么就没想到关心一下莉莉呢？

“不管怎么说，我们还是报警吧。她年纪那么小。”

“不，我不想让警察知道。现在弗朗西斯工作上的处境很微妙，必须尽力保住董事会的职位。要是他们知道他和警方有什么牵扯，就完了。”

山姆的下巴一下子收紧了。他稍作沉思，开口道：“霍顿－米勒太太，你的女儿很可能有危险。我真的觉得应该让别人来帮忙。”

“就算你报了警，我也只会把刚才的话对他们再讲一遍。”

“霍顿－米勒太太……”

“你才见过她几次，菲尔丁先生？”她靠在炉灶上，“你比我还了解她，是吗？你熬过很多个夜晚等她回家，是吗？你为她失眠过？你为了她的行为和老师、警察辩解过？为她偷的东西向售货员道歉过？把她刷爆的信用卡账单都还清了？”

“有些行为特别混乱的孩子，处境恰恰是最危险的。”

“我女儿在操纵人心上可是天才。她肯定跟哪个朋友待在一起。我向你保证，一两天内莉莉就会回来，肯定是在半夜，喝得醉醺醺地尖叫着，要么去敲露易莎的门，要么要钱。估计到时候你也会觉得，她还是不要出现的好。一旦有人收留她，她就露出一副追悔莫及、伤心不已的样子。不出几天，她就会领一大帮朋友到家里来，可能还会顺手偷点东西，然后再次开始这种吵架、后悔、原谅的循环。”

她把一缕金发夹在脑后，和山姆四目相对。“我以前去看过心理医生，就为了应付女儿给我的生活造成的混乱，菲尔丁先生。光是应付她的弟弟们我已经够难了，他们……他们有行为障碍。心理医生总会告诉你，终有一天，你必须自己学会照顾自己。莉莉已经长大了，可以自行决定了。”

“她还是个孩子。”我说。

“哦，没错，说得对，一个午夜后被你赶出家门的孩子。”塔尼亚·霍顿－米勒瞪着我，一副得理不饶人的样子，“不是任何事情都是非黑即白这么简单，虽然我们总希望如此。”

“你一点都不担心，是吗？”我说。

她还是瞪着我。“说实话，不担心。这种事情我以前遇到过很多次了。”我刚想说话，她又抢在了我前面，“你特别有救世主情结吧，露易莎？嗯，不过我女儿不需要拯救。就算她需要，以你目前的表现，恐怕也救不了她。”

我还没来得及喘口气，山姆便伸出手搂住我。反驳的话已到我嘴边，她却转身离开了。“来，”山姆扶我走到门厅，“我们走吧。”

我们在西区开了几个小时的车，从路边一群群踉踉跄跄、发出嘘声的女孩中间慢慢寻找着。看到露宿街头的人，我们会辨认得更仔细一些。然后我们停了车，在黑暗的桥拱下并肩而行，仔细搜索。我们小心翼翼地徘徊在多家夜总会门前，拿着手机里莉莉的照片询问遇到的每个人。我们去她带我跳舞的那个酒吧，去山姆口中那几家名声很烂、随便卖酒给未成年人的酒吧。我们路过一座座公交车站与连锁快餐厅。

走得越远，我越觉得想要在伦敦市中心这拥挤的街道和熙攘的人群中找到莉莉，是件非常荒唐的事情。她可能在任何地方，她如此行踪不定。我又给她发了两回信息，说我们正在焦急地寻找她。回到我家，山姆分别给几家医院打去电话，以确认莉莉没有住院。

最后，我们坐在我那小小的沙发上，吃了点吐司。他给我沏了杯茶，我们沉默地坐了一会儿。

“我感觉自己是世界上最糟糕的家长，我甚至都算不上真正的家长。”

他向前斜着身子，手肘撑在膝盖上：“这不能怪你。”

“应该怪我。什么样的人会大半夜的把一个十六岁小姑娘赶出门，还不去确定她的去向？”我闭上眼睛，“她以前也玩过失踪，但这并不能说明现在没事啊。说不定她就像那些离家出走的十几岁孩子，没人知道他们去了哪里，最后是宠物狗把尸体从树林里挖了出来。”

“露易莎。”

“我应该更坚强，更懂她的。我应该多想一下的，她毕竟还那么年轻。说不定现在……哦，天哪，要是真出了什么事，我永远都无法原谅自己。现在外面某个遛狗的无辜的陌生人，根本不知道他的生活也要被毁了……”

“露易莎，”山姆把手放在我腿上，“别说了，你钻进牛角尖出不来了。不管塔尼亚·霍顿－米勒有多烦人，她很可能是对的。可能再过三个小时，莉莉就会给你打电话的，然后我们觉得被耍了。等我们忘了这事儿之后，过段时间又来个循环。”

“但她为什么不接电话，不回信息？她肯定知道我很担心啊。”

“可能她就是因为这个才不理你的，”他语带讽刺，朝我看了一眼，“她说不定很享受小小地折腾你一下呢。听我说，今晚咱们能做的事情有限。我也必须得走了，明天还要上早班。”他把碗盘整理好，放进水槽，身体倚在橱柜上。

“不好意思，”我说，“刚开始谈恋爱就遇到这种事情。”

他点了点头：“所以我们是在恋爱了？”

我感觉自己脸都红了。“那个，我不是说……”

“我开玩笑的。”他伸手把我拉到身边，“我很高兴，你这么努力地说服我，不是因为欲望而接近我。”

他身上的味道很好闻，就算带着轻微的麻药味。他亲了亲我的额头：“我们会找到她的。”

山姆走后，我又爬上了楼顶。我坐在黑暗中，呼吸着莉莉种在水箱边的茉莉花的香气，轻抚陶土罐中盛开的紫色秋海棠。我的目光越过矮墙，望着远方灯光摇曳的街道，双腿不再颤抖。我又给莉莉发了条信息，然后做好上床睡觉的准备。静悄悄的公寓里，我再次感觉空间在慢慢缩小，像要将我吞没。

我最后一次查看手机，检查邮件，以防万一。还是没有任何关于莉莉的消息。但内森发来一封新邮件：

祝贺啊！老高普尼克今天上午跟我说，这份工作是你的了！纽约见，姐们儿！

19
莉莉

皮特又在等她了。她往窗外看去，发现他斜倚车身，站在那儿。他与她目光相遇，连说带比画：“你欠我的。”

莉莉打开窗户，瞥了一眼马路对面，萨米尔正在往外摆一筐新鲜的橙子。“走开，皮特。”

“你知道会有什么后果……”

“我给你的够多了。走开，好吗？”

“这么做可不太好啊，莉莉。”他一边的眉毛高高挑起。他把停留的时间拿捏得刚刚好，既不会太长，又足以让她感觉不适。露再过半小时就回来了。他在这儿转悠了这么长时间，莉莉肯定他早就发现了这点。他终于上了自己的车，看都不看就开到主路上。扬长而去前，他将电话伸出车窗，好像要强调刚才那条信息：“这么做可不太好啊，莉莉。”

转瓶子，听上去多么单纯无害的游戏。当时，她和同校的四个女孩获得短暂的离校许可后来到伦敦。她们从“博姿”专卖店偷了口红，在“Topshop”买了超短裙。她们凭着年轻貌美，再加上五人结伴，成功让保镖免费放她们进了夜总会。进去之后，几杯朗姆酒，一点可卡因，她们认识了皮特和他的朋友们。

凌晨两点，她们在马里波恩区某人的公寓里落脚。她记不清究竟怎么去的那里。大家围坐一圈，抽抽东西，喝喝酒。不管别人递给她什么，她都照单全收。音响里放着蕾哈娜的音乐，有人递给她一个蓝色的小袋子，闻起来像除臭剂。妮可一直待在洗手间，狂吐不止，真是个蠢货。时间一分一秒地流逝：两点半，三点十七分，四点……她最终没了概念。接着有人提议玩“真心话大冒险”。

瓶子转了起来，猛地冲进一个烟灰缸，四散的烟头和烟灰弄得地板上一团糟。有人轮到了大冒险，是个她不认识的女孩。女孩说去年放假的时候，她和前男友晚上借着电话亲热了很久，而祖母就睡在她旁边的小床上。听的人发出假意的惊叹。莉莉大笑不止。

“可以啊。”有人说。

皮特一直盯着她看。一开始她有种受宠若惊的感觉：他比在场所有男生都帅了一大截，甚至可以说是个男人了。她努力迎着他的目光。她可不要像别的女孩那么扭捏害羞。

“转！”

瓶子指向了她，她耸耸肩。“大冒险吧，”她说，“我一直选大冒险。”

“莉莉什么都不拒绝的。”杰迈玛说。如今回想起来，莉莉不太记得杰迈玛说这话时，是不是别有深意地看了一眼皮特。

“嗯，大家都知道这意味着什么。”

“真的吗？”

“不能这样做！”皮帕双手捂着脸，她总是这么一惊一乍的。

“那就真心话吧。”

“不要，我不喜欢真心话。”所以呢？她知道这些男孩子肯定不够大胆。她站起来，满不在乎地说，“在哪儿？这儿吗？”

“哦，天哪，莉莉。”

“转瓶子吧。”一个男生说。

她一点也不紧张。头倒是有点晕，但她很喜欢站在那儿，没人打扰。其他女孩子兴奋地拍手尖叫，一群白痴。她们都假得不得了。她们打曲棍球的时候挥起棒子来毫不留情，经常谈论政治，还说要在法律、海洋生物之类的领域开创一番事业，结果，一遇到男生，就咯咯傻笑着，随时随地撩头发、补口红，好像把自身有趣的那部分自动切除了似的。

“皮特……”

“哦，天哪。皮特，哥们儿，是你哦。”

男孩们发出刺耳的嘘声，掩盖着明显的失望，不过大概也有自己没被选上的轻松。皮特站了起来，那双细细的猫眼与她的四目相对。他和别人不一样，口音听上去来自一个更有男子汉气概的地方。

“在这儿吗？”

她耸耸肩。“我不介意。”

“隔壁吧。”他指了指卧室。

她干脆利落地跨过女生们的腿，走到隔壁房间。有个女孩紧紧抓住她的脚踝，告诉她不要冲动。她甩掉那个女孩的手，尽量大摇大摆地进了屋，感觉每个人都在死死盯着她的背影。大冒险，她一直选大冒险的。

皮特关上身后的门。她环顾四周，床铺凌乱不堪，羽绒被套上丑陋的图案令人作呕，五米开外就能看出久未清洗。空气中弥漫着一股淡淡的霉味，角落里堆放着脏衣服，床边的烟灰缸挤满了烟头。整间屋子安静下来，外面的喧闹声也暂时消失了。

她抬起下巴，把头发捋到耳后。“你真的想做？”她说。

他笑了，那种缓缓的、嘲讽的笑。“我就知道你不敢。”

“谁说我不敢了？”

她不是不敢，是不想。他在她眼里已经不帅了，双眼放出寒光，嘴唇也令人很不舒服地扭曲着。他把手放在裤子拉链上。

他们相对站了一小会儿。

“如果你不想的话，也没关系。我们出去，说你不敢就好了。”

“我没说过不做。”

“那你到底怎么说？”

她没法思考，后脑勺响起一阵低低的嗡嗡声。她真希望自己没有走进来。

他很夸张地打了个哈欠。“来呀，莉莉。”

一阵疯狂的敲门声。杰迈玛的声音传来：“莉莉——你不是非要做的。快来，我们回去吧。”

“你不是非要做的，莉莉。”他阴阳怪气地模仿着，充满嘲讽。

她盘算了一下。最糟糕的事情是什么呢？也就两分钟吧，对不对？一生中的两分钟。她才不要做逃兵。她要做给他看，她要做给所有人看。

他一只手上拿着一瓶杰克·丹尼威士忌，悬在空中。她从他手里接过，打开瓶盖，喝了两口。她盯着他的眼睛，然后递回去，伸手去拉他的皮带。

无图无真相。

她耳朵里一片轰鸣，却还是听到对方不满的声音。她头皮很痛，因为他扯着她的头发，扯得很紧。已经晚了，太晚了。

她抬起头，正好听到手机拍照的“咔嚓”声。

一对耳环。五十英镑现金。一百英镑。几周过去了，他还是勒索无度。他给她发信息：

要是我把这张照片发在脸书上，不知道会有什么后果？

看到照片的时候，她差点哭了。他一遍又一遍地发给她：她的脸上，双眼布满血丝，睫毛膏全花了，晕黑一片。露易莎回家的时候，她不得不把手机塞在沙发垫下面。这手机就像有毒的放射性物质，她必须随身携带。

不知道你那些朋友看了会怎么想。

这件事过后那几个女孩子不再理她了。她们知道发生了什么。因为一走出房间，故意等到那时才招摇地整理拉链的皮特就把照片向所有人晃了晃。她必须装出一副满不在乎的样子。女孩子们都盯着她，然后移开目光。她一看到她们的眼睛，就知道她们平时侃侃而谈的和男友之间的事，全都是胡编乱造。她们那些男友从未出现过。这些人真是太假了，满嘴跑火车。

但没人觉得她勇敢，没人欣赏她拒绝临阵脱逃的勇气。她是荡妇莉莉。单是想想就让她一阵反胃。她又喝了一些威士忌，然后告诉所有人，去死吧。

到托特纳姆考特路的麦当劳来见我。

那时她母亲已经把家里的门锁换了。

她没法继续从她钱包里拿钱，自己的银行账号也被封了，取不出钱来。

——我什么也没有了。

——你觉得我很好糊弄吗，小富婆?

莉莉本来希望，母亲没注意到丢了耳环。丑八怪弗朗西斯送她这份礼物的时候，她露出假意的温柔笑容。随后却抱怨道，真不明白为什么给她买心形的钻石，大家都觉得太俗气了。如果是其他形状的坠子，会更衬她的锁骨。

当她把这光彩照人、价值不菲的耳环交给皮特时，皮特就像拿了几个小钱，毫不在意地放进了口袋。

他在吃“巨无霸”汉堡，嘴角上沾了蛋黄酱。看他一眼莉莉都觉得恶心。

“想不想去见见我的哥儿们?”

“不想。”

“想不想喝一杯?”

她摇头:“够了，这是最后一样东西。这对耳环值几千英镑。”

他拉长了脸:“下次我想要现金，现金。我知道你住在哪儿，莉莉，我知道你有现金。”

她觉得自己永远也逃脱不了他的魔爪。他经常在凌晨给她发信息，把她吵醒，不让她睡觉。总是一遍遍发那张照片。他还给照片做了底片。她感觉自己的双眼被灼伤了。她再也没去学校，常常跟陌生人喝得烂醉如泥，虽然自己并不情愿，却一直在酒吧里混。只要可以避免独处，避免面对响个不停的手机。她本来已经去了他找不到的地方，却还是被他发现了。他在露易莎家门外停车，一等就是好几个小时，无声地传递着信息。

有几次，莉莉甚至想告诉露易莎，但是露易莎能做什么呢？她自己基本上也是一团糟。所以莉莉总是话到嘴边却开不了口。接着露易莎开始喋喋不休地说着去见奶奶的事，还好奇她是不是吃了什么东西不舒服。莉莉意识到，她只能靠自己。

有时莉莉辗转难眠，她想象假如父亲在世，会是怎样一番景象。她想象，父亲应该会走到门外，抓住皮特的脖子，警告他永远别再靠近自己的女儿；他会伸出双臂抱住她，告诉她一切都过去了，她安全了。

但他很可能不会这么做。他只是个愤世嫉俗的瘫痪病人，连活下去的欲望都没有。而且他看了那张照片，也会觉得恶心。

她却怪不了他。

终于，她什么也给不了皮特了。他在卡尔纳毕街后面的人行道上朝她大吼大叫，说她一无是处，说她是个婊子，是个愚蠢的小荡妇。他是开车来的，而她喝了两杯双份威士忌，醉醺醺的，因为很怕见到他。他吼她，说她是个骗子。她哭了起来。“露易莎把我赶了出来，妈妈也把我赶了出来，我什么都没有了。”

人们匆匆而过，不时投来疑惑的眼神，却没人停下，也没人说什么。因为在周五晚上的伦敦苏豪区，一个男人朝一个醉醺醺的女孩吼叫，没什么可大惊小怪的。皮特骂骂咧咧的，忽然转过身，似乎想要离开。但她知道他不会走。接着，一辆黑色豪车停在路中间，掉了个头，白色车灯刺眼地闪烁着，电动车窗嗡嗡地降了下来。“莉莉？”

过了一会儿她才认出眼前这个人，是继父生意上的朋友盖塞德先生。是他的老板，还是合伙人？记不清了。他看看莉莉，又看看皮特。“你没事吧？”

她瞥了一眼皮特，点点头。

盖塞德先生显然不相信。她看得出来。他把车停在路边，就停在皮特的车前，然后慢慢穿过马路。他穿着一套黑色西服，自带威严，好像什么事都不会使他慌乱。她突然模模糊糊地记起，母亲曾经说过，他有一架直升机。“需要我送你回家吗，莉莉？”

皮特一只手微微举起手机。她明白那是什么意思，于是不由自主地开口说：“他手机上有我不好的照片，还威胁说要发给所有人。他想要钱，我把能给的都给他了。求您帮帮我。”

皮特睁大了眼睛，他没料到还有这一出。但她不在乎了。她筋疲力尽，孤注一掷，她再也不想独自承受这一切。

盖塞德先生上下打量了皮特一番。皮特双肩僵硬了一下，接着又挺直了，好像在考虑要不要往自己的车那边跑。

“真的吗？”盖塞德先生说。

“手机里有女孩的照片，又不犯法。”皮特假笑一声，虚张声势。

“这我知道。可是，用照片来勒索钱财，就是犯法了。”盖塞德先生的声音低沉冷静，好像在路中间讨论别人的裸照是完全合理的。他把手插到衣服内兜里，“所以，你怎样才会放手？”

“什么？”

“你的手机，多少钱可以买你的手机？”

莉莉的呼吸停止了，目光在两个男人身上来回穿梭。皮特难以置信地盯着盖塞德先生。

“我出现金，买你的手机，但前提是那照片只在你手机上有。”

“我才不卖手机呢。”

“那我只好给你个建议，小伙子。我会报警，通过车辆登记信息确认你的身份。我在警方有很多朋友，职位比较高的朋友。”他微微一笑，可是脸上一点笑意都没有。

街对面有群人从一家餐厅鱼贯而出，谈笑风生。皮特看看莉莉，又看看盖塞德先生，然后抬起下巴：“五千英镑。”

盖塞德先生把手伸到衣服的内兜，摇摇头。“我可不这么想。”他拿出钱包，数了一沓钞票，“我觉得这些就够了。听上去你似乎已经心满意足了，麻烦把你的手机给我。”

皮特好像被催眠了一般。他只是稍作犹豫，便把手机递给了盖塞德先生。就是这么简单。盖塞德先生看到里边的 SIM 卡，便将手机塞进内兜，为莉莉打开车门。“我觉得你该离开了，莉莉。”

莉莉上了车，像个听话的小孩。车门“哐”的一声从她的背后关上，车开了，顺畅地穿行在狭窄的街道上。她从后视镜里看到皮特目瞪口呆地站在原地。他似乎也无法相信刚才发生的一切。

“你还好吗？”盖塞德先生没有看她。

“这就……就完了？”

他往一侧看了看，又把目光集中到眼前的路上：“我觉得是。”

她无法相信。她无法相信数星期以来悬而未决的事情就这样得到了解决。她转身看着他，突然焦虑起来：“请别告诉我妈妈和弗朗西斯。”

他微微皱了皱眉头：“如果你不想的话，我就不说。”

她默默长出了一口气。“谢谢您。”她低声说。

他拍拍她的膝盖。“真是个浑蛋。你交朋友要小心啊，莉莉。”她还没意识到他的手放在了自己腿上，那只手就已经挪回自动变速杆上去了。

她说自己没地方可去。他眼睛眨都没眨一下，就开车载她去了贝斯沃特一家酒店，对前台轻声交代了几句之后，递给她一把房间钥匙。她松了一口气，他没带她回家真是太好了，她不想向任何人解释。

“等你明天清醒了，我再来接你。”他说着，把钱包塞进外套口袋。

她拖着沉重的步子走到311房间，穿着衣服倒头便睡，一连睡了整整十四个小时。

他打来电话，说和她一起吃早餐。她冲了个澡，从帆布背包里拿出一些衣服熨烫平整，尽量让自己的样子看上去体面些。她不太擅长熨衣服，在家里这些事都是蕾娜做的。下楼到餐厅的时候，他已经坐在那儿了，读着报纸，面前的咖啡喝了一半。

他看上去比她印象中要老，有点谢顶，脖子上的皮肤有松垮的迹象。她上次见他，还是在某次公司活动上，弗朗西斯喝得有点多，每到四下无人的时候，母亲就朝他发出不满的“嘶嘶”声。盖塞德看到了这一幕，朝莉莉挑挑眉，好像在说：“哎，父母就是这样的，哈？”

她在他对面的椅子上坐下。他放下报纸：“啊哈，今天感觉怎么样？”

她有点难为情，好像昨天晚上自己太小题大做了，好像根本没必要闹得那么大。“好多了，谢谢您。”

“你睡得好吗？”

“非常好，谢谢您。”

他透过镜片打量了她一会儿：“太正式了吧。”

她笑了，除此之外她也不知道该怎么做。与继父的同事待在一起实在是太奇怪了。她喝了一口服务员端来的咖啡，看着那边的早餐自助台，不确定自己是不是需要付钱。他好像看出了她的不自在。“吃点东西，别担心，钱已经付过了。”他又埋头看起了报纸。

她不知道他会不会告知母亲和弗朗西斯，也不知道他怎么处理皮特的手机。她希望他已经在泰晤士河岸放慢那辆黑色豪车的车速，摇下车窗，把手机抛进了滔滔的河水中。她再也不想看到那张照片了。她站起来，从早餐自助台拿了个羊角面包和一些水果。肚子好饿。

她吃着东西，他看着报纸。她不知道外面的人看到这一幕会怎么想，可能觉得就是一对普通的父女吧。她有点好奇，盖塞德先生有孩子吗？

“您不用去上班吗？”

他笑了。服务员又端来一杯咖啡。“我跟他们说今天有个很重要的会面。”他把报纸叠整齐，放下来。

她有些别扭地在座位上挪了挪身子：“我得找份工作。”

“工作，”他往后靠了靠，“嗯，什么样的工作？”

“我也不知道。我考试成绩不是很好。”

“那你父母是怎么想的？”

“他们……我……他们对我不是很满意。我一直住在朋友那儿。”

“你不能回朋友那儿吗？”

“现在不行。我朋友对我也不是很满意。”

“哦，莉莉。”他叹了口气，看着窗外，考虑了一下，然后瞥了一眼腕上价值不菲的手表。他又想了片刻，然后打电话到办公室，告诉那边的人，他这边还在继续，可能要晚一点。

她等着听他接下来会说什么。

“你吃完了吗？”他把报纸放进公文包，站起身，“我们去列个计划吧。”

她没想到他会到房间里来，眼前的场景让人有点难堪：湿漉漉的毛巾随意丢在地上，电视上播放着糟糕的日间节目。她把一团东西扔到浴室，剩下的胡乱塞进背包里。他假装没看到，只是看着窗外，等她在座位上坐定，才转过身，好像刚进房间的样子。

“这家酒店还不错，”他说，“以前我不想开车去温彻斯特的时候，常来这儿住。”

“您住在那儿吗？”

“我老婆住在那儿，是的。我的孩子们早就长大成人了。”他把公文包放在地上，坐在床边。她站起来，从床头柜上取了酒店提供的免费记事本，做好记笔记的准备。手机响了一声，她低头一看，有条信息：莉莉，给我打个电话。

是露易莎。

她把手机塞进后裤兜，坐下来，笔记本放在膝头。

“所以您怎么想？”

“你现在的处境很麻烦，莉莉。坦白说，找工作的话，你还有点太小，我不太确定有谁会要你。”

“但是我挺能干的。我工作很努力，而且我会园艺。”

“园艺！嗯，也许你可以做园艺工作，但是挣的钱够不够你生活又是另一回事了。有没有人可以为你做推荐？放假的时候做过什么工作？”

“没有，都是父母给零花钱。”

“嗯，”他的手指在膝盖上敲击着，“你和你父亲关系不太好，是不是？”

“弗朗西斯不是我爸爸。”

“嗯，这个我知道。我知道你几星期前就离开家了，听着挺让人伤心的，非常伤心。你一定觉得特别孤独。”

她觉得喉头哽咽。他伸手进衣兜，她还以为他要找手帕，但他拿出来的却是一部手机，皮特的手机。他按了一下手机，一次，两次，她看到了自己的照片。她快要窒息了。

他点击照片，将其放大。她脸颊通红。他盯着照片看，短短的几分钟却漫长得像过了好多年。“你还真是个坏女孩呢，是不是？”

莉莉手指攥拳，放在床罩上。她抬头看看盖塞德先生，双颊滚烫。他的眼睛一直盯着照片。

“非常非常坏的女孩，”他终于抬头看着她，目光平静，声音轻柔，“我觉得咱们首先要做的，是看看你怎么回报我。我付钱买了这个手机，还让你住酒店。”

“但是，”她开口道，“你没说过……”

“哦，莉莉，得了吧。你这么古灵精怪的人还搞不明白？没有白吃的早餐啊。”他低头看看照片，“你肯定早就明白了吧……”

刚才吃的早饭一下子涌上莉莉的喉头。

“你看，我帮了你那么大的忙。你还没法自力更生，在找到工作之前，你可以一直住在这儿。不需要给我太多回报。‘Quid pro quo’[1]——这话你知道吧？你们学校有拉丁语课，对吧？”

她突然站起来，伸手去拿背包。他的手迅速伸出来，一只手拉住她的胳膊，空着的那只手慢慢把手机放回口袋。“这事咱们别着急嘛，莉莉。咱们可不想把这照片给你父母看，对吧？天知道他们看了你做的事会怎么想。”

她说不出话来。

1. 拉丁语，意为“一物换一物”。

他拍拍身边的床罩："我会仔细想想你接下来该做什么。现在嘛，我们不如……"

莉莉甩掉他的手，使劲打开房门。她飞奔出去，脚步把地板踩得咚咚响。她迅速跑过酒店走廊，背包在身后，像要飞起来。

深夜，伦敦街头依然喧闹繁忙。小汽车和夜班巴士不耐烦地在主路上彼此挨挨挤挤，小型出租车在车流中灵活穿梭，西装革履的男士们有的着急往家赶，有的依然坐在高耸入云的写字楼格子间，而清洁工正在默默清扫周围每一个角落。

她低头走着，将帆布背包挎在肩上。在夜间营业的汉堡餐厅吃饭时，她紧紧拉上兜帽，假装看免费报纸，否则总有人坐下来搭讪。"哎哟，亲爱的，我就是想交个朋友而已嘛。"

她脑中一直在回想早上发生的事。她都干了些什么啊？她向那个老男人传递了什么信息？她身上是不是有什么气质，让每个人都觉得她是个婊子？他说的那些话，让她欲哭无泪。她感觉自己正慢慢缩进兜帽里，对他满怀恨意。她讨厌自己。

她拿学生卡坐地铁，一直坐下去，直到车厢里充斥着酒精的热气。还不如去地面上安全些。余下的时间，她就一直走，走过皮卡迪利大街繁华的霓虹，走过尘土飞扬的马里波恩路，走在卡姆登那些聒噪的深夜酒吧之间。她就这么走着，假装自己有家可回，直到人行道无情地弄疼了双脚，才会停下来。

疲乏至极时，她只得求助于别人。她在朋友妮娜那儿待了一夜，但妮娜问了太多问题。莉莉躺在浴缸里洗去头发中的污垢时，听到楼下传来妮娜与父母聊天的声音，感觉自己是世上最孤独的人。第二天吃完早饭她就离开了，没有接受妮娜母亲欢迎她再住一晚的好意。说这话的时候，这位母亲关切地看着莉莉，目光里写满温柔。

此前在酒吧喝酒认识了一个女孩，莉莉在她沙发上睡了两晚。但公寓里还住着另外三个男人，她完全没法放心入睡，只好和衣而坐，双臂抱膝，将电视调到静音，一直看到天亮。她在“救世军”客栈住了一晚，听到隔壁房间两个女孩在激烈争吵，她警惕地把背包放在胸前的毛毯下。他们说她可以冲个澡，但她不想就这么把包留在柜子里。她喝了点免费的汤，便离开了。

大多数时间她都在漫无目的地走路，把所剩无几的钱拿去买廉价的咖啡和麦当劳的汉堡。她越来越累，越来越饿，头脑很难快速做出反应。一些店门口的男人朝她说着恶心的话；咖啡店里的服务员跟她说，这杯茶喝得太久了，“小姑娘，该走了”。

她一直在想此时此刻母亲和弗朗西斯在说什么；给他们看照片时，盖塞德先生又会说些什么。她眼前浮现出母亲一脸错愕的表情，弗朗西斯慢慢摇着头，似乎对莉莉做出这种事情毫不吃惊。

她真是蠢到家了。

她应该把手机偷了。

她应该把手机踩烂。

她应该把他给踩烂。

她不该跑到那个该死的公寓，做出该死的蠢事，把自己该死的生活搞得一团糟。通常一想到这儿，她就会开始哭泣，把兜帽拉得更紧，接着……

20
搜城

“她怎么了？”

我从特雷纳太太的沉默中觉察到了她的大惊失色，或许其中还掺杂着某些别的情绪：莉莉是她在世上的最后一丝血脉，我竟没能保护好她的安全（也许是我多心了）。

“你打电话找她了吗？”

“她不接。”

“她也没跟父母联系吗？”

我闭上双眼。我一直担心会出现这种对话。

“显然她以前也玩过失踪。霍顿－米勒太太坚持认为莉莉会随时出现。”

特雷纳太太花了好一会儿来消化我的话。“但是你不这么想。”

“是有哪里不对，特雷纳太太。我知道我不是当妈的人，但我真的……”我把后面的话咽了回去，“不管怎么说，我总得做点事情，不可能不管不问，所以我会继续到街上去找她。我就是想告诉您现在是怎么回事。”

特雷纳太太沉默了一会儿，然后开了口，声音谨慎中带着异常的坚定：“露易莎，你出去之前，不介意把霍顿－米勒太太的电话号码给我一个吧？”

我请了病假。理查德·帕西瓦尔冷冷回了一句“知道了”。有那么一瞬间我注意到，比起之前请假时他强烈的抗议，这句看似漫不经心的回应或许是更为不祥的预兆。

我找来莉莉脸书上一张头像，打印了很多张，那是她为我们两个拍的自拍。整个上午，我都在伦敦中心区开着车到处转悠，不时在路边停下，任凭车上的危险警示灯不停闪着，然后钻进一家家酒吧、快餐店与夜总会。在昏暗沉闷的空气中打扫的清洁工们都拿疑惑不解的目光看着我。

——您见过这个女孩吗？

——谁知道啊？

——您见过这个女孩吗？

——你是警察吗？我可不想惹麻烦。

有些人显然觉得逗逗我很好笑。

——哦，那个女孩子啊！棕色头发？对，她叫什么来着？……不，没见过。

好像没人见过她。我去的地方越远，找的地方越多，就越觉得绝望。伦敦难道不是世界上最容易玩失踪的地方吗？在这么个繁华的大都市，大概有一百万个门厅可以溜进去，混入一眼望不到头的人群中。我抬头望着一座座塔楼，心想她现在会不会穿着睡衣，躺在某人的沙发上。莉莉很容易就能交到朋友，而且从不怕麻烦别人。

她跟谁在一起都有可能。

然而……

我也不太确定是什么驱动着我继续寻找，也许是因为对塔尼亚·霍顿－米勒这个母亲睁只眼闭只眼的态度怀着异常的愤怒；也许是因为愧疚，我批评塔尼亚没尽到职责，我自己也没有尽到；也许只是因为我非常了解，一个小女孩能脆弱到什么程度……

不过，最大的原因还是威尔。我走路，开车，询问，然后继续走……同时在心里不停地与他对话。我的臀部又疼起来了。我在车里休息了一会儿，啃了点不太新鲜的三明治和难吃的巧克力，咽下几片止痛药，然后继续寻找。

她会去哪儿，威尔？

你会怎么做？

还有，我要再说一次对不起，又让你失望了。

有消息吗？我给山姆发信息。一边在脑中和威尔对话，一边与山姆聊天，这感觉如此奇怪，像是背叛了谁。

——没有。我给伦敦所有医院的急救室都打了电话。你呢？

——有点累。

——臀部又痛了？

——吃了点布洛芬，包治百病。

——我轮班完了去找你吧？

——我可能得一直找她。

——哪儿也别去，我就不去。

——哈哈哈，别讲冷笑话。

“你去医院找过吗？”特丽娜从大学打来电话，她只有十五分钟的休息时间。上一堂讲座名为“英国税务海关总署：征税新面貌”，下一堂是“欧洲大环境下的增值税”。

“山姆说，所有的大学附属医院都没有接收名叫莉莉的病人。他发动了所有人，一起找她。”我一边说，一边不停朝身后看去，似乎期待着莉莉下一秒会从人群中走向我。

“你找了多久了？”

“好几天了，”我没告诉她我几乎没怎么睡，“我——呃，请假了。”

“我就知道！我就知道她会找麻烦。你老板介意你请假吗？对了，那份工作，纽约那份工作怎么样了？你面试了吗？可别告诉我你忘了。”

我过了好一会儿才反应过来她在说什么。

“哦，那个啊。嗯——我拿下了。”

“你什么？”

“内森说那份工作归我了。”

威斯敏斯特游人如织，他们在琳琅满目的小摊前徘徊，对米字旗图案的织物爱不释手；他们不时举起手机和昂贵的相机，似乎准备随时捕捉议会大厦那恢宏的影像。我看见一位交通管理员向我走来，心想是否有什么反恐立法，禁止我在此停车。我举起一只手，示意他自己会马上离开。

电话那头出现了一阵短暂的沉默。

“等等，你的意思是……”

“现在我根本没空去考虑这件事，娜娜。莉莉失踪了，我要把她找回来。”

“露易莎，你花点时间听我说。你必须接受这份工作。”

“什么？”

“这样的机会一辈子就一次。换作是我，有机会去纽约……有份实实在在的工作等着我，还包住，你居然说‘根本没空去考虑’？”

“没那么简单。”

交通管理员绝对是在向我这边走来。

“哦，天哪。好，那就直说吧，我早就想跟你说了。每次一有机会往前走，向前看，你就会亲手毁了自己的未来，就好像——好像你其实根本不想往前走。”

“莉莉失踪了，娜娜。”

“一个你根本就不了解的十六岁女孩，有父母，还至少有两对祖父母。和以前一样玩了几天失踪罢了，十几岁的孩子都爱玩这套把戏。就因为这个，你就要放弃自己遇到的最佳时机？我的天哪。你其实根本不想去，是不是？”

“你这话是什么意思？”

“做着现在这份烂工作，然后只是抱怨一下，对你来说容易多了吧？坐在原地，不去冒险，觉得任何遭遇都是不可抗力造成的，对你来说容易多了吧？”

“现在这种情况，我不能拍拍屁股就走人啊。”

“你的生活要自己掌控，露。但看你的表现，似乎一直在被不能掌控的事情左右着。到底怎么回事？愧疚吗？你是不是觉得欠威尔什么？你在用什么方式忏悔吗？因为你没能救得了他，所以也要放弃自己的生活？”

“你不明白。”

“不，我很明白，比你自己都要明白你。他的女儿不应该由你来负责，你听到了吗？这一切都不是你的责任。这个去纽约的机会，我根本说都不想说，因为简直嫉妒死你了。你要是不去的话，我以后再也不跟你说话了，永远不。”

交通管理员已经走到了车窗外。我摇下车窗，露出那种你妹妹在电话那头说个不停，你很抱歉但就是不能挂断电话的无辜表情。他敲了敲手表，我很笃定地点点头。

“我没什么好说的，露，你自己好好想想。莉莉并不是你的女儿。”

我死死盯着手机，对交通管理员说了句“谢谢”，然后摇上车窗。一句话突然跃进我的脑海：我不是他女儿。

我停在街角一座加油站旁，从脚下翻找一通，拿出一册很旧的地图黄页，一边努力回想莉莉口中那条街道的名称。派摩尔，派克拉斯特，还是派克罗夫特？我用手指丈量了一下到圣约翰伍德的距离，走路十五分钟？肯定是同一个地方。

我拿起手机，搜索着街道名称和那个姓氏。找到了，第五十六号。我的内脏兴奋地纠缠在一起，油门一踩，便上了路。

虽然相距不到两公里，莉莉家的房屋与莉莉前继父家却有着天壤之别。霍顿－米勒家所在的街道两旁，齐整地坐落着精致考究的白墙红砖住宅，红豆杉与似乎永远一尘不染的豪车不时点缀其间。而马丁·斯蒂尔家所在的街道看上去是那么杂乱无章，如同“化外之地”，到处蜷缩着毫无生气的两层建筑。这里近几年房价飞涨，但是从外部看去很难发现这一点。

我放慢车速，经过盖着帆布的汽车和打翻了的滚轮垃圾箱，终于找到一个停车位。旁边是一栋维多利亚式带阳台的小房子，这在伦敦很常见。我看着这房子，发现前门上的油漆有些脱落，门阶上放着小孩子用的喷水壶。

求你了老天，她一定要在这儿啊。

我默默祈祷，一定要安安全全待在这房子里面啊。

我锁好车，走上门阶。

屋里传来时断时续的钢琴声，重复着同一段旋律，声响含混不清。我犹豫片刻，按了门铃。琴声戛然而止，有人来开门了。

走廊上响起了一阵脚步声，紧接着门开了。门口出现了一个四十岁上下的男人，穿一件伐木工人风格的 T 恤配牛仔裤，脸上还残留着前一天的胡楂。

“你好？”

“我想知道……请问莉莉在吗？”

“莉莉？”

我笑了，伸出手：“您是马丁·斯蒂尔，对吧？”

他打量了我一下：“可能是。你是谁？”

“我是莉莉的朋友，我在试着联系她。我想她可能在这儿，或者您可能知道她的下落。”

他皱皱眉头：“莉莉？莉莉·米勒？”

“嗯，是的。”

他拿手揉搓着下巴，瞥了一眼身后的门厅。“麻烦你在这儿等一下，好吗？”他走到走廊那头，对钢琴旁的人讲了些什么。接着他回来了，钢琴那边的人开始弹奏音阶，声音起初带着犹豫，接着变得有力起来。

马丁·斯蒂尔将门半掩。他低头想了一会儿，好像要弄清楚我到底在问他什么。“不好意思，我有点不明白。你是莉莉·米勒的朋友？你到这里来是要干什么？”

“因为莉莉曾说她来找过您。您是——曾经是——她的继父？”

“严格来说不是，但还是算吧，很久以前了。”

“还有您是乐手？您以前总送她去幼儿园？但是你们还在联系吧？她跟我说你们俩还是很亲密，不顾她母亲有多反对。”

马丁眯缝着双眼看着我：“你叫……”

“克拉克，露易莎·克拉克。”

“克拉克小姐，露易莎，从莉莉·米勒五岁起，我就没有见过她了。塔尼亚跟我分手的时候，觉得切断一切联系对谁都好。”

我盯着他：“所以你的意思是，她压根没来过这儿？”

他想了想：“她来过一次，几年前，但当时时机不太好。我们刚有了孩子，我在教他。说实话，当时我真不知道她想要我做什么。”

“所以从那时起你就没见过她，没和她说过话了？”

“只有那一次，很短的见面，其他就没有了。她还好吧？是不是惹了什么麻烦？”

屋里的人还在继续弹奏钢琴。哆来咪发梭拉西哆，哆西拉梭发咪来哆。逐渐升高，逐渐降低。

我挥挥手，倒退着走下门阶：“没事，没事，是我搞错了。不好意思打扰您了。”

又一个夜晚，我开车满伦敦寻找，不接特丽娜的电话，也不查看理查德·帕西瓦尔发来的邮件，就算他在上面标注了“紧急”和“私人”。我一直开下去，直到眼睛因为长时间盯着灯光而变得红肿。我忽然意识到，很多地方我都走过了，而且我已经没钱加油了。

午夜过后，我开车回家，向自己保证要收好银行卡，喝杯茶，让眼睛休息半小时，然后再次上路。我脱掉鞋子，烤了点吐司，却吃不下。咽了两片止痛药后，我躺在沙发上，大脑飞速盘算着：还有什么是我没想到的吗？肯定有什么线索。我觉得大脑疲惫至极，乱作一团。我的胃始终焦虑地纠结着。还有哪些街道是我没去过的？她有没有可能去了伦敦以外的地方？

别无选择了，我告诉自己，必须报警。就算警察觉得我愚蠢，小题大做，也好过她孤身遇险。万一真的出事了呢？我躺在沙发上，闭上双眼，提醒自己只歇五分钟。

三小时以后，我被一阵急促的电话声惊醒，立即鲤鱼打挺般坐了起来，一时间晕头转向，不知身在何方。接着我看到了身边闪着光的手机屏幕，忙把它拿到耳边。

“你好？”

“我们找到她了。”

“什么？”

“我是山姆，我们找到莉莉了。你能来一趟吗？”

夜晚，整个伦敦陷入疯狂。英格兰队刚刚输掉了一场球赛，心情不佳或因借酒浇愁而受伤的人比比皆是。没人注意到两把椅子外的角落里那个睡着的瘦弱身影，她的兜帽遮住了脸。直到验伤的护士到现场挨个检查，才有人摇醒这女孩。她不情愿地承认，待在那里，只是因为那里暖和、干燥，又安全。

护士盘问她时，山姆正带着一个有呼吸问题的老太太进来，一眼便看见了她。他悄悄嘱咐值班护士不要放她走，然后趁莉莉没看见自己，匆忙跑出去给我打电话。在快步冲进急诊室的路上，他向我解释了上述的来龙去脉。

候诊区的人总算少了些，发烧的孩子舒适地和父母待在隔间，酒鬼都被送回了家，只留下中毒者和被利器刺伤的伤员。夜已深。

“她们给她弄了点茶。她看上去憔悴不堪。能这么安心坐着，我觉得她应该挺高兴的。”

我看起来肯定异常焦虑，因为他又补充了一句：“没事的，她们不会让她走。”

我在走廊上连走带跑，山姆大步流星与我并肩前行。我看见她了。她似乎比原来瘦小了些，头发编成乱糟糟的辫子，纤细的双手捧着一个塑料杯。一位护士坐在莉莉身边，正处理一堆文件。等看见山姆，护士脸上露出温暖的微笑，起身要走。我发现，莉莉的指甲里全是黑乎乎的泥土。

“莉莉？”一对失神的黑眼睛抬头看向我，似乎蒙上了一层阴影，“发生了什么事？”

她看看我，又看看山姆，大大的眼睛里流露些许恐惧。

“我们把全伦敦都找遍了，我们……我的天哪，莉莉，你去哪儿了？”

“对不起。”她小声说着。

我摇摇头，想告诉她没关系。现在一切都没关系，唯一重要的是她安全待在我身边。

我张开双臂。她看着我的眼睛，往前迈了一步，轻柔地靠着我。我用双手紧紧抱住她，发现她在默默抽泣，声音中带着颤抖。我也抽泣起来。我能做的，就是感谢冥冥中看不见的上帝，并在心中默默倾诉：

威尔，威尔——我们找到她了。

21
回击

莉莉归来后的第一晚，我让她睡在了我的床上。她睡了整整十八个小时，直到第二天傍晚才醒来。喝点汤，洗个澡，她倒头又睡了八小时。我睡在沙发上，紧锁家门，甚至不敢出门，怕莉莉又消失不见。山姆来过两次，上班前和下班后，带来了一些牛奶，看了看莉莉的状况。我们在客厅里轻言细语，好像在讨论某个病人。

我给塔尼亚·霍顿－米勒打去电话，告诉她她的女儿找到了，安然无恙。“我早就跟你这么说过了，你不听。”她扬扬得意地说。我马上挂断电话，不给她多说的机会，也不让自己多说什么。

我给特雷纳太太打了电话。她颤抖着，长长地舒了一口气，有好一会儿什么话也没说。最终，她开了口：“谢谢你。”这话听起来真诚而由衷，“我什么时候能去看看她呢？”

我终于打开了理查德·帕西瓦尔发来的邮件，里面通知我“已经按照章程给了你三次必要警告，由于你出勤记录糟糕，没能履行合同的要求，你在三叶草酒吧（机场店）的工作终止，立即生效”。他叫我尽早归还制服（包括假发），否则会按全价索赔。

我又点开内森发来的一封邮件，他在质问我：“你去哪儿了？看见我上一封邮件了吗？”

我想了想高普尼克先生给的这份工作，叹了口气，合上电脑。

第三天，我从沙发上醒来，发现莉莉不见了踪影。

我的心猛地沉了一下，忽然发现门厅窗户大开着。顺着防火楼梯爬到楼顶，我看见她好整以暇地坐在长凳上，俯瞰着整个城市。她穿着我为她清洗干净的睡裤，上身套了一件威尔的宽大运动衫。

“嗨。”我朝她走过去。

“冰箱里有东西可吃了。”她倒是观察得挺仔细。

“是救护车山姆拿来的。”

“你还浇了水。”

“基本上也是他的功劳。”

她点点头，似乎这些早在意料之中。我也在长凳上坐下。两个人在友好的气氛中沉默了一小会儿，呼吸着薰衣草的芳香，看那紫色花头从裹得紧紧的绿色花蕾中用力绽放。这小小的屋顶花园，如今已满目繁花。五彩缤纷的花朵与沙沙低语的绿叶，为灰扑扑的沥青楼顶增添了无限的色彩与活力。

“霸占了你的床，不好意思。”

“你比我更需要它。”

“你把所有衣服都挂出来了。”她规规矩矩地蜷着腿，把头发捋到耳后，脸色仍然苍白，“好看的那些。”

“嗯，我想这多亏了你。我觉得不应该把它们藏在箱子里。”

她微微侧头看了我一眼，露出一个轻柔、忧伤的微笑。不知怎的，我感觉这比不笑还要让我难过。空气中酝酿着无形的热浪，街上传来的声响似乎被太阳的灼热压得闷闷的。那股热浪仿佛开始顺着窗户缝隙钻进屋内，准备炙烤全世界。楼下一辆垃圾车吭哧吭哧地驶过，缓缓地沿途一路轰鸣，不时发出哔哔的喇叭声。同样扰乱听觉的还有人声的喧闹。

“莉莉，”等垃圾车终于走远，我柔声细语地说，“发生什么事了？”我努力让自己听起来不像在审讯，“我知道我不应该问你太多问题，我跟你没有血缘关系，不算很重要的人。但我知道出事了，我感觉……我感觉我……呃，我们在一定程度上算亲人了。我只是想让你相信我，希望你能把我当作倾诉的对象。”

她一直低头盯着自己的手。

“我不会对你有什么看法的，也不会把你说的任何话告诉任何人。我只是……嗯，你知道，把真相说出来，会有所帮助的。我保证，会好起来的。”

“谁说的？”

“我说的，你什么话都可以跟我讲，真的。”

她瞥了我一眼，又移开目光。“你不会明白的。”她轻声说。

接着，我忽然知道该怎么做了。我知道了。

楼下变得异常安静起来，或者说我已经听不到别的声音了。我的眼中只有与我近在咫尺的莉莉。“我要给你讲个故事。”我说，“这世上只有一个人知道这个故事，我多年来都不愿跟别人分享，结果，在对他讲了这个故事之后，我对这个故事和对自己的态度发生了彻底的转变。所以，听好了，你什么都不用说，但我会给予你完全的信任，向你讲述我的故事，希望能对你有所帮助。”

我等了一会儿。莉莉没有提出异议，没有翻白眼，也没有说“觉得无聊”之类的话。她双臂抱膝，做出愿意倾听的姿态。她听我讲起，在一个美妙的夏日傍晚，那个十几岁的女孩在自以为安全的地方，庆祝得过了头。身边那么多自己的闺蜜，那些人还不错的帅气男孩看上去来自良好的家庭，知道分寸。那是个多么愉快的夜晚啊，尽情狂欢，大家开心得几乎发了疯。直到几轮酒过后，她猛然意识到，女孩们几乎都散了，笑声开始变得刺耳，原来大家是在嘲笑她。

我没有讲太多的细节，只是说，到了最后，女孩的妹妹默默带她回了家。她的鞋子不知所踪，难以启齿的地方全是瘀青。回想起那几个小时，她总觉得有个巨大的黑洞在将她吞噬。那些黑暗的记忆总在不经意间卷土重来，悬在头顶，令人猝不及防。它们每天都提醒着她，那个时候多么愚蠢，多么不负责任，一切都是她自找的。多年来，她让这种情绪包裹着，所做之事，所到之处，全部被蒙上了一层阴影。其实有时，她只需要某个人轻轻说一句：不，那不是你的错，真的不是你的错。

故事讲完了，莉莉却一直看着我。从她的表情中我看不出任何反应。

“我不知道你曾经，或者正在遭遇什么事情，莉莉，”我小心翼翼地说，“也许与我刚刚讲的故事完全无关。但我只想让你知道，不再有什么事会糟糕到让你不能告诉我，我也再不会因你的任何所作所为而将你拒之门外。”

她还是一言不发。我望向远方，有意不去看她。

“你知道吗，你父亲曾说过一句话，让我永生难忘：‘你不用拿那件事情来定义你整个人。’”

“我爸爸。”她微微抬起下巴。

我点点头。“不管发生了什么，不管你想不想告诉我，你都需要明白他这句话有多么正确。过去这几个星期、几个月，不要让那件事情定义你整个人。就算我不够了解你，也看得出，你开朗、有趣、善良又聪明。如果你能帮自己渡过眼前的难关，未来一定会很美好。”

“你怎么知道自己说得准不准呢？”

"因为你跟他简直一模一样，况且你身上穿着他的运动衫呢。"我温柔地说。

她缓缓抬起手臂，用柔软的羊毛衣料摩挲自己的脸颊。她在想些什么。

我靠在椅背上，心想这时候就提起威尔，是不是操之过急了。

但莉莉深吸一口气，然后用平静得毫无起伏的声音，将这段时间的真相和盘托出了。她跟我讲了那个小伙子，那个男人，那张手机上阴魂不散的照片，还有她在霓虹闪烁的城市街道上如幽灵般度过的日日夜夜。

说着说着，她哭了，身子紧紧蜷缩，哭丧着脸像个五岁小女孩。我挪过去，揽她靠近我，一边捋着她的头发，一边继续听她倾诉。她说得太快太急，有点上气不接下气，抽抽噎噎的。等她说完最后一天的遭遇，我已经把她紧紧抱在怀里，裹着她的除了宽大的运动衫，还有恐惧、愧疚和悲伤。

"抱歉，"她抽泣着，"我很抱歉。"

"你不用，"我抱着她，坚定地说，"完全不用抱歉。"

晚上，山姆来了。他开朗，体贴，轻松，跟莉莉相处得不错。莉莉不想出门，山姆便为我们做了一些奶油培根蘑菇意面。此后我们一起看了部喜剧片，影片中的一家人在丛林里迷了路；而现实中，我们三人似乎也组成了一个奇怪的小家庭。起初我微笑着，后来渐渐开怀大笑起来，还沏了一壶茶。但与此同时，我的心却被愤怒淹没了，只是不愿有丝毫的流露。

莉莉一睡下，我便把山姆叫到防火楼梯上。我们爬到楼顶，以防被谁听到。山姆坐在铁艺长椅上，听我说着几小时前莉莉在此向我讲述的一切。"她觉得这件事情会困扰她一辈子的。手机还在那个人手里，山姆。”

我不确定自己以前有没有这么愤怒过。整个晚上，眼睛盯着电视屏幕的我在心中重新回顾了过去几周内发生的事情。我回忆起楼下那个小伙子，回忆起莉莉曾把手机塞到沙发垫下，担心我看到的情景，回忆起收到新信息时她畏缩的样子。我试着还原她以为自己获救时的如释重负，以及转而发现自己“才出虎穴又入狼窝”的恐惧错愕。我一遍遍想着那个嚣张卑鄙的男人，在年轻女孩陷入困境时，竟会趁火打劫。

山姆示意我坐下，但我根本无法平静。我在楼顶来回踱步，绷紧了脖子，拳头紧攥，很想砸点什么东西。我要找到那个盖塞德先生。山姆来到我身后，按摩我僵硬的肩膀，帮我恢复平静。

“我真的很想杀了他。”

“这个可以安排。”

我转身看着山姆，想知道他是否在开玩笑。等我发现他的确在开玩笑，心里有些小小的失望。

晚风萧瑟，天气渐凉。唉，如果刚才带件外套上来就好了。

“也许我们应该直接报警。这是勒索，对吧？”

“他不会承认的。他有无数个地方可以把那手机藏起来，况且他还是什么‘社区支柱’。并且，假如莉莉的母亲之前说的都是实话，那估计更没人相信莉莉了。这是人之常情。”

“我们怎么才从他那儿拿到手机呢？只要照片还在，她肯定没有办法过下去的。”我开始颤抖了。山姆脱下外套，搭在我的肩头。外套带着他身体的余温。我尽量克制着，未曾表露心中的感激。

“我们不能跑去他办公室找他，那样一来，莉莉的父母就会知道的。不过，我们可以给他发邮件，告诉他必须把手机还回来。除此之外，还有别的办法吗？”

“他不可能这么容易就交出来的。或许他连邮件都不会回，因为那会成为证据。”

“啊，真让人绝望。”我叹了一口气，“也许这是她必须学会的，接受这件事，并与之共处；也许我们可以这样说服她，忘掉一些事对谁都有好处，因为事实正是如此，对吧？也许他自己就会把那张照片删了。”

“你觉得她会相信吗？”

“不会的，”我揉揉眼睛，“连我都无法忍受，那个人渣就这么逍遥法外。阴险卑鄙、手段下作还开着豪车的人渣……”我站起来望着脚下的城市。有那么一瞬间我被绝望彻底虏获了，仿佛看到可以预见的未来：充满戒备的莉莉，野性难驯，努力逃脱过去的阴影。那张照片的去向将决定她的行为，她的未来。

好好想想，我告诉自己，想想威尔会怎么做。他一定不会让这个男人得逞的，我必须像他一样，制定一个周密的策略。望着楼下缓行的车流，我想象盖塞德先生的黑色豪车大摇大摆地行驶在苏活区的街道上，眼前慢慢浮现出这个男人的样子：沉默寡言，在人生的康庄大道上畅行无阻，自信满满，认为一切都会顺风顺水、心想事成。

“山姆，”我说，“能不能找到什么药，可以让心脏停止跳动？”

他沉默了一会儿。“请告诉我你是在开玩笑。”

“不，你听我说，我有主意了。”

一开始她什么话也没说。“你会没事的，”我说，“而且如此一来，没有谁会知道。”最令我感动的是，她没有问“你怎么知道这能行？”而自从告诉山姆这个计划后，我一直都在不停地问自己这个问题。

“我都安排好了，亲爱的。”山姆说。

“但别人都……”

“完全不知道，只知道他在骚扰你。”

“你会有麻烦吗？”

“你就别担心我了。”

莉莉扯了扯衣袖，然后喃喃说道：“你不会完全把我丢给他的，是吧？”

“一分钟也不会。”

她咬咬嘴唇，看看山姆又看看我，心里好像有什么东西终于定了下来：“好，我们行动吧。”

我买了部即付即用的廉价手机，给莉莉继父的工作单位打去电话，假装与盖塞德先生约好去喝一杯，套出了他的手机号码。

那天傍晚，我一边等山姆，一边给盖塞德的号码发了条信息。

盖塞德先生，真的很抱歉打扰了您，我就是有点害怕，我想跟您聊聊。莉

等了半个小时他才回复，可能是想让莉莉心慌。

我为什么要跟你聊呢，莉莉？我帮你那么多，你却那么不听话。

“人渣。”山姆嘟囔了一句。

——我知道，我很抱歉，但我真的需要你的帮助。

——这种事情一个巴掌拍不响的，莉莉。

——我知道。之前我被惊到了，我需要时间考虑，我们见面吧，您要什么我都给您，但是您要先把手机给我。

——我觉得还轮不到你来谈条件，莉莉。

山姆看着我，我回应了他的目光，然后回了信息。

就算……我真的很坏很坏，也不行？

暂时没反应。

现在我倒有兴趣了。

山姆和我交换了一个眼神。“我觉得有点恶心。”我说。

那就明天晚上吧。等我确定朋友们都出去了，就给您发地址。

等我们确认盖塞德先生不会再回短信，山姆把手机放进了口袋，免得被莉莉看到。然后他一直抱着我，抱了很久。

第二天，我紧张得都要生病了，莉莉比我还糟。早餐两个人都吃得很少，我让莉莉在房间里抽烟，自己也想要根烟来抽。我们看了部电影，笨手笨脚地干了些家务。晚上七点三十分山姆到的时候，我的脑袋里已是一团乱麻，如坐针毡。

“你把地址发给他了吗？”我问他。

“发了。”

"给我看看。"

短信很简单，就是我公寓的地址，后面署了个"莉"字。

他也回了短信：

我在城里开个会，大概八点到。

"你没事吧？"山姆说。

我的胃紧张得完全缩紧了，我感到呼吸困难。"我不想把你也卷进来。嗯——万一你被发现了怎么办？你会丢掉工作的。"

山姆摇摇头。"不会的。"

"我不该让你卷进这个烂摊子的。你出色又善良，我却以怨报德，让你冒这么大的风险。"

"我们都会没事的。来，深呼吸。"他朝我露出鼓励性的一笑，我却看出他眼中深藏的紧张。

他往我的身后看去，我转过身。莉莉出来了，身着黑色T恤、牛仔短裤和黑色连裤袜。她画了淡妆，看上去美丽而富于朝气。"你还好吧，亲爱的？"

她点点头。平日里与威尔相似的淡橄榄色肤色，此时却苍白异常，那双眼睛看上去大得出奇。

"一切都会没事的。我估计用不了五分钟。露会一直在你身边的，好吗？"山姆的声音平静中带着鼓励，以及志在必得的信心。

我们已经演练过十几次了。我希望她能够放轻松，让所有的台词自然而然地脱口而出。

"我知道自己在干什么。"

"很好，"山姆拍拍手，"差一刻八点。我们开始准备吧。"

他很守时，这我没话说。八点刚过一分钟，我的门铃就响了。莉莉做了个响亮的深呼吸，我紧紧握了握她的手。她拿起对讲机。“嗯，嗯，她走了。上来吧。”他好像毫无戒备，没料到这个小女孩在搞什么鬼。

莉莉开门让他进来。我透过卧室的门缝往外看去，她开门的手在微微颤抖着。盖塞德伸手捋捋头发，站在门厅简单环视了四周。他穿一套上好的灰色西装，车钥匙放在贴身内袋里。我盯着他，盯着他那件昂贵的衬衫，那不停打量公寓的双眼，明亮狡黠中透着贪得无厌。我咬牙切齿。一个什么样的男人才会对小自己四十岁的女孩图谋不轨？一个什么样的男人才会勒索自己同事的孩子？

他看上去一点都不轻松，好像很不舒服：“我把车停在后面了，不会有事吧？”

“我觉得没事。”莉莉咽了口唾沫。

“你觉得？”他朝门边退了一步。这种男人肯定把车视为自身某一部分的延续，“你朋友呢，这个地方的主人？他们不会回来吗？”

我屏住呼吸。在我身后的山姆伸出一只手，稳稳地扶着我的腰。

“哦，不会的。没事，”她笑了，突然镇定下来，“她要出去很久的。请进来吧。您想喝点什么吗，盖塞德先生？”

他看着她，就像第一次见到她似的。“太正式了吧。”他向前走了一步，终于把房门关上了，“有苏格兰威士忌吗？”

“我看看哦。等等。”

她往厨房走去，他紧随其后，同时脱掉西装外套。他们刚走进客厅，山姆便快我一步走出卧室，踏着重重的脚步穿过门厅，反锁了公寓门，然后把钥匙丁零当啷地放进口袋。

盖塞德一下子惊呆了，转过身看着山姆。唐娜也出现了。两人身穿制服，守着门。盖塞德看看他们，又看看莉莉，脸上一副迷惑不解的样子，不知道这是唱的哪出戏。

“你好，盖塞德先生，”我从卧室门后走了出来，“你应该有什么东西要还给我这位朋友。”

他竟然马上就冒汗了，目光闪烁不定，看着莉莉。但我已经快步走到门厅，让莉莉躲在我身后，只露出半个身子。

山姆也上前一步，盖塞德先生刚刚到他肩膀的位置。“手机，请你还回来。”

“你们威胁不了我的。”

“我们不是在威胁你，”我的心怦怦直跳，“我们只是想要那只手机。”

“你们挡住我的去路，就是在威胁我。”

“哦，绝对不是，先生。”山姆说，“如果真要威胁你，我跟同事马上就能把你按在地上，给你注射点代海浦兰诺，让你的心脏慢慢停止跳动。这没什么难办的，没人会怀疑专门救人的急救员。就算验血也验不出来，这种药不会留下任何痕迹。”

唐娜双臂抱在胸前，一脸悲伤地摇摇头。“真可惜啊，中年生意人，突然之间就死了。”

“因为各种健康问题嘛，饮酒过度，营养过剩，又缺乏锻炼。”

“我们这位先生肯定不是那样的人。”

“最好如此，但谁又知道呢？”

盖塞德先生似乎瞬间矮了一截。

“还有，不要试图威胁莉莉。我们知道你住在哪儿，盖塞德先生。急救员想查什么都能查到。要是把急救员惹毛了，后果不堪设想。”

“真是岂有此理。”他气势汹汹，脸上却无半点血色。

“是啊，是很过分。”我伸出手，“手机，麻烦了。”

盖塞德又四下扫视一番，终于伸手到衣兜拿出手机，递给我。

我甩给莉莉："莉莉，检查一下。"

她检查的时候，我有意识地挪开目光。"删掉，"我说，"快删掉。"等我回头看去，手机屏幕上早已一片空白。她轻轻点了点头。山姆示意她把手机甩给自己，他一拿到便丢在地上，右脚狠狠踩上去，塑料碎片四下飞溅。他用力那么猛，以至于整个地板都在颤抖。山姆的靴子每次踩到上面，我和盖塞德先生都会同时不由自主地哆嗦一下。

最后，山姆弯下腰，小心翼翼地捡起飞到暖气片下方那张小小的SIM卡。他仔细看了看，然后把它举到那个男人眼前。"没有复制吧？"

盖塞德点点头。他的领子都快被汗湿透了。

"肯定没有复制。"唐娜说，"这位德高望重的社区顶梁柱，肯定不敢冒被别人看到这种照片的风险，对吧？想想看，要是盖塞德先生这个肮脏的小秘密被泄露出去，他的家人会说些什么啊？"

盖塞德先生抿紧了嘴唇，抿成一条细细的线。"你们想要的，我都给你们了，现在放我走吧。"

"不行，我还有话要说。"我的声音听上去有些颤抖，因为我在克制自己的怒气。

"你这个肮脏可悲的小人，如果我……"

盖塞德先生的嘴角浮现一丝嘲笑。他这种男人恐怕从没把女人当回事。"哦，闭嘴吧，你这个可笑的小……"

山姆眼中闪过一丝冷硬的寒光，他猛地跳到盖塞德面前。我伸出一只手臂去阻止他，另一只拳头却似乎没来得及收回。我只记得拳头撞到盖塞德脸上时，指节那阵骤然的疼痛。盖塞德蹒跚着后退几步，上半身撞到了门。我踉跄了一下，惊讶于如此巨大的反作用力。等他站稳，我吃惊地发现，他被打出了鼻血。

“放我出去，”他捂着鼻子嘶嘶地说，“现在，马上。”

山姆朝我眨眨眼，开了门锁。唐娜挪开身子，在放他走的前一秒，斜着身子对他说：“你确定走之前不上点药吗？”

盖塞德走出门去，起初尽量保持不疾不徐的步伐。门刚一关上，我们便听到他穿着昂贵的皮鞋在走廊里拼命奔跑的声音。我们默默站着，直到脚步声完全消失，然后，所有人大大松了一口气。

“打得好呀，卡西乌斯[1]。”山姆说。过了一会儿他又说，“让我看看你的手怎么样了。”

我一句话都说不出口，只是弓着身子，心中默默咒骂着。

“比想象中要痛，是不是？”唐娜说着，拍拍我的背，“别担心了，亲爱的。”她对莉莉说，“不管他对你说了什么，这个老男人什么都不是。他已经滚了。”

“而且再也不会回来了。”山姆说。

唐娜大笑：“看他那屁滚尿流的样儿啊，他现在估计要躲着你走了。全都忘了吧，亲爱的。”她爽朗干脆地抱了一下莉莉，好像莉莉只是不小心推倒了一辆自行车。然后，唐娜把手机残骸交给我，让我扔掉。“好啦，我答应上班前去我父亲那儿看一下的。咱们回头见。”她挥手离去，走廊上响起一串轻快的靴子着地的声音。

山姆在医药箱里翻找药物，帮我敷上伤口。莉莉跟我走进客厅，然后一屁股坐在沙发上。“你做得很好。”我说。

“你也干得漂亮。”

我检查了一下流血的指节，抬头发现莉莉的嘴角带着隐隐笑意。“他完全没料到你会这么做。”

1. 著名的罗马将领。

“我自己也没想到。我从没打过人，”我突然板起脸，“你可不能把我当成榜样。”

“我绝对不会把你当成任何榜样的，露。”她勉强地咧嘴笑了。山姆走进来，手上拿着一些无菌绷带和一把剪刀。

“你没事吧，莉莉？”他挑起眉毛。莉莉点点头。

“好，让我们做点更有趣的事情吧。谁想吃干酪烤意面？”

当莉莉走出客厅，山姆长长地舒了一口气，目光盯着天花板看了好一阵子，好像在劝自己镇定下来。

“怎么了？”我说。

“谢天谢地，你先出手打了他，不然我真怕自己把他打死。”

莉莉上床休息后，我跟山姆一起待在厨房里。数周以来，某种久违的宁静感终于在这个小家中降临了。“她已经高兴起来了。嗯，虽然她刚才还对着新牙刷嫌这嫌那的，把毛巾随便丢在地上。不过，她已经好多了。”

山姆点点头，清空了水槽。他待在我的厨房里，这感觉真好。我盯着他看了一会儿，很好奇走上前用手臂环住他的腰，会是一种什么样的感觉。“谢谢你，”我什么都没有做，只是开口说道，“谢谢你所做的一切。”

他转过身，往茶巾上擦擦手。“你也很聪明，女打手。”他伸出手把我拉到身边，我们互相亲吻。他的吻甜蜜而柔软，在他的怀里，我有种片刻的迷失。但是……

“怎么了？”他松开我，“有什么问题？”

“这个问题应该很奇怪。”

“呃，比今天晚上还奇怪？”

“我忍不住在想你说的那种药，什么代海浦兰诺。要真的杀一个人，需要用多少量？这种药你们可以随便使用吗？听起来真的是……很有问题。”

“这个你不用担心。”他说。

“那当然，但是万一真的有人非常恨你呢？会不会把它放到你的食物里？恐怖分子会不会拿到这种药？需要多少量呢？”

“露，根本没有这种药。”

“什么？”

“是我编的，根本没有代海浦兰诺这种药，完全是编出来的。”他看着目瞪口呆的我，咧嘴笑了，“不过，说来也怪，我觉得这是我用过的最棒的药了。”

22
得失之间

“开启新生活”的小组聚会，我是最后一个到的。我的车熄了火，只能等公交。等我赶到，饼干盒刚刚合上，说明大家要开始聊正事了。

“今天，我们要谈一谈对未来的信念。”马克说。我小声道着歉，坐了下来，“哦，今天只有一个小时，因为童子军那边要召开一个紧急会议。对不住大家了。”

马克对我们每个人都报以他的“同情专用”眼神。他热衷于使用这个眼神。有时他实在盯我太久，总让我怀疑自己是不是鼻子里喷出了东西。他低下头，好像在整理思绪，也可能想要照着稿子念开场白。

“当命运夺走我们所爱之人，制订下一步的计划总会异常困难。有时我们似乎丧失了对未来的信念，有时我们变得很迷信。”

“我以为自己也要死了。”娜塔莎说。

“你确实会死的。”威廉姆说。

“这话可不起什么作用，威廉姆。”马克说。

“说真的，奥拉夫去世后的十八个月里，我觉得自己得了癌症。我看了十几趟医生，确信自己得了癌症，脑癌、胰腺癌、子宫癌，甚至小拇指癌。”

“根本就没有什么小拇指癌。”威廉姆说。

“哦，你知道什么呀？”娜塔莎打断他，“别人说什么你都自作聪明地接话，威廉姆，但有时你应该闭嘴的，明白吗？我们小组不管谁说了什么你都要来个刻薄的评论，真的很讨人厌。我当时真的以为自己得了小拇指癌，医生让我去做检查，发现没事。没错，这种恐惧听上去很没道理，但也用不着我说什么你都拿话来堵吧？就因为你觉得自己无所不知？闭嘴好吗？”

一片鸦雀无声。

“事实上，”威廉姆说，“我在医院肿瘤科工作。”

她愣了一下：“我刚才说的话还算数。真是忍不了你。你是在故意煽风点火，真是讨厌。”

“这话不假。”威廉姆说。

娜塔莎盯着地板。也可能我们大家都盯着地板。不好说，因为我也在“研究”地板。娜塔莎把脸埋在双手之间，过了一会儿，又抬头看着他：“你其实不是的，威廉姆。很抱歉，我可能心情不太好。刚才我那么说你，不是故意的。”

“还是没有小拇指癌这一说。”威廉姆说。

“那么……”我们努力不去理会娜塔莎低低的咒骂声。这时候，马克开口了：“我在想，有没有人已经开始考虑未来五年的生活了？你觉得自己会在哪里？做什么？现在我们可以畅想一下未来吗？”

“要是我那老家伙还能用，我就很高兴了。”弗雷德说。

“网上约会让你的老家伙很有压力吧？”苏尼尔说。

“那个啊！”弗雷德一惊一乍，“简直太浪费钱了。起初，我给一个里斯本的女人发了两星期的电邮，简直太难伺候了。当我终于提到见个面做点什么，她便开始跟我推销佛罗里达的别墅。然后一个男士，网名叫什么肌肉男美少年，发私信警告我，说那女人其实是个只有一条腿的波多黎各的家伙，叫什么拉米雷兹。”

“其他人呢，弗雷德？”

“唯一答应见我的那个女人看起来就跟我的曾姨妈艾尔西似的，钥匙还挂在灯笼裤上。没错，她贴心又温柔。但是，这老姑娘也太过时了，我中途差点都要离开了。”

“别放弃啊，弗雷德。”马克说。

达芙妮说，未来几年，她准备退休后移居国外。“这里太冷了，我的关节不舒服。”

林恩说，她希望继续完成哲学硕士学位。在场的组员间彼此意味深长地看了一眼，因为大家本以为她是超市售货员，或在屠宰场干活。

威廉姆说：“真棒啊，你要做女康德呢。”

没人发笑。马克意识到没人明白这句话的笑点，便往椅背上靠了靠。很可能只有我一人听到娜塔莎发出一声低低的“哈哈”声，那听起来就像《辛普森一家》里的尼尔森。

一开始，苏尼尔并不想发言。但接着他说，自己曾经考虑过这个问题，而且打定主意在五年内结婚。“我觉得过去两年我把自己封闭了起来，因为那件事，不想让任何人靠近我。我认为，如果你最终总会失去谁，那一开始何必要那么亲密呢？但有一天我开始思考活着的意义。我的答案是，去爱。因为你总要开始新生活的，对吧？你总要选择某种未来。”

这是我参加这个小组以来，苏尼尔说话最多的一次。

“满满的正能量，苏尼尔，”马克说，“感谢你的分享。”

接着，我听了杰克的分享。他要上大学，学习动画设计。我突然心不在焉地想起他父亲以后的生活：继续悼念亡妻，终日以泪洗面，还是找个替代品，高高兴兴地跟她过下去？我怀疑会是后者。

然后，我想起山姆。我想起自己那天没头没脑地蹦出一句跟他“在谈恋爱”，不知道那是否明智。但，如果不是在恋爱，我们又算什么呢？嗯，有的关系是恋爱，有的关系就另当别论。哪怕我已在脑中想过千百回，却依然不知该如何定义我们的关系。我忍不住想，是不是因为这段时间没日没夜地一起找莉莉，我们两人才没有防备，太快地走到了一起？然而，除了我从楼顶掉下去，他救了我之外，我们之间还有什么共同之处呢？

两天前，我去救护站等山姆。他收拾东西的时候，唐娜站在车前和我聊了几分钟。“对他认真点。”

我转了个身，以为自己听错了。

她看着旁边一辆救护车慢慢消失在卷帘门后，然后揉了揉鼻子。“他是个很好的人，特别棒，而且他真的很喜欢你。”

我不知道该怎么回应她。

“真的，他经常提起你，他以前从来不提别人。别跟他说是我说的，我只是……他是个很好的人，我就是想让你明白这一点。”

她朝我挑挑眉，然后点点头，好像在确认自己说的并没有错。

“我刚刚发现，你今天没穿那身舞女装。”达芙妮说。

大家纷纷表示赞同。

“你升职了吗？”

我从思绪中走了出来：“哦，没有，我被炒了。”

“那你目前在哪里工作？”

“还没找到，暂时。”

“但是你的衣服……”

我穿着黑色连衣短裙，配着白色的领子。

“哦，这个啊，只是一条裙子而已。”

“我还以为你在那种秘书主题酒吧工作，或者法国女佣主题酒吧什么的。”

“你有完没完，弗雷德？”

“你不会明白的。到了我这把年纪，‘及时行乐’这个词带着一股紧迫感。我身体里估计只剩下二十来个小家伙了。”

“有些人可能一辈子都没有二十来个小家伙呢。”

我们停下讨论，让弗雷德和达芙妮笑完。

“那你的未来呢？听起来似乎完全发生了改变。”马克说。

“嗯……实际上我已经找到新工作了。”

“找到了？”响起了稀稀拉拉的掌声，我脸红了。

“哦，我不会去的。不过没关系。我觉得自己已经开启新生活了，就算只是得到一份新工作。”

威廉姆问：“是什么样的工作？”

“就是在纽约的工作。”

大家齐刷刷地盯着我。

“你拿到一个在纽约的工作机会？”

“对。”

“有工资拿？”

“还包住。”我小声说。

“你再也不用穿那条丑到家的亮闪闪的绿裙子了？”

我笑了，但别人可没笑。“喂，你们不要这样啊。”

他们都盯着我。林恩惊讶得合不拢嘴。

“纽约，美国纽约？”

“你们并不了解内情。我现在走不了，还要管莉莉呢。”

“你前雇主的女儿。”杰克朝我直皱眉头。

“呃，他不只是我的雇主。但你说得没错。”

“她自己没有家人吗，露易莎？”达芙妮朝我斜着身子。

“说来话长了。”

他们面面相觑。

马克把笔记本放在膝上：“你觉得自己从我们的聚会中真正学到了多少，露易莎？”

我收到一份从纽约寄来的包裹：一摞厚厚的文件，包括入境和医疗保险表，其中还有一张厚厚的奶油色信纸，是李奥纳多·M. 高普尼克先生签署的正式聘用书，让我为他的家庭工作。我把自己锁在卫生间里读了一遍聘用书，然后又读了一遍，将薪水从美元换算成英镑。我叹了口气，向自己保证，不会去谷歌上查找这上面的家庭住址。

等我谷歌完那个地址以后，心中忽然涌起一阵巨大的沮丧无力感，让我只想像婴儿一样蜷缩在地上，但我克制住了。我稳定情绪，起身冲了马桶（免得莉莉好奇我在里面干什么），洗了手（习惯了），然后把所有的东西拿进卧室，塞在床下方的抽屉里，并且告诫自己，永远不要再看第二眼。

那晚临近午夜时分，莉莉敲了我的门。

“我能住在这儿吗？我真的不想回妈妈那儿去了。”

“你想住多久都可以。”

她躺在床的另一边，身子蜷缩着，像只小小的球。我看她睡着，为她盖好羽绒被。

威尔的女儿需要我，就是这么简单。而且，不管特丽娜说了什么，我的确欠他。如此一来，我再不会感觉自己一无所用。我是可以为他做点事情的。

而那个信封则证明我有能力找到一份很不错的工作。这已经是相当大的进步了。除此之外，我还交到了朋友，甚至有个算得上是男朋友的朋友。这些也是进步。

我故意不去理会内森的未接来电，同时删除了他的语音留言。我要等上一两天再跟他解释来龙去脉。无论如何，我觉得事态的发展还在自己的掌控之中。

周二晚上，我回家不久，山姆就过来了。七点时，他发信息说会晚一些到。八点一刻，他又发了一条，说不知道是否还能来。这整整一天我过得平淡无味，对抗着失去工作带来的焦虑感，以及不知该如何维持生活的担忧。莉莉无处可去，而我不愿留她一人在家，于是索性两人一同困在公寓中。

九点半，门铃响了。山姆到了门口，身上还穿着制服。我为他打开前门，然后关上房门来到走廊上。山姆出现在楼梯间，低垂着头向我走来。他脸色灰白，疲倦至极，身上散发着一种奇怪的烦躁情绪。

“我以为你不过来了。怎么了，你还好吗？”

“我今天被纪律部叫去了。”

“什么？”

“我们见盖塞德那晚，有别的队看到我的装备停在了门外，所以报告了管控处。而我无法对此做出合理的解释，因为跑来你家并未登记。”

“那后来呢？”

“我谎称有人跑出来，向我们求助，结果发现是恶作剧。唐娜帮我说话了，谢天谢地。但他们不是很高兴。”

“不过也不至于很糟吧？”

“还有，急诊室一个护士曾问过莉莉她怎么认识我的，莉莉告诉她我以前从夜总会载她回过家。”

我不由用手捂住了嘴：“这会有什么后果？”

“工会在讨论我的事。如果最后决定给予处分，我会被暂时停职，或者更糟。”他眉头紧锁。

“都是因为我们，山姆。我很抱歉。”

他摇摇头：“不知者不怪。”

我本想向前一步，用双臂抱住他，用我的脸贴着他的脸。但不知为什么我犹豫了。威尔的身影突如其来出现在眼前，他背对着我，怏怏不乐地拒我于千里之外。然而已经太迟了，我只是伸出一只手，碰了碰山姆的胳膊。他低头看着我的手，微微皱了皱眉。我有种轻微的不适感，好像他知道我刚才想了些什么。

“不过，没了工作你也可以去养鸡，修房子。”我的声音听上去连自己都觉得刻意，“你有很多选择的！你这样的男人，什么都能干得成！”

他拼命挤出一个笑容，但眼中全无笑意，只是一直盯着我的手。

我们尴尬地站了一会儿。“我该走了。哦，对了，”他举起一个包裹，“有人把这个放在了门边。再不拿进来，估计就被人捡走了。”

“进来坐坐吧，”我接过包裹，意识到自己让他失望了，“我给你做点吃的，虽然不怎么好吃。进来吧。”

“我还是回家吧。”

他转身，穿过走廊离去。我一句话都来不及说。

我站在窗边目送他离开。他僵硬地走到摩托车旁，我感觉头顶那片阴云再次将我笼罩。

不要跟他太过亲近。

心底那个声音告诫自己。但转念，我又想起上次聚会快结束时马克的建议：去了解你的痛苦，大脑中的焦虑只是因为皮质反应达到了峰值。因为太亲近某人而感到惧怕，那很自然。有时，在我脑中就像住着两个卡通形象的小顾问，一天到晚吵闹不休。

客厅里的莉莉把目光从电视屏幕移到我身上。

“是救护车山姆吗？”

“嗯。”

她又看了一眼电视，然后注意到了包裹：“什么东西？”

“哦，有人放在走廊里的，收件人写的是你。”

她满腹狐疑地看了几眼，似乎对接下来可能出现的令人不快之物心存警惕，然后一层层撕开包裹的包装，最终露出一个皮面的相册，封面刻有特制的浮雕字迹“致莉莉（特雷纳）”。

她慢慢打开相册。第一页的薄膜纸下，放着一张婴儿的黑白照片，下面是手写的字迹：

你父亲出生时重9磅2盎司[1]。他们跟我说生了个可爱的小宝贝，我看到他那么大，真的特别生气！这个宝贝很难缠，我连续几个月都寝食难安，累得筋疲力尽。但他一笑起来……哦！很多老太太专门过街来摸他的脸呢（当然

1. 约4.1千克。

他很不喜欢被摸）。

我坐在她身旁。莉莉往后翻了两页，出现了一张我认得出的威尔，穿一身宝蓝色的预科学校制服，戴一顶帽子，朝镜头怒目圆睁。下方写着：

威尔非常讨厌学校的帽子，还把它藏在了狗狗睡的篮子里；第二顶在一个池塘里“弄丢了”；第三次他父亲威胁说要停掉他的零花钱，但是他拿自己的足球卡去换了钱。就连学校出面他都不愿意戴——结果每周都被留堂处罚，一直到十三岁。

莉莉摸了摸照片上威尔的脸。“我小时候长得跟他挺像的。”

“是啊，”我说，“他是你爸爸呀。”

她不禁露出淡淡的微笑。她又翻到下一页。“看，看这张。”

这张照片上的威尔在对着镜头微笑。就是我们第一次见面时，他卧室里那张滑雪的照片。我注视着他英俊的脸，忧伤的潮水如往常一样再次淹没了我。

然而，莉莉突然毫无征兆地大笑起来。“看！快看这张！”这张照片上的威尔刚打完英式橄榄球，脸上全是泥。另外一张，他扮成幽灵的样子，冲向一个干草堆，想要跳过去。

这一页是他的“傻事集锦”：恶作剧的威尔，大笑大闹的威尔，鲜活无比的威尔。我想起“开启新生活”小组有一次讨论的是“理想化”，那周我没去，马克给我一张打印的讲义，上面写着：不要把亡者想象成圣人，这很重要的。没人能在圣人的阴影下行走。

我想让你看看以前的他。是的，他抱负远大，工作上独当一面。但我见过他无数次大笑着从椅子上跌下来，无数次傻乎乎地和狗狗一起跳舞，还因为搞了特别傻的“大冒险”带着一身瘀伤回家。有一次他把妹妹的脸推进一碗雪莉酒松糕里（就是右边这张照片），就因为她说他肯定干不出这样的事。那个松糕是我花了很长时间做的，当时我特别想朝他发火。但是无论谁生威尔的气，都生不了太久。

是啊，真的生不了太久。相册里的威尔从照片与文字中跳了出来，栩栩如生，不再只是报纸上的两行报道，不再只是措辞谨慎的讣告，不再只是旷日持久的法律辩论中用来讲述悲伤故事的庄严照片。这是个活生生的、立体的男人。我端详着每一张照片，感到喉头一阵阵发紧。

一张卡片从相册里滑了出来，落到地板上。我捡起来，看了看上面的两行字。“她想来见你。”我说。

莉莉的眼睛根本离不开那本相册。

“你觉得呢，莉莉，你可以吗？”

她过了一会儿才听到我的话。“我觉得不行。这，挺好的，但是……”

气氛变得有点微妙。她合上相册的皮套，规规矩矩地放在沙发一侧，又开始看电视了。几分钟后，她一言不发地挪到我身边，把头靠在我的肩膀上。

那天晚上，莉莉上床睡觉以后，我给内森发了封邮件。

对不起，这份工作我无法接受。说来话长了。威尔的女儿现在和我住在一起，发生了很多事情，我不能丢下她过来。我必须做该做的事。我简单跟你解释一下……

最后我写道：

谢谢你想着我。

我给高普尼克先生也发了封邮件，感谢他选择了我，并说明因为情况有变，我很抱歉，无法接受这份工作。我本想再多写一点，但感觉胃里堵得难受，似乎把指尖所有的气力都抽干了。

我等了一个小时，但两人都没回复我。等我再次回到空无一人的客厅关灯时，发现那本相册不见了。

23
下午茶

“哎哟，哎哟，我们的年度最佳员工来啦。”我把装着制服和假发的袋子放在吧台上。早餐时间，“三叶草”酒吧已经客满。有个圆滚滚的生意人，四十出头，低垂的头说明今天很早就开始了工作，而且不怎么轻松。他困倦地抬头扫了我一眼，肥胖的手握着酒杯。薇拉在另一头干活，神情愠怒地穿梭在桌子之间，拨开客人的脚扫地，就像在赶老鼠似的。

我穿着一件中性风的蓝色衬衫。我感觉自己穿这种较为男子气的衣服，看起来至少自信些。结果发现，自己穿得和理查德几乎一模一样。“理查德，我想跟你聊聊上周的事。”

正值法定假日，机场里外出度假的旅客熙来攘往，少了些穿西服正装的人，多了些哭闹的小孩。收银台后挂起了一条新的横幅：“开启美好旅途！咖啡，面包，一杯淡酒！”理查德在吧台周围身手敏捷地转来转去，将倒满咖啡的杯子和包好的谷物棒放到托盘上。他眉头紧锁，全神贯注。“不用了。制服干净吗？”

他伸手到我背后，拿过塑料袋，把绿裙子扯了出来。借着吧台的灯光，他仔细看了一遍，脸部略略有点扭曲，像要专门找出上面的污渍，说不定还会闻上一闻。

“当然是干净的。”

“必须干净整洁，下一个人才好穿。”

“昨天刚刚洗好的。”我打断他，突然注意到风笛曲换成了新版本，竖琴声响变弱，长笛悠悠奏起。

“那好，后面有些表格你需要填一下。我去拿，你在这儿填就好，填完就没事了。”

“也许我们应该找个更……安静的地方？”

理查德·帕西瓦尔看都没看我一眼。“恐怕我太忙了，还有无数的事情要做，而且今天少一个员工。”他毫不客气地迅速走过我身边，大声清点着挂在那边的几袋虾条，“六……七……薇拉，能把这个端给那边那位先生吗？”

“嗯，那个，我就是想跟你说说，不知道你有没有办法……”

“八……九……假发。”

“什么？”

“假发在哪里？”

“哦，这里。”我伸手到袋子里扯出假发。放进去之前我梳理过一遍，现在它看上去就像某种金色动物被碾死在了路上。不知道谁的头又要因为它每天痒痒了。

“你洗了吗？”

“假发？”

“嗯，你要是没洗过就让别人戴，也太不卫生了。”

“做这个假发的合成纤维，估计比打折的芭比娃娃的头发还要便宜吧？我估计会融化在洗衣机里的。”

“要是不适合给未来的雇员戴，那我只好找你赔钱了，再买个新的。”

我盯着他："你要收我假发的钱？"

他举起假发，又塞回口袋里："二十八英镑四十便士。当然，我会给你开收据的。"

"哦，天哪。你还真要收我的钱。"我哈哈大笑。

站在拥挤的机场里，我看着起降的飞机，心想自己拼命为这个男人工作，却把生活弄得一团糟。我拿出钱包。"行，"我说，"你刚才说是二十八英镑四十便士是吗？告诉你，我凑个整，三十英镑，余下的就当给你的管理费了。"

"你不用……"

我把钱数出来，狠狠拍在他面前的吧台上："你知道吗，理查德？我热爱工作。如果你能抽出五分钟，不去想那些该死的目标，就会发现我真的一心想要做好。我那么努力地工作，穿上你给的丑得可怕的制服，哪怕头发满是静电，走在路上小孩在我身后挤眉弄眼。你的要求我全部做到了，包括打扫男厕所这种肯定不在合同上的事情。

"而且，要是查查劳动法，我觉得那套衣服应该归到含有危险化学品那一类。招聘新人期间，我说加班就加班，就因为你把每个员工都赶走了。我甚至去推销你那种干巴巴的豌豆，哪怕它们闻起来臭熏熏的。

"但我不是机器人。我是个普通人，有自己的生活。短期内，我因为遇到突发事件，需要承担责任，因而失去了这份工作。我今天来，是想要回这份工作。确切地说，是想求你再让我回来工作。因为我想工作，我需要工作。

"只是，我刚刚发现，这份工作不要也罢。我情愿一分钱不拿地去做其他工作，也不愿继续在这个放着风笛曲、令人无比沮丧、毁掉灵魂的酒吧工作。我情愿义务去打扫厕所，也不愿再在你手下多干一天。所以，谢谢你，理查德，谢谢你促使我做出这么长时间以来第一个积极主动的决定。”

我把钱包塞进包里，把假发往他面前一推，准备离开。“随便吧，这工作和那些豌豆一样烂。”我又转过身，“对了，你头发抹那么多啫喱，干吗还要弄得那么平？真的很难看。不知道的还以为你在演《机动部队》呢。”

吧台凳上的生意人坐直了身子，轻轻鼓起了掌。理查德下意识地伸出手摸着头发。我瞥了一眼生意人，又看了看理查德。

“哎，忘了我最后那句吧，有点太恶毒了。”

说完我转身出门。

走在机场大厅里，我的心还在狂跳不已，却听到背后理查德连连喊着：“露易莎！露易莎！”

他连走带跑地跟了上来。我本来不想理他，却还是在香水专柜前面停了下来。“怎么了？”我说，“是不是还有豌豆屑没擦干净？”

他停下脚步，轻轻喘着气，盯着橱窗看了一会儿，像在思考什么，然后转头面对我：“你说得对，好吗？你说得对。”

我盯着他。

“‘三叶草’酒吧，真的是个很糟糕的地方。我知道自己不是个好上司，但我得告诉你，我每向你下达一个令人讨厌的命令，都是总公司紧紧压下来的，上面给我的压力至少是我给你们的十倍。我老婆恨我，因为我总不在家。我的供应商恨我，因为每周我都迫于股东压力削减他们的利润。我的大区经理说我们这边表现不佳，要是情况再没有好转，我就要被派到北威尔士渡船站的分店了。那样我老婆就真要离开我了，但我也没法怪她。

"我讨厌管别人。我的社交技巧跟一个呆板的路灯杆子差不多，所以我根本就留不住任何人。薇拉之所以还待在这儿，只是因为她没那么敏感，而且我怀疑她暗中在打我这个职位的主意。所以，我很抱歉。我其实很愿意让你回来工作，因为不管我之前说过什么，你都是很好的服务员，顾客们都喜欢你。"

理查德叹了口气，看着我们周围步履匆匆的人群，"但是，露易莎，你还是及早抽身为好。你漂亮、聪明、勤奋，应该拥有比这好得多的工作。要是我不用还高得吓人的房贷，不用养那辆老掉牙的本田车，要是我老婆没怀孕的话，相信我，我肯定会第一时间抽身逃离，跑得比那些飞机还快。"他递过来一张工资单，"休假的工资。现在，走吧。说真的，露易莎，逃走吧。"

我低头看着手中这小小的牛皮纸信封。在我们身边，乘客来来往往，有的在商店橱窗前驻足停留，有的在翻找不知所终的护照，对周围正在发生的事情毫不在意。而我呢，尽管心中异常烦躁，却明白接下来的对话依然不可避免。

"理查德，谢谢你。但是……我还能要回这份工作吗？哪怕只干一段时间？我真的真的很需要它。"

理查德看着我，似乎认为这话难以置信。接着他叹了口气："要是你能干上几个月，那可算帮了我大忙了。我真的要崩溃了。如果你可以立即上班，我就能去批发商那儿取新的啤酒瓶托垫了。"

我们移动脚步，换了个位置。对彼此失望的两个人，跳了支小小的华尔兹。

"我给家里打个电话。"我说。

"哦，这个给你。"他说。我们又彼此对望了一眼，接着他把那个装着制服的塑料袋递了过来，"我想这个你还用得上。"

理查德和我有了某种默契。他对我稍微上了点心，只有新来的清洁工诺亚不在的时候，才让我打扫男厕所。有时，就算是他觉得我跟顾客的聊天时间过长，也不再说什么了（虽然看上去面有难色）。作为回报，我也情绪高昂，准时上班，尽力推销。我对他产生了一种莫名其妙的责任感。

一天，他把我叫到一边，说虽然为时过早，还没有最后确定，但总公司希望他提拔一名员工做副经理。如果一切顺利，他很乐意把我的名字报上去。（“我不能冒险提薇拉，她说不定会在我的茶里放洗洁精的。”）我向他表示感谢，努力显出很高兴的样子。

同时，莉莉也去了萨米尔那儿，想要谋得一份工作，萨米尔要她来个半天的无薪试用。早上七点半，我递给莉莉一杯咖啡，并确保她穿着得体，为八点钟的工作做好准备。

当天晚上我回家时，莉莉看上去情绪高涨，显然已经得到了那份工作，虽然时薪只有两英镑三十七便士，是萨米尔在法定范围内可以支付的最低报酬。这一天的大部分时间里，莉莉都在后面的仓库搬板条箱，或者拿一把陈旧的老式标签枪往罐子上贴价签。萨米尔和表弟则一直拿 iPad 看足球比赛。莉莉浑身脏兮兮的，似乎累得要命，但异乎寻常地开心。“他说，要是我能干上一个月的话，就考虑让我去收银。”

我的轮班时间有所调整，周四下午我们决定开车去圣约翰伍德莉莉父母家。我等在车上，莉莉进去收拾了一些衣服，顺便取出来那幅康定斯基的水彩画。她曾万分肯定地表示，这幅画挂在我的公寓里一定很不错。

二十分钟后，莉莉走出家门，满脸怒气，闷闷不乐。她的母亲塔尼亚也走到前廊，双臂抱胸，一言不发地看女儿打开后备厢，把那只塞得满满的大号旅行袋扔进去。不过那幅画莉莉倒是放得小心翼翼。然后，她上车坐到副驾驶的位置，两眼呆呆地看向前方空荡荡的街道。我依稀看到，转身进屋关门的塔尼亚在擦着眼泪。

我插上钥匙，给车点火。

“等我长大了，”莉莉开了口，大概只有我能听出她声音里的颤抖，“绝对不会像妈妈那样。”

我停了一会儿，然后重新发动了车子。一路上我们都在沉默。

——今晚想看电影吗？我可以翘个班。

——我不想离开莉莉。

——把她也带上？

——还是别了。不好意思，山姆。

那天傍晚，我在防火楼梯上找到莉莉。听到我开窗的声音，她抬头看了看，挥了挥手上的烟。“你不抽烟，所以我觉得总在你屋里抽烟不好，有点讨人厌。”

我把窗户开大一些，小心翼翼地爬了出去，坐在她旁边的楼梯上。酷暑 8 月，楼下的停车场被热气笼罩着，空气中没有一丝风的迹象，滚烫的柏油味渐渐升腾起来。整整一个月，午后骄阳似火，金属楼梯因为连续多日吸收热量而发烫。我往后靠了靠，闭上双眼。

“我本以为一切都会好起来的。”莉莉说。

我又睁开了眼睛。

“我以为如果皮特消失，所有的问题都能够得到解决；我以为如果找到爸爸的家人，就能找到一点归属感。现在皮特消失了，盖塞德消失了，我已经联系到爸爸的家人，并且有你在身边，却还是跟原本的期待相去甚远。”

我想告诉她，不要胡思乱想。我想说，在这么短的时间内，她已经有了很大的进步，找到了平生第一份工作，前景美好。简单地说，就是给出一种标准的成人式回答。但这些话听起来像是陈词滥调，有种自以为是的傲慢，好像我在以她的恩人自居。

道路尽头，一群白领围坐在酒吧后门一张金属桌边。再晚些时候，这里将挤满来自市中心的红男绿女，酒洒得满大街都是，喧嚣的吵闹声不时从敞开的窗户飘进来。

“我懂你的意思，”我说，“自从你父亲去世，我感觉自己从没正常过，感觉自己基本上就是一具行尸走肉。现在，我干着一份破工作，住在这间公寓里，在这里我大概永远都找不到家的感觉。虽然我差点没命，但那段经历根本没让我赢得什么智慧，或重获对生活的感恩之心。我参加了一个心理辅导小组，那里全是跟我一样内心纠结不堪的人。总而言之，我并未做出什么有实质意义的事情。”

莉莉想了想。“你帮了我。”

“嗯，基本上，这就是我目前的生活目标了。”

“你还交了个男朋友。”

“他不是我男朋友。”

“是啊，是啊，露易莎。”

我们望着脚下的车水马龙。莉莉吸了最后一口烟，在楼梯上按灭烟头。

“那是我下一步的生活目标。”我看着她手中的烟头。

她竟然面露愧色。“我知道，我会戒的，我保证。”

越过绵延的屋顶，太阳开始西沉，铅灰色的天空淡化了绚烂的橘色光芒。

“你知道吗，莉莉，有些事情也许就是要多花点时间，要多一些耐心，我觉得我们能够做到。”她伸手挽着我的手臂，把头靠在我肩上。我们看着夕阳缓缓下落，越来越长的日影慢慢爬上我们的头顶。我眼前浮现出纽约城的天际线，在心中默默想着，没有谁能获得真正的自由。也许，有些自由，不管是身体上，还是心理上，都要以某个人、某件事为代价。

夕阳已经完全落下，橘色的天空开始转成烟灰蓝色。莉莉起身将裙摆抚平，她看了一眼手中的烟盒，突然将里面的烟全部拿了出来，折成两半，扔到空中，烟草和白色碎屑在空中四下飞舞。她一脸得意地看着我，摊开两手：“好了，现在我这里完全是个无烟地带啦。”

“这样就行了吗？”

“怎么不行？你说过的，时间可能比想象的久一些。刚才就是我的第一步。你的第一步呢？”

“哦，天哪。也许我应该说服理查德，不要再让我们戴那顶丑到死的尼龙假发了。”

“这是很棒的第一步。你在公寓里碰到门把手跟触电似的，摘了它会舒服很多。”

她的微笑充满了感染力。我趁她还没把空烟盒扔到楼下的停车场，赶紧拿了过来，然后往后退了一步，让她回到屋里。她转身看着我，像是突然想起什么：“你知道吗，爱上别人，并不意味着你对爸爸的爱会有所减少。你不必为了怀念他，而弄得自己这么悲悲戚戚的。”

我盯着她。

“只是我的一点个人想法而已。”她耸耸肩，从窗子爬回屋里。

第二天醒来，莉莉已经上班去了。她留下一张字条，说午饭会带点面包回家。喝了咖啡，吃完早饭，我穿上运动鞋准备出门走走（马克如是说："运动有益于身体，也有益于精神！"），但手机突然响起——一个未知来电。

"你好啊！"

一时间，我竟分辨不出她的声音。"妈妈？"

"快看你的窗外！"

我走到客厅另一边，向外望去，看到母亲站在人行道上，热情地向我挥手。

"你——你到这里来干什么？爸爸呢？"

"他在家呢。"

"外公没事吧？"

"外公很好。"

"但是你从来没有自己来过伦敦，没有爸爸跟着，你连镇里的加油站都不去。"

"嗯，我想是时候改变一下了。我能上去吗？我可不想把新手机的通话时间都用完。"

趁母亲上楼的间隙，我在客厅转了一圈，将昨晚的一堆垃圾清扫干净。我镇定地开了门，张开双臂，准备迎接她。

母亲穿着那件做工精良的风衣，手包在肩上晃荡着（"免得有小偷"），头发烫成了卷儿，温柔地垂在脖子上。她笑得光彩照人，嘴唇上精心涂抹着珊瑚粉色的唇彩，胳膊下方还夹着家里的一本相册，其中的历史大概要追溯到 1983 年。

"真不敢相信你一个人就来了。"

"是不是很棒？我其实有点晕晕乎乎呢。地铁上我跟坐在旁边的小伙子说，三十年来，这是我第一次没人领着就跑到地下来，结果他吓得坐到四个座位以外去了，简直让我哭笑不得。要不要烧点水？”她坐下来，脱掉外衣，四下环顾着，“嗯，这个绿色的墙壁……挺有趣的。”

“莉莉选的。”

我在心里嘀咕着，母亲是开玩笑吧，父亲大概下一秒就会推门进来，大笑着说我是白痴，居然相信母亲会一个人出门。我把一只马克杯放在她面前。

“我不明白，你为什么不和爸爸一起来？”

她喝了口茶。“哦，真好喝，你沏的茶总是最好喝的。”她细心地用一本书作杯垫，“嗯，今天早上我醒来，满脑子都是那些不得不做的事——洗衣服，擦后窗，换外公的床单，买牙膏……我突然想，不，我做不到。这么美好的周六，我不要浪费在这些做了整整三十年的事情上。我要去冒个险。”

“冒险？”

“我觉得我们可以去看剧。”

“看剧？”

“是的，看剧。露易莎，你变成鹦鹉了吗？卡森斯夫人，就是那个做保险经纪人的，说莱斯特广场那边有个地方，可以买到当天未满座演出的折扣票。不知道你愿不愿意和我一起去？”

“特丽娜呢？”

母亲摆了摆手。“哦，她太忙了。怎么样？我们去看看能不能买到票？”

“我得跟莉莉说一声。”

“去跟她说吧。我把茶喝完，你把头发弄一下，我们就出发。对了！我买了张一日票，可以一整天来来回回坐地铁！”

我们买了两张《舞动人生》[1] 的半价票，同时还有一部俄罗斯悲剧正在上演，除此之外没有什么别的选择。

整个演出过程中，母亲全神贯注地观看着，不时用胳膊肘碰碰我，小声说："我还记得现实中工人大罢工那会儿，露易莎，那些穷人过得特别艰难。玛格丽特·撒切尔啊！你还记得她吗？哦，真是个厉害的女人。她拎的包总是很好看的。"当年少的比利飞舞到半空，心中满怀理想和抱负时，我注意到母亲安静地流泪了，用一块洁白干净的手帕捂住鼻子。

剧中男孩的舞蹈老师——威尔金森夫人，怀揣了太多的梦想，却从未走出那个小镇。我努力不把她与自己联想到一起。我有工作，有"不清不楚"的男友，周六下午在伦敦西区一家剧院看舞台剧。我合计着这些事情，仿佛在向某个看不见摸不着的敌人示威。

看完剧，我与母亲一同走入午后的阳光里，思绪却依然沉浸在剧情中。"好了，"母亲把包紧紧夹在胳膊下面（有些习惯永远也改不掉），"咱们可以去酒店喝杯下午茶。快走，我们要充分利用这一天。"

大酒店是去不起的，不过我们在干草市场找到了一家还算不错的，提供的茶点母亲也很满意。她在餐厅中间找了张桌子，坐下后开始对进来的每个人评头论足：他们的穿着如何，他们看上去是不是"外国人"，带小孩来是多么不明智，有些人的宠物狗看着像小老鼠似的。

"哎呀呀，看看我们呀！"无话可说的时候，母亲便感叹一声，"是不是特别棒？"

1.《舞动人生》（*Billy Elliot*），同名电影改编的舞台剧。以20世纪80年代英国煤矿工人大罢工为背景，讲述了一个男孩追求自己芭蕾舞梦想的故事。

我们点了壶英式早餐茶（母亲特地问了一句："就是普通茶的时髦说法，对不对？没有那种奇奇怪怪的味道吧？"），一份"下午茶豪华点心盘"：没有硬皮的小三明治，小小的司康（没有母亲做的好吃），以及包着金箔的蛋糕。母亲跟我聊了半个小时，回顾《舞动人生》，说这种活动应该每月进行一次，如果带上爸爸，他也会很开心的。

"爸爸怎么样？"

"哦，他很好。你知道你爸爸，就那样。"

我想详细问一问，但心中有些不安。等我再次抬起头，发现母亲正盯着我，目光锐利。"还有，露易莎，我没有刮腿毛，你父亲还是不开心。但人的一生应该有更重要的事情去做。"

"你今天跑来这里，他说什么了吗？"

母亲哼了一声，但马上小声咳嗽掩盖过去。"他不相信我会来。今天早上我把茶端给他的时候提了一句，他竟然哈哈大笑。实话跟你说，那把我弄得很烦，所以我穿好衣服直接出门了。"

我瞪大了眼睛。"你没告诉他？"

"我已经跟他说了。一整天他都在这个玩意儿，这个手机上面留言。"她瞟了一眼手机屏幕，然后干脆地塞回衣兜。

我坐在那儿，看母亲拿叉子优雅地叉起一块司康，放到自己盘中。她咬了一口，然后心情愉悦地闭上眼睛。"真的是太棒了。"

我咽了口唾沫。"妈妈，你不会跟爸爸离婚吧？"

她一下子睁开眼睛。"离婚？露易莎，我是个虔诚的天主教徒。我们不离婚，我们只会让男人痛苦一辈子！"

我付了钱，和母亲一起去卫生间。仿若洞穴的卫生间铺着胡桃色大理石，装饰着昂贵的鲜花，洗手池旁站着一名安静的服务员。

母亲认真而彻底地洗了两次手，闻了闻洗手池边一溜排开的洗手液，对着镜子挤眉弄眼。“我是很反对家长制的，所以不该这么说，但我衷心希望你们两姐妹至少有一个能找到好男人。”

“我遇到了一个人。”我脱口而出，连自己都没意识到。

她转身看着我，手中还拿着洗手液瓶子。“真的？！”

“是个急救员。”

“哇，真是个好消息啊。急救员！简直和水管工一样有用呢。那我们什么时候能见见他？”

我一下子支吾起来：“见他？我不确定……”

“怎么不确定？”

“嗯，就是，现在我们才刚刚开始，我不确定可以……”

母亲打开口红，盯着镜子。

“只是约会而已，你是这个意思吧？”

“妈妈！”我瞥了一眼一旁的服务员。

“嗯，那你到底什么意思？”

“我不确定自己是不是已经准备好投入一场严肃的感情中。”

“为什么？你还有其他什么事吗？你的卵子可不等人啊。”

“特丽娜怎么没来？”我赶紧换了话题。

“她找不到人带托马斯。”

“你之前说她很忙。”

母亲避开镜子里我的目光。她抿了抿嘴唇，利落地把口红放回包里。“她好像有点生你的气，露易莎。”她开启了那种当妈之人的专属“X光”，“你俩是不是闹别扭了？”

“我真不明白她怎么对我的任何事都要发表意见。”我发现自己语带愤懑，像个十二岁的女孩。

母亲找了把简易的椅子坐下，我坐在水槽的大理石台面上，对她和盘托出。我跟她讲了纽约的工作以及我无法接受的原因；莉莉的梦魇与逃离，而今她终于开始敞开心扉。“我已经安排好她与特雷纳太太的再次见面，一切进展顺利，但特丽娜就是不听。这事要是发生在托马斯身上，她肯定会第一个站出来说：‘我不能离开他。’”

把这些事情一股脑地向母亲倾诉出来，让我如释重负。她一定最能理解这种为人父母的责任与牵绊。“所以，她现在不理我了。”

令我意外的是，母亲对我怒目而视。

“耶稣啊，玛利亚啊，约瑟夫啊，你疯了吗？”

“怎么了？”

“在纽约工作，一切都打点好了，结果你却在机场那个破地方待着不走？你听到了吗？”她转身对服务员说，“简直不敢相信她会是我女儿。我向上帝发誓，真不明白她生来那副好头脑到底出了什么问题。”

服务员慢慢摇了摇头。“不好。”她说。

“妈妈！我在做正确的事！”

“为了谁？”

“为了莉莉！”

“你觉得除了你没人能帮那孩子振作起来了，是吗？嗯，你有没有问那个纽约人这工作能不能推迟几个星期再做决定？”

“这种工作没法推迟的。”

“你怎么知道的？要是不去要求，就得不到，对吧？”

服务员慢慢点点头。

“哦，天哪，我一想……”

服务员递给母亲一块擦手巾。她使劲地擦了擦脖子。“听我说，露易莎，我已经有了一个特别优秀的女儿，由于之前的错误决定，只能被责任绑在家里。不是说我不爱托马斯，我只是想告诉你，如果特丽娜晚点生孩子，她肯定能做特别了不起的事，一想到这点我就想大哭一场。我已经逃不掉了，要照顾你父亲和外公，这倒没什么。我一直在寻找自己的方式。

“但你呢？你的人生不能这样就算了。你听到了吗？不能满足于偶尔买买半价票，喝一次不错的下午茶。你应该出去闯！你是我们家唯一真正有机会的人！结果你为了一个根本不怎么了解的女孩子，白白浪费大好时机，真让我痛心！”

“我做了正确的选择，妈妈。”

“也许吧，但也许不是非得二选一不可。”

“不要求就得不到。”服务员说。

“你看！这位女士明白得很。你赶快回去，问问这位美国的先生，能不能想办法推迟一下……别这么看着我，露易莎。我对你还是太温柔了，该逼你的时候没能下得去手。你现在的工作就是个死胡同，没前途，你必须赶快脱身，开始真正的生活。”

“那工作已经没了，妈妈。”

“没了就怪了，你真的又问过吗？”

我摇了摇头。

母亲有点生气地整了整脖子上的丝巾。她从包里掏出两英镑的硬币，塞到服务员手中。“嗯，我必须要说，你把工作做得太好了！这儿都能吃饭了！味道太好闻了。”

服务员对她露出灿烂温暖的笑容。接着，像想起什么似的，她举起一根手指，朝门外看了两眼，然后掏出一串钥匙，走向自己的橱柜，迅速打开柜门，将一块植物香皂塞到母亲手里。

母亲闻了闻，叹了口气："啊，真是天堂的味道。我手里握了一块小小的天堂啊。"

"送给您。"

"送给我？"

服务员握紧了母亲捏着香皂的手。

"啊，你真是太好了。能知道你的名字吗？"

"玛利亚。"

"玛利亚，我叫乔西。我一定会再来伦敦，也一定会再来这里的。你看到了吗，露易莎？你永远也想象不到，突破一下自我会带来什么收获。你看看我这趟冒险收获多大！我这位可爱的新朋友玛利亚给了我一块世界上最好的香皂！"她俩像熟识已久的老友那样握手告别。

我不能告诉母亲。我不能告诉她从早上睁开眼睛醒来，到晚上闭眼睡去，我无时无刻不在想着那份工作。不管对别人怎么说，我自己其实一直都很清楚，错过了在纽约工作生活的机会，我一定会追悔终生。不论我如何安慰自己，还会有别的工作、别的地方，我心中始终放不下这个与我擦肩而过的机会，就像一时冲动买了廉价的包，无论到哪里都带着沉重的心理负担。

我把母亲送上火车，想着家里那位老爸肯定又会摸不着头脑大发脾气。回到家中，我拿出冰箱里山姆留下的那点食材，给莉莉做了份沙拉。晚上查看邮箱，我发现内森发来了一封新邮件。

我并不赞成，但还是对你在做的事情表示理解。威尔的在天之灵也会为你骄傲的。你是个好人，克拉克小姐。

24

怀抱

我并未真正身为人母，却也学到了一些为人母之道。那就是，无论你怎么做，很可能都是错的。不论你对孩子严加管束，还是放任不管，多半都会成为众矢之的。

假如你关怀备至，全力支持，只要孩子取得一点点成绩，比如按时起床或一整天不抽烟，就鼓励表扬，那基本上也算是毁掉他们的另一种方式。

而且，我还了解到，如果你只是在充当父母角色，那么，以上所有情况将全部适用于你。毕竟，你并未被赋予那份天然的权威，只是在喂养和照料一个人。

这些道理我明白得很。我让莉莉上了车，说带她去吃午饭。事情有可能变得很糟，我告诉自己，但至少我们俩可以共同承受。

莉莉一路上都在忙着看手机，戴着耳机的她整整四十分钟后才抬头看了看窗外。她对着一个路标皱了皱眉："这可不是回你父母家的路。"

"我知道。"

"那我们去哪儿？"

"我跟你说过了，去吃午饭。"

她一直盯着我看，终于接受了我不会做出进一步解释的事实，然后看向窗外。“天哪，有时候你真的很烦人。”

半小时后，我们在皇冠加特酒店门口停了车。这是一栋红砖建筑，周围是两英亩的开阔草地，位于牛津郡以南，距城区大约二十分钟车程。这里处于双方住所的中间地带，大家心理上比较容易接受。莉莉下车，重重地关上了门。她在向我示威，表明她真的很烦。

我没理她，稍微涂了一下口红，然后径直走进餐厅，让莉莉跟在身后。特雷纳夫人已经在桌边等着了。莉莉看到她，小声抱怨了一下。

“怎么又唱这一出啊？”

“因为情况有变。”我把她往前推。

“莉莉。”特雷纳夫人站起身。她明显做了头发，发型变得和原来一样精致，还化了淡妆。妆容与发型，又让她恢复了往日那个特雷纳夫人镇定自若的神采。此刻，她很清楚，外表虽不能说明一切，但至少可以成为某些东西的基础。

“您好，特雷纳太太。”

“嗨。”莉莉含混不清地打了个招呼，没有伸手，只是坐在我旁边的座位上。

特雷纳太太显然注意到了这一点，却只是微微一笑，坐下来叫了服务员。“这家餐厅你父亲比较中意。”她把餐巾摊在膝盖上，“我偶尔可以说服他离开伦敦，一般我们就在这儿见面。菜做得很不错，米其林星级餐厅。”

我看了看菜单——比目鱼丸配杏仁奶油酱和海鳌虾，烟熏鸭胸配以色列古斯米……我衷心希望，既然这家餐厅是特雷纳夫人建议的，她应该也会请客吧。

“太讲究了吧。”莉莉说。她一直低头看着菜单。

我瞥了特雷纳太太一眼。

“威尔也这么说过，但是菜的味道很好，我会点鹌鹑。”

“我要黑鲈。”莉莉说完合上了皮制封面的菜单。

我盯着眼前的菜单，那上面的菜我都不怎么认识。芜菁甘蓝是什么玩意儿？骨髓海蓬子意大利饺又是什么？我是不是可以直接要个三明治了事？

“您可以点菜了吗？”服务员出现在我身旁。我等她们俩点好了其他菜，忽然发现一个在巴黎时学会的法语单词。“炖牛颊肉好吗？”

“配土豆泥和芦笋？当然，女士。”嗯，牛肉，我心想，牛肉我还是可以吃的。

等开胃菜的时间，我们聊了些小事情。我告诉特雷纳夫人，自己还是在机场工作，不过上面在考虑给我升职。这样我的工作听上去就体面多了，免得每次说起这份工作，别人都觉得我是在哭穷卖惨。我告诉她莉莉也找到了一份工作。我本来担心特雷纳太太听到莉莉的工作会吓得直哆嗦，但显然我的担心是多余的，特雷纳太太只是点了点头，“听起来很有意义。起步阶段，干点脏活累活没关系的。”

“根本没有任何前途，”莉莉语气坚决地表示，“一天到晚辛苦个不停。”

“嗯，送报纸也没什么前途，可你父亲毕业前整整送了两年报纸呢。这至少可以培养职业道德。”

“而且小店里那种法兰克福小香肠很有市场呢。”我说。

“真的吗？”惊讶的神色从特雷纳太太脸上一掠而过。

旁边桌的客人打断了我们的谈话。一位老太太被两名男性亲属搀扶着走到餐桌旁，落座时人们一阵手忙脚乱，一惊一乍的，相当引人注目。

“我们收到您的相册了。”我说。

“哦，收到了！我还在想这事来着。嗯……你们喜欢吗？”

莉莉瞥了她一眼。“挺不错的，谢谢您。”她说。

特雷纳太太喝了一小口水。“我想让你看到威尔的另一面。有时，人们提起他的一生，只想到他的死。我想让你知道，威尔不只是轮椅上的他，也不是他的死能够定义的。”

我们静静听着。

“挺不错的，谢谢您。”莉莉又重复了一遍。

菜上来了，莉莉又陷入沉默。服务员们过分殷勤地在走道上来回穿梭，随时准备为我们添满杯中的水，加满盘中的餐前面包。餐厅里坐满了如特雷纳夫人这样的人：衣着体面，谈吐不凡。对于他们来说，比目鱼丸是极寻常的午餐，他们从不会为菜单上的菜名而烦恼。特雷纳太太询问了我家人的情况，语气热切地提起我的父亲。“他之前在城堡干得很好。”

“离开那里不再回去，那感觉一定很奇怪。”说完，我心里颤抖了一下，心想这句话是不是越界了。

但特雷纳太太只是看着眼前的桌布。“是挺奇怪的。”她点头表示赞同，露出一个不自然的笑容，然后喝了口水。

整个前菜的过程中，对话就这样有一搭没一搭尴尬地进行着（莉莉点的是烟熏三文鱼，特雷纳太太和我点的都是沙拉），像新手磕磕绊绊地学开车。我看到服务员端着主菜过来，心里松了口气，但当他把那盘菜放在我面前时，我的笑容消失了。它看上去一点也不像牛肉，有点像浸了水的棕色垫子，上面还浇了厚厚的棕色酱汁。

“不好意思，”我对服务员说，“我点的是牛肉？”

他盯着我看了一会儿：“这就是牛肉，女士。”

我们都盯着我面前的盘子。

“炖牛颊肉？”他说，“牛脸肉？”

“牛的脸？”

我们还是盯着我面前的盘子。我的胃里略略翻腾了一下。

“哦，是啊，”我说，“我——对，牛颊肉，谢谢你。”

牛颊肉。我不好意思问是牛脸颊上的哪块肉，也不知道到底哪块肉比较糟糕。我对特雷纳太太笑了笑，然后开始一点点地吃土豆泥。

我们近乎沉默地吃着。特雷纳太太和我似乎找不到什么共同话题可聊。莉莉心不在焉地来回拨弄盘中的食物，这位正值青春期的少女不情愿地被大人拽来吃了一顿过于高档的午餐，话就更少了，偶尔说上一句，也是话中带刺，像在故意考验面前这位奶奶。我用叉子一点点吃着自己那盘，努力忽略耳朵里那细小的尖叫声：你在吃动物的脸！脸啊！

我们终于吃完午餐，各自点了杯咖啡。服务员刚离开，特雷纳太太便把餐巾放到桌上。“我受不了了。”

莉莉抬起头，看看我，又看看特雷纳太太。

“菜很好吃，听你们讲讲工作进展也很不错，但这其实并不能推进我们的关系，对吧？”

我以为她认为莉莉的表现太过分，准备离席了。我看见莉莉一脸惊讶的表情，意识到她应该跟我想的一样。但特雷纳太太只是推了推面前的杯子和调料碟，身体前倾靠向桌对面的莉莉。“莉莉，我没有想请你吃顿饭讨好你，我是来道歉的。很难解释那天你出现时我的状况，那场糟糕的碰面不是你的错。我很抱歉，你来见家人，却搞得这么……不愉快。”

服务员端着咖啡走过来。特雷纳太太没有转身，只是抬起一只手。“给我们两分钟，好吗？”

服务员端着托盘迅速退后。我一动不动地坐着。特雷纳太太深吸一口气，脸绷得紧紧的，声音相当急切：“莉莉，我失去了我的儿子，你的父亲。说实在的，我可能在他去世前的某个时间就已经失去他了。他的死，带走了我人生中可以依靠的一切：我的母亲角色，我的家庭，我的事业，甚至我的信念。坦白地说，我感觉自己陷入了一个黑洞。但是，自从突然得知他有个女儿，我有个孙女，我意识到，或许我还没有失去一切。”

她哽咽了。

“我不想说你把他的一部分带回来给了我，因为那对你不公平。我看得出，你是个个性鲜明的姑娘，对我而言，你是个全新的人，需要我的关心和呵护。我希望你可以再给我一次机会，莉莉，因为我很想——不——是非常想跟你相处一段时间。露易莎告诉我你很有个性，那么你该知道，你的家人们正是如此，所以我们彼此间会有一些磕绊，如同我与你父亲之间。无论如何，我想让你知道我的心声，就算今天一无所获。”

她拉起莉莉的手，紧紧握着。“认识你，我非常非常高兴。你的存在改变了一切。我的女儿、你的姑妈乔治娜下个月会飞过来见你。她一直在问，咱们俩能不能找个时间去一趟悉尼，跟她住一段时间。我包里还带着一封她写给你的信。”

她的声音低了下去：“我知道，你父亲已经不在了，这个遗憾我们永远无法弥补。我也知道我不是——嗯，我也还没有摆脱以前的事情——但是，你觉得……有没有可能……稍稍接纳一个有点烦人的奶奶？”

莉莉盯着她。

“是不是至少可以……试一试？”特雷纳太太的声音有点哽咽。

一阵长久的沉默。我可以清楚地听到自己的心跳声。莉莉看了看我，又将目光转回特雷纳太太身上。“您想……想让我搬来和您一起住吗？”

“如果你愿意的话，我当然很想。”

“什么时候？”

“你什么时候能来？”

我从来没见过卡米拉·特雷纳失态的样子，但此刻她的脸因兴奋而变得扭曲。她又伸出另一只手放在桌上。莉莉犹豫片刻，拉起这只手。白色的亚麻桌布上，她们紧紧勾住彼此的手指，如同一场海难的幸存者。服务员就站在不远处端着托盘，不确定该不该走上前来。

“我明天下午带她回来。”

我站在停车场，莉莉守在特雷纳太太车旁。莉莉吃了两份甜品，一份是她自己点的巧克力熔岩蛋糕，一份是我的（那时候我已经完全没有胃口了），此时她正调整着牛仔裤的腰带。“确定吗？”我不知道这句话问的是奶奶还是孙女。我心里明白，刚刚达成的谅解非常脆弱，很有可能一言不合就翻脸。

“我们没事的。”

“我明天也不用工作，露易莎，”莉莉很大声地说，“星期天是萨米尔的表弟负责。”

虽然莉莉笑得极为灿烂，但把她俩单独留在那儿还是感觉怪怪的。我本想叮嘱她“别抽烟，别说脏话”，甚至想说“不然我们下次再说吧”，但莉莉干脆地挥了挥手，转身便坐上了特雷纳太太大众高尔夫副驾驶的位置，头都没回。

好了，我管不了了。

特雷纳太太转身也要上车。

“特雷纳太太，能问个问题吗？”

她停下脚步。“叫我卡米拉。我们之间就不用这么客套了，对不对？”

“卡米拉，你和莉莉的母亲谈过了吗？”

“嗯，谈过了。”她蹲下来，揪出夹在车身缝隙里的一根小草，“我告诉她，以后想多跟莉莉相处。我明白，在她看来，我肯定不是模范母亲。坦白地说，我和她都不是好母亲。不过，这一次，她应当慎重地考虑一下，把孩子的幸福快乐放在自己的幸福快乐之前。”

我不知道自己有没有惊讶地张大嘴巴。“‘应当’这个词用得很好。”我勉强开了口。

“对吧？”她挺直了腰板，眼睛里闪烁着微微的狡黠，“嗯，我一点也不怕塔尼亚·霍顿－米勒。我觉得我能跟莉莉相处得很好。”

我转身朝自己的车走去，但特雷纳太太拦住了我。“谢谢你，露易莎。”她把手放在我的手臂上。

“我也没有……”

“你做了很多，我完全明白，应该好好谢谢你。我希望以后有什么事可以帮到你。”

“哦，不需要，不需要。我很好。”

她望着我的眼睛，然后露出一个微笑，她的口红涂得实在完美。“我明天给你打电话，商量送莉莉回你那儿的事。”

特雷纳太太把手包夹在胳膊下面，走回车旁。莉莉在车里等着。

我注视着那辆高尔夫消失在视线里，然后给山姆打了电话。

田野之上，一只秃鹰展开巨大的双翼在一片湛蓝中翱翔。我答应帮山姆砌砖，但只砌了一排（是我之前给他递的砖）。天气极为闷热，他建议休息一下，喝点冰镇啤酒。我们在草地上躺了一会儿，就再也不愿爬起来了。我跟山姆讲了牛颊肉的故事，他哈哈大笑了好久，然后努力摆出一副严肃脸，因为我提出了抗议。为什么不取个好辨认的名字？当时就像点了鸡屁股一样尴尬。

我舒展身子躺在他身边，听周围的鸟语虫鸣与风吹青草的轻柔低语，看桃粉色的太阳慢慢向地平线滑落。我告诉自己，如果可以像现在这样，试着不去担心莉莉有没有说脏话，生活其实并没有那么糟。

“每每这种时候我都会觉得，还费劲修什么房子呢？”山姆说，“干脆在田野里躺到地老天荒算了。”

“好计划。”我嚼着一根草，“不过到了 1 月份，在雨水里冲澡可没那么享受。”

我听到他低低的笑声。

我是直接从餐厅出发找山姆的。身边没有了莉莉，我有种难言的失落，不愿意一个人待在公寓里。我把车停在山姆家大门外，趁等待引擎熄火时，坐在车里看山姆。他悠然自得地沉浸在自己的世界里，往砖上抹些灰泥，然后压到另一块砖上，不时用褪色的 T 恤擦擦眉毛上的汗珠。我感觉心里有什么东西放松了。山姆没有提起我们前几次尴尬的谈话，让我万分感激。

一片孤独的云缓缓飘过天空。山姆动了动腿，然后靠近我。他一只脚有我的两倍大。

“不知道特雷纳太太有没有把照片重新摆出来，为了莉莉。”

“照片？”

“装了相框的照片，我跟你说过的。上次莉莉和我去她那儿的时候，她家里没有摆一张威尔的照片。收到那本相册的时候我大吃一惊，因为我以为她把那些照片全毁了。”

山姆没说话，像在想着什么。

“是挺奇怪的。不过仔细想想，我也没有摆威尔的照片。也许，需要一段时间……才能重新面对照片里的目光。你花了多久，才把姐姐的照片摆回床头的？”

“我一直没有撤。我喜欢姐姐一直守在那儿，就像照片里那样……还是她原来的样子。”他把手伸过头顶，“看着那张照片，我耳边会响起她的声音：‘山姆，你个大笨蛋，该做什么就做什么啊。’”他转过头看着我，“还有，能让杰克看到她的照片，也很好。这样一来，他知道自己可以谈母亲的事情。”

“也许我也应该摆一张。在公寓里能够看到父亲的照片，对莉莉也应该很好吧。”

母鸡们在四散觅食。几米开外，有两只扑腾进了一个土堆。它们扇动着羽毛，扭动着身子，尘土像云一样一团团扬起来。原来，家禽同样个性分明。那只栗色的母鸡霸道而专横，那只羽毛上长着花斑的母鸡则性情温顺，充满热情。还有那只小小的矮脚鸡，每天晚上都得费劲把它从树上弄下来，抱回鸡窝。

“我是不是该给她发个信息，了解了解情况？”

“给谁？”

“莉莉。”

“别管她们，她们没事的。”

“我知道你说得对，我只是有点不适应。在餐厅里我一直看着她，第一次发现她是那么像他。我觉得特雷纳太太，哦，卡米拉，也看出来了。她不时眨着眼，若有所思地看莉莉做那些特殊的小动作，像突然想起了从前的威尔。有一次莉莉只是挑了一下眉毛，我们俩却都出神地盯着她，那个动作简直跟威尔一模一样。”

“那今晚你想干什么？”

“哦……我都行的，你决定吧。”我伸了个懒腰，青草把脖子弄得痒痒的，“我可能会一直躺在这儿。要是你碰巧轻轻压在我身上，也没关系。”

我等他大笑着回应，但他没有。

“那……可不可以……聊聊我们的事？”

“我们？”

他抽出嘴里的草叶。“嗯，我就是想……嗯，我想知道你是怎么想的。”

“你搞得‘我们’好像一道数学题似的。”

“只是想确定我们之间没有误解，露。”

我看他甩掉那根草，又摘了一根新的。“我觉得我们不错。”我说，“嗯，这次我不会再责备你不关心自己的小孩，或者乱交女朋友了。”

“但你还是有所保留。”

虽然他语气轻柔，我心里还是猛地一沉。

我用手肘撑着坐起来，低头看他。“我人在这里，对吧？这一天下来，你是我最想打电话的人；一有空我们就见面。我觉得这可不是有所保留。”

“是啊，我们见面，我们在一起，我们吃好吃的。”

“我觉得这大概是所有男人梦寐以求的关系吧。”

“我不是那样的男人，露。”

我们沉默对望了一分钟，刚才的放松感消失得无影无踪。我手忙脚乱，心怀戒备。

他叹了口气："别这样，我又不是在逼婚。我只想说……我从没见过这么不爱谈论未来的女人。"他把手放在额前，眯眼望着落日，"你不想长期交往下去也没关系，就按你的想法来，但我只想知道你在想什么。嗯，自从艾伦去世以后，我觉得人生苦短，我不想……"

"你不想什么？"

"在没有未来的事情上浪费时间。"

"浪费时间？"

"用词不当，我太不会说话了。"他也撑着地坐了起来。

"干吗非要说得这么清楚？我们在一起很开心，为什么不能顺其自然地走下去，看看能走到哪一步？"

"我是个正常人，好吗？跟一个还在爱着鬼魂的人在一起已经够难了，况且这个人并未交出真心。"他用手捂住眼睛，"天哪，真不敢相信我刚刚说了什么。"

等我终于能够开口说话，声音却哽咽难平："我没有还在爱着鬼魂。"

这次他没有看我，只是稍稍转换坐姿，揉了揉脸。

"那就放下他吧，露。"

他有点笨拙地站起来，往车厢走去。我久久凝视着他的背影。

第二天晚上，莉莉回来了，皮肤晒黑了一些。她进屋后一屁股坐在沙发上，我正从洗衣机里拿出洗好的衣服，第无数次犹豫着要不要给山姆打电话。我站在厨房吧台前，看她把双脚搭到茶几上，拿起遥控器调着台。

"怎么样？"我等了一会儿才问。

“还不错。”

我原以为莉莉会有更多的反应，例如放下遥控器转身回房，边走边小声咕哝“这家人真可怕”，可她只是漫不经心地换着台。

“你们做什么了？”

“没做什么，只是聊了会儿天。哦，还整理了一下花园。”她转过身，用手掌撑着下巴，“喂，露，还有坚果燕麦片吗？我快饿死了。”

25
生日派对

——我们还说话吗？

——当然。你想说什么？

有时，看着身边人形形色色的生活，我怀疑生命中那些不可磨灭的伤痕是否不可避免。毁了你的不只是你爸你妈，拉金先生[1]。我环顾四周，就像某个戴上眼镜、重新拥有清晰视野的人，发现几乎每个人身上都被烙下了爱的残酷印记。我们总会痛失所爱。他们有的不知所终，有的匆匆离去，有的葬入坟墓。

威尔带给我们所有人的痛，兼而有之。他本无意如此，但单单一心求死的选择本身，已是莫大的伤害。

我曾经深爱的这个男人，为我打开了一扇通往新世界的大门。但他对我的爱还不够深切，不足以令他继续坚守在这个世界上。而今，我过于胆怯，不敢去爱一个有可能爱我的男人，只怕万一……万一什么呢？晚上，莉莉躲在房间沉浸在手机中，整个公寓安静下来，我苦思冥想着。

---

1. 电影《拉金先生的一大步》中的人物。

山姆没有打来电话，我不能怪他。就算打来了，我又能说什么呢？事实上，我之所以不想谈我们之间的问题，是因为我根本不知道该怎么谈。

并不是说我不想和他在一起。有他在身边，我好像变得有点可笑起来。我傻里傻气地笑，幼稚地讲着笑话，心中泛起的热情让自己都感到无比惊讶。有他在身边，我感觉好了很多，更加喜欢自己，喜欢周围的一切。

但是……但是……

和山姆展开一段认真的恋情，是否意味着失去更多？从统计数据来看，大多数恋情终将以失败告终。并且，鉴于我过去两年来的心理状态，我们似乎不太可能逃脱数据的魔咒。我们可以小心翼翼地聊一聊，我们可以短暂地纵享美好时光，可最终，爱便意味着更多的痛苦、更多的伤害。我伤害自己倒没什么，要是伤害到他，就太糟糕了。

谁能承受得住呢？

我又睡不好了，闹钟响时没有及时醒来，所以，就算后来在高速公路上狂奔，也没能准时赶上外祖父的生日，今天是他八十大寿的日子。父亲拿出托马斯洗礼时用过的折叠帐篷，好久没用了，看上去松松垮垮的，上面还长了一层青苔。父亲把帐篷支起来，放在花园一侧。通往后巷的门敞开着，左邻右里进进出出，带来蛋糕和美好的祝福。作为主角的外祖父，坐在一张塑料户外椅上，朝那些他已经认不清的人点头致意，偶尔怀着期待的目光看一眼手上叠起来的《赛马邮报》。

“说起这个升职，”特丽娜负责端茶倒水，她拿着一把巨大的茶壶倒茶，并把茶杯分发给来客，“具体是什么意思？”

“嗯，我会有个头衔，每次轮班结束后，由我负责查账，还有一串钥匙归我管。”理查德·帕西瓦尔告诉我，这些都是很重要的职责。说这话时，他一脸浮夸的庄重，仿佛递给我的钥匙是圣杯之类的神物。“明智地运用这些职权。”这是他的原话。我心里一直碎碎念，一串酒吧钥匙，我能拿来干什么呢？耕出一地的粮食？

“薪水呢，怎么样？”我接过她递来的茶杯，抿了一口。

“每小时多一英镑。”

“嗯。”她并不满意。

“我不用再穿那套制服了。”

她上下打量着我。为了回来祝寿，我早上特意穿了一条“查理天使”的连体裤。

“嗯，这挺不错。”她为拉斯洛太太指了指三明治的方向。

我还能说什么呢？只是一份工作而已，算是取得了一点进展。我不能告诉她，有时候工作就像某种特别的折磨，我不得不看着每架飞机在跑道上滑行，像只大鸟在积聚力量，然后一飞冲天。我不能告诉她，每天穿上那件绿色的 Polo 衫，总让我有种怅然若失的感觉。

“妈妈说你找了个男朋友。”

“他不算是男朋友。”

“这个她也说了。那到底是什么呢？你们只是偶尔约一下？”

“不是。我们是好朋友。”

“所以他长得很难看。”

“不难看，他很帅。”

“但是内心很渣。”

“虽然不关你的事，但是他很棒，也很聪明，你不要……”

“所以他是有妇之夫。”

“他不是。我的天哪，娜娜，你能不能乖乖听我解释？我喜欢他，但还无法确定自己能否投入一段新的感情。”

“因为有一大批长得帅，又有工作的单身性感男人排着队等你临幸？”

我对她怒目而视。

“我就那么一说。这么好的男人你还挑来挑去的。”

“你考试成绩什么时候出来？”

“别想转移话题，”她叹了口气，又开了一罐牛奶，“再过几个星期吧。”

“怎么啦？你分数肯定很高，你应该有这个自信。”

“分数高低又有什么区别？我没出路的。”

我皱皱眉头。

“斯托特福德没什么工作机会，而我既租不起伦敦的房子，也买不起托马斯的儿童医疗保险。再说，我刚入行，不管考试成绩有多好，薪水也不会高的。”

她又倒了一杯茶。我本想反驳她，但我太了解目前就业市场的残酷了。“那你准备做什么？”

“暂时先待在这儿，大概在家和伦敦之间上下班吧。希望妈妈不要拒绝去接托马斯，她最近可是在搞女权革命啊。”她笑了一下，却比哭还难看。

我从没见过妹妹情绪低落的样子。很多时候，她就算心情不好，也会奋力前行。她像机器人般坚信，当忧郁的情绪袭来时，必须停止抱怨，振作精神。我正苦想该怎么回复她，突然听到餐台那边一阵骚动。抬头看去，原来父母亲正隔着一个巧克力蛋糕怒目相向。他们尽量压低了声音，字字句句从牙缝里挤出来，显然不想让外人看出他们在吵架，却又无法忍住不吵。

“妈妈？爸爸？没事吧？”我走上前去。

父亲指着桌上的蛋糕。“这个蛋糕不是咱们自己做的。”

“什么？”

“这个蛋糕，不是咱们自己做的。你看。”

那个装饰着糖霜的巧克力大蛋糕，蜡烛之间还点缀着巧克力豆。

母亲恼怒地摇着头。“我要写篇论文。”

“论文？你又不上学！外公的蛋糕都是你亲手做的。”

“这个蛋糕很棒，是在维特罗斯[1]买的。爸爸应该不介意不是手工制作的吧。”

“他当然介意了，他可是你父亲。你介意的吧，爸爸？”

外祖父转头看看我们，轻轻摇了摇头。周围的邻居突然停止了交谈，紧张地面面相觑。巴纳德和乔西这对克拉克夫妇可从来没红过脸呀。

“他这么说只是不想让你难过。”父亲哼哼地出着气。

“要是爸爸都不难过，巴纳德，你操的哪门子心？只是一个巧克力蛋糕而已，别搞得好像我不重视他生日似的。”

“我只想让你以家庭为重！这要求是不是太高了，乔西？一个亲手做的蛋糕？”

“我人都在这儿了！蛋糕也有，还插了蜡烛！三明治也管够！我又没有自顾自地跑去巴哈马晒太阳！”母亲把手里一摞盘子重重地放在桌面上，双臂抱在胸前。

父亲还要张口说话，但母亲抬起一只手示意他闭嘴。“那，巴纳德，

1. 英国知名的高档超市。

你这个以家庭为重的男人，这些到底有多少是你操办的，嗯？”

“哎呀……”特丽娜朝我靠近一步。

“爸爸的新睡衣是你买的吗？是吗？是你叠的吗？都不是。你根本都不知道他穿多大码数。你连自己的裤子都不知道是几号，因为都是我帮你买的！今天早上七点起床去买面包做三明治的人，是你吗？不是。还不是因为昨晚有个白痴从酒吧回来吃了吐司，把剩下的放在外面，隔了一夜已经不新鲜了。结果呢？你一起床就舒舒服服地坐着看报纸，看什么体育新闻。

“这几个礼拜，你一个劲儿朝我发牢骚，就因为我胆敢花百分之二十的时间来过自己的生活，胆敢在入土前看看自己还能做点什么。搞搞清楚，我在帮你洗衣服，在照顾爸爸，在做饭扫地，你就因为我在店里买了个该死的蛋糕而抱怨不停。嗯，好啊，巴纳德，我在商店买蛋糕，显然忽略了你的感受，而且显得很不尊重人。行啊，你可以把这个蛋糕塞进你的……”母亲吼了一声，“塞进你的……嗯……厨房就在那边，打蛋盆也在那边，有本事你自己去做一个啊！”

说完，母亲把蛋糕盘往上一掀，直接落在父亲眼前。她用围裙擦了擦手，跺着脚穿过花园，进了屋。

经过天井，她停下来，脱下围裙扔到地上。“哦，对了！特丽娜，你最好告诉你爸爸蛋糕食谱在哪里。他在这家里才住了三十年，肯定不知道放在哪里。”

这场闹剧过后，外祖父的生日派对没有持续多久。邻居们陆续散去，边走边小声议论着。他们过分热情地感谢我们，说派对很棒，眼神却闪烁不定地望向厨房。看得出来，他们和我一样，尴尬又困惑。

“其实已经积累好几个星期了，”我们清理桌子的时候，特丽娜小声说着，“爸爸觉得妈妈不够关心他，而妈妈不理解爸爸为什么就是不肯放手，让她自己稍微成长一下。”

我瞟了一眼父亲，他正怒气冲冲地从草地上捡拾餐巾和空啤酒罐，看上去非常非常沮丧。我想起那场伦敦酒店的下午茶，那个容光焕发、享受新生活的母亲。“但他们是老夫老妻了，不应该有这些感情问题啊！”妹妹挑起眉毛。

“你不觉得吗……”

“当然不觉得。”特丽娜说，语气听起来并不笃定。

我协助特丽娜收拾好厨房，陪托马斯玩了十分钟的“超级玛丽”。母亲待在房间里，应该是在写论文。外祖父带着轻松的表情看着第四台的赛马比赛，这显然比生日派对更能让他舒心。我怀疑父亲又去酒吧了，正当我刚走出家门准备离开时，发现他坐在工作用小货车的驾驶座上。

我敲了敲车窗，然后开了车门，坐在他旁边。我原以为他在听赛事结果，却发现收音机没开。

父亲长叹了一口气：“你肯定觉得我是个老糊涂。”

“你不是老糊涂，爸爸。”我用手肘推了推他，“至少，你一点都不老。”

我们默默坐着，看艾丽斯家的两个男孩骑车在路上穿梭。小的那个骑得太快，摔倒在路中间，我跟父亲看到后，不约而同地抖了一下。

“我只希望一切不变，这种要求过分吗？”

“没有什么能够永恒不变，爸爸。”

“我只是……我只是有点想念原来那个老婆。”他的话听起来很凄凉。

“爸爸，你应该高兴，因为你老婆依然生机勃勃。妈妈很兴奋，她觉得自己在用全新的眼光看这个世界。你必须给她一些个人空间。”

父亲阴沉着脸，紧紧抿着嘴。

“妈妈还是你的老婆。她爱你。”

他终于转头看着我。“万一她觉得我才是那个生活一片空白的人呢？万一她被这些新东西洗了脑……”他哽住了，“万一她要离开我呢？”

我紧握着他的手，认真想了想，又斜身拥抱了他。“你不会允许这种事情发生的。”

他给了我一个苍白的笑容。回伦敦的路上，这笑容在我脑海中久久无法抹去。

我正准备参加小组活动的时候，莉莉回家了。她又去卡米拉那儿了。和往常一样，她指甲里黑乎乎的，显然又到花园里干活了。莉莉开心地说，她帮邻居将花园边缘的灌木丛彻底修剪了一下，邻居特别高兴，给了她三十英镑。“其实，她还送了我一瓶红酒，我把它放在了奶奶那里。”她已经不自觉地喊起了“奶奶”。

“哦，昨天晚上我还在 Skype 上跟乔治娜聊了会儿天。她那边是早上，不过真的很棒。她要给我发很多她和我爸爸小时候的照片，还说我真的很像他。她非常漂亮，养了一只叫贾克布的狗。她弹钢琴的时候，那狗在旁边直叫唤。”

莉莉滔滔不绝地讲着。我往桌上放了碗沙拉，拿出面包和奶酪给她吃。我不知道该不该告诉她，史蒂文·特雷纳先生几周以来第四次打来了电话，想让莉莉看看他们家的新生儿。“我们是一家人。现在孩子平安出生，黛拉也放松了许多。”也许现在说这个不是时候。我拿钥匙准备出门。

“哦，”她说，“趁你还没出门，跟你说一声，我要回去上学了。”

“什么？”

“我要去奶奶家附近的学校上学了。还记得吗，之前跟你提起过的，就是我很喜欢的那所？寄宿学校，每周六天，周末我住在奶奶家。”

我正在倒沙拉酱，弄掉了一片叶子。“哦。”

“对不起，本想早点告诉你的，但一切发生得实在太快了。我一说起那个学校，奶奶马上给学校打了电话。那边欢迎我过去。你肯定想不到，我的朋友荷莉还在那儿！我在脸书上跟她聊了聊，她迫不及待地盼着我回去。这一切真的是太棒了。我没有把那些事情全部告诉她，也不能告诉她。她认识的是以前的我。她……人挺好的，你知道吗？”

我听她兴奋地诉说着，拼命忍住汹涌而来的情绪。“什么时候去上学呢？”

“嗯，9月份开学的时候，我肯定得在。奶奶觉得我最好早点搬过去，可能下周吧。”

“下周？”我一阵晕眩，“那——那你妈妈怎么说？”

“她听说我要回去上学，挺高兴的，况且是奶奶付钱。看得出，她不是很喜欢奶奶，但她说都可以。‘你高兴就好，莉莉。我希望你不要像对待别人那样对待你的祖母。’”

莉莉模仿着塔尼亚的口气，自顾自地笑了起来。“她这话一说出口，我就看了看奶奶。奶奶只是稍微挑了挑眉，但我对她的心思知道得一清二楚。对了，我跟你说过吗，奶奶把头发染成了那种漂亮的栗棕色。她现在看上去气色好多了，不再像癌症病人啦。”

“莉莉！”

“没事的。当我也这么说给她听时，她还哈哈大笑呢。”莉莉微笑着回忆，“爸爸应该也会有如此评价的。”

“嗯，”我等待着自己的呼吸恢复正常，“你好像把什么事都安排好了。”

她瞥了我一眼：“别说得这么酸溜溜的。”

“不好意思，只是……我会想你的。”

莉莉看着我，突然给了我一个意料之外的灿烂笑容。“你不会想我的，傻瓜，因为假期我还会回来的。我不可能一直待在牛津郡，会疯掉的，那儿都是些老人家。不过那里相当不错。奶奶感觉……奶奶身上有种家人的感觉。我原以为会尴尬的，但是根本没有。嘿，露……”她给了我一个热情的拥抱，“你还是我的朋友。其实，你已经与我情同姐妹了。”

我也用拥抱回应了她，脸上努力保持着微笑。

“不管怎么说，你需要隐私啊。”她松开手，仔细撕下一片纸，把从嘴里吐出的口香糖包好，“听你跟那个救护员帅哥在走廊上亲热，其实挺恶心的。”

——莉莉要走了。

——去哪儿？

——去她祖母那儿。我感觉有点奇怪，她却那么开心。不好意思，我并没有故意整天谈论与威尔有关的事，只是没有别的人可以说说话。

莉莉把行李收拾妥当，开开心心地抹掉了次卧里几乎所有她的痕迹，只留下康定斯基的画作、那张简易床、一摞亮闪闪的杂志，以及一个空的除臭剂罐子。我开车送她去车站，一路听她喋喋不休，努力掩饰自己的失落。卡米拉·特雷纳正在目的地等她。

“你一定要来玩儿。我的房间真的很棒。邻居家养了匹马，对面的农夫说我可以骑它。哦，对了，还有一家很不错的酒吧。”

她抬头看了看车站的显示屏，意识到时间紧迫，跳了起来。“哎呀，我的车次，该进去了。十一站台怎么走？”她在人群中快跑起来，旅行袋在肩膀上有节奏地甩着，穿着黑色紧身裤的双腿显得格外修长。我站在原地一动不动，目送她离开。她的步子越迈越大。

突然，她停了下来，转身看向留在进站口外的我。她朝我挥挥手，露出一脸灿烂的笑容，秀发在脸庞周围翻飞。“嘿，露！”她大声喊着，“我一直想告诉你，开始新生活并不意味着你对我爸爸的爱会有所减少，你知道吗？我觉得他一定也会这么跟你说的！”

接着她便消失在人群中。她的笑容，真的和他的一模一样。

——她从来都不属于你，露。

——我知道。我只是把她当成生活的一个目的。

——只有一个人能给你生活的目的。

我静静地消化了一下这句话。

——我们能见面吗？求你了。

——今晚我要上班。

——下了班来我家？

——可能这周晚些时候吧。我给你打电话。

“可能”这个字眼让我瞬间明白了。这个字眼带着某种终结的意味，就像一扇缓缓关上的门。我盯着电话，身边的人们挨挨挤挤、来往不息，我的心中好像忽然起了变化。我看到面前摆着两个选择：回家哀悼自己再次失去，或享受这意料之中的自由。黑暗中仿佛亮起了一盏灯：避免第二种结局的唯一方式，就是尽快有所行动。

回到家，我给自己做了杯咖啡，盯着绿色的墙壁看了一会儿，然后拿起了笔记本电脑。

尊敬的高普尼克先生：

我叫露易莎·克拉克。上个月承蒙抬举，您给了我一份工作，却被我拒绝了。您现在很可能已经找到了新人，对此我万分理解。只是，如果不给您写封信解释清楚，我一定会追悔终生。

我真的非常非常渴望这份工作。如果不是因为前雇主的孩子遇到点麻烦，我应该会立刻接受的。我不想把自己的决定怪在她的头上，因为帮她解决问题是我的荣幸。我只想说，如果您什么时候还需要人，请记得联系我。

我知道您很忙，就不多说什么了，只想向您说明情况。

祝您万事如意！

露易莎·克拉克

我不知道自己到底在做些什么，但我至少在“采取行动”。我点击了“发送”按钮，只是一个简单而微小的动作罢了，却让我十分踏实。我跑进浴室，手脚麻利地脱掉衣服，打开淋浴，站在流动的热水下。我往头上抹着洗发水，心中已经有了进一步的打算。我要去救护车站，找到山姆，还要……

门铃响了。我骂了一句，一把抓起浴巾。

“我受够了。”母亲说。

我过了好一会儿才反应过来，门外站着的真的是她，手中的包里装着过夜的东西。

我裹好浴巾，头发上的水滴在地毯上。“受够什么了？”

母亲走进来，关上门。“你爸爸。不管我做什么事，他都抱怨个没完没了。我不过是希望有点属于自己的时间，他却表现得好像我成了那种不正经女人似的，所以我告诉他，我要到你这儿来，稍微休息一下。”

“休息？”

“露易莎，你根本不知道他那些抱怨与指责。我不能日复一日这么生活下去了，你明白吗？别人都在改变，我怎么就不行呢？”

我仿佛突然闯入了一场已进行一小时之久的对话中——那些让人摸不着头脑的聊天，在深夜酒吧里。

“刚开始上女性意识的课程时，我觉得很多地方都有些夸张，什么‘男人对女人家长制的控制’啊，‘无意识状态下的控制’啊之类的。嗯，现在才发现，现实生活真的是有过之而无不及。在你爸爸眼里，我就只有在餐桌和床上还有点价值。”

“啊——”

“哦，这说法是不是过于刻薄了？”

“有点。”

“我们一边喝茶一边聊吧。”母亲走过我身边，进了厨房，“嗯，这里看起来比上回好些了。不过我还是觉得绿色的墙壁有点别扭，它吸引了你全部的目光。嗯，你把茶包放哪儿了？”

妈妈坐在沙发上，守着一杯逐渐变凉的茶。我努力集中精神听她倾诉自己的苦闷与沮丧，不去想时间的问题。半小时后山姆就要去上班了。去救护车站需要二十分钟。每次感觉出门有点希望了，母亲就会提高声音，双手捧脸，我就知道自己哪儿都别想去了。

“如果有人告诉你，你永远不可以做出改变，这该是多么令人窒息！而且是一辈子就这样了，就因为别人谁都不希望你有所改变！这种动弹不得的感觉有多么糟，你懂吗？”

我拼命点头。我懂，我真的懂。“我觉得爸爸肯定不是故意要给你这种感觉的——不过，听我说，我……”

“我甚至建议他去夜校上一门课，选个他可能会喜欢的，比如修复古董，或者素描之类的。我不介意他盯着裸体看！我以为我们可以共同成长！我努力成为那样的妻子，不介意丈夫以文化的名义看裸体……但他只是不停地说，‘我去那儿干什么？’他好像已经到了更年期，因为我没刮腿毛唠叨个不停！哦，我的天哪，他真是太虚伪了。你知道他鼻毛有多长吗，露易莎？”

“不——知道。”

“那我告诉你，都能擦盘子了！整整十五年，我每次都要叮嘱理发师，顺便帮他修一下鼻毛。养孩子不过如此了。我介意过吗？没有！因为这就是他。他是个人，鼻毛长怎么了？有点缺点又怎么了？但是，要是我的腿胆敢不像婴儿屁股那般光滑，他就表现得好像我成了浑身长毛的怪兽似的！”

差十分钟六点。六点半山姆就要出车了。我叹口气，裹紧了浴巾。

“嗯，那个……你想在这儿住多久？”

“嗯，现在，我还不确定。”母亲喝了口茶，“我们安排了社工给外公送午餐，所以我不用一直守在家里。我可能住个几天吧。上次我在这儿，我们过得挺好的，对吧？明天我们可以去酒店卫生间看玛利亚，是不是很棒呀！”

“很棒。”

“那好，我来铺床。次卧在哪儿？”

我们刚起身，门铃再次响起。我以为送比萨的走错了门，结果看到特丽娜和托马斯站在门外。两人身后站着的，居然是父亲。他局促地双手插兜，像个倔强的青春期少年。

特丽娜看都没看我一眼，就径直进了屋。“妈妈，你也太不讲道理了，你不能就这样离开爸爸。你多大了？十四岁？”

“我没有离开，特丽娜，我只是给自己一些喘息的空间。”

“嗯，我们就坐在这儿，等你们俩把这个可笑的问题解决掉。你知道爸爸一直睡在车里吗，露？”

“什么？这事你可没跟我说。”我转身看着母亲。

她抬起下巴。“我还没来得及告诉你。”

父母两人僵立在那儿，谁都没有动一下，也不看对方一眼。

“此时此刻我对你爸爸无话可说。”母亲说。

“坐下，”特丽娜说，“你俩都给我坐下。”

他们朝沙发走去，带着怨恨的眼神不停互瞟着。特丽娜转身看着我。“好，我们先去沏茶，然后一家人好好解决一下这个问题。”

“好主意！”我表示赞同，“冰箱里有牛奶，茶就在那边，你们自便。我要出去半小时。”趁他们来不及阻止我，我迅速套上外衣，抓起车钥匙跑出门去。

刚把车开进救护车站的停车场，我便看见了他。他正朝救护车大步流星地走去。我心里猛地“咯噔”了一下。那健硕美好的身影，那棱角柔和的脸。他转身看到我，似乎感到有些意外，脚步变得踌躇起来，接着“呼啦”一声打开救护车的后门。

我穿过柏油路，来到他身边。“我们能谈谈吗？”

他抬起一个氧气罐，轻松得如同拿起一罐发胶，然后把罐子固定在支架上。“当然。但只能改天，我马上要出车了。”

“等不了。”

他的表情没什么变化，只是弯腰捡起一包纱布。

“听我说，我只是想向你解释……此前我们聊的那些话题。我喜欢你，真的很喜欢，我只是——只是害怕。”

“我们都害怕，露。”

“你什么都不怕。”

“不，我怕。你只是没注意到而已。”

他低头看了看自己的靴子，然后看到唐娜朝他跑来。“啊，糟糕，我必须出发了。”

我赶紧跳上救护车车厢。“我跟你一起去，等到达目的地，我再打车回家。”

“不行。”

“啊，别这样，求你了。”

“你还想让纪检部找我更多麻烦？”

“两起报告，情况紧急，年轻男性被利器戳伤。”唐娜把包甩到车厢里。

“我们必须出发了，露易莎。”

我感觉自己正在无奈地失去他，从他说话的口气与他看我时躲闪的眼神。我从后门下车，在心中骂自己后知后觉，但唐娜挽住了我的胳膊，把我拽到前排。“拜托，”她不理会山姆的抗议，“整整一周你都垂头丧气的。快点把事情解决了吧，我们到达之前可以把她放下来。”

山姆快步走向前排的位置，打开车门，朝主管办公室瞥了一眼。

"你还真适合做情侣关系顾问，"他的声音突然变得僵硬起来，"哦，如果我们是情侣关系的话。"

山姆坐上驾驶座，看着我，似乎想要说点什么，却又改变了主意。他发动引擎，打开救护车顶的蓝色警灯。唐娜开始准备所需器械。

"我们去哪儿？"

"一个小区，开车七分钟到。你要去高街，离金斯伯里两分钟车程。"

"所以我有五分钟？"

"回去要步行很久。"

"好。"我说。救护车呼啸前行。我突然意识到，我还不知道接下来自己该说些什么。

26
枪击事件

“好,听我说。”我大声说。山姆示意了一下,转个弯就开上了路。警笛声太吵了,我得用喊的。

他一直盯着前方的道路,瞥了一眼仪表盘上的电脑显示屏。

“都是些什么事,唐娜?”

“可能是刺伤事件。两起报告,年轻男性在楼道晕倒。”

“我们现在聊合适吗?”我说。

“得看你要聊什么。”

“我不是不想恋爱,”我说,“我只是有点混乱。”

“人人都混乱,”唐娜说,“每一个跟我约会的人,开口所说的都是他不信任别人,没有安全感。”她看了一眼山姆,“哦,不好意思,权当我不存在吧。”

山姆仍然盯着前路。“你一会儿说我是浑蛋,想当然地认为我跟别的女人有一腿;一会儿跟我保持距离,因为你心里还想着别人。这也太……”

“威尔已经不在了,我知道。我只是不能像你一样,向前迈出一大步,山姆。我感觉自己刚刚缓过来,毕竟之前那么久……我也不知道,此前我简直是个烂摊子。”

“我知道你是烂摊子，我接了你这个烂摊子。”

“不管你信不信吧，我太喜欢你了。正因为太喜欢你，才担心如果最后没能跟你在一起，我会变成更烂的摊子。我不知道自己能不能撑下去。”

“这怎么可能呢？”

“你可能会离开我，可能会变心，你长得这么帅。可能会有别的女人从楼顶掉下来，让你一见钟情。你可能会生病，可能会被摩托车撞倒。”

“估计还有两分钟就到了。”唐娜看了一眼导航仪，“真的，我完全没有听到你们的谈话。”

“这些话套在谁的身上都适用，所以呢？所以我们就得每天无所事事地坐着，以防发生意外？真的要这样活下去吗？”他向左急转，我不得不抓紧了门把手。

“我还是个甜甜圈，好吗？”我说，“我想做个充实的小圆面包，但我还是个甜甜圈。”

“天哪，露！我们都是甜甜圈！你能体会我守着姐姐，看她被癌症一点点吞噬，却无能为力吗？你能体会在那段日子里，看到她和她的儿子，我的心都碎了吗？你以为我真的不了解那种感受？正因为我每天都在见证着，才可能做出唯一的回答：要好好活着。不顾一切地全情拥抱万事万物，而不去触碰那些心底的瘀伤。”

“哦，这话说得好。”唐娜不住点着头。

“我在努力了，山姆。你根本不了解我已经进步了多少。”

我们到了。金斯伯里居民区的标志在眼前闪烁。车子开进一道巨大的拱门，经过停车场，进入一个昏暗的院子。山姆停了车，轻轻骂了一句：“该死，中途忘记让你下车了。”

“我可不想打断你们。”唐娜说。

“我就在这儿等着你回来。”我双手抱胸。

“不用了，”山姆跳下车，抓起随身的包，“我可不会克服重重困难，说服你跟我在一起。糟糕，信号没了，找不到伤员了。”

我看着车窗外一排排令人生畏的红砖房建筑。这里面说不定有整整二十个楼梯井，而且每个楼梯井似乎都危险重重。只有带上大块头的保镖，我才敢穿行其中。

唐娜穿上外套。“上次这里有人突发心脏病，我找了四次才找到正确的大楼，而且楼门紧锁。我们去找管理员开了门，才把设备拿进去。等进了公寓，病人早已停止了呼吸。”

“上个月这里发生了两起黑帮枪杀案。”

“需不需要我呼叫警队？”唐娜说。

“不，没时间了。”

这片区域有种怪诞的静谧，虽然现在还不到晚上八点钟。不过短短几年前，这里还是一片祥和，小孩子们在门前街道上骑单车玩耍，偷偷抽烟，或在街头嬉闹到深夜。如今呢？居民们天黑之前就把家门上了双保险，窗户装上了雕花铁栏杆。一半的路灯都被枪弹打烂了，剩下的那些已经“病入膏肓”，忽明忽暗地闪烁着，像在担心自身的安危，不确定该不该亮起来。

山姆和唐娜在车外说着话，两人都压低了声音。唐娜打开副驾驶那边的门，伸手递给我一件颜色醒目的外套。“好，穿上跟我们一起走。他觉得把你留在这儿不安全。”

“为什么不……”

“哦，你们俩啊！求求你们了！嗯，我要往这边走，你跟着他往那边走，好吗？”

我盯着她。

“完事儿之后你俩好好说清楚。”她手上拿着不断振动的对讲机，离开了。

我紧紧跟在山姆身后，走过一节又一节水泥铺设的通道。

“萨维尼克之家，”他嘟囔着，“我们怎么知道哪家是萨维尼克啊？”对讲机“嘶嘶”作响。

“指挥部，请求指示。房屋上均无标志，完全不清楚病人所处方位。”

“不好意思，”对讲机里的声音满含歉意，“我们的地图没有标注单个建筑物的名称。”

“要不然我往那边走一走？”我指着前面，“咱们快走完三节通道了，可以手机联系。”我们在一个楼梯井停下来，这里散发着恶心的尿味，以及剩饭菜的腐烂味道。黑夜笼罩了所有通道，只是偶尔从某扇窗户里传来几句沉闷的电视声，让人惊觉原来还有住户住在这些逼仄的公寓里。我以为某处会传来一阵喧闹，或者空气中至少出现一点骚动，能让我们循声找到伤者。然而，四下里安静得可怕。

“不行。紧跟着我，好吗？”

看得出来，我在这儿他很紧张。我寻思着不如离开，却又不敢独自返回。

对讲机中传来唐娜断断续续的声音：“这边没找到。”然后，我们听到一声尖叫。

“那边。”我顺着声音的方向望去。广场的另一边，昏暗的灯光下，一个身影蜷缩着躺在路灯下。

“找到了。”山姆说。我们急忙往那边跑去。

山姆曾经跟我说过，干急救这一行，速度最重要。每个救护员的培训第一课都会强调速度的重要性。几秒之差，有时候就能决定一个人的生死。如果伤员属于失血过多、中风或心脏病发，那关键的几秒钟或许就能保住性命。我们在水泥通道上冲刺着，跑下臭气熏天的肮脏台阶，穿过光秃秃的草地，朝那个伏在地上的身影跑去。

唐娜已经跑到她身边了。

“一个女孩，”山姆放下包，“他们说的是个男人啊。”

唐娜检查着女孩的伤势，山姆呼叫了指挥部。

“对，年轻男性，十几二十岁，样子看起来像加勒比黑人。”总台回复。

山姆关掉对讲机：“他们肯定是听错了。就像玩汉语传话游戏，有时难免这样。”

伤员大约十六岁，头上梳着整齐的辫子，四肢展开，好像刚从高处跌落。奇怪的是，她的样子异常平静。有那么一瞬间我心想，他们当时发现我的时候，我是不是也是这个样子呢。

“能听见我说话吗，亲爱的？”

女孩没动。山姆检查了她的瞳孔、脉搏与气息。她在呼吸，没有明显的伤处，但她完全没有回应。他再次用设备检查了她的全身。

“她还活着吗？”

山姆与唐娜交换了一个眼神，然后站起来，环视四周，若有所思。他抬头看着楼上的窗户，那些窗户也回望着他，像一只只空洞而不怀好意的眼睛，接着他示意我们三人靠近彼此，轻声说：“有点不对劲。听着，我要做个垂手测试。我来做这个，你们跑过去发动车子。如果真是我想的那样，我们要尽快逃出去。”

“那些嗑药的人设的圈套？”唐娜小声问，在我身后四处看着。

“有可能是，或者跟这周围的帮派争斗有关。应该做个地点对比的，我确信这里是安迪·吉布森枪击案发生的地方。”

我尽量保持声音平静：“什么是垂手测试？”

“我会把她的手抬起，高过她的脸，然后让其自然垂落。如果她还有知觉，就会移动双手，免得打到脸。这是常做的测试，条件反射。不过要是有人正在看着我们，我不想打草惊蛇，让他们发现我们已经知道了真相。露易莎，你装作去拿设备的样子，好吗？到了救护车那边给我发信息，我会过去。要是有人在车子附近，就不要过去了，马上返回我这边。唐娜，你收拾好包，做好准备，等露易莎走了再过去。如果他们看到两人一起行动，会发觉的。”

山姆把车钥匙递给我。我捡起背包，疾步向救护车走去。我突然觉得，周围的阴影中好像藏着无数双眼睛正盯着我们三人。我的心“咚咚”直跳，却表现得面无表情，假装正在执行任务。

我的脚步在通道上发出回响，这段路怎么变得如此漫长？走到救护车旁，我长出一口气，掏出钥匙，打开车门。刚要上车，黑暗中突然传来一个声音：“小姐。”我往身后看去，什么也没有。“小姐。”

水泥电线杆后方出现了一个小伙子，后面还跟着一个。他竖着兜帽，我无法看清他的脸。我从救护车旁往后退了一步，心跳瞬间加速。“我的后援马上就到了，”我尽量稳住声音，“这里面没有药。你俩不准靠近，明白吗？”

“小姐，他在垃圾桶旁。他们不想让你靠近他。他伤得很严重，流了很多血，小姐。所以埃梅卡的表妹才在那儿假装受伤，是为了干扰你们，让你们离开。”

“什么？什么意思？”

“他在垃圾桶那边。你要帮帮他，小姐。”

“什么？垃圾桶在哪里？”

但那个男孩警惕地四下看着，等我再想问时，他们已经消失在了黑暗中。

我看了看周围，努力去理清刚才那番话的意思。接着我看到了。就在车库那边，一个绿色大垃圾箱的边缘醒目地凸了出来。我贴着底楼走廊的阴影走过去，尽量躲在主广场的视野看不到的地方，直到看见通往垃圾场的一扇门。我跑过去，发现可回收垃圾桶后面伸出两条腿，运动长裤被血浸透了，上半身藏在垃圾桶后。我蹲了下来。男孩转过头，轻声呻吟着。

“嗨，你能听见我说话吗？”

“他们抓到我了。”

他腿上有两处伤口，正汩汩地冒着血。“他们抓到我了……”

我打电话给山姆，声音低而急促：“我在垃圾桶这边，你的右手边。求你快过来。”

我可以看见他。他四下环视着，也看到了我。两个年纪稍大些的人出现在他身后，看上去像两个传统的老好人，他们询问着山姆女孩的情况，露出极为关切的表情。山姆轻轻地在那个演戏的女孩身上盖了条毯子，请两人帮忙照看，然后迅速拿起包走到救护车旁，像要拿出更多设备的样子。而此时唐娜却不见了踪影。

我打开他之前给我的背包，撕掉纱布外包装，压在男孩腿上，但他的血流得太厉害了。“好的，马上就有人过来帮忙了。我们会很快把你抬上救护车的。”这些话听起来特别像一部烂片的台词，但除此之外，我不知道自己还能说些什么。

山姆，快来呀。

“你得帮我离开这里。”男孩还在呻吟着。我伸手放在他的手臂上，努力让自己保持镇定。

山姆，快来啊，你去哪儿了啊？

突然之间，我听到了救护车发动的声音。它在车库里左右穿梭，快速朝我冲来，发动机发出抗议般的巨响。一个急刹车，唐娜跳下车，朝我这边跑来，迅速打开后门。“帮我把他抬上去，”她说，“我们马上离开这里。”

没时间用轮床了。我听到头顶某处传来纷乱的吼叫声与匆忙的脚步声。我们架起受伤的男孩，走向救护车，把他扶进后车厢。我不顾疯狂的心跳，以最快的速度往驾驶室跑去，跳上座位锁好门。现在我能看见他们了。一群男人，从楼上往我们这边疯跑，手上举着东西，看不清是枪还是刀。我心里一阵恐慌。我看向窗外，山姆正沿开阔地带朝我们走来，眼睛向上看着：他也看到了他们。

唐娜比他更先看清：一个男人举起了枪。她大声咒骂着，救护车来了个急转弯，绕着车库转了一圈，直冲向山姆所在的草地。我只能看到他模糊的身影，不过绿色的制服越来越清晰可见。

“山姆！”我打开车窗大喊。

山姆看了看我，又看了看那帮人。“别碰救护车。”他朝他们吼道，声音盖过了救护车倒退时发出的声响，“别过来，好吗？我们只是在工作。”

“山姆，现在不要说这些，现在不要。”唐娜压低了声音说。

那些人还在向下跑着，边跑边看着前路，好像在盘算最快下来的路线。他们迅速袭来，如同不可遏止的潮水，其中一人极为灵巧地翻过围墙，轻盈地跳下了一大截楼梯。我恨不得救护车赶快冲到山姆身边，此时它却变得慢吞吞的。

但山姆依然朝他们那边走去，同时掌心向上、举起双手。“孩子们，别去碰救护车，好吗？我们只是来帮忙的。”他的声音平静中充满威严，完全听不出任何恐惧，但此时此刻我心里却怕得要命。接着，从后车厢的窗户中，我看到那些人的脚步渐渐慢了下来，由跑变成了走。我在心中无声地祈祷：哦，谢天谢地。受伤的男孩躺在后车厢，还在呻吟着。

“好了，”唐娜歪着身子推开车门，“快啊，山姆。快上车。现在就过来，然后我们就……”

砰。

这声音划破天际，在空荡荡的草地上空久久回响。顷刻间，我的大脑急剧膨胀起来，被这声音填得满满的。然而，我还没反应过来，又是一声尖利的——

砰。

我尖叫起来。

“什么情况！？”唐娜咆哮一声。

“我们要赶快逃出去，天哪！”男孩喊起来。

我回头。我多么期待山姆能够上车。

现在就上车，求你了。

但山姆不见了。不，不是不见，地上分明躺着什么东西：一件醒目的外套，就像草地上的一块黄斑。

一切戛然而止。

不。

我在心里呐喊。

不！

救护车“嘎吱”一声停住了。唐娜下了车，我紧随其后狂奔。山姆躺在那里一动不动，他在流血，很多很多的血，在他周围慢慢形成一个越来越大的血泊。远处，两个年长者慌忙躲回家以求自保。那个本来无知无觉的女孩以运动员般的速度穿过草地。但那些人却没有停下脚步，依然从楼上朝我们快速冲来。我的嘴里涌起一股铁锈味。

“露，扶着他。”我们用尽全力把山姆抬进后车厢。他的身体那么沉重，似乎在故意抵抗我们的援救。我用力拽拉他的衣领，抬起他的腋窝，已经上气不接下气。他脸色苍白，半闭的眼睛周围出现了大片浓重的阴影，仿佛连续一百年没有睡过觉。他的血沾在我的皮肤上。以前，我竟不知道血会是这么温热。唐娜在车厢里拼命往上拽，我在后面使劲推着、抬着。每次拽拉山姆的四肢，总让我一阵哽咽。“帮帮我！”我一直在大吼，好像身边真的有谁可以帮到我，“帮帮我！”

我们终于把山姆完全弄到了车上。他的一条腿以错误的角度扭曲着。车厢门猛地关上了。

砰！有什么东西砸在车顶上。我尖叫着俯下身子，心中有种不祥的预感：时候到了？我要死了？我穿着那么难看的牛仔裤，几公里外，我的父母还在和妹妹为生日蛋糕的问题而争论不休。轮床上的男孩一直在尖叫，刺耳的声音里充满了恐惧。救护车迅速发动了。那群人从左边接近我们，车子便朝右边急转。我看到外面有人举起一只手。然后，我似乎再次听到一声枪响。我本能地俯下身。

“妈的！”唐娜大骂一声，又来了个急转弯。

我抬起头，前方已经能够看到出口了。唐娜把方向盘往左打到底，接着又往右打，救护车几乎飘了起来，后视镜蹭到了一辆车。有人朝我们猛撞过来，唐娜又来了一次飘移，继续歪斜着向前冲。我听到有人用暴虐的拳头捶打车身，接着车子便冲到了大路上。那群人还跟在车子后面，不过越跑越慢了，最终狂怒而无可奈何地看着我们远去。

“天哪。”

蓝色的警灯亮起，唐娜拿起对讲机联系医院。我的耳中依然一片轰鸣，听不清她在讲些什么。我把山姆的头抱在怀中。他面色灰白，闪着某种淡淡的光泽，眼睑像玻璃一样透亮。他一动不动，无声无息。

“我该做些什么？”我朝唐娜吼道，“我该做些什么？”她绕着环岛转了一圈，朝我微微扭头。“找到受伤的地方，跟我说说你看到了什么？”

“在他的腹部，有个洞，两个洞，很多血。哦，天哪，很多很多血。”我的手上沾满了黏糊糊的鲜血。我怕得上气不接下气，有那么一会儿我觉得自己就要晕倒了。

“露易莎，现在我需要你冷静，好吗？他还在呼吸吗？你能摸到他的脉搏吗？”

我检查了一下，绷紧的心突然有种放松感。“能。”

“我现在不能停车，我们离那里还是太近了。把他的脚抬起来，好吗？撑起他的膝盖。这样他的血就可以在胸腔附近循环了。把他的衬衫撕开，快。能不能描述一下那个伤口？”

山姆的腹部啊，这个曾与我紧贴着的温暖、光滑而结实的腹部，此刻鲜血淋漓，惨不忍睹。我的喉头一阵哽咽：“哦，天哪。”

“你现在不能慌，露易莎，听到了吗？我们就要到了。你一定要按住他的伤口，加油，你能做得到。把口袋里的纱布拿出来，大纱布。不管怎么样，先给他止血，好吗？”

她转身继续开车，但救护车走错了方向，驶上一条单行道。轮床上的男孩轻声咒骂着，疼痛盖过了一切。前方，被路灯照亮的公路上，私家车们自觉地让道，如同柏油路上奇迹般分开的浪潮。警笛声，总是很有效的。“急救员受伤。重复，急救员受伤，腹部被枪击！”唐娜朝对讲机大吼，“估计三分钟后到，需要急救推车。”

我拆开绷带，双手颤抖着撕破山姆的衬衫。救护车在街上狂奔，我不得不把手撑在地上保持平衡。眼前这个男人，明明一刻钟前还在和我吵架呢，怎么可能？这么一个坚实的大活人，怎么可能就这样在我眼前死去？

“山姆，能听得到我说话吗？”我双膝跪地，俯视着他，我的牛仔裤渐渐被鲜血染成暗红色。他双目紧闭。过了一会儿，他慢慢睁开眼睛，似乎盯着远处什么东西。我低下头，让自己出现在他可以直视的范围内。短暂的一秒钟，他与我四目相接。他眼中忽然闪过一丝光亮，似乎认出了我是谁。

我拉着他的手，就像他曾在另一辆救护车里对我做的那样。往事历历在目。

“你会没事的，听见了吗？你会没事的。”

没有任何反应。他好像听不到我的声音。

“山姆？看着我，山姆。”

还是没反应。

我似乎回到了瑞士那家医院的病房，威尔的脸缓缓转了过去。我正在慢慢失去他。

“不，你敢。”我贴着他的脸，对着他喃喃耳语，“山姆，不要睡过去，和我说说话，你听见了吗？”我手拿绷带上药，让他的身躯紧紧靠着我，随救护车起伏摇晃。我听到一个抽泣的声音，然后发觉是我自己在哭。我双手捧着他的脸，强迫他看着我。“和我说说话！听见了吗？山姆？山姆！山姆！”我从未感受过如此的恐惧。他盯着我，眼神那么空洞，那么平静；伤口中不断涌出的鲜血湿乎乎的，那么温热，如同上涨的潮水。

我仿佛看见一扇门正在慢慢关闭。

“山姆！”

救护车停下了。

唐娜跳进后车厢。她撕开一个塑料袋，扯出一些药品、白色医用棉球和一个注射器，朝山姆胳膊里打了点东西。她双手颤抖着为他吊好静脉注射器，往他脸上戴了一个氧气罩。我听到车门外按喇叭的声音。我的身体在剧烈颤抖。

“待在这儿！”唐娜下了命令，我躲闪着，尽量不碍她的事。“继续按压，对——很好，你做得很好。”她低头看着山姆，“加油啊，哥们儿。加油啊，山姆，马上就到了。”她不停忙碌着，双手麻利地操作各种设备，一刻不停，而我的耳朵里灌满了警笛的声音。“你会没事的，我的老搭档，坚持住，好吗？”车上的显示器闪烁着或绿或黑的光。喇叭声不绝于耳。

接着，车门又被打开了，霓虹灯闪烁的光影瞬间倾泻进来。一群人围了上来，穿着绿色制服的急救员，穿着白大褂的医生，把那个还在抱怨和咒骂的男孩拉了出去，然后他们抬起山姆。在昏暗的夜色中，他轻轻地离我而去。车厢内全是血。我站起身的时候滑了一跤，伸手撑住，发现掌心里沾满了红红的血。

纷乱喧闹的人声逐渐散去。我一眼瞥到了唐娜的脸，苍白而焦虑。有人大喊着下了命令："直接进手术室。"我孤零零地呆立在原地，在车厢门口，看他们推着他狂奔而去，鞋子在柏油路面上发出凌乱而急促的闷响。医院的门打开，吞噬了他，然后再度关闭。停车场一片静寂，只留下我一人。

27
醒来

医院里的时间很奇怪，像是有弹性般，被谁拉伸了。以前送威尔去检查的时候，我从未觉察到时间的存在。等待他的过程中我会翻翻杂志，用手机发发信息，或溜到楼下广场买杯贵得吓人的超浓“医院特供”咖啡，顺便担心一下停车费的问题。尽管偶尔我也会抱怨检查时间太久，但那只是无心的玩笑。

此刻，我坐在一张塑料椅上，思维一片麻木，只是呆呆盯着面前的一堵墙，不知道已经守了多久。我无法思考，没有感觉。我只是此地一具还在呼吸的躯壳罢了：我，塑料椅，被鲜血浸透的网球鞋，以及咯吱作响的油毡地毯。

头顶的条形照明灯那么刺眼，照亮了匆忙往来的护士，她们看都懒得看我一眼。我进医院以后，有个好心的护士给我指了去卫生间的路。我洗了手，但山姆的血迹还残留在指甲缝隙里，逐渐发暗的颜色让我脑中不断闪回着刚刚过去的惊魂一刻。山姆身体的一部分，已成为我身体的一部分；山姆身体的一部分，留在了它们不该出现的地方。

只要闭上双眼，我便会听到那些惊心的声响：子弹打在救护车顶尖锐的重击声，令人恐惧的枪声回响，以及警笛不知停歇的惨淡长鸣。我看见了他的脸，那短暂的一瞬我们对视着。他的眼中什么都没有，没有警惕，没有感情，似乎只有淡淡的困惑，困惑自己竟躺在地上动弹不得。

眼前总会突然闪现他的伤口。它们一点也不像电影里遭枪击后那种整齐的小圆洞，而是活生生的，不停跳动着，鲜血从中不断涌出，仿佛充满恶意的魔鬼，要抽干他身体里的血。

我坐在塑料椅上，一动不动，因为已经不知道该怎么动。走廊尽头的某个地方就是手术室。他此刻就躺在里面，可能活着，也可能死了。他有可能正被推往某个病房，同事们都松了口气，击掌相庆；也有可能某人正在拉扯那块绿色的布，盖住他的……

我把头埋进双手，逼迫自己专注于呼吸本身：呼气——吸气，呼气——吸气。我的身体泛着一股陌生的味道，来自鲜血，来自防腐剂，也来自恐惧消散后残存心底的酸涩。偶尔，我隐约感觉双手颤抖，是因为低血糖还是因为极度疲劳？我却没有半点吃东西的欲望，身体完全动弹不得。

不知什么时候，特丽娜给我发来一条短信。

你在哪儿？我们要去吃比萨。他们在聊。我需要你过来，跟我站在同一个立场。

我没有回复她，因为根本不知道该说些什么。

他又在说她的腿毛了。求你快来。一会儿搞不好会很难堪。她拿面团打人可是惊人地准。

我闭上双眼，努力回想过去的时光。一个星期前，山姆还与我并肩躺在草地上，阳光抚摸着我的脸。他伸直的双腿比我的长出许多，温暖的衬衫散发令人安心的味道，他的声音低沉而稳重，他不时转过脸偷吻我一下，满怀狡黠地满足。他走路的时候，身体微微前倾，但重心依旧稳固。他是我所见过的最坚强可靠的男人——仿佛没有什么事能击垮他。

振动声再度响起，我从兜里掏出手机。妹妹又发来一条信息。

你在哪儿？妈妈有点担心。

我看了看时间，晚上十点四十八分。真不敢相信，清晨还早早起床送莉莉去车站的我，此刻竟会是这番模样。我靠在椅背上，稍作思量，回了短信。

我在市立医院。出了意外。我没事，我会回来的，只要等……只要等……

我的手指停在键盘上，犹豫着。我眨了眨眼睛，然后按下发送键。

接着我闭上眼，开始祈祷。

门“吱呀”一声被推开，我惊醒了。母亲正从走廊那头快步走来。她穿着漂亮的外套，朝我张开双臂。

“到底是怎么回事？”特丽娜紧随其后，还拉着托马斯。那孩子穿着睡衣，上身胡乱套了件厚夹克。“妈妈坚持和爸爸一起来，我也不想自己守在家里。”

托马斯睡眼惺忪地看着我，懒懒地打了个招呼。

“我们完全不知道你怎么了！”母亲坐在我旁边，端详着我的脸，“你干吗不说清楚？”

“到底怎么了？”

“山姆被枪击了。”

“枪击？是你那位急救员？”

“枪击？”特丽娜说。

然后，母亲看到了我的牛仔裤。她盯着那些红色的血渍，一脸的难以置信，默默转头看着父亲。

“我当时和他在一起。”

母亲伸手捂住嘴。“你没事吧？”在得到无声的肯定答复后，她又问，“那……他呢，他没事吧？”

他们四个人站在我面前，满脸的震惊与关切。我突然感到完全放松下来，只因为他们在这里。“我不知道。”我说。父亲向前一步，伸手抱住我。我终于放声大哭了。

我们——我的家人和我——就这样一直坐在塑料椅子上等着，时间仿佛已经过去很久很久。

托马斯伏在特丽娜腿上睡着了，日光灯下他的脸显得异常苍白，脖子和下巴之间那柔软的部位还夹着睡觉时必须要抱的破旧玩具猫。父母分坐我的两侧，两人不时拉拉我的手，或者凑近我的脸，告诉我一切都会没事的。我靠在父亲身上，任眼泪无声地流淌。母亲用随身携带的干净手帕帮我擦着泪水，偶尔起身到医院外为我们买些热饮。

“如果在一年前，她一个人肯定做不到。”母亲第一次起身消失的时候，父亲说。我听不出他的语气是欣赏还是不满。

我们聊了会儿天，但没什么好说的。我脑中一直回荡着一句话，像重复咒语般——

请让他没事。请让他没事。请让他没事。

原来这就是所谓的“大难临头”：一切的遮遮掩掩变得苍白无力、毫无意义，再也不必一遍遍去问“我是否应该”或者“但如果”。我只想要山姆。这种清晰笃定的感觉几乎要让我窒息。我想让他张开双臂拥抱我，听他说话，看他坐在救护车的驾驶室里；我想让他用自家花园里种的蔬菜，为我做一盘沙拉；我想在他熟睡的时候，感受他光滑温暖的胸膛在我手臂之下平静地起伏。这些感觉我为什么都没告诉他？我怎么会浪费那么多时间去担忧那些根本无关紧要之事？

接着，母亲从那头的门里走了进来，手中的硬纸板杯托上放着四杯热茶。而手术室的门同时打开了，唐娜走了出来，制服上仍然沾满鲜血。她伸手捋捋头发。我站起来。她走到我们面前，放慢了脚步。她表情严肃，眼睛里布满血丝，已是精疲力竭。有那么一会儿我感觉自己就要晕过去了。唐娜直视着我的眼睛，“太坚强了，他那个人。”

我终于不由自主地抽泣起来。她拍拍我的胳膊。“你做得很好，露，”她颤抖着长叹一声，“今晚你做得很好。”

一整晚他都躺在重症监护室里，直到早上才被转到加护病房。唐娜给他父母打了电话，还说她睡会儿就去他家喂喂那些动物。午夜过后不久，我们去看了他。他睡着了，面色依然苍白，大半张脸被面罩盖住了。我本想离他近一些，又怕不小心触碰到他。他身上连接着各种电线、导管和监视仪。

“他真的会没事吗？”

唐娜点点头。一个护士轻手轻脚地走到病床前，检查各项指标，记录他的脉搏。

“万幸的是，那是一把老式手枪。现在很多浑蛋小子都玩儿半自动了。如果是半自动就完了。”唐娜揉揉眼睛，“如果没有发生别的事，这事可能会上新闻。不过，昨晚另一队在阿森纳路上遇到母亲和婴儿被谋杀，所以山姆这事儿可能就不会上新闻了。”

我强迫自己把目光从山姆身上移开，看着她。“你会继续干下去吗？”

“干什么？”

“急救员。”

她拉长了脸，似乎不明白这个问题的意思。“当然了，这是我的工作。”说完拍拍我的肩膀，向门口走去，“睡一会儿吧，露。他应该明天才会醒来。刚打了芬太尼止痛剂，药效强着呢。”

我回到走廊上，父母都在那儿等着。他们什么也没说。我朝他们微微点点头。父亲拉起我的手，母亲拍拍我的背。“我们带你回家吧，亲爱的，”她说，“换件干净衣服。”

想象一下。几个月以前，你打电话跟老板说，自己没法上班，因为从五楼楼顶掉了下去；而现在，你又给他打电话，说你想换班，因为你的待定男友腹部中了两枪。你老板的声音该有多么奇怪？

“你——他——怎么了？”

“他中了两枪，现在已经出了重症监护室，但我今早还是很想等他醒过来。我能不能跟你换班？”

电话那头出现了一阵短暂的沉默。

“哦……啊，好。”他犹豫了一下，“他真的中枪了？真枪？”

“如果你愿意，可以亲自过来看看他的伤。”我的声音异常平静，甚至差点大笑起来。

我们交换了一些工作细节：需要给谁打电话，总部要来视察。挂电话前，理查德沉默了一会儿，接着开口道："露易莎，你的生活一向如此吗？"

我想起短短两年半前的自己，每日来往于父母家和咖啡馆之间，过着两点一线的简单生活，每周二晚例行去看帕特里克跑步，或陪父母吃晚餐。我看了一眼墙角的垃圾袋，里面装着我那双血迹斑斑的网球鞋。"可能吧，不过我希望这只是阶段性的。"

吃过早饭，父母出发回家。母亲本不想走，但我向她保证自己没事，而且未来几天我不确定自己会在哪里，所以她留下来也没什么意义。我还提醒她，上次外祖父独自一人在家超过二十四小时，狂吃了两大罐树莓果酱和一罐炼乳，完全没有好好吃饭。

"不过你真的没事吧。"她伸手摸摸我的脸。这其实是个问句，虽然她尽量不带询问的口气。

"妈妈，我没事。"

她摇摇头，拿起包。"我也不知道，露易莎，不过，你倒挺能惹事的。"

我大笑起来，她吃了一惊。可能是刺激后遗症吧，但我更愿意把这大笑视为一个标志：从现在起，我什么都不怕了。

我冲了个澡，努力忽略顺着双腿流下来的粉色水流，并且将头发清洗干净。然后，我从萨米尔那里选了一束还算看得过去的花。十点钟，我回到医院。护士带我往病房走，说几小时前山姆的父母到了。现在他俩与杰克及其父亲一行四人去了山姆家的火车车厢，取一些山姆的东西。

"他们过来的时候，山姆还不是很清醒，但现在他好多了。"她说，

“刚出手术室，人都是迷迷糊糊的。不过有些人就是恢复得比较快。”

快到门口了，我放慢脚步。透过门上的玻璃，我看见了他，双目紧闭,跟昨晚一样。手上的多条电线和管子,连接着好几台监视仪。他就这样一动不动地躺在那里，下巴上长出了细密的胡楂，虽然脸色依然如幽灵般苍白，但看上去总算有点他的样子了。

“我这样进去，真的可以吗？”

“你是露易莎吧？他一直在找你呢。”她皱起鼻子笑了笑，“你要是不想要他了，可以给我们一个机会。他很帅哦。”

我慢慢推开病房的门。他睁开眼睛，微微侧了侧脸。他看到我，仿佛要用眼神将我淹没。我的内心有什么东西一下子软弱下来，带着如释重负的喜悦。

“有些人为了打败我，什么事都做得出来。”我关好门。

“是啊，嗯，”他的声音有些嘶哑，“我真是大获全胜了。”他露出疲惫的微笑。

我站在那儿，偶尔换一换脚，转移身体的重心。我讨厌医院。我愿意做几乎任何事，只要不进医院。

“过来。”

我把花放在桌上,走到他身旁。他抬了抬胳膊,示意我坐在床边。然后，因为从上方看他感觉不太对劲，我轻轻躺下，小心翼翼地调整姿势，生怕碰到什么东西或者弄疼他。我把头放在他肩旁，他同样将头偏过来靠着我，厚实而温暖。他抬起小臂，温柔地揽住我。我们沉默地躺了一会儿，听着门外护士们窸窸窣窣的轻柔脚步和远远的聊天声。

“我以为你死了。”我轻声说。

“显然，某位本不该出现在救护车后车厢的女士表现惊人，减缓了我的失血速度。”

“某位女士。”

“我想是的。”

我合上双眼，感受他温暖的皮肤轻轻滑过我的脸颊，他身上发出一股难闻的化学消毒剂的味道。不过，我什么都没想，只让自己沉醉在这一刻：靠在他身边，体会这种深深的、深深的喜悦，感知他身体的真实。我抬头亲吻他手臂上柔软的皮肤，他的手指正轻柔地穿过我的发丝。

“你把我吓坏了，救护车山姆。”

一阵长久的沉默。我甚至能够听到他脑海中正掠过千言万语，他却选择只字不提。

“很高兴你在这里。”他最终开了口。

沉默中，我们又躺了一会儿。接着护士进来了，看我离那些重要的电线和导管那么近，不满地挑起了眉毛。我不情不愿地下了床，听她的话去吃早餐，好让她进行一些注射与治疗。我略带羞涩地吻了他，捋捋他的头发。他的眼睛微微抬起，从他眼角的神采中，我读出了自己对他而言的意义。“下了班我再过来。”我说。

“你可能会遇到我爸妈的。”他带着警告的语气。

“没事儿，”我说，“我肯定不穿那件嘻哈风的 T 恤。”

他笑了，又痛苦地抽搐一下。

护士照看他的时候，我在周围忙活了一阵，就像那种典型的守在病人身边的人，只想找借口多待一会儿。我拿出一些水果摆好，丢掉一张纸巾，整理了一些他明显不会看的杂志，直到不得不去上班。我刚刚走到门边，他突然开口了：“你说的那些话我都听到了。”

我正要伸手开门，又转过身去。

“昨晚，我流血的时候，你说的话我都听到了。”

我们四目相交。那一刻，一切都已有所不同。我终于明白了自己所做之事的真正意义，明白了自己也能成为某个人的中心，成为他活下去的理由，明白了自己同样能够活得充实自足。

我走回山姆身边，捧起他的脸热烈地吻着，任由滚烫的热泪滴落。他伸出手臂紧紧地抱着我，回应我的吻。我用脸颊紧贴着他，半哭半笑，完全忘记了护士的存在，忘记了周遭的一切，心里只有眼前这个男人。过了很久，我终于转身下楼，边走边抹着脸，为自己的眼泪大笑，不理会来往行人诧异的目光。

即使是走在灯火通明的室内长廊里，我依然能感应到今天是个艳阳天。窗外，鸟儿在叽叽喳喳地鸣叫，新的清晨再次降临。人们生活着、成长着，憧憬着未来的岁月。在医院餐厅里，我买了一杯咖啡，吃着一块甜得过头的松糕，却觉得它们是我吃过的最美味的食物。

我给父母和特丽娜分别发了信息，也跟理查德说自己很快会去上班。我同时给莉莉发去了信息。

山姆住院了，我想应该跟你说一声。他遭到枪击，万幸现在没事了。要是你能给他写个卡片什么的，他一定很高兴。要是忙的话，发条短信也行。

几秒钟之内，我收到了回复。我笑了。这个年纪的女孩子怎么打字速度这么快，做其他事情却那么慢？

哎呀，天哪！我刚刚把这事跟其他女孩说了，现在我简直成了她们最酷的朋友。好，说真的，向他转达我最真挚的问候。只要你把详细地址发过来，放学后我马上买张卡片寄给他。哦，对不起，那次穿着紧身裤就站在了他面前，我不是故意的，不是想搞什么变态的事情。希望你们俩很幸福，很幸福。

在这间嘈杂的餐厅里，人们乱哄哄地来回走动着，病人慢吞吞地挪动着脚步，窗外是一片湛蓝如洗的天空。我马上回复了她。我的手指轻快地按着键盘，告诉她我的确很幸福。

28
归属

当我抵达“开启新生活”小组活动现场的时候，杰克正在门口等我。浓密的乌云忽然之间便释放了一场倾盆大雨，淹没了大大小小的沟槽。在跑过停车场的十秒钟内，我便被淋成了落汤鸡。

“你不进来吗？外面很脏……”

他向前迈了一步，张开瘦长的双臂，迅速又有些别扭地抱了抱刚进门的我。

“哦！”我举起双手，不想把他也弄得湿透。

他松开手，后退一步：“唐娜给我们讲了你做的事。我只想——你知道——说声谢谢。”

他的眼睛睁得很大，眼睛下方带着浓重的阴影。我突然意识到过去这几天他都经历了什么，要是山姆也死了，他一定会和失去母亲一样心痛。“他很坚强。”我说。

“他简直就是钢铁侠。”他说。我们有些尴尬地哈哈大笑。当我们这些英国人遇到情绪上的强烈波动，就会出现这种反应。

小组聚会开始了。杰克一反常态地滔滔不绝，说起女朋友不明白他的痛苦：“她不明白为什么我有时候早上只想躺在床上，蒙住头；也不明白我爱的人出事时我为什么会那么恐慌。说真的，她还从来没遇到过什么不好的事情，从来没有。就连她养的宠物兔子都还活着，快九岁了。”

“我觉得别人总会对你的痛苦感到厌倦，”娜塔莎说，“他们可能默默给你一段时间，比如六个月，到时候你要是还没有‘好起来’的话，他们就有点烦你了，像是你故意放纵自己不快乐似的。”

“对。”围坐的组员纷纷表示赞同。

“有时我觉得，假如依旧要求大家穿上寡妇的黑丧服，恐怕日子还要好过些。”达芙妮说，“这样的话便一目了然，大家知道你还处于悲伤之中。”

“或者贴上那种学习卡，一年以后才换新的颜色，比如从黑色换成深紫色。”林恩说。

“等过段时间你真的变得开心起来了，再换成黄色。”娜塔莎咧嘴一笑。

“哦，不行，黄色完全不衬我的肤色，”达芙妮略带警惕地笑了，“我必须得保持那么一点颓废。”

在这间阴冷潮湿的教堂大厅里，我听着他们的故事。大家都迈着小心翼翼的步子，跨过一道道或高或低的情感障碍。弗雷德刚刚加入了一个保龄球联队，这样周二便又多了一个出去的理由，不用聊他过世的妻子，让他很满意。苏尼尔同意母亲为他介绍一个从埃尔瑟姆来的远房表妹。“我真的不喜欢相亲，但说真的，别的方法对我也不管用。我一直对自己说，她是我妈妈，给我介绍的人不会差。”

“我觉得这样挺好的，”达芙妮说，“关于艾伦的事情，妈妈总是比我先看出个所以然来。她的判断力很不错。”

我如旁观者般看着他们，因他们的笑话而哈哈大笑，因他们那些出言不逊或泪流满面的故事而难过。但坐在塑料椅子上，喝着速溶咖啡的我逐渐想明白了一件事，那就是我应该已经到达了彼岸。我应该已经跨过了那座桥。他们的痛苦挣扎，已不再属于我。

这并不意味着心中失去威尔的悲痛就这样烟消云散，也不意味着我不再爱他，不再思念他。而是说，我的生活从某种程度上，终于稳稳地落到当下，回到现实之中。如今他们是我了解并信任的一群人，与他们坐在一起，内心越来越充实的满足感告诉我：我想去别的地方，回医院的病床边，回到那个大块头男人身边。我满怀感恩地确定，这个男人会不时看看墙上的挂钟，盼着我什么时候再次出现。

“今晚你不想说点什么吗，露易莎？”

马克看着我，挑着一条眉毛。

我摇摇头。“我不用说了。”

他微笑了一下，也许从我的语气里听出了端倪。“那好。”

“嗯，事实上，我觉得我不用再来了。我……好了。”

“我就知道你有哪里不一样了。”娜塔莎说。她斜身打量着我，带着怀疑和好奇。

“肯定是约会约的，”弗雷德说，“那个绝对是灵丹妙药。要是我也能那样，肯定会更快忘掉吉莉的。”

娜塔莎和威廉姆交换了一个奇怪的眼神。

“如果可以的话，我还是希望自己能继续过来，直到这一期结束，”我对马克说，“就是说……我已经把大家看作朋友了。我可能已经不需要什么疗愈，但还是想继续过来。为了确定自己没事，还有，能多见见你们。”

杰克露出微笑。

“我们应该去跳舞。”娜塔莎说。

"你想来的话随时都可以来，"马克说，"这就是我们这个活动的意义。"

这就是我的朋友们，鱼龙混杂。但朋友不就是这样的吗？

小贝壳脆面、松子、罗勒、自家种的西红柿、橄榄、金枪鱼和巴马臣奶酪。莉莉在电话中向我传授着沙拉菜谱，卡米拉则在一旁不时悉心指导着。

"很好的病号饭。"卡米拉的声音从厨房里远远传来，"如果他一直躺着，吃这个最容易消化了。"

"要是我，估计只会给他带外卖吧。"莉莉嘟囔着，"这可怜的男人受了那么多的苦，不管怎么说，我觉得你还是喜欢他躺着吧。"

那天晚上，走在医院的走廊里，我心中有种暗暗的骄傲。随身携带的小巧的"特百惠"饭盒里，装着我前一晚亲手做的沙拉，此刻把它拿在胸前，就像别着一枚荣誉勋章。我甚至有点期待被人拦住询问里面装的是什么。

是啊，我男朋友在养病，我每天都给他带饭，给他做些他可能会喜欢吃的家常菜。你知道吗，这些西红柿是我自己种的哦。

山姆的伤口已经开始愈合，内伤也基本痊愈了。他总想起床，因自己被困在病床上而气恼。他还是挂念自己养的那些动物，就算唐娜、杰克和我已经建立起了一个相当不错的轮班制度，轮流去照顾它们。

医生们经过会诊，估计山姆只需两到三周便可以出院了，只要他能够乖乖地遵照医嘱。考虑到受伤的严重程度，这已经够幸运了。我曾听到医生们不止一次地小声说着："假如再偏一厘米，那可就……”那时，我的大脑中总会不由自主地唱起“啦啦啦啦啦”，来屏蔽这些对话。

我来到他病房所在的走廊，轻车熟路地按键开门，拿抗菌消毒泡沫洗了手，用屁股顶开病房的门。

“晚上好，”戴眼镜的护士说，“你今天来晚了！”

“我有个会必须参加。”

“山姆的母亲刚刚离开，为他带来了美味无比的家常牛排和麦芽派。那香味呀，整个病房区都闻得到。我们还在流口水呢。”

“哦，”我忙放下手中的饭盒，“那很不错。”

“看他吃得那么香，我们也很开心。医生大概半小时后到。”

我刚要把饭盒放进包里，手机忽然响了。我按了接听键，同时费劲地为包拉上拉链。

“露易莎？”

“您好？”

“我是李奥纳多·高普尼克。”

我花了两秒钟才想起这个名字。我本想张口说话，却一动不动地站着，有点发傻地四下看了看，仿佛他就藏在附近某个角落。

“高普尼克先生。”

“我收到你的邮件了。”

“哦，对。”我把饭盒放在椅子上。

“读你的邮件挺有意思。你拒绝这份工作的时候，我相当惊讶，内森也是，因为你看起来是很合适的人选。”

“就像我在邮件里说的，我真的很想要这份工作，高普尼克先生，但是我……嗯……有些事情。”

“这个女孩子现在好了吗？”

“她叫莉莉。嗯，很好，她上学了，很开心。她和家人，新的家人住在一起。之前只是……一段调整期。”

“对待这件事你非常认真。”

“我没法丢下别人一走了之。”

沉默持续了很久。我转身离开山姆的病房，望向窗外的停车场。一辆体积庞大的四驱车正试图挤进一个狭窄的停车位，但尝试多次，均以失败告终。车子不停地向前、倒退，成功的希望微乎其微。

“那我现在跟你说正事，露易莎。我们新雇的那个人不干了。她做得不开心，不知道为什么她和我太太相处得不是很融洽。我们双方达成协议，她干完这个月就走。这样我这边就有问题了。”

我没说话，继续听着。

“我还是想把这份工作给你做，但我不喜欢变来变去的，尤其这件事有关我的亲人和朋友，所以我打来电话，希望弄明白你到底想要什么。”

“哦，我真的很想接受这份工作，但是我……”

一只手搭在了我的肩上。我猛地转过身，山姆就靠在墙边。“我……呃……”

“你找到别的工作了？”

“我升职了。”

“你想继续做下去？”山姆正静静地看着我。

“并不是……很想，但是……”

“但你显然需要权衡一下。好，给你打这个电话确实有点突然，但根据之前你给我写的邮件，如果你还感兴趣的话，我就把这份工作给你了。条件不变，尽快开始，但你务必首先确定自己真的想要这份工作。四十八小时之内能给我答复吗？”

“好的，高普尼克先生。谢谢您，谢谢您的电话。”挂断电话，我抬头看着山姆。他穿着病号服，里面套着医院那件短得过分的T恤。我们沉默了一小会儿。

“你怎么起来了，你应该躺在床上的。”

“我透过窗户，看到你在外边。”

“你一个不小心，那些护士就要一直唠叨到圣诞节了。”

“是纽约那个人吗？”

我突然有种做坏事被逮了个正着的奇怪感觉。我把手机放进口袋，去拿“特百惠”饭盒。“职位又空出来了，”我发现他看我的眼神略略闪避了一下，“但是这……你的身体刚刚恢复，我们刚刚和好，所以我会拒绝他的。嗯，你刚吃了那么美味的派，还能吃得下意面沙拉吗？我知道你已经饱了。但我总算做出了一些可以下咽的东西，真是难得。”

“不。”

“真的没那么难吃，你至少可以试着……”

“不是意面，是工作。”

我们凝视着彼此。他伸手捋捋头发，望着走廊尽头。“你需要这份工作，露。你清楚，我也清楚。你必须接受这份工作。”

“以前我也曾试着离开家，结果弄得更糟。”

“因为当时的你只是在逃避。现在不同了。”

我抬头看着他。我讨厌自己内心真正的想法，也讨厌他能把一切看得这么明白。

我们静静地站在医院走廊里，接着我发现他脸上的血色正迅速消失。“你得赶紧躺下。”

他没有反对。我扶着他的胳膊，走回病床。他小心翼翼地躺在枕头上，疼得咧了一下嘴。我慢慢在他身边躺下，拉着他的手。

“我们刚把问题解决掉，你与我之间的问题。”我的头挨着他的肩膀，我的喉咙一阵干涩。

“我们是解决了。”

“我不想跟别人在一起，山姆。”

“哎哟，这还用说吗。”

“但异地恋很难修成正果。”

“所以说我们是在谈恋爱喽？”

我表示抗议，他笑了笑。“确实，不少都失败了，不过有些还是修成了正果。我觉得这要看双方有多努力。”

他健壮的手臂环住我的脖子，把我拉得更近。我发现自己流泪了。他用拇指温柔地为我拭去泪水。“露，我不知道以后会发生什么，没人能知道。早上出门，没准你走到一辆摩托车旁，整个人生就发生了翻天覆地的改变；你一直兢兢业业地工作，没准哪天会被一个硬充男人的少年拿枪打伤。”

“没准你爬上楼顶，却掉了下来。”

“有可能。但也没准你跑到医院看一个穿病号服的家伙，结果得到了一份想也想不到的好工作。这就是生活。我们不知道会发生什么，所以我们要把握所有的机会，做各种各样的尝试。而……我觉得这就是你最好的机会。”

我闭上眼睛，不想听他说下去，也不想承认他说得没错。他递给我一张纸巾，看我擦掉脸上糊了的妆。

“熊猫眼挺适合你的。”

“我觉得自己可能有点爱上你了。”

“我敢打赌，你对每个住加护病房的男人都会这么说的。”

我转过头去亲吻他，睁开眼睛时，发现他正凝视着我。

“如果你愿意的话，我会试试的。”他说。

我的喉头一阵发紧，哽咽难言。“我也不知道，山姆。”

“你不知道什么？”

“人生苦短，对吧？这个我们都知道。嗯，万一你才是我最好的机会呢？万一跟你在一起才是最快乐幸福的事情呢？”

29

相聚

人们说秋天是他们最喜欢的季节，我想大概说的就是现在这种日子：清晨的薄雾渐渐消散，空气变得冷冽清新；堆积的落叶被微风轻卷到角落里；绿意悄悄褪去，黄褐的底色缓缓爬上枝头，传递着萧瑟，也传递着怡人的气息。有人说，在大城市里是感觉不到季节变换的。千篇一律的灰色建筑，以及汽车尾气造成的微气候，使得一年中四季变化并不明显，唯有室内与室外、湿润与干燥之别。

不过，在我家的楼顶上，却是四季分明的，不仅仅因为一望无垠的天空，还因为莉莉种下的西红柿，数周来饱满的红色果实已接连成熟，悬挂的草莓同样长势喜人，让我得以陆续收获一些甜蜜的犒赏。花蕾静悄悄地绽放又凋零；树叶飘零，夏日的清新翠绿已逐渐让位于细瘦的枝干；站在楼顶，秋风渐起，我已能嗅到微微的寒意。一架飞机划破天际，只留下一道孤独的白色尾迹。路灯依然亮着，仿佛停留在昨夜的时光。

母亲穿着宽松的长裤也来到了楼顶，在一群宾客中左顾右盼，一边擦拭爬防火楼梯时弄在裤子上的水珠。“这片地方还真是不赖呢，露易莎。这里都能装下一百个人了。”她小心翼翼地放下手中的包，包里装有几瓶香槟，“你能再次鼓起勇气爬到这上面来，真是太勇敢了。”

“我还是没法相信，你居然就那么掉下去了。”特丽娜说话总是一针见血。她正往每个杯子里倒酒，“也就你了吧，能从这么宽敞的地方掉下去。”

“嗯，她当时醉得厉害，亲爱的，还记得吧？”母亲又朝防火楼梯走去，“这些香槟是从哪儿来的啊，露易莎？看起来很贵呢。”

“老板给我的。”

几天前的晚上，我跟理查德一起盘点结算，一边闲聊着。（我们现在经常聊天，特别是他的孩子出生以后。我了解帕西瓦尔夫人很多事情，她要是知道了，恐怕会有点介意呢。）我谈起了自己的计划，理查德没说什么便消失了。我等了一会儿，心想理查德真是个讨厌鬼，结果几分钟后，他从地窖里走了出来，手中拿着一个装有六瓶香槟的板条箱。“拿着，给你打四折，今天最后一笔生意了，”他把板条箱递给我，又耸耸肩，“嗯，拿去吧，不用给钱了。这是你应得的。”

我结结巴巴地表示感谢。他嘟囔着说这批香槟年份不算太好，味道不算上乘。只是他的脸都红到耳根子了。

“你能不能说点好听的，毕竟我大难不死。”我递给特丽娜一托盘的杯子。

“哦，我早就过了那个‘真希望自己还是个孩子’的年纪了。大概两年前过去的吧。”

母亲拿着一沓餐巾纸走了过来。她夸张地小声说道：“嗯，你觉得这样可以吗？”

“为什么不可以？”

“那可是特雷纳一家啊，对吧？他们从不用餐巾纸的，他们都用亚麻绣花餐巾。”

“妈妈，他们可是在伦敦东区某栋楼的楼顶，况且这座楼的前身还是一栋写字楼。我觉得他们应该不会期待什么金牌服务的。”

“哦，”特丽娜说，“我把托马斯的备用羽绒被和枕头带来了，我觉得我们每次过来都应该带点东西。明天我约好了去参加课外活动小组。”

“特丽娜，要是你愿意的话，我可以帮你照顾托马斯，需要的时候跟我说一声就好。”

我们继续忙活，摆着酒杯和简易餐盘。母亲又跑去楼下拿那些“格调不高”的餐巾纸了。我压低了声音，不让她听见：“娜娜？爸爸真的不来了吗？”

特丽娜拉长了脸，我尽量不流露内心的沮丧。

“真的没有好转吗？”

“我希望我一离开家，他俩就能相互理睬。他们现在躲着对方，只跟我和托马斯说话，真让人抓狂。爸爸没跟我们一起来，妈妈表面上装得满不在乎，但我知道她其实很在乎。”

“我真的以为他会来。”

枪击事件发生后，我与母亲总共见过两次面。她在成人教育中心报名学习了一门新课程：现代英文诗歌。如今无论走到哪里，她都要对映入眼帘的符号与形象进行一番沉思：那被风吹落的片片树叶，象征着迫近的衰老；那空中飞翔的鸟儿，为希望与梦想代言。

有一次，我们去南岸参加一场现场读诗会，母亲听得入了迷，竟两次在十分安静的时候热烈鼓掌。此后，看电影和在酒店上厕所的时候，她竟意犹未尽地自顾自地鼓起掌来。对，就是那个小酒店，她和玛利亚曾坐在衣帽间的两把简易椅子上，分享同一块三明治。母亲有些奇怪而敏感，不断重复着“嗯，这样的日子是不是特别美好？”然后她便沉默着，偶尔感慨伦敦的三明治实在贵得离谱。

特丽娜把长椅拉了过来，拍松从楼下拿上来的靠垫。“我担心外公。他特别不喜欢那种紧张的氛围，每天要换四次袜子，按遥控器的时候特别使劲，都按坏两个键了。”

“天哪——我想到一个问题，我们两姐妹以后跟谁啊？”妹妹以一种可怕的眼神瞪着我。

“别看我。”我们异口同声地说。

“开启新生活”小组成员苏尼尔和林恩是首批来客。两人从金属楼梯上来，一个劲儿地赞叹屋顶露台如此宽敞，从这里俯瞰伦敦东区，惊人的景致竟能一览无余。

十二点整，莉莉来了。她张开双臂热烈拥抱我，快乐地轻吼了一声：“这条裙子我好喜欢！你真美。”她晒黑了一些，五官似乎又长开了点，脸颊点缀着小小的雀斑。她穿一件浅蓝色裙子和罗马凉鞋，手臂上细小的绒毛被阳光照亮了。我看着她，她则四下打量着这个楼顶，显然很高兴能够旧地重游。卡米拉跟在她身后，小心地攀着防火楼梯爬了上来。她整了整外套，走到我身边，脸上带着轻微的训诫神色，“你应该等等我的，莉莉。”

“为什么呢？你又不老。”

卡米拉和我交换着无奈的眼神。然后，我轻轻侧身，吻了吻她的脸颊。她身上散发着奢侈品商店的味道，发型无懈可击。“你能来真好。”

“你居然还帮我养了花儿，”莉莉视察着一切，“我还以为你会把它们都养死呢。哦，还有这个！我喜欢，是新买的吗？”那两盆花是我上周从花市购入的，为了装饰今天的露台。我不喜欢从枝头剪下来的鲜花，因为无根的它们无疑正走向凋零。

“不过，”我说，“托马斯要来这边住了，我们不放心他跑上楼顶，想想我之前的事吧，所以准备把这里封起来。要是你什么时候想带走这些花的话……”

“不用了，”莉莉想了想，“就放在这儿吧。只是想到它们还在这儿，就很好。一切都跟原来一样。”

莉莉帮我支起一张桌子，向我谈起学校的事。她在学校里过得很开心，只是学业有点吃力。我们又聊起了莉莉的母亲，她好像对隔壁新搬来的西班牙建筑师青眼有加，好像叫菲利普。“我都有点心疼丑八怪了，他都不知道自己将要承受什么样的打击。”

“但你不会受到影响吗？”我说。

“我很好，过得不错，”她往嘴里扔着薯片，“奶奶强迫我去看了小婴儿——我跟你讲过吗？”

我脸上的表情一定很震惊。

“奶奶说，毕竟是大姑娘了，要有点大人样。她背着我，专门去买了一件纯毛外套，我猜是为了给自己增加点信心。奶奶是跟我一起去的，那天她简直酷毙了。”她瞥了一眼隔着餐桌与山姆聊天的卡米拉，“事实上，我有点为奶奶难过。没人注意的时候，爷爷会一直看着她，似乎有点伤感为什么一切变成了今天这个样子。”

“小宝宝怎么样？”

“就是个婴儿。婴儿看起来都一个样儿，对吧？不过我觉得，大人们还表现不错，装得一副若无其事的样子。”

“你还会再去看他们吗？”

“可能吧。他们还行，我觉得。”

我瞥了一眼乔治娜，她正礼貌地与自己的父亲交谈，做父亲的则大笑着，笑声稍微有点夸张。自从乔治娜回来，他几乎寸步不离地跟着她。“他每周给我打两次电话闲聊，黛拉一直表示她很希望我和宝宝能‘建立关系’。不过，一个婴儿除了整天吃喝拉撒，还能做些什么呢。”莉莉做了个鬼脸。

我笑了。

“怎么了？”她说。

“没什么，见到你真好。”我说。

“哦，对了，我还给你带了样东西。”

我看着她从包里扯出一个小盒子递给我。“奶奶逼我去逛一个特别无聊的复古集市。我在集市上看到这个，就想到了你。”

我小心地打开盒子。盒子底部铺着一块深蓝色的天鹅绒，上面放着一条颇有艺术风格的手链，圆柱形的珠子之间穿插着黑玉和琥珀。我将手链轻轻地托在掌心。

“有点出挑，是不是？但我想起了……”

“那条连裤袜。”

“那条连裤袜。我想说声谢谢，你懂的，谢谢你做的一切。我觉得这世上只有你会喜欢这条手链，也只有你会喜欢当时的我。无论如何，这手链很配你今天这条裙子。”

我伸出一只手，她为我戴在手腕上。我转动手链，细细端详着：“我很喜欢它。”

莉莉踢了踢地上的东西，表情略略严肃了些。“嗯，我还欠你一些首饰。”

“你不欠我任何东西。”

我看着这个重获自信、容光焕发的莉莉，她有一双看上去与威尔一模一样的眼睛。我正想着莉莉在不知不觉间给予我的一切，感觉她使劲碰了一下我的胳膊。“好啦，不煽情啦。照这么下去，我的睫毛膏都要花了。啊，对了，你知道我原来的卧室里居然贴上了变形金刚的海报吗？还有‘水果姐’[1] 的？你的新室友到底是什么人呢？”

“开启新生活”小组的其他成员也陆续到场了。爬金属楼梯的时候，有些人吓得直发抖，有些人却谈笑风生。达芙妮由弗雷德扶着上了楼梯，在踏上露台的那一刻，她大声惊呼着松了一口气。而威廉姆几乎满不在乎地跳上了最后几级台阶，娜塔莎在他后面翻着白眼。另外一些人感叹着淡淡灯光下浮动的那堆白色气球是多么唯美梦幻。马克对我行了“吻手礼”。他告诉我，做小组这么久，参加这种活动还是头一次。我带着消遣的心情注意到，娜塔莎和威廉姆两人经常单独凑在一起，窃窃私语着。

杰克负责酒水。他倒着香槟，好像非常满意这个工作。他与莉莉一开始总是擦肩而过，假装对方不存在。青春期的少男少女，在小型聚会上总是如此。后来她终于主动走向他，以夸张的礼仪向他伸出自己的手。杰克盯着莉莉的手看了一会儿，慢慢地咧嘴笑了。

“对于他们成为朋友，我既期待又担心。”山姆对我耳语。

我把手伸到他后裤袋里。“莉莉很开心呢。”

“她真漂亮。而杰克刚刚跟女朋友分手。”

“要充分享受生活。某位先生刚刚说过的。”

他低低地哼了一声。

“他很安全。目前她大部分时间都待在牛津郡。”

“跟你们俩在一起，没人是安全的。”他低下头，吻了我。我尽情享受着这奢侈的一两秒钟，忘掉周遭的一切，“我喜欢你的裙子。”

“会不会显得过于轻佻了？”我抚了抚身上条纹裙的褶子。在伦敦的这片区域，满是复古服装店，那些古色古香的丝绸和羽毛让人

1. 美国创作型女歌手凯蒂·佩里（Katy Perry）的绰号。

醉心不已。

“我喜欢轻佻的你。不过我还是有点失落，你居然没穿那套性感的精灵服。”他慢慢往后退了几步，因为母亲走了过来，手里又拿了一沓餐巾纸。

“你好啊，山姆，恢复得还不错吧？”母亲去医院看过山姆两次。她对那些在医院点餐吃的人表示深深的忧虑，为山姆带去了家常香肠和蛋黄酱三明治。

“好得差不多了，谢谢您。”

“今天可别干太多活，不能搬东西。我和女孩子们没问题的。”

“我们可以开始了吧。”我说。

母亲瞥了一眼手表，环视露台：“再等五分钟吧，得让每个人先喝上一杯。”

母亲露出过于灿烂的笑容，显得那么生硬，真令人心碎。山姆也看到了。他走上前去，拉起她的手臂。“乔西，能不能带我去看看放沙拉的地方？我好像忘记把沙拉酱拿上来了。”

“她在哪儿？”

桌旁的人群中似乎泛起一阵涟漪。我们循着那声低吼转过身去。“天哪，真的在这儿，我以为托马斯又跟我玩猫捉老鼠的游戏呢。”

“巴纳德！”母亲放下餐巾纸。

父亲的脸从栏杆那边冒了出来。他终于爬完了最后几级金属楼梯，四下扫视着，气喘吁吁，额头上全是汗，闪着光。“为什么要在这么高的地方办啊，露易莎？我真的什么都不知道。我的天啊。”

“巴纳德！”

“这又不是教堂，乔西。况且我真的有很重要的信息要传达。”

母亲看了看周围。“巴纳德，现在不是时候……”

“我要说的就是——这个。”

父亲有些夸张地弯下腰，拉起裤腿，先是左腿，然后是右腿。我站在水缸的另一边，看到了他颜色苍白的小腿，上面还有些淡淡的斑点。整个露台安静了下来，大家都盯着父亲。父亲伸出一条腿。“和婴儿的屁股一样光滑。来啊，乔西，摸一摸，感受一下。”

母亲紧张地向前迈了一步，弯下腰，用手指在父亲小腿上摸了摸又拍了拍。

“你说过的，要是我用蜜蜡除毛的话，你就会认真对待我了。嗯，现在我刮了。”

母亲难以置信地盯着他。“你用蜜蜡除毛了？”

“是的，亲爱的。要是以前知道除毛要经历这么大的痛苦，我肯定会闭上我的狗嘴的。那简直是最可怕的折磨啊，到底是谁发明的啊？”

“巴纳德……”

“但我不在乎，我熬过来了，乔西，如果这能让我们和好的话，我愿意再经历一次。我想你，非常非常想。我不在乎你还要上几千几百门大学课程，什么女权政治、中东研究、宠物美容，不在乎你学什么，只要我们能够在一起。为了向你证明我能够为你付出多少，我下周又预订了一个什么全身什么的……”

“全身永久脱毛。”特丽娜闷闷不乐地说。

“哦，天哪。”母亲用手轻捂着嘴巴。

山姆站在我身边，轻轻摇着头。“快让他们停下吧，”他喃喃自语，“不然我的伤口要笑裂了。”

“我一定会去做的，我可以全身被拔得精光，只要能够让你明白你对我有多重要。”

“哦，我的天哪，巴纳德。”

“我是认真的，乔西，我真的很绝望。”

“所以我们家的人啊，玩不了浪漫。”特丽娜轻声说。

“什么是全身永久脱毛？”托马斯问。

“哦，亲爱的，我也特别想你。”母亲伸出手臂环住父亲的脖子，吻了他。父亲脸上露出如释重负的表情，把头埋在母亲的肩膀上，也开始亲吻她，亲吻她的耳朵、她的头发。接着像个小男孩一样，他拉起母亲的手。

“真恶心。”托马斯说。

“所以我不用去做……”

母亲拍拍父亲的脸颊。“我们马上取消你的预约。”

父亲大大松了一口气。

父亲的高姿态迎来了大家的一番赞扬，然后，特雷纳宝宝因为拉屎撒尿，又被大张旗鼓地换了一轮尿布，同时，托马斯不小心把鸡蛋三明治掉在了楼下安东尼·加德纳先生家的阳台上（弄脏了他新买的名牌柳条安乐椅）。因此，又过了二十分钟，露台才真正安静下来。

马克鬼鬼祟祟地看了一眼笔记，清了清嗓子，走到场地中央。我只看过马克坐下来的样子，发现他的个子比我想象中要高。

“欢迎各位的到来。首先，我要感谢露易莎为我们提供了这样一个绝佳的场地来举行结业典礼，离天堂这么近，感觉真的很不错……”他停顿了一下，等大家笑完，“这对我们来说，是一次很不寻常的结业典礼。在场多了一些并非小组成员的新面孔，这还是第一次，但我觉得，敞开心扉，与朋友们一起庆祝，是非常好的一件事。这里的每个人都尝过爱与失去的滋味，所以今天，我们每个人都是荣誉组员。”

杰克站在自己的父亲身边。那是一个脸上长着雀斑，有一头沙色头发的男人。遗憾的是，我一看到他就情不自禁地脑补他约会以后哭泣的样子。此时他正伸出手，温柔地把儿子拉到自己身边。杰克与我的目光相遇，他翻了个白眼，脸上却挂着掩饰不住的笑容。

“我想说，虽然咱们名为‘开启新生活’小组，但如果不曾回头反思过去的生活，便没有人能够开启新生活。我们往往想着那些业已失去的，令自己裹足不前。我们这个小组的目标，就是不让这些如影随形的失去之物成为生命中不能承受的负担，压垮我们，将我们困在原地，无法前行。我们希望，所有这些失去能够转化为一种生命的馈赠。

“我们彼此分享回忆，分享悲伤，也分享小小的胜利。而在这个过程中我们学到了，应当允许自己体验悲伤、失落或愤怒等负面情绪，这些情绪应该得到接纳。哪怕别人无法理解你的某些感觉，哪怕这样的情况会持续很久，也没有关系。人人都有属于自己的人生之路。我们无须理会他人说三道四。”

“除了饼干，”弗雷德嘟囔着，“还有茶。对这两样，我很想说三道四呢。那味道，太可怕了。”

“起初，你可能觉得自己不可能做得到，但每个人都将迎来某一时刻。那一刻，我们终于意识到，那些我们谈论过、哀悼过、为之痛苦过的人还活在我们心中，他们依然行走于我们中间。那是一件多么令人欢喜的事。无论他们已离去六个月，还是六十年，生命中有他们，是我们的福气。”他点点头，“有他们，是我们的福气。”

我看着那些我喜欢的、全神贯注聆听的脸庞，想起了威尔。我合上双眼，回忆着他的面容、他的微笑、他的大笑。我想起自己为了爱他所付出的代价。但想得最多的，还是他的给予。

马克注视着我们这一小群人。达芙妮正偷偷擦着眼角。“那么，通常到这个时候，每个人都得说上两句，谈谈自己进展到了什么程度。不用说太多，只需要对这段旅程做一个简短的总结。”

组员们互相交换着略带尴尬的笑容，几秒钟过去了，似乎没人愿意说些什么。然后，弗雷德向前一步，整理了一下运动上衣口袋里的手帕，微微挺直腰板。“我只想说声谢谢你，吉莉，你是个好得不得了的老婆。三十八年来，我何其幸运。我每天都会想念你的，亲爱的。”

他略有些尴尬地退了回去。达芙妮对他做出“很棒，弗雷德”的口型，整了整丝巾，也走上前去。“我只想对艾伦说……对不起。你是那么善良的一个男人，我真希望我们俩能够对彼此坦诚一些，真希望我曾经帮助过你。我希望，希望你一切都好，还有——还有希望你找到一个很好的朋友，无论你在哪里。”

弗雷德拍了拍达芙妮的手臂。

杰克揉了揉后颈，也走上前。他的脸涨得通红，面对着自己的父亲。“我们俩都很想你，妈妈，但我们正在逐渐好起来。我不想让你担心。”话音刚落，杰克的父亲就拥抱了儿子，亲吻他的头顶，使劲眨着眼睛，与山姆交换着心照不宣的微笑。

接着林恩和苏尼尔也发了言，寥寥数语过后，他们抬头望着天空，不让眼泪流下来，同时默默朝对方点头，送去鼓励。

威廉姆也上前一步，默默在脚边放了一朵白玫瑰。一向寡言的他看了一眼洁白的花朵，便面无表情地退了回去。娜塔莎轻轻拥抱了他。威廉姆突然哽咽了，然后双手抱胸，静静站立。

马克看着我，我感觉山姆握紧了我的手。我朝马克笑笑，摇摇头。

“我就不说了。但如果可以的话，莉莉想说两句。”

莉莉站到人群中间，紧咬嘴唇。她低头看了看事先准备好的纸条，接着好像改变了主意，将字条揉成一团。“啊，虽然——虽然我不是你们的组员，但还是征求了露易莎的意见，希望能够说点什么。我从没见过自己的亲生父亲，也没能参加他的葬礼做最后的道别。不过现在，我感觉自己对他有了更深的了解，所以我觉得自己可以在这儿说两句。”

她紧张地笑了笑，捋了捋眼前的头发。“嗯，威尔……爸爸，得知你是我的亲生父亲时，坦白地说，我有点抓狂。我原本希望自己的生父聪明、帅气，可以教给我很多的东西，保护我，带我出去旅游，去看看那些他热爱的美好之地。而事实上，你只是一个充满愤怒的男人，坐在轮椅上，而且还……自杀了。不过，因为有露，有你的家人，过去几个月来，我改变了对你的最初印象。

“我从来没有见过你，这一直让我很伤心，甚至有点生气。但现在，我想说，谢谢你。你在毫不知情的情况下，给了我那么多。我的优点跟你极为相像，或许缺点也同样如此。你给了我一双蓝色的眼睛，一头美丽的发色。我跟你一样擅长滑雪，而且我也觉得酵母酱很恶心……嗯，好像我的喜怒无常也很像你——这是别人说的，我可没这么想。”

大家纷纷轻声笑了起来。

“但最重要的是，你给了我一个家，我以前从来都不知道它的存在。不过，这也没关系，因为，说实话，当家人们刚刚出现的时候，事情进展得也不是很顺利。”她的笑容在脸上摇曳。

“你的到来让我们非常高兴。”乔治娜喊道。

我感觉山姆轻轻捏着我的手。他不应该站这么久的，但他倔强地不肯坐下。“我又不是残废。”我靠着他的头，努力忍住喉头的一阵阵哽咽。

“谢谢你，乔治娜。所以，嗯，威尔……爸爸，我不想在这儿喋喋不休。我只想说，谢谢你。这是来自女儿的感谢，还有我……爱你，会永远想念你。如果你正从天上往下看，我希望你能够看到我们，希望你为我的存在感到开心。因为我在这儿，一定程度上也代表你在这儿，对吧？”莉莉的声音哽咽了，泪盈于睫。她看着卡米拉，后者微微点点头。莉莉吸了吸鼻子，抬起下巴。

“我想，现在大家应该可以放飞气球了吧？”

每个人都不易察觉地叹了口气，然后响起一阵窸窸窣窣的脚步声，几个“开启新生活”的组员伸手去气球堆里扯绳子。

莉莉第一个上前，手里拿着白色气球。她举起手臂，像突然想起什么似的，从旁边的花盆里摘了一朵蓝色矢车菊，小心翼翼地系在绳子上。她抬起手，犹豫了几秒钟，然后放飞了气球。

我看着史蒂文·特雷纳也跟着放飞了气球，黛拉轻轻握着他的手臂。卡米拉也放飞了她的，接着是弗雷德、苏尼尔，然后是与自己母亲手挽手的乔治娜。我的母亲和特丽娜也放了，接着是父亲，放飞气球时还用手帕响亮地擤着鼻涕。山姆也放飞了气球。我们沉默地站在楼顶，看着气球越飞越高，一个接一个地升上湛蓝色的天空，变得越来越小，奔向无垠的高空，消失不见。

我也放飞了我的气球。

30
启程

穿橙红色衬衫的男人已经在吃他的第四块丹麦面包了。他伸出胖乎乎的手指将中间夹着的冰冻食材大块大块地送进大张的嘴里，偶尔喝一大口冰啤酒把食物送进肚中。“不愧是冠军早餐。”薇拉颇带讽刺地嘟囔着，手里举着一托盘的杯子，模仿着呕吐的声音从我身边走过。我心头不禁涌上一阵感激，啊，我终于不用再去打扫男卫生间了。

“露！我要怎么做才会有人为我服务啊？”不远处，父亲已经在一把凳子上坐定，靠着吧台，看着各种各样的啤酒，“要出示登机牌才能买酒喝吗？”

“爸爸……”

“说走就走，去趟阿利坎特吧。怎么样，乔西，你想去吗？”

母亲伸出胳膊肘推推他。“我们今年应该计划一下，真的。”

“嗯，这个地方还真不赖。只要你不去在意小孩进酒吧就行。”父亲倒吸一口凉气，转头看那边一个年轻家庭。他们的航班显然是延误了，父母点了两杯咖啡，桌上乱七八糟地撒满了乐高积木和葡萄干。“你会推荐什么，亲爱的？有什么好喝的？”

我看了一眼理查德，他正拿着写字板走过来。

“都不错，爸爸。”

“除了店员的衣服。”母亲看着薇拉亮闪闪的绿色超短裙。

“是总部要求的。”理查德说。此前他已经耐着性子和母亲进行了两场关于“工作场合物化女性”的谈话了，“与我无关。”

“有没有烈一点的啤酒啊，理查德？”

“我们有墨菲啤酒，克拉克先生，味道有点像吉尼斯黑啤。但如果你追求纯度，那就不值得推荐了。”

“我不追求纯度，哥们儿。只要它是饮料，并且标签上写着‘啤酒’就可以了。”

父亲满意地咂了咂嘴，热切地盯着面前送来的酒杯。母亲接过一杯咖啡，用“社交化”的口吻道了谢。现在她无论走到伦敦哪个地方，都会摆出这么一副腔调，像是一位被领着参观生产线的重要人物。“所以那个是拿铁，对吗？嗯，看起来真不错。哦，这机器真是智能。”

父亲拍拍母亲身边的吧台凳。“来这边坐，露。我请女儿喝一杯。”

我瞥了一眼理查德。“我喝咖啡就好，爸爸，”我说，“谢谢你。”

我们默默地坐在吧台前，理查德把我们要喝的东西一一端来。父亲倒是自在得很，朝吧台周围的陌生人点头致意，他去每家酒吧都是如此。看他在吧台凳上的坐姿，还以为他坐的是世上最舒服的椅子，似乎这摆着一排排酒杯和可以支起胳膊肘的台面让他立刻找到了精神归宿。他一直紧挨着母亲，不时满怀欣赏地拍拍她的腿，握握她的手。现在，他俩几乎形影不离，总是头挨着头，咯咯笑着，像两个十几岁的小孩子。特丽娜觉得他们实在是太肉麻了。

窗外，一架小型客机在跑道上滑行，慢慢地减速，一个身着荧光外套的男人挥舞着指示牌指挥飞机入港。母亲坐在那儿，包放在膝头，看着那架飞机。“托马斯会很喜欢看这个的，”她说，“你说是不是，巴纳德？我打赌他肯定能在窗边站上一整天。”

“嗯，现在他有机会过来了，对吧，反正住得也不远。周末的时候特丽娜可以带他过来。要是啤酒好喝的话，说不定我也会一起来的。”

“你真是做了件好事，愿意让他们母子俩住你那儿。”母亲看着飞机消失在视野中，“你知道这会让特丽娜的生活大有改观，毕竟她的起薪不高。”

“嗯，这是最好的安排。”

“我们很想他们，但也明白她不可能一辈子跟我们住在一起。我知道她很感激你，亲爱的，就算她并非每时每刻都表现出来。”

我不在乎特丽娜会不会表现出来。那天，她和托马斯手提大包小包的行李，抓着托马斯的海报，父亲跟在他们后面，抬着一只塑料板条箱，里面装着托马斯最喜欢的机器人玩具。从他们进门的那刻起，我便意识到，我终于对威尔掏钱买下的这间公寓感到心安了。

“露易莎有没有跟你提起过，她妹妹也要搬来伦敦了，理查德？”母亲现在觉得，在伦敦遇到的每个人都是她的朋友，都有兴趣知道克拉克一家的新动向。今天上午，她花了整整十分钟，就理查德老婆的乳腺炎发表高见，同时理所应当地认为，自己应该找时间登门拜访，看望他的孩子。还有，那个酒店卫生间的玛利亚两周后真的要去斯托特福德喝茶了。所以看来，母亲的感觉并不完全是错误的。“我们特丽娜是个很棒的孩子，特别聪明。你要是需要理财方面的帮助，尽管找她好了。”

“我记下了。”理查德与我目光相遇，又移开了。

我抬头看墙上的挂钟。差一刻十二点。我心里泛起微微的焦躁感。

“你没事吧，亲爱的？”

母亲真是心细如发，什么都逃不过她的眼睛。

“我没事的，妈妈。”

她握紧我的手。“我真为你感到骄傲。你知道的，对吗？过去几个月你做了那么多事情，我知道，很不容易。”接着她指着远处，“哦，快看！我就知道他会来。快去吧，亲爱的，现在就去！”

他来了。比别人高出一个头，有点试探性地走在人群中，双臂轻轻抱在胸前，像提防着谁会突然撞到他。在他还未看到我之前，我便看到了他，微笑情不自禁地在脸上绽开，我使劲地朝他挥手。他看到我了，朝我点点头。

我往母亲的方向转过身，她正看着我，嘴角满含笑意。

“这个小伙子，很棒。”

“我知道。”

她久久凝视着我，脸上混杂着骄傲与某些更为复杂的感情。她拍拍我的手。“好了，”她从吧台凳上下来，“该展开属于你的冒险了。”

我与父母在酒吧告别。这样更好。毕竟酒吧里有个喜欢引用管理手册上各类条条款款的男人，在他面前很难哭哭啼啼的。山姆先和我父母聊了聊，父亲不时发出奇怪的哼哼哈哈声以示回应。理查德询问着山姆的伤势，父亲却不合时宜地说了句“至少山姆比露的前男友情况好多了”，搞得理查德紧张地笑了起来。父亲连续强调了三次，理查德这才相信，父亲并没有在开玩笑，那是一件极为悲伤的事。也许直到此时此刻，理查德才开始庆幸我终于离了职。

我从母亲的拥抱中挣脱出来，与山姆一起走过大厅。那一小段路上，我们两人都沉默不语，只是手挽着手。我努力忽略自己猛烈的心跳声与身后父母亲送别的目光。我转身面对山姆，心中有些恐慌，我原以为会有更多的时间留给我们的。

山姆看看表，又看看离港航班的显示屏。“你的航班播放登机广播了。”他把小小的行李箱递给我。我接过来，努力挤出一个笑容。

“这套旅行的行头不错。”

我低头看身上的豹纹印花衬衫和胸前口袋里的复古墨镜。“我想打造七十年代的奢华旅行风。”

“很不错。不过，要是真有钱的话，就更不错了。”

“那么，”我说，“咱们四周后见……纽约的秋天应该很美。”

“不管怎样都会很好的。”他摇摇头，“天哪，‘很好’，我讨厌这个词。”

我低头看两人仍然交缠在一起的双手，无法挪开目光，像要努力记住这一刻的感受，像是某种考验来得太快。我已无力扭转局面，心中涌起一股异样的恐慌，山姆应该也感觉到了，他用力握了握我的手。

“东西都带齐了吧？”他朝我的另一只手点点头，“护照？登机牌？对方的地址？”

“内森会来肯尼迪机场接我的。”

我不想放他走，感觉彼此之间就像一块失效的磁铁，在两极之间徒劳地拉拉扯扯。身边走过的人们，有的成双成对走向“出发”窗口，共赴旅途；有的眼含热泪，依依不舍。

山姆也在看着他们。他轻轻后退了一步，在松手前吻了吻我的手指。“该走了。”他说。

我心中涌动着千言万语想对他倾诉，却完全不知该从何说起。我上前一步亲吻了他，像所有的机场吻别那样，充满爱恋与绝望。这个吻，在未来数周以至数月间，将一直回荡在远去的人心中。

我想告诉山姆，对我而言他有多么重要；我想告诉他，有个问题我从不曾意识到自己一直在苦苦追问，而如今他就是问题的答案；我想谢谢他，支持我勇敢做我自己，而不是自私地要求我留下。但我什么都没有说。我只是轻描淡写说，喝了两大杯咖啡，牙齿竟未被染黑，好难得。

"你要保重，"我说，"别着急回去上班，也暂时别盖什么房子。"

"明天我弟弟过来帮我干砌砖的活儿。"

"还有，回去上班以后，别再受伤了。你可不擅长躲枪子儿。"

"露，我会没事的。"

"我是说真的。等我到了纽约就给唐娜发邮件，告诉她要是你再出什么事，我就唯她是问；我会直接跟你的上司说，调你去坐办公室，或把你派到北诺福克那种清闲的站点去，或强迫你穿上防弹衣。他们有没有想过给你们发防弹衣？我估计在纽约能买件好的，如果……"

"露易莎。"他将我眼前的一缕头发撩到耳后。我感觉自己愁眉紧锁。我贴着他的脸颊，双唇紧闭，沉浸于他身上的味道，努力将那种坚强和踏实吸入体内。接着，趁自己还没改变主意，我哽咽地说了声"再见"，便转过身，拉着行李箱快速朝安检口走去——虽然那声"再见"听上去更像一声啜泣、一丝轻咳，或一个愚蠢的假笑。嗯，趁我还没改变主意。

我亮了亮那本崭新的护照，这是一把通向未来的钥匙。面前是个穿制服的官员，眼眶被泪水填满的我几乎看不清他的脸，他挥了挥手放我过去。我本能地回头。山姆还站在那里，在栏杆后，凝视着我。我们目光交缠，他举起一只手，缓缓打开手掌；而我也慢慢举手回应。

我要将眼前的他永远定格在记忆里：身体微微前倾，头发周围泛起温和的光圈，凝视我的目光坚毅而沉稳。以后的日子里，每当感到孤独，我都会忆起这个形象。孤独的日子，糟糕的日子，困惑地自问为何会接受这份工作的日子。这些迷茫和挣扎，也是冒险的一部分。

我爱你。我对他做着口型，不确定隔得这么远他能否看清。

然后，我紧握护照，转身离去。

他会守在那里，目送我的飞机加速滑行，冲向广袤的蓝天。而且，如若幸运之神眷顾我，他还会在那里等着，等我归来。

（全书完）

你转身之后

产品经理 | 赵思婷
杨珊珊
技术编辑 | 顾逸飞
产品监制 | 吴　涛

装帧设计 | 肖　雯
执行印制 | 刘世乐
营销经理 | 王维思
出 品 人 | 吴　畏

图书在版编目（CIP）数据

你转身之后 /（英）乔乔 · 莫伊斯著；何雨珈译著
. -- 成都：四川文艺出版社，2021.4
ISBN 978-7-5411-5907-7

Ⅰ. ①你… Ⅱ. ①乔… ②何… Ⅲ. ①长篇小说—英国—现代 Ⅳ. ① I561.45

中国版本图书馆 CIP 数据核字 (2021) 第 043967 号

NI ZHUANSHEN ZHIHOU
你转身之后
〔英〕乔乔 · 莫伊斯 著
何雨珈 译

出 品 人 张庆宁
责任编辑 陈雪媛
装帧设计 肖 雯
责任校对 汪 平
出版发行 四川文艺出版社（成都市槐树街 2 号）
网 址 www.scwys.com
电 话 028-86259287（发行部） 028-86259303（编辑部）
传 真 028-86259306
邮购地址 成都市槐树街 2 号四川文艺出版社邮购部 610031
印 刷 北京盛通印刷股份有限公司
成品尺寸 145mm×210mm
开 本 32 开
印 张 13
字 数 290 千
版 次 2021 年 4 月第一版
印 次 2021 年 4 月第一次印刷
书 号 ISBN 978-7-5411-5907-7
定 价 59.80 元